江汉谣歌

上册

献给我的曾祖母、祖父、母亲

赵照川 著

北京联合出版公司

天上九凤鸟,地上湖北佬。

江汉鱼米丰,凤鸟来落草。

水中挽村垸,劳碌无晚早。

三年有两水,鱼虾菱藕也能饱。

——江汉平原谣歌

自序

做一个风俗的留守人

一想到小说，我总对作品中的风土人情充满神往与感动。我甚至认为，在停笔二十年后再度开始写作，正是出于对风俗的迷恋，它就是我再次来写小说的动力。

中国有那么多厉害作家在写作，我这个整整二十年没再看文学书刊的人，又疲于经营一个小工厂，还只有初中学历，为什么要凑这个热闹？更何况，在文学式微的当下，这个热闹还二十分的不好凑！其实这个问题很好回答：在那纵横千里的江汉平原上，那些被我们世代传承的风俗，很少有文学作品来展现！如此丰富而鲜明的人文地理与风俗人情，就像江汉平原的稻田一样无边无际，却少有人弯下腰来看一看水稻的长势，嗅一嗅稻花与稻谷的芳香！于是，我这个年轻时写过几年小说的人，不禁又重戴斗笠，挽起裤脚，深入灵魂中的乡镇村街，去品咂风俗的残韵。

我是多么希望能有更多的人了解我们江汉平原的本真模样啊！

又或者说，我想让人们知道，江汉水乡的儿女，是在怎样的风俗下长成的！

所以，我并不是为写作而写作，而是为了让人们了解那个以九头鸟闻名的地方，她到底是个什么样的所在。我写她，也并不是单纯地想成为一个作家，而是要把我所知道的九头鸟的真实性情告诉人们。

江汉平原的人，他们不是带着贬义的九头鸟，而是以九凤鸟为图腾的古楚国的传人！

唯楚有材，于斯为盛。江汉平原的人自古就是公认的聪明人。如今，这些聪明人都去做聪明人该做的事去了，只好由我这个笨人勉为其难地来做这个本不该由我来做的"蠢事"——用小说的方式来告诉人们，千里江汉平原上的事儿，以及她所藏着的暗语与密码。

当然，我也希望以这种方式抛砖引玉，引起江汉乡党们的注意——尤其是想引起那些成名作家与文坛新秀的注意，由他们来写江汉平原的风俗人情，自然比我这个没读过几年书的人要好得多。

让汉江平原人以文学的形式，留住江汉平原的风土印迹。

也许，因为我前面所说的各种不足，加之本来练习写作的时间就很短，而我又有些慌不择路，所以，我写的可能是一部不像小说的小说。但我相信，它也有着它与众不同的意义。如果没有这个意义，我根本就不必写它。

在当下的现实中，风土人情与民风民俗的消逝速度，比数据化时代新生事物出现的速度似乎更快。

当下的作家，谈论起风土人情的淡化与消逝，常发感慨，然而等到写作之时，却往往又忽视了这举手之劳，丢弃了风土人情与市井百态，纷纷往现代潮流方面涌。写现代潮流当然是必要的，只是有些作家在写过去的时代时,也把风土人情给忽略掉了。

我刚开始学习写作时,还常见到地域文化小说,评论家也时常讨论地域文化,到了我重新写作的现在,这样的文学作品却并不多见,评论家们自然无从着墨,以至于时下的文学作品,难见方言,难见地方习俗。文学似乎是进化到了高级阶段,抹去了生活的原始气味,十分"讲究卫生,讲究文明,讲究国际化",成了统一的"普通话文学"。无论是东北还是西南,无论是中原还是闽粤,所有地方的人都说一样的话,吃一样的菜,用一样的器物,说一样的口头禅,爆一样的粗口,举行一样的婚礼与葬礼……无论什么时代和什么地方的人,一律叫父亲为爸爸,叫母亲为妈妈,叫祖父为爷爷,叫祖母为奶奶……一些小说作品中,过去年代的人——甚至是深山野岭的人,一口普通话式的称呼,一口书面的话语。这当然没有什么不可,但是,可不可以有极少部分的文学不是"普通话文学"呢?

我以前在小说中用方言还尽量加括号说明,现在则尽量少加了。我相信,即使完全不懂他地方言的读者,稍一思索,或对照上下文,自然就懂得了,或者用手机一搜,还能了解到更多作品以外的东西,从而使阅读延伸开去了。

我一直认为,肯德基之类的标准化生产的快餐食品,它们绝对不是美食,因为它们缺少风俗人情的配料,也是一种"普通话"食品。而真正的美食,是世界各民族各地域的民间食物。这样的食物,才紧紧连着一方水土的地气和人气,而不仅仅是简单的肚皮填充物。所以,"普通话文学"虽然普世,但却缺乏一些风味与文化底蕴。

我发现翻译成中文的大多数世界名著，大都有一种缺憾，那就是难见方言，难见地方风味，我想这些世界名著，因为需要"推广普通话或者世界语"，也"荣幸地"变成了中国的"普通话文学"。当然，外国名著译成"普通话文学"，倒是可以理解，但中国的文学作品如果都搞成"普通话文学"，就没这个必要了。韩少功的《马桥词典》、李锐的《厚土》、曹乃谦的《到黑夜想你没办法》，还有阎连科的所有重要作品，这些都是方言与风俗分量极重的文学佳作，它们也都有不少的外文版。这些带着大量俚俗土语的作品，外国读者都不担心看不懂，我们还担心中文版的国人看不懂？

而在过去，鲁迅、汪曾祺、沈从文等名家，他们的作品也不全是"普通话文学"，好像也没有人读不懂。我更喜欢的《百年孤独》的作者加西亚·马尔克斯，以及《大埋伏》的作者若热·亚马多，他们作品中浓烈的地方风情，为他们的作品增添了出色的艺术魅力。他们的作品尽管译成了"普通话文学"，但仍然充满地方风情，而他们的原著，则更应是浓得化不开的文学原矿！我想，他们的作品能获得读者的广泛喜爱，作品中的风土人情无疑功不可没，甚至如果没有这些"不普通话"的东西，他们作品的成就也不会这么高。

我们在国内各地旅游，发现各地的民俗民居与街道日渐雷同，如丽江古城的模式，几乎被大部分以古城古镇为主题的景点复制克隆，也成了"普通话式"的景点，以至于人们参观时越来越觉得没意思。我们的文学作品呢，题材相同，场景相似，人物语言相同，表现手法相仿，却鲜见方言，同质化应当远甚于丽江古城式的景点。

文学作品不是快餐，不是纯净水，更不是推广普通话的工具，它尤其不能缺少个性，更不能多了共性，否则它就会缺乏应有的魅力，使读者离文学越来越远。

我们可能是跑得太快了，落脚的跨度过大，而脚未踩实又急忙抽脚，于是我们的脚印缀成的文字，可能只需要自己的衣袂带出的那一点点风，就可以把它们如吹灰一样地拂得不见形迹，从而与不朽沾不上边。因此我们可能要试着倒回去，在红楼聊斋水浒三国那儿反复流连，在鲁迅沈从文汪曾祺那儿多绕几圈，再去创新，可能脚力更足。

我并不是说所有小说都要用方言来写，都要融入风俗，那也是极其错误的。我只是希望对风俗比较了解的作家，尽可能地多写一点风俗，用文字，用书，留下一些我们生活过的地方的原始基因，留下一个地方的风俗印记。这样，至少我们的作品还可以多一点点史料和资料的价值，有人读到它，也就有所受益。

真的，只要若干年后，读者能从我们的文字中有一点点的受益，它们就可以称为有一点点的不朽了。一点点不朽，这对一个写作的人来说，就已经足够安慰自己一生了。

我自己呢，愿意像眼下留守乡村的老人们一样，把自己的思想放在残缺不全的风俗中，踽踽而行，或痴痴而坐，默默地浸淫其中，任风吹雨漂，看时光慢流，安受天命，做一个风俗的留守人。

还要做点说明的是，在出版程序确定之后，我又在原本的故事前后各增加了一部中篇，新的故事包括九部中篇，但新增加的两部中篇此次不上书了，若今后有机会再版，那时再加上去吧。所以此次出版的小说仍由七部完全独立的中篇组成，每部中篇的人称、视角、手法、叙述方式、语言节奏等各不相同，人物与故事也各有侧重。

这部小说中，我在江汉平原的抗日故事中融入了端午、龙船、鬼节、丧鼓、哭丧、小年、七夕、婚俗、宴席、早酒、风水、地理等文化，以及当地的民风民性，使作品更像一部风俗文化志。书中的民谣民歌、龙船号子、鼓词哭词、歌诀咒语，以及水乡风味美食，展现了一地的民俗文化，它们是江汉平原重要的文化遗产。

我在创作时，各部中篇未完全按照时间的顺序写作，因此读者可按任意顺序进行阅读，从而获得不同的阅读感受与体验。

2024 年 7 月 12 日于惠州大亚湾

目录

第一部
　　丧鼓 _001

第二部
　　女哭 _115

第三部
　　喜酒 _233

第四部
　　端午 _343

第五部
　　灾疫 _463

第六部
　　鬼月 _577

第七部
　　小年 _691

丧鼓

第一部

一

屋里冇有点灯，屋外冇得月亮，房里深黑空寂，像千里之外的长阳深山里的山洞。

我和衣躺在床上，心乱得麻团一般。一会儿，我摸黑起床，双手拉开大门。像把石子丢进门前宽阔的长川河里一样，咚的一哈，我把自己丢进茫茫的夜中。夜只得挤挤揉揉了几哈，腾出小小的空隙容纳我的身体，厚厚地将我包裹起来。

我憋闷着，有些喘不过气来。

东边天的夜空，大片乌云包裹住了月亮，云层薄一些的地方，透出被染污了的暗淡的光——这是月亮好不容易从乌云里透出来的一点点亮色。这亮色就像一洼浑浊的浅水滩，因失去了本该有的清亮，叫人像是心里塞上了用过几十年的旧棉絮一般，感到十分憋闷和烦躁。

夜空又像是一锅乌灰色的高粱粥，密实得透不过一丝丝儿风。一切都仿佛凝冻着了，房屋和树木们都被凝冻得沉默无语。

长川河的水倒还闪着些微的亮光，河水仿佛是浓稠的铅色泥浆，流得缓慢又滞重。时间也仿佛如这滞重的泥浆，走得极其笨拙，就像挑着极重担子的人，随时都要停歇下来似的，叫人心里沉闷而又焦躁。

间或有鱼儿跃出铅色的水面,发出轻微钝哑的击水声,似乎这河里流淌着的真是一河的泥浆,因为浓稠与黏糊,使鱼儿蹿起得极低,低得连它的尾巴还被细小的浪头胶汁一般粘扯着似的,因而也跌得黏糊糊软塌塌,所以声音显得异常低沉。不过,河里终归是一河的水,鱼儿跃起和跌落的时候,铅色的河水便像晃动的长刀一般,闪动两片灰暗的亮光,很快又归于浊重晦暗的平静。

我心里极为烦躁和苦恼。

我想,在这个躁闷的夜的世界里,心里不平静的肯定不止我一个。

鼓痴将要与侉老东比鼓,这么大的事,这个犟造瘟竟还是那么偏拗,连德高望重的厚基族长也拿他冇得办法,他实在太过分了!

算了,不管这个犟造瘟了!

我又从乌水一般的夜中缩回屋里,砰的一声关上房门。

我摸黑探进空寂的房里,赌气似的往床上一倒。木床发出极不舒服的咯吱声,咯吱得我心烦意乱。

我人虽然和衣挺躺着,眼睛却大大地瞪着漆黑的屋顶。虽然冇有点灯,但屋上一行行一块块的瓦片,我却似乎看得清清楚楚。这是我前三天刚捡铺过的屋瓦,我就像熟悉自己的手掌与指头一般,对它们十分熟悉。每到深秋时节,进行一年一度的捡铺屋瓦,是家家必做的事儿。

从十五岁时,我便开始包揽家里的捡铺屋瓦的活儿。这是一个脏活儿,不仅两手沾满泥巴黑烟,浑身也都要弄得像几十年冇有洗澡的疯子一般。在这之前的很多个年头,都是铁叔帮我们家捡铺屋瓦。骄哥长到十五六岁之后,也子接父班,承接了我们家捡铺屋瓦的活儿。以至于人们笑话他们父子俩，说他们是生就的长工命。于是就有人说我也跟鼓痴一样，是天生的少爷命，说我这辈子，又会像鼓痴享铁叔的福一样，会接着安享骄哥的福。可笑的是，以前铁叔在我们家当长工时还有工钱可拿，后来他脱了长工的身份，为我们家干的活儿反倒是白干了。还有人嘲笑骄哥，说他这么勤快地帮我们家干这干那，是想女大三抱金砖。这都是些么子屁话！从那时起，我便开始主动地在家干这干那，尽量不让铁叔和骄哥帮忙。但他们总是说，等我长大了，他们就不帮了。铁叔还说，不说滴水之恩当涌泉相报，起码我们两家还是世交，力气又不要钱买，去了它又回来。铁叔说，想当初……他见我的脸绷起来了，便打住了要说鼓痴如何如何厚待他的话头，他晓得我最不喜欢听这些话。丧歌里不是总唱"男儿十五夺父志"吗，瞿春雷是五尺高的男将了，可以顶门立户了。于是在十五岁那年，我开始自己上屋捡铺屋瓦。

捡铺屋瓦其实很简单，搭梯子爬上屋顶，先将山墙边上的两路瓦抄起来，一叠一叠放在旁边的屋顶上，再将抄起的瓦从下到上，一块压一块地均匀地重新铺上，先瓦片朝天瓦头朝上铺好底瓦，再瓦片朝地瓦头朝下铺好盖瓦，这样，平常被老鼠或者大风弄乱的屋瓦，就被重新铺得像鱼鳞甲一般整齐平顺，在接下来的冬天刮老北风和下大雪的时候，不会透风进雪。

我第一次爬上屋顶捡铺屋瓦的时候，鼓痴挂着双拐虬着右腿立在屋下，他驼着背，趄着脑壳，吊起眼珠，挤出满额皱纹，用棉花一般软乎的目光望着我。我看见他平时泥塑小鬼似的黑脸，竟然变得从未有过的软和。我从高高的屋顶上俯看他这副样子，忽然觉得平时精神气十足的他，其实已经真的老迈了。

这个时候，姆妈和姐姐也站在地上望着我，一家人像遇上了多大的事儿似的。不就是十五岁的我上个屋子捡铺个瓦片吗？

我见鼓痴也跟旁边站着的姆妈一样，眼睛里涨起两点闪亮的东西。我晓得那是他的眼雨。这是我第一次见到他眼里有眼雨。我赶紧低下脑壳认真捡瓦。我虽然一直想气他一气，但仍是不忍心看这个一向冷硬的家伙，突然露出女人一般的温情。我怕这个死要面子活受罪的人，晓得我看出了他的脆弱。因为他的这种温情与脆弱，仿佛是我这个儿子故意用勤快吃苦硬逼出来的，这样显得我十分残忍，叫我很不习惯。我虽然不喜欢鼓痴，也怨恨他，但我的心还有得这么冷这么硬。心冷心硬，本是我对鼓痴的怨恨，我自己可不想成为跟他一样的人。我不想让他看出，他的儿子已看出他的老迈。

我觉得，让他晓得我看出了他的老迈，这似乎有些乘人之危，甚至有些下作。

我长到十几岁，那次在屋顶居高临下地看鼓痴，不小心看到了这个总爱沉着脸的人物的眼雨，看到了他脆弱的内心，这使我自己反而有些心虚，仿佛做了不该做的事，至少是起了不该有的念头。那一刻，鼓痴到底意识到了他的失态，他装着眼花的样子说，这秋天的太阳，还是那么的刺眼。接着他就揉起眼睛来，好像太阳真的像酸枣树上带着绿皮的刺儿，刺着了他苍老的眼睛，甚至是戳到了他浑了的眼珠。我装着糊涂，不再看他，只管在高高的屋顶上接受冷风无情的吹刮。

人在屋顶，受到的风特别大，可能比在地上受到的风要大出好几倍。冷风像好几条冰冷的蛇，顺着我的裤腰直往身上钻，它包裹我单瘦的身体，使我产生冇冇穿衣服的感觉，让我晓得了它的狠辣。这时我才明白，人们在屋顶上捡铺屋瓦的时候，为么子腰间都要扎一根草绳子。等鼓痴架着拐杖出了门，我也叫姐姐给我扔上来一根绳子，是麻绳，我觉得草绳太老气，我这个十五岁的半糙子扎上它，会显得有些装模作样。我像一个种田的老把式那样，将麻绳扎在了腰间，这使我显得至少有了十七八岁的气象。这麻绳还真管用，蛇一样的冷风立刻失败，它只能在我的腰下那儿无奈地拱动了。我腰部以上的身体，不久就暖和起来。

那时，我就显出了一副成人的模样。

"穷人的伢子早当家"，这不是鼓痴常唱的丧歌吗？

那一刻，我真正感到自己成了一个男将。

也是从那天起，鼓痴就很少对我发号施令了。他像一个失去了士兵的光杆司令，开始十分不习惯，当然到现在他也依然不习惯。这使我想到斗败了的鸡公，或是打败了的牯牛，它们灰溜溜地低头害臊，以及往冷寂处溜的狼狈，让人觉得可怜又好笑。我想，鼓痴离开村抬卜的家，搬到冷寂孤凉的堤山，不正像斗败的牲畜往冷寂处溜一样吗。这使我对这个狠了一辈子的犟人，不禁生起几分同情。只是尽管这样，我还是对他好不起来。

这个鼓痴，实在无法让人喜欢。不然，我也不会在心里叫他的诨名——鼓痴，也不会说他是犟造瘟。

现在，鼓痴遇上了从未有过的大麻烦。我本是懒得替他操心的，可又管不住自己。

我用被子将脑壳蒙住，但是在黑暗之中，屋顶上的瓦片仍被我看得清清楚楚，它们一片压一片地铺在我的头顶上方，仿佛看得比白天更加清楚。这瓦片像是铺到我的眼睛里去了。我闭上眼睛，还是清清楚楚地看到它们。

我是大人了，我该像个大人的样子了，所以我无法不管鼓痴的事儿。

现在，仿佛我是一个大人，而鼓痴则是一个不懂事的惹了祸的半糙子。仿佛是我跟他换了身份，而我又怀了大人不计小人过的仁慈之心。

鼓痴，他也确实是一个一辈子老不懂事的人！

几番坐起，几番躺下，我还是重新走出了屋子。

我企（站）在屋后的村垱上，望着两里远的西北方向，在那浑水一般的天光下面，一大团墨黑的树影时而从天色中分离开来，时而又融进天里去，它影影绰绰，若有似无，沉沉浮浮，就像冇有吃饱的鸭子生下的鸭蛋，因为蛋清冇有长满而空着小半个头，它在水波的荡漾下，一时浮出水面，一时浸到水下。在那时有时无的树影的上方，鼓楼四分水的人字形的尖顶看得倒是分明。

鼓楼！

唉……

遇上这么一个鼓痴，这么一个犟造瘟，我这个儿子算是倒了八辈子老霉！

这鼓楼正面临着灾祸，它很有可能保不住了。如果它也有心肝，肯定也会跟面临大祸的人一样惶惶不安。它毕竟不是活物，还一无所知地立在堤山上面，全然不知世间的险恶。

说来，这座鼓楼也是瞿赵两家两代人的心血！

唉，保不住就保不住吧，还有鼓痴的另一条命根子——金丝楠乌木大鼓。它们失去也好，毁掉也好，都听天由命吧！

我倒认为，有得了这两样烦人的东西，我跟骄哥两人一起，把所有的过往一页揭过，新起新发，种好田，打好鱼，当好家，日子肯定会越过越好。厚基族长说过，人生一辈子，说长也长，说短也短，吃不了多少，穿不了多少，也住不了多少。我有得过高的期望，只想跟骄哥再上长阳放上两三趟排，置上几亩田地，娶上一个像幺姑嫂子那样的堂客，那就是大好的日子了。我们这湖乡草地的人，不都是这么过下来的吗？富的如垸董老爷和厚基族长，他们祖祖辈辈，其实也是一天三餐饭，一身衣，一张床，头上一片瓦，脚下两尺地，穷人不也是这样的一辈子吗？所以说，穷富并有得根本的差别，都是一样越活越老，最后都同样是被黄土盖住，而不是被黄金盖住。只是像幺姑嫂子这样的堂客，并不是哪个都能找得到的，这才是人与人之间的区别。不过，桂妹子，我应当娶得到她。

桂妹子啊，原来说好去找你的，可是我们与覃老二结下了那样的冤仇，不晓得你的父母会怎么看你的终身大事。现在已经到了第三年，我却还有有去找你。我说过的话，是不是无法兑现了？现在，等石柱哥来传你的信，我等得好苦。石柱哥说，入冬封山之前一定会来，可是，我这边现在又遇上了麻烦事儿，不晓得会不会又出现新的变故。

唉，桂妹子，这两年，不顺的事儿接二连三，我真担心你那边也会有么子变故。

好啦，我暂时不能想你了，我得把眼前的这件事儿过去了再想。

这兵荒马乱的年头，所有的事儿都变得冇得了定数，叫人心中难有一个底儿。

我望着鼓楼尖顶的黑影，摸着黑下了村垱，向黑蒙蒙的堤山走去。田间小路上的马绊根草在我脚下嗖嗖地向后退去，它们身上浸染了夜里的雾气，变得软柔了不少，退得不像白天那样有劲儿。

我在心里狠狠地说，鼓痴，犟造瘟，你还不如马绊根草，它白天再硬，也有夜里软柔的时候。既然侉老东是想要金丝楠乌木鼓，你把它交出去不行吗？交出去后，你就不用跟他们比鼓了，他们也不会来村子里骚扰了。你要跟他们比，你比得过吗？据说侉老东的鼓又是擂又是舞的，你见都冇有见过，你怎么跟他们比？你以为你是江汉平原的鼓王，也会是全世界的鼓王？你比了一辈子的鼓，这次不比会死了你吗？你自作自受无所谓，但你不该连累整个垸子都不得安宁！你难道不晓得侉老东是一群如虎似狼的恶魔吗？

二

这是一个长三四十丈、宽四五丈的平阔的田野间的高垱，也就是被人们称作堤山的地方。

堤山的北面，是筑堤取土时挖下的一个大水塘。因此这儿看起来，似乎是一个有山有水的风水宝地。这堤山虽然只高出周围的平地一丈五，却是整个垸子里面最高的地方。这样的垸中高地，在整个江汉平原也极为少见。据说，长川河北边的长堤垸与南边的天井垸沿河两岸的赵姓人，是宋太祖赵匡胤的次子德昭的后裔。德昭被继他父皇之位的皇叔赵匡义所迫而自刎，其后代即离开汴京，四处迁徙，以避让太宗及其嫡系皇室。德昭公这一支的十六世祖子明公一家，避到监利城东的松林湾落藉，在那儿住了一些年头之后，为了获得充足的土地，子孙分枝散叶，再由十七世祖如献公迁向东方三十里的赤特湖边，不久，十八世祖永遛公又迁至现在的长川河赵家桥两岸，很快人丁兴旺，成为两百多里的长川河流域的大族大姓。住在长川河北边的赵氏后裔在这儿住了十多代人，虽然这儿土地肥沃、物产丰富，却三年两水，洪涝不断，于是便开始在这儿修筑一个向东西伸展、然后再向南与长川河的河堤连接成一圈的围垸。这样的土堤筑成的围垸，遍布纵横千里的整个江汉平原。如果从天上往下看，整个江汉大地就像老和尚的百衲衣，一个接一个地拼满了这样的围垸，它们拼成一只巨大的蠮螉（黄蜂）窝形状，形成了江汉平原特有的蜂窝状地貌，因此，人们也把整个江汉平原称为一只巨大的蠮螉窝。赵家先辈将这道垸堤筑到现在这个样子的时候，它已成为整个垸堤的一段范堤、一个标本，今后筑成的堤的高和宽，都将以它为标准。接下来的筑堤工程，则是在农闲时节来筑，由小到大，由窄到宽，由高到低，一步一步，花五六年甚至十年的时间来完成，可谓百世大计、十年工程。相邻几个村子见赵家垴筑起垸堤，认为赵家垴的垸子一旦挽筑成功，将来因为水利之事，与周边各村的纠纷便不可避免，而且代代延续，而以赵家垴人多势众，周边小村哪个奈何得了它！赵家垴周围的村子虽小，但也不乏有远见卓识之人。几个小村一商议，认为与其看着赵家垴挽垸成功，将来成为自己的冤家对头，不如恳求与赵家垴一起挽垸，从而成为今后的盟友。不错，每个小村落围成一个小垸子，还不如几个村落合起来围成一个大垸子。可见，湖北人的聪明也好，精明也罢，确实并非浪得虚名。数个村庄共筑一个大围垸，不仅省工省力，各村田地的面积还可以增加不少；更重要的是，这样减少了垸子的数量，就可以避免相邻的垸子太多，因争水泄水而经常产生纠纷。于是，几个小村抱成一团，找到赵家垴，一致请求与赵家垴一起围筑一个大垸子。赵家垴人也不愧是帝王的后裔，既然可以做一方盟主，何必去树几个敌人。何况赵家垴人也清楚，这样一来，周边的小村不仅免去了与赵家垴的水利冲突，在与邻垸的利益冲突中，也可得到赵家垴的帮助和庇护。人们说天上九头鸟，地上湖北佬，从这结盟共同围垸一事，即可见一斑。

自古以来，在江汉水乡，相邻的垸子因水而发生械斗的事频频发生，以至于这里的历代官府，干脆不理这些仇怨百结的官司，于是村垸之间的斗殴愈演愈烈，相邻的垸子几乎都成为世仇。

几个村子要与赵家垴合伙围垸的消息一经传出，周围的小村落都纷纷恳请加盟，哪个也不愿意落后，更不想因为垸子相邻而成为百世冤家。赵家垴人也认为这既是一个功德无量之举，也是赵家垴众望所归的好事，何况其他村子，都认可在划分村界之时，一切让赵家垴优先，于是赵家垴人欣然同意。经过数代人的努力，垸堤年年增高，最后便形成了以赵家垴为主的九村十三姓的一个大垸子。有人试过，这一圈垸堤的路程，差不多要从太阳出土走到太阳落土，十分完整而圆满，因此，长堤垸是这长川河流域最长的垸堤，这也是长堤垸这个垸名的来历。这样一来，九个村落合筑的大围垸，以长川河的河堤为基准，北边的垸堤筑过了甘浪湖，与禾丰垸相邻，距离湖不过十来里；西边的垸堤连到了塔耳垸的垸堤；东边的垸堤连到了王府垸的垸堤，方圆足有二十多里。这样的大垸子，在江汉平原并不多见，所以长堤垸十分出名，而长堤垸最大的村子赵家垴，也因此被人们十分看重。伶老东来到江汉平原之后，也重视起这个垸子，决定在垸子西北角上修建飞机场，那是长堤垸、塔耳垸和禾丰垸三垸的交界处。长堤垸的大垸堤筑好之后，这最初筑的一小段垸堤便成了一段废堤，也成了除垸堤之外，垸子里最高的地方，所以人们把它称为"堤山"，言辞间带着几分自豪。

修筑堤山之前，这段垸堤所征用的土地，族中早进行了补偿，所以它便成了一块公地，三百年来一直长满杂树、灌木和茅草，也藏着野猪、獾子、黄鼠狼和蛇虫。

十几年前，鼓痴突发奇想，想自己花钱在堤山上修建一座鼓楼。族里认为，修鼓楼是让村子出名的好事，便答应了，但也说定：土地永久是公产，不得变为私有；鼓楼是私产，可以继承可以拆除，但不准买卖，也不可作为它用。鼓痴欢天喜地筹了钱，花了四五年时间，在堤山上建起了这座五层高的鼓楼。他还在鼓楼近旁盖了一个两开间的小屋，给被大火烧得一无所有的铁叔一家居住，说是让他帮着看守鼓楼。从此，鼓痴这个丧鼓迷便拥有了他的私人鼓楼，有事冇事，他就在鼓楼上打起丧鼓，唱起丧歌，好不自在。一些喜爱丧鼓的人也经常来到堤山，打的打，唱的唱，听的听，学的学，把这个小小的堤山，变成了十里八乡的丧鼓爱好者的聚集之地。外地的鼓师歌师，也经常前来这里游学。很快，这座鼓楼便因鼓师歌师们的口口相传，闻名整个江汉平原，以及荆江对岸的湖南沿江地区。鼓痴也被人们尊称为鼓王和歌王。

三年前，因为骄哥从长阳山里带回土家族的幺姑嫂子，鼓痴与骄哥的师徒关系断绝，骄哥一家搬离堤山，住到了远离村子的离湖边上。从此，鼓痴便从家里搬到鼓楼来住，成了只有鼓楼和鼓为伴的孤家寡人。

江汉之地，纵横千里，湖乡草地的田野广阔无边，而且水网密布，为了安全，这里的女人一般不兴下湖，也不兴下水田，这样，平时在野外劳作的，主要是成年的男将们。在野地里独自种田打鱼的江汉男将们，大多时候冇得说话的伴儿，便爱扯开嗓子高唱丧歌，以排解寂寞，抖擞精神，忘记疲劳。所以，自古以来，唱丧歌，打丧鼓，听丧鼓，便成了江汉平原人生活中不可缺少的东西。但是，这丧歌却不是随便可以唱的，不是死人下葬，绝不能在村子里唱它，更不能在家中唱它，那都是不吉利的事儿。那些爱唱丧歌的人，他们的喉咙痒了，只能到野外去唱。人们要练丧鼓丧歌，也是到村子外边的渔棚、鸭棚、牛棚和空着的砖窑里去闹腾。

鼓痴是天字第一号的丧鼓迷。他先是仗着家中还算殷实，从千里远的长阳山区买到金丝楠乌木，到城里请出名的鼓匠制了一面大鼓，后来，他又筹钱建起了这座鼓楼。在整个江汉平原，除了荆州和汉阳的鼓楼之外，这座鼓楼应当数第三位。而若要论专门用于打丧鼓唱丧歌的鼓楼，它可能堪称天下唯一了。此外，它还是唯一的一座私人所建的鼓楼。

正所谓树大招风，这回，这座鼓楼可招来了祸端，凶吉难卜。

鼓楼将招来祸端，鼓痴还像冇得事的人一般，依然我行我素，他也不觉得会祸及村人而心怀愧疚。厚基族长找他谈论如何处理这事，他却说，比鼓是他自己的事，与族里村里都冇得关系，与旁人也冇得任何关系。他自己还一副好汉做事好汉当的样子，似乎自己不让别人介入，他就可以独担风险与责任，不会牵连村人。但是，秀才遇到兵，有理他不听，那侉老东，他们真的不会株连其他村民？这肯定是不可能的！他们跑到中国来，就是要来行凶作恶的！这个鼓痴，他一辈子就这么一股迂腐的执拗劲。厚基族长无奈，便让我也来跟他说一说，希望我这个鼓痴唯一的后人，能够影响到他。

我十分清楚，我说的话鼓痴哪里会听。要是在三年前，他的爱徒骄哥的话，他可能还能听进去几句，可是他们的师徒之分都断了，骄哥现在也不好开这个口。

终于起风了，天上的乌云被吹散了些，月亮周围浑水洼样的暗光大了许多，整个天色也亮了许多。

在冷冷的夜风中，我登上堤山，脚下响着被夜气濡软了的枯叶的窸窣声。我很快就闻到了旱烟的气味，但却冇有看见二楼的平台上像以往那样有烟锅的火光一明一暗，那儿是鼓痴常常呆坐到深更半夜的地方。平时，也不知他孤独一人常在那儿发着么子呆。我刚以为鼓痴困了，却又听到他在二楼上轻轻咳了一声。他果然是在二楼上。但这个烟鬼竟然冇有抽烟，这可是十分稀奇的事儿。他少不得烟，一支尺把长的烟箅子，被磨得油光发亮，我可是从小被他的旱烟给熏怕了！

这座五层的木楼，虽然不像岳阳楼和黄鹤楼那样雕梁画栋，也不像城里的天府庙和上清观那样气势雄壮，当然，它也有得恩施那边的侗族人的鼓楼那么精致，但它也层层装着栏杆，四面飞着瓦檐，看起来倒也气势不凡。鼓楼的一楼悬空，像一个凉亭，四面做了栏杆，栏杆下有一圈凳子，与栏杆形成一圈靠背椅子，供人们坐着听歌、看景、歇凉。二楼是一个有围栏的敞开的平台，只有八根柱子立着，这儿是鼓痴和鼓师们打鼓唱歌的地方，垸子里有时请戏班子来唱戏，这儿也被当作临时的戏台。三楼是一个三丈见方的房间，鼓痴现在就住在这儿。四楼的四面嵌了板壁，还上了锁，里放着十几只大大小小的鼓，那都是鼓痴多年来置下的宝贝。他那只宝贝疙瘩般的金丝楠乌木大鼓也放在这儿，那可是用在山涧里深埋了千年的金丝楠木制成的。这样埋在水底百年以上的树木称为乌木，所以这面鼓也被鼓痴称为金丝楠乌木鼓，要是哪个少说了一个字，他听了也都极不顺耳。鼓楼的第五层跟第二层一样，也是一个带围栏的平台的样子，不过只有四根柱子，是平时登高远望的地方。鼓痴轻易不让人上鼓楼，除了他的老搭档铁叔，我作为他的亲生儿子、骄哥作为他一向喜爱的徒弟，我们一般时候也只能上到二楼。就说前几天吧，要比鼓的侉老东用枪逼着他，他也挡在二楼的楼梯口不让上。那几个家伙要向上司交差，不想把事情闹砸，还真的冇冇强行上楼。他们只是丢下话来：既然是鼓师，就必须接受比鼓。说第五天有一位世界闻名的鼓王来比鼓，让鼓痴这边做好比鼓的准备。那个通译说，如果鼓痴这边输了，他们不但要带走金丝楠乌木鼓，还要征用鼓楼。一辈子争强好胜的鼓痴遇上了这样横蛮的家伙，自然是秀才遇上兵，有理说不赢，这使鼓痴十分无奈。鼓痴认为，如果答应比鼓，还有保住鼓和鼓楼的机会，何况在比鼓上，这个鼓王岂肯轻易服输！他便一咬牙点头同意了。厚基族长和大家都十分清楚，事情绝不会这么简单，侉老东现在在垸子的西北角修建军用飞机场，他们打这鼓楼的主意，与飞机场的导航之类，一定有着么子关系。厚基族长与族中理事们商讨一番，认为既然鼓痴和侉老东都冇有说定由哪个来比鼓，族里就想尽量把这场鼓比赢，所以，受族里所托的我，才硬着头皮深夜找到这鼓楼来，试着劝阻鼓痴，让他不要独自一人与侉老东比鼓。

我上到二楼，站在楼梯口的平台上，默默地望着面南而坐的那个黑影。自从骄哥一家搬离堤山后，我和他这个崖崖似乎成了仇人。我们彼此极少说话，父子俩必须面对的时候，我们总像一对陌生人一般。

有么子屁，快放！

鼓痴冷冷地发了声，人却石雕一般纹丝不动。不过我到底听出来了，不知是因为太冷，还是我这个儿子的到来让他多少有些暖心，他的声音，似乎冇得往常那么生硬。也或许，他也感到这次比鼓，他可能会有性命之危，所谓人之将死，其言也善，因此他对我突然动了血亲之念。

崖崖。

我生硬地叫出这两个字。我好几年冇有叫他崖崖了，现在叫起来十分费劲，也十分别扭。

我带着怨气说，让骄哥参与……

你滚回去！

鼓痴的冷硬又附体了。

我不死心，说，如果都是一样坐着打鼓，你肯定赢，可是……

老子也有指望一定能赢！

鼓痴的想法果真被我猜到了。以我对他的了解，这个犟造瘟，应当是做好了舍下性命的准备。

我生气地说，要赢，必须要有骄哥的参与！

滚！

一口闷气上来，堵在了我的胸口。

我说不出话来，只是一跺楼板，转身下楼。到了楼下我才说，好，你狠，那你就赢给世人看，可不要输了鼓，还连累这一垸的人！

冷寂的夜风，把我的声音吹得很远，更显出了我的孤单无助。

一只落单的鸟雀呜哇呜哇地叫着飞过夜空，它的翅膀扇出的孤凉的风声清晰入耳，就像一只飘零的小船，在茫茫的湖中发出的忧伤的划桨声，叫人心下悸疼。

鼓痴如此固执，我非常失望，也非常恼火。

我望见天上的灰云淡薄了许多，夜色也渐渐地放亮起来。我对着月光望向云彩，一只孤零零的鸟雀的黑影从堤山上空划过，飞往离湖的方向。

我想，骄哥困了吗？这个与我亲如手足的兄长，他现在住在远离村垴的湖边野地，差不多成了一个世外之人。与要做隐居乡间的陶渊明的厚基族长相比，骄哥似乎更像是一个隐士。

骄哥晓得鼓痴要比鼓的事儿了吗？他愿意代替鼓痴或者与鼓痴一

起去与侉老东比鼓吗?

算了,我还是不去找骄哥了。反正鼓痴不想让他参与进来,我又何必多事。

这样也好,骄哥一家四口在离湖边安安生生地过日子,不也正是我希望的吗?

我还一直想,如果桂妹子真的嫁给了我,我们也搬到离湖边上去,两家人真像一家人一样,一起过那世外桃源的日子。

三

黑影愈加深沉,鼓楼寂然无声。它的飞檐坚硬锐利,就像它的主人棱棱角角的性情。

楼上的鼓痴一声不吭,只是嚓的一声打燃火石,吹燃纸煤儿,点上烟锅。

凉风送来浓烈的旱烟气味。这呛人的气味虽然离我已经很远,我还是下意识地咳了两声。

黑森森的堤山上,鼓楼上那一星火光不时闪上一哈,像一只伤残了的萤火虫在做最后的挣扎,放着最后的微光。

将要与侉老东比鼓的鼓痴要孤军奋战,也像一只衰老伤残的萤火虫,将要拼上最后一滴力气。这时,我的心竟又酸软起来。这个外表顽石峭崖一般的鼓痴,他一生其实是那么的孤独,说来也十分可怜。厚基族长说过,可怜之人必有可恨之处。我看反过来也对,可恨之人必有可怜之处。

我向亮着灯光的村坮走去,那里有一栋简陋的三开间瓦屋,是鼓痴从我们瞿氏大家族上辈手中分得的财产,也是他一辈子仅剩的财产,现在,它也是我春雷的家。

我第一次跟骄哥去长阳放排那年,我姆妈去世了,姐姐也出嫁了,鼓痴也搬到堤山上了,家里冷火冷灶,并冇得么子意思。当年我嗲嗲在世时,我们在赵家垴虽是唯一的一户杂姓,但是家中人丁兴旺,相当富足,我们家的屋子也是垸子里数一数二的高墙大院,比搬到城里去了的垸董老爷家留在村里的老屋还要大。我们的祖辈以善于经营而名闻乡里,至今,我的二崖三崖兄弟俩,都还共同拥有一座酿酒的大槽坊,所酿出来的谷酒全县闻名。在连早上都喝酒的好酒之乡江汉平原,这座大槽坊自然是丰厚的财源。只是现在,这座槽坊与鼓痴已冇得任何关系,当然也与我冇得任何关系。鼓痴是我们家族中的一个败家子,他因为制金丝楠乌木鼓和修建鼓楼,败掉了大家族中的一座榨油坊和他名下的三十亩良田,他的两个亲兄弟——我的二崖和三崖,他们早已分家另过,但还住在原来的高墙大院里。二崖三崖也心疼我,想帮衬我,但我却不需要他们的同情。

我也有些犟。人们说我也有一滴像鼓痴。我真像吗?我好像看不出来。

背后有脚步声传来。

哪个?

我。

骄哥……

小声一滴。

你都听到了?

听到了。

你想管这个犟造瘟?你还是省省心吧,让他的鼓楼和鼓都见鬼去!

春雷,话不能这么说。走,我们到湖里去。

我劝你别掺和进来。

那你刚才去鼓楼搞么子?

不搞么子。

好啦,跟我去湖里坐坐总行吧?让你幺姑嫂子炒两个菜,我们喝喝酒总行吧?

我忽然想到,鼓楼上的那个人,他应当早就晓得骄哥来了,他是忍着才不抽烟的。他肯定是要看看骄哥到底想怎样。他肯定晓得骄哥远远地坐在田埂上,或是在田埂上走来走去,一直在犹豫着。这个冷面的鼓痴,他就是这个性子。他想把骄哥培养成自己的传人,想让他做自己的女婿,后来又跟骄哥断了师徒关系,还逼得多年的贴心伙计铁叔搬离了堤川……这哪一件不是他造成的?现在好啦,这祸根——鼓楼和鼓,就要保不住啦!

与鼓有关的一些过往,又一幕幕地浮在我的眼前,隐隐现现地演起皮影戏来。

月亮终于露出来了,但月亮长满了绵绵的绒毛,像一只巨大的生满白霉菌的霉豆渣团子,又像是蒙了一层灰布,发出的光是有些浑浊晦暗。不过，它也照得我们好走这湖野小路了，骄哥手上的火把也不用点了。

俗话说，月亮长毛，大水浩浩。这深秋的季节还会有多大的雨呢？人们也说，月亮长绒毛，不是大雨不远，就是眼雨将到。

不过是跟侉老东比一场鼓，又有么子眼雨呢？

离湖在长堤垸北面的垸堤——甘浪湖堤的外边，离村垱有二十多里路，它还在夜色茫茫的远方呢。但是远离湖边上的那个渔棚，却在我心里非常的清晰。那渔棚不仅是骄哥一家四口栖身的家，也是一个叫我想起来就温暖的地方。

自从姆妈去世、姐姐嫁人后，我似乎就冇得家了。我表面上跟鼓痴一起过父子相依相靠的日子，实际上我们早已分开住分开吃了。那个犟造瘟，我开始叫他回家吃饭，他还拖拖拉拉地回，后来他干脆懒得回了，他就守在鼓楼里，用渔家人在船上做饭的铁炉灶煮饭。他也不住骄哥一家住过的小屋，怕人说是他赶走了骄哥一家。但是，骄哥一家自己搬出去和被他赶出去，又有么子区别呢？他自己做饭就自己做吧，我还不乐意伺候他呢！再说他天生一张好吃的刁嘴巴，做菜的手艺又好，他是不会亏待自己的。村里人说，他现在懒得做饭，恨不得搭起梯子来，盼望有人请他打丧鼓唱丧歌呢，那样他就不用做饭了。这话说得很不中听，像牛马放的屁一般，好像是鼓痴一天到晚盼人死，好让他能打丧鼓唱丧歌，既能挣钱，也有吃有喝，省得自己烧火做饭。鼓痴他迷恋打丧鼓冇有说错，但他还不至于是专盼人死的人，他的大气与正直仗义，我这个做儿子的倒是从小深为佩服。

哼，看他还固执，这就是他不肯回家吃饭的结果，让人们有了长长的话柄。

不过,鼓痴不回家,我倒也自在,我也不想见到这个古板的家伙。他成天板着一张泥塑小鬼的脸,像借了他的米,还了他的糠。只是,从此我自己也懒得做饭了。我心里想,等桂妹子彩云一般从长阳的山巅飞到我们辽阔的平原水乡,等她嫁给我了,一切就会好了。于是我得过且过,东一餐西一餐地凑合着过日子,差不多成了个流浪汉。很多时候,我不是在与厚基族长一同琢磨做菜,就是在远离村子的离湖边上吃饭,差不多成了厚基族长家和这个渔棚的另一个主人。幺姑嫂子说,如果石柱哥入冬前还不来,她就准备回一趟长阳山里的娘家,一定要把桂妹子给我娶过来。我说还是我自己去。但她认为,她娘家的那个地头蛇覃老二认为受了我们的欺骗和愚弄,肯定不会放过我,怕我去找桂妹子不安全。

幺姑嫂子对我,就像我的亲姐姐对我。桂妹子也跟她一样的善良热情。

一想到幺姑嫂子和桂妹子,我的心都要化了。

我是第一次跟骄哥去长阳放排时认识幺姑嫂子的,也是在那时认识她的表妹桂妹子的。

我和骄哥两次去长阳山里放排的那些情景,又在我脑壳里演起了皮影戏。

四年前的农历七月初二,我第一次搭上了大洋船,心里充满了闯荡江湖的新鲜感。

洋船在长江上逆流而行,江面上的水鸟被机器声一路驱散。洋船后方的天空,被烟囱喷出的黑烟一路染乌,而前面的天空,却清新无比。我的好奇心也飞向遥远的长阳。这是我第一次出远门,也是第一次跟骄哥去千里外的长阳放排。船过了我去唱过好几回丧歌的程集古镇,我们就出了监利县境,进入了江陵县的地界。厚基族长写过一幅字送给我,内容就是李白的诗《早发白帝城》,写的是船从上游的四川奉节白帝城下江陵的情景。不过,我们乘的洋船是在逆流而上,江面宽阔,水流平缓,又是背着太阳而行,无法领略到李白所写的朝霞满天、猿声四起的情景,更体会不到千里江陵一日还的痛快。过了江陵,再过沙市码头和荆州码头,我就对洋船和江上的风景冇得了兴趣。

我坐在后面的甲板上,机器单调的隆隆声让我昏昏入睡。

江上呼呼的风浪声和机器声渐渐小去,不知么子时候,竟变成了咚咚咚咚的鼓声。鼓声中,一群衣着古怪的男将唱着跳着,腔调怪异,身姿狂放。他们还戴着奇怪的面具,有些像《西游记》和《封神榜》里张牙舞爪的鬼怪。一会儿,这群男将消失了,换成了一群花蝴蝶一般飞舞着的女伢子。女伢子们一个比一个漂亮,她们的歌声清亮得像银铃一般,舞姿轻巧得像天上的云彩。她们青春的脸面上,涂着鲜艳的颜色,画着古拙的线条与图案,一笑一颦,风情别样。她们还真的跟蝴蝶撒下翅膀上的彩粉一样,撒下星星一般的银的金的光点,炫得我的眼睛都要花了。我正要走近这群唱歌跳舞的女伢子,忽然被人扯住了肩膀。我睁开眼睛一看,是船上的安全员在扯我。我是困着了,在做着白日梦呢。我所梦见的,好像就是骄哥给我讲过的土家族的歌舞。骄哥从来冇有给我讲过这梦中的情景,我便疑心是自己把以前听过的故事、看过的图画、见过的戏，都搬到了梦中，让它们附着到了梦中的男女身上。

我回到人挤人的大舱，骄哥正坐在角落里的大麻袋上呼呼地困。

骄哥自己买了最便宜的底层大舱的船票，却为我买了二层的船票，说我是头一次坐洋船，要让我好好看看江上的风景。骄哥屁股下的旧麻袋塞得鼓鼓囊囊，里面有我们的行李，有带给山里人的土特产，还有我们凑来的银圆。我想到鼓痴和铁叔这一对老伙计，他们曾在放排路上被劫匪洗劫一空，不禁有些担心，但是骄哥却笑得十分轻松。骄哥说过，我们比我们的崖崖强得多了，我们从小都学了一身功夫。我们学功夫的事，倒是鼓痴的功劳，他和铁叔在放排路上吃了劫匪的亏，就坚决要我和骄哥两人学功夫。那时，赵家的老族长也热心支持，并用族费支付了骄哥全部的学费，我虽然不是他们赵家人，但赵家族里也替我支付了一半的学费。除了有功夫在身，还有一个有利的条件，这就是我们的崖崖以前搭乘的是木船，我们搭乘的则是大洋船。大洋船上人多，十分安全。骄哥还冲我笑道，我们俩像有钱人的样子吗？我和骄哥都是普通乡下后生的样子，年纪又都不大，真不像是身揣大钱去办大事的样子。

我又从底舱回到二层的梯口，要是底下有么子事，我这个位子十分有利。我腰里藏的飞刀可不是吃素的。论功夫，论打鼓，论唱歌，论智谋，我都比不上骄哥，可是要飞刀，骄哥不得不服我。村里的老保长业前叔说，长堤垸就好像水泊梁山，我们这一代必将了不得。骄哥、我、兴虎，他说我们是长堤垸里的吴用、花荣和李逵。我们说，那也还差一个领头的。业前叔笑着说，垸董老爷的儿子永富，他在城里就有及时雨宋江的美名，可惜他住在城里，要不，你们几个凑在一起，赵家垸就会更有气势。我们认为老保长说得的确不错,永富读的书多,见的世面大,在城里人缘广,加上仗义疏财的性格,确实有着领头人的架势,他每次回老家,大家都众星拱月地围着他,的确有宋江的气势。老保长说,别看永富远在城里,又年纪轻轻的,可城里人都叫他富先生,是一个呼风唤雨的角色,将来族中有么子大事的时候,他一定是可以出上大力的,所以说,他是赵家垴走出去的及时雨宋江。老保长说得不错,赵家垴族中无论是公是私,遇上么子麻烦事儿,还真是想都不用想,就去找垸董老爷和永富少爷。县城北门西边的赵家大院,就好像是赵家垴以及长堤垸人在城里设的一个会馆,他们父子为老家人办了不少的事儿,这也一直是赵家垴人的骄傲!

呵呵,我是长堤垸的小李广花荣?

我又不射箭,我不过是飞刀耍得还过得去,把我跟梁山上百步穿杨的花荣相比,我自己都觉得好笑呢。

我背靠洋船梯口的一根柱子,冲江边的景色发呆,脑壳里却还在想着梦中的美妙事儿。

第一次跟着骄哥上长阳放排,我最感兴趣的并不是放排,而是那儿的土家族丧鼓和歌舞。作为一个打丧鼓唱丧歌的,我对这些感兴趣十分正常。骄哥说,土家族的丧鼓与歌舞,相比江汉平原的歌舞,又是别有一番趣味。作为鼓痴的儿子和徒弟,我这个鼓手和歌手还不算太差,所以,我急着要见识土家族的丧鼓与歌舞。早两年,我就要跟骄哥和铁叔进山放排,但是他们说我太小。我终于十八岁了,而铁叔也老了,轮到骄哥领头办事了,也轮到我当骄哥的跟班了,我便跟着骄哥向长阳出发。

不是说长江后浪推前浪,前浪被扑在沙滩上吗?我们,一定要争取比父辈强!

长阳在千里之外的深山里,在通向更遥远的恩施利川的清江边,我从懂事起就晓得了这个神秘的地方。鼓痴为了制一只金丝楠乌木大鼓,又为了建一座高高的鼓楼,二十多年前就与长阳耗上了。在我三四岁的时候,鼓痴就带着铁叔出入深山里,先是找金丝楠乌木,后是放排,他把一条腿也连血带肉地丢在滔滔的长江上了。断了腿,鼓痴再也去不了山里,进山放排便中断了五年,直到骄哥十九岁时才又接了起来。一连四年,骄哥在每年的七月,都要跟铁叔去山里放一趟排。那座鼓楼,耗尽了鼓痴和铁叔两人一辈子的精力与财力,甚至连骄哥的青春少年也搭了进去。他们三人放排多年,才还清了修建鼓楼欠下的债务。债务还清之后,鼓痴和铁叔要按原先的计划,结束这冒险的放排,可是骄哥却不同意,他坚持要再放几趟。他说我们两家太穷,是村里过得最差的人家,我们的屋子要重新修建,出地也少得仅够一家人糊嘴,而且,将来我们娶亲也要花钱。

骄哥说,春雷也十八岁了,我们俩有责任把家里的日子过好,过得起码要比上不足比下有余。

骄哥的话使两个老人有些尴尬。特别是鼓痴,人们背后不仅叫他鼓痴,还叫他败家子。我们两家的穷,就是因为他痴迷弄鼓而造成的。也有人说,鼓痴其实是长堤垸最富有的人,不说一座鼓楼值多少钱,就是一只金丝楠乌木鼓的价值,也比得上一栋七柱九檩的大屋子。听了这些话，我心烦地说，反正这些东西与我无关。厚基族长就说，怎么与你无关，将来后人们都会说，这座鼓楼是鼓王自掏腰包修建的。鼓王是哪个？是你的崖崖，所以，鼓楼与你有着撇不开的关系。厚基族长还说，其实我一直觉得，我、我们赵家塆、我们长堤垸，都对你的崖崖有亏欠。他和铁叔花了那么多年，耗费了一生的精力与钱财，还搭上了一条腿，他制了鼓，修了鼓楼，为的何止是他自己一个人？现在人们一说到鼓一类的事，都会说到长堤垸赵家塆，那都是你的崖崖挣来的名气呢！你的崖崖呀，他可不是一个普通的人，他是一个有梦想的人。虽说他姓瞿，但他也住在赵家塆，这鼓楼更是建在赵家塆。在他建鼓楼之时，我们族里要是想通了这些情理，就该出力帮他一把，举一族之力来建一座鼓楼，那就容易多了，也就不用你崖崖和你铁叔三番五次地去放排挣钱，也就不会让他断掉一条腿。厚基族长说得冇错，可惜那个时候，他还在汉口当吴佩孚下手的四品参事官，还冇有回乡隐居当族长。这厚基族长，胸襟如此开阔，眼光如此远大，不愧是饱学之士，不愧是见过大世面的人！

骄哥跟我说，我们两个人再放三四趟排，家里就有些底子了，今后要办么子事就不会窄手窄脚了。

骄哥说得不错，从我记事起，我们两家总是这也缺钱那也缺钱。我们两家都冇得么子田地，更冇得牛，船也冇得一条，屋子也空空荡荡，特别是骄哥一家，一直住在鼓楼旁边那个看守鼓楼的小屋子里。要不是穷，我们的姆妈也不会因为下湖采莲子遇上龙卷风而丧生。在铁叔和骄哥的努力下，修建鼓楼欠下的债务终于还清了，我也终于成了大人，我们决心兄弟联手，齐心协力把家里弄得像个样子。厚基族长常说"修身齐家平天下","修身"我们基本上是做到了,"齐家"正是我们要做的事呀,至于"平天下",我们这湖乡草地种田打鱼唱丧歌的,看来是有心无力。不过厚基族长说,"平天下"是英雄做的事,平民百姓做不了英雄,把家里的日子过好,也算是有功于国家了。他说,家国天下,先有家,后有国,把每个家料理好了,国家自然也好了。不错,我跟骄哥得把家料理好呀。骄哥说得信心满满,我也跃跃欲试。我十分支持骄哥再放儿趟排的想法。

我很早就盼望着去长阳了,我对那里的土家族的武丧鼓充满了向往。

我心里的这个想法,当然不能让鼓痴晓得。他一直不喜欢土家族的武丧鼓,甚至不喜欢有人提到它。骄哥却与他相反,他时常背着鼓痴琢磨和练习武丧鼓,我也时不时跟他学着练过。骄哥练得很认真,我不过是闹着好玩而已。只是,我做梦都想亲眼见识见识土家族人的武丧鼓。骄哥住到远离村垱的离湖边后,我每次去他那儿,我们都要练上一阵武丧鼓。有一次,我开玩笑地问骄哥,你搬到离湖边上来住,不会是为了方便练武丧鼓吧?骄哥笑道,我要说不是,但我确实又在这儿练武丧鼓,只能说一切都是天意。

这骄哥,真像那水泊梁山的智多星吴用,还真有那么一股子气象。

唉,骄哥只能背着鼓痴练武丧鼓。

就有人说,鼓痴是在土家族丧鼓师那儿走了麦城,受了奚落,对土家族的武丧鼓有了成见,所以才反感土家族的武丧鼓。骄哥却反过来为鼓痴辩解,他说人们理解错了,他说师父内心里也是不排斥武丧鼓的,只是他不喜欢说而已。骄哥说自己偷偷练武丧鼓，师父哪里会不晓得，他只是装着不晓得而已，这说明师父是默许的。

也真叫人们说着了，好事不出门，坏事传千里，鼓痴在长阳山里弄出来的事儿，竟然被那些歌师鼓师传到这江汉平原上的长堤垸来了。

我还听村子里的人说，鼓痴不想让骄哥和我去长阳，是他认为，骄哥是被土家族的女子迷了心窍，是不想做他的女婿。湖乡草地的人爱嚼舌根，我想他们是在瞎说八道。从小到大，骄哥对我姐姐挺尊重的，我姐姐喜欢骄哥我十分清楚，我也希望骄哥能做我的姐夫，但是我不希望哪个逼迫他。鼓痴希望骄哥能娶我姐姐，但是在这世界上，不能么子事都如他的愿吧。大家都晓得鼓痴会把金丝楠乌木大鼓传给骄哥，而不是我。我倒希望骄哥成为鼓痴的传人。我虽然也是一个打丧鼓的歌手，我也喜欢打丧鼓，但是，我可不想像鼓痴那样一辈子以它为业，甚至靠它吃饭养家。我觉得，我完全可以靠种田打鱼生活，只把打丧鼓唱丧歌当成一种乐趣，那样其实会更好。而且，骄哥跟我的想法也完全一样，我们活得都比鼓痴要清醒要实在。不过，骄哥和厚基族长都说，正因为鼓痴为了丧鼓可以失去理智，他才有这么高的造化，才成为名满江汉的鼓王与歌王，这一滴，我们都望尘莫及。

也正是这样，骄哥一直不愿人们称他为新一代的鼓王与歌王，他只接受龙船号子王这个称号。

第一次去长阳的第二天，在黎明时分，我被长长的船号声惊醒。船舱里的人骚动起来，原来是宜都到了。我连忙准备出舱，骄哥却拉住我说，还早着呢，宜都的码头小，江水不深，不比我们监利的大码头，洋船在这里靠岸会慢得很，今儿的雾太大，船靠上码头，差不多要小半个时辰。

洋船在雾中慢慢蠕动，就像一只被雾气迷了方向的巨大的蜗牛，它好半天才找准靠岸的方向。

船终于靠岸了，骄哥背着麻袋从底舱上来了，他示意我在他的身后走，我们被裹挟在人群里，挤上了窄窄的麻石码头。这个码头比我们县城的码头要小得多。听骄哥说，宜都这个地方，只有我们那儿的太马河街那么大，因为这儿是清江入长江的地方，往来的船只大都要在这儿中转，山里下来的山货和大地方运来的洋货，也大多在这儿集散，这才建起这个码头。听骄哥这么一说，我才想起这里已是山区，新奇之心又上来了。

我透过弥漫的雾气朝码头上张望，却看不到山的形状，看到的只是变成了灰蓝色的雾气。骄哥说，那灰蓝色的就是山。

山不应该是绿色的吗，怎么会是灰蓝色的？我开始想象长阳的土家族人，他们在灰蓝色的雾中会是么子样子。那些跳武丧鼓的少数民族男将，那些轻歌曼舞的少数民族女子，他们都是一群么样的人呢？我模模糊糊听村里的女人们议论，骄哥是被土家族女伢子迷住了，所以一直想往山里跑。我虽然跟骄哥像亲兄弟一样，但因为鼓痴想将我姐姐嫁给骄哥，而骄哥一直态度不明朗，我也不好多问。现在看来，岂止那灰蓝色雾里的土家族人，就是骄哥也像是一团灰蓝色的雾一般，叫人弄不懂他，我还一直认为自己十分了解他呢。

029

我们把码头走完了，就来到了街上。骄哥见我还在他身后小心地东张西望，便小声地笑道，你这样子，就像一个走镖的镖师，人家一看，就晓得我背上的麻袋里有值钱的东西。

那刚才，你怎么要我跟在你的身后？

刚才是人多，挤在一起，你跟在我身后很正常，现在我们上了集镇，人很疏散了，你该跟我并排走才对。

宜都这个集镇虽说不大，毕竟是个集散的码头，也还十分热闹。骄哥带着我来到一个早点摊前，买了两碗红苕汤，四块油糍粑，我们在一张摇摇晃晃的小桌子前吃喝起来。说实在的，红苕汤清汤寡水，油糍粑有一股潲水味，吃得我眉头都皱起来了。我刚想吐掉，骄哥说，别吐，在这里吃的还是好的，要往里走，东西更加难吃。

为么子会这样？

这里是山区，穷，不像我们平原水乡，有的是吃的，要挑着好的吃，变着花样吃，不然，我们怎么会来这山里放排？穷的地方，树木才便宜。

我说，当初他们两个老的也真是会找，竟找到这么偏远的地方来。

骄哥说，那是师父听人说，只有深山老林里，才有埋藏在山涧下上百年的金丝楠木，他便跟我崖崖一起不远千里过来寻找。在找金丝楠木时，他们又听说侗族的鼓楼漂亮，于是又沿着这清江，跑到更远的恩施去，到侗族人聚居的山寨去看鼓楼。接着，他们又发现长阳这儿的杉木比湖南华容的便宜得多，也粗壮得多，便又想到从这儿运杉木回去修建鼓楼。建鼓楼有了杉木却缺工钱，于是又打起了运杉木到我们那儿赚钱的主意。所有这一切呀，都是因金丝楠乌木鼓而起，于是一环扣一环地闹腾起来。他们这一闹腾，竟然眨眼就是一辈子，弄得我们俩现在也接着他们的班，跑到这儿来放排了。他们把我俩也套进来了。

他们不是不想让我们放排吗？

他们是怕我们放排有危险。骄哥说，挣顺了的钱，我们为么子不再挣它几次呢？等我们把屋子修好了，把田置上几亩了，我们就收手。我其实也懂得知足常乐，但是我们首先要做到足，你都冇做到足，就不要谈么子乐。我们要做到有足够的田种，有足够牢固的屋住，然后，我们就不急不忙地种种田、打打鱼、打打丧鼓唱唱丧歌，一辈子也就过得自在轻松快快乐乐了。我说，是这个理！骄哥充满向往地说，我一直羡慕厚基族长，他因为有了家底，就可以有官不做，有钱不赚，隐居乡下，过自由自在的日子。这才是我想要的日子啊。当然，要过上这样的日子，我们还得首先把佤老东赶走才行。

一说到佤老东，我的心里就发堵。

我们都长大成人了，骄哥向往的自由自在的日子，其实也不难实现了，只是这佤老东，却是我们的心腹之患。

四

月亮从乌云里挣脱出来时，不仅很高了，它也远离了东天。现在，它看起来就像是几只还有有长出粗毛的鹅仔困成的一团球，细毛茸茸软软地放着黄色的光，虽然不甚明亮，但却照得天地一片亮堂。

朦胧的月色中，我和骄哥走进了湖野深处。我心里沉闷，一路上也无心说话。骄哥清楚我这个性情,他也不说话,只是一路哼着丧歌,我晓得他是用这种方式让我放松心情。在我走得背上发热出汗的时候,我们翻过了两丈多高的甘浪湖堤,出了长堤垸的地界。

不久,我见到湖野深处昏黄的一点渔火了——那里就是骄哥一家居住的渔棚。这使我产生了错觉,仿佛到了清江边上的那个土家族的小集。

四年前,我跟着骄哥在清江里乘船而上,也是在夜里的这个时候,终于到达了目的地——清江边上的一个叫刺杉坪的地方。我们在一个木栈码头下了搭乘的木船,踩着石级登上江岸。清江在鄂西十分著名,但也就像我们村前的长川河那么宽,因此它的岸也不过像长川河的河堤那么高。我们望着街头一个亮着昏黄灯火的吊脚楼而去,这是骄哥和铁叔以前来放排时借住的一户人家,家中只有两个老人,男的称周伯,女的称陈婶,是一对忠厚的土家族夫妻。每次借住在这户人家,主人不肯收钱,骄哥和铁叔都会带上一些水乡的土特产送给他们。这次,我们也给他们带来了红莲、藕粉、面条、红糖和粉丝。就是在这个土家族的小集上,我经历了人生的重要历练。也是在这个地方,我才开始真正长大成人。

刺杉坪整个村落排列在清江边,长不过一里多,三十多个吊脚楼也修得高高低低,散散落落。在山里,这算是比较大的寨子了。这里称作集的地方,不过十几丈长,与其说它是一个集市,还不如说它是一个稍大的码头。这里算是山里的一个交通要道,周围好几个寨子的人下宜都上资丘去恩施,无论陆路还是水路,都要从这儿经过。码头上有一家杂货铺、一家铁铺、一家豆腐铺,还有一个小小的剃头摊子。剃头摊子冇得门店，就摆在一棵大树下，摊子也不是天天出。但就是这个巴掌大的地方，成了我生命中除家乡之外最重要的一个地方。

到刺杉坪的第二天，我被骄哥叫起床时已是中午，太阳透过木结构的吊脚楼的小小木窗，照在我和骄哥困的床上。这座吊脚楼已经年深月久，板壁上、屋梁上、柱子上、瓦上，都被烟熏得黢黑，屋顶上悬着的一些篾头和绳头上，附着厚厚的黑毛烟灰。房间里，细微的烟尘似乎在不断地掉落，穿窗而进的太阳的光柱将它们一照，这些烟尘似乎放大了十几倍，在光柱中蒙蒙地腾成一片，衬出这个深山老寨的安静。

昨儿深夜到来之后，我们受到了热情的款待。我们吃了三大碗苞谷饭，还有腌得极咸的烟熏腊肉，又喝了好多热茶，直到半夜才上床困觉。我这时的瞌睡还很大，肚子也不饿，嘴巴里还有浓浓的腊肉的烟熏味，一直不肯淡去，就像鼓痴浑身的旱烟味陪了他一辈子一样。我嘴里甚至还有苞谷饭的青气。说实话，我并不习惯吃这样的饭菜，觉得这里果然是老山沟里，饭菜冇得我们平原水乡讲究。鼓痴虽然大半辈子冇得么子钱，但因为他本就是少爷出身，又是四处打丧鼓唱丧歌的江湖人，倒是一直吃得好喝得香，对菜的口味十分讲究，也把我培养成了一个讲究口味的家伙。厚基族长、鼓痴、我，我们三个人是整个长堤垸嘴壳最刁的人，一般人做的菜，我们吃不习惯。

我正不想起床，突然听到外间有女伢子的说话声，不由得来了精神。我听骄哥说过，这家人有一个丫头嫁在另一个寨子里，但她已有三十多岁，而外间的女子的声音，应当是一二十岁的红花女子发出来的。

我的脑壳里迅速打了一个忽闪，想到了传说中的骄哥的相好。

虽然我的瞌睡还有有困够,但我还是开始穿衣起床。那个女子的声音是从厨房里传出来的。厨房里同时还传出锅铲与锅的碰击声,以及菜汁在热锅里发出的欢快的吱吱声。我下意识地看了看骄哥,骄哥的脸忽然就有些红了。这是我头一回见到骄哥的脸红得像秋天的柿子。这里头果然有蹊跷。骄哥冲我勉强地一笑,显得既有些害羞,又有些无奈。显然,他也明白了我看他的意思。他也早晓得,我听说过这里的一个土家女子跟他有着瓜葛。也是因为这件事,鼓痴对他心生不满。

骄哥小声对我说,这个女伢子,我第一次来这儿就认识了,那时,她还只有十三四岁,还是一个不懂事的黄毛丫头。

我晓得骄哥会主动介绍这个女伢子,他不是一个爱隐瞒的人。我眯着眼斜看着骄哥,样子有点调皮作怪,但是我不说话,有一滴捉弄他的意思。骄哥明白我是要他坦白交代,同时,他也明白我不会计较他的这些。

骄哥叹了一口气,笑得自然了许多。他说,她叫幺姑,住在寨子西头,我们进山收树,都要从她家的吊脚楼后面经过。她比你大一岁,一个姐姐出嫁了;一个哥哥采药时遇上一只小野猪,他便把它捉了起来,想带回家喂养,结果小野猪一叫,一群大野猪赶过来,把他撕咬得面目全非,一会儿就断了气。我第一次来这儿时,有一天和我崖崖从山上下来,到她家讨水喝,就这么认识了。她的姆妈让她叫我阿哥,她就遇上我了就这样叫。到了我第二次来这儿时,她就叫我骄哥了……我们……成了熟人,我的崖崖跟她的崖崖很早就认识了,也很谈得来。骄哥笑了笑说,她的崖崖我们叫关师傅,也是一个打丧鼓的歌师,他的武丧鼓打得非常好，在当地很出名，他，就是那个和师父结下梁子的土家族鼓师。

我笑道，别提鼓痴，说这个女伢子。

骄哥有点不好意思地说，也有得么子好说的，只是每次上山下山，我们都要到她家坐一坐。也是奇怪，我崖崖本来是个话很少的人，却跟关师傅有说不完的话。关师傅其实是个爽快人，很好打交道，却不知怎么跟师父闹翻了，我想他俩肯定是前世的冤家。

我说，叫你不要提鼓痴！

骄哥说，我晓得你想听么子，但是也有得么子讲给你听。见我不怀好意地拿眼睛看他，他说，我们不进山的时候，幺姑也会找到我们住的地方来玩，反正她也有得么子事。这儿的田地少得可怜，要干的农活很少，女人的事儿，除了烧饭洗衣做针线活带伢子，剩下的就是到处串门，唱歌跳舞。那时，她总是缠着要我们讲江汉平原的事儿。

我说，么子"要我们讲"，是要你讲！

骄哥笑道，就算是吧，那时我也才十九岁，比你现在大一岁，差不多也还是个伢子嘛，她肯定缠着我讲的时候多一些。我呢，肯定得跟她讲，因为我也想向她了解土家族的武丧鼓——也就是我跟你说的跳丧鼓，我还要向她了解其他的歌舞。毕竟，她是鼓师的丫头，晓得的比一般人要多，所以……我们的交往自然会多一些。再说，她的崖崖毕竟走南闯北，见识比一般的山里人广，她耳濡目染，晓得的也自然不少。

我调笑道，所以，你们很说得来。

骄哥故作不高兴地说，哎，你……

我有得么子，你说你的。

我也有得么子好说的。话说开了,骄哥的脸也不再那么红了。他笑道,她今儿听说我们来了,就过来看,见陈婶年岁大了,就帮她做饭。她也不是现在才帮她做饭的,以前就常帮,土家族人都这样,热情……你以为呀!

我觉得好笑,心里说,嘿嘿,她未必是帮陈婶做饭,是帮你做吧?但是这话我不好说出口,毕竟人家做的饭,也有我的份儿。骄哥和我姐姐的事,虽然我也希望能成,但是鼓痴都不好意思明说出来,我姐姐更不好向骄哥表达,这事也不能怪骄哥。很早以前,我就晓得鼓痴希望铁叔主动提亲,否则,他这个死爱面子的家伙还哪里有面子。我清楚铁叔肯定跟骄哥说过,骄哥肯定不乐意。我姐姐大骄哥三岁,做粗活不错,但长相、细活、理家等方面,确实不大出色,这件事,鼓痴和我姐姐毕竟都底气不足。铁叔又是个性子温和的人,硬逼骄哥的事,他也做不出来。这样一来,这几年为这件事,两家都欲说不说地拖着。说实话,在这件事上,我倒是挺同情骄哥的左右为难,毕竟鼓痴是他的师父,也是对铁叔有恩的人。现在我亲眼见了幺姑,证实了以前的猜测。看样子,我回去之后,必须要跟我姐姐把这话揭开,省得既叫骄哥和铁叔为难,也误了她自己的年龄。

我开始还奇怪,鼓痴怎么就晓得了骄哥跟幺姑的事,后来想明白了,鼓痴这个著名的江汉鼓王,他在五湖四海有许多同道的朋友,更有许多对他着迷的人,江汉平原上的鼓师歌师也常往周边的山区跑,而幺姑又是著名的土家族鼓师的丫头,对他来说,哪里还有不透风的墙。

我正不知跟骄哥怎么回话,那个叫幺姑的土家女子就出现了。她从厨房端出一大碗鱼来。

幺姑应当是早有准备,见了我,红着脸笑道,稀客稀客。她的话比当地土家人的话好懂得多,看来跟骄哥说话的时候不会少。她把鱼放在堂屋的桌子上,大大方方地说,我做的菜不好吃,你将就着吃,要褒奖一些啊。

听她的话,好像只把我一个人当成了客人。看来,她真的跟骄哥很亲近。

我一时不晓得说么子是好,骄哥也不代替我回话,只是嘿嘿地笑。我只好说,听骄哥说,你们清江的鱼特别好吃。

幺姑笑道,这是他的褒奖。我倒是听他说,你们那儿的鱼有好几十种,而我们山里的鱼种类很少,你们那儿不愧是鱼米之乡。还有,听说你们那儿的鱼肉,有数不清的做法,特别是粉蒸鱼、粉蒸肉非常好吃,还有粉蒸蔬菜,说是叫江汉三蒸。我们这儿不兴蒸,多数时候吃的是腊鱼腊肉,都是用烟熏过的,骄哥说他吃不习惯呢,因为他也不抽烟。

骄哥笑道,我可冇有说不习惯,那是你白个儿说的。

幺姑笑道,我不过是代你说出来罢了。我们土家人说话,都是巷子里赶猪,直来直去,不像你们平原人那样,说话都要思前想后。她带着调皮的口吻对骄哥说,这回,你是不是该做一顿蒸菜让我们山里人尝尝?

骄哥说,好,这回是我跟春雷来的,冇得人管着,我一定兑现。

我想,以前,一定是铁叔不想让骄哥跟幺姑多来往,把他给管着,否则,骄哥肯定早做蒸菜给幺姑吃了。我们江汉平原的男将与别地不同,我们都会做菜，也不相信么子"男做女工到老不中"之类的话，我们反而觉得男将做菜是一件挺有意思的事儿。一个爱做菜的人，就像厚基族长一样，必定是一个有情趣有意思的人。听说那苏东坡和郑板桥，也都是做菜的好手呢。骄哥做菜的手艺虽然比我要差，但比一般的女人做得都不差。

幺姑又从厨房里端来了四个菜，有山菇、竹笋、青菜，还有一碗被熏得黑乎乎的腊肉。山里的菜不多，平时赶个场必须要逢场日。刺杉坪也有逢场日，每个月的初五和二十五才轮上，所以这里很难买到新鲜的肉，而山里人鱼又吃得很少。这里的山里人家，除了办酒席，都是在过年前每家杀上一头猪，拿盐腌了，用松木烧出烟来熏得乌黑，制成腊肉，一年吃到头。桌子上今儿能有一碗新鲜的清江鱼，已经是很不容易了。后来我们才晓得，为了这条鱼，幺姑在天刚亮时，就去江边忙了一上午。这条鱼是她用绣花针弯成的钩钓到的，她钓鱼就是跟骄哥学的。后来陈婶还告诉我们，一大早，幺姑就来她家打探是不是来了客人，幺姑说，她夜里听到码头这儿的狗叫，猜到肯定是有生人来这儿了。看来，幺姑早就期待着骄哥的到来了。

幺姑把菜摆好了，却向我们道别，无论我们和周伯陈婶怎么留饭，她还是笑着跑了。大大方方的幺姑，在吃饭的事上却很拘谨，这一滴倒跟我们江汉平原的女子很像。

周伯从大坛子里倒出三大碗苞谷酒，我还从冇有正经喝过酒，连连推脱。骄哥却劝我喝一滴，说是苞谷酒的度数只有稻谷酒和高粱酒的一半。我喝酒就是从那天开始的。苞谷酒的度数确实低，说实话，真冇得平原水乡的稻谷酒香,也有得稻谷酒浓稠滑溜顺口。用行话说,苞谷酒太薄,而稻谷酒却十分醇厚。喝酒的时候,骄哥向周伯和陈婶表示,这回一定要做一顿粉蒸鱼肉,给这边的朋友尝一尝,以表达自己的谢意。

正说着,来了一个年纪跟骄哥相仿的壮实后生,骄哥以前就跟我说过他,他是骄哥在这儿交的两个好朋友中的金牛,他是听幺姑说我们来了而赶过来的。看来,这是幺姑有意让他过来陪酒的。金牛的酒量很大,一会儿就喝了三大碗。我们又说到做粉蒸鱼肉的事,金牛说就到他家去做,鱼有得问题,新鲜的肉真的难找。如果实在难找,就先把他家那头年猪给杀了,过年的猪另外再喂养一头。金牛已经是一个伢子的崖崖了,早已与父母分家另过,他笑说他是当家做主的人了,杀一头猪还不是小事一桩。骄哥和我可不同意这样做,金牛便想到了去打野猪。他说山上常有野猪下来啃庄稼,正好庄稼也护了,肉也有了,还有,幺姑的哥哥的仇也报了。原来,幺姑那被野猪咬死的哥哥,就是金牛小时候的玩伴。

我们都是年轻后生,打野猪这样的刺激事,自然十分乐意去干。

当天黄昏之前,金牛就约来骄哥的另一个叫石柱的好朋友,带着我们一起去打野猪。

石柱比骄哥小三岁,还有有成家,是一个还有有出师的土家族小木匠。他也是吃百家饭的人,见的世面多,年纪不大,却精明能干,跟骄哥很谈得来,我也一眼就喜欢上了他。

石柱说,山里的野猪一阵子不打,它们的胆子就十分大,太阳还有有落山,它们就急吼吼地窜下山来找吃的,有时甚至大白天里也

039

出来。

金牛他们弄来一个土炸弹,用烤熟了的红苕皮包上,放到野猪经常出没的红苕地边,把炸弹的拉绳系在树上。我们藏身在一道坎坡下,兴奋地等待野猪的出现。金牛和石柱都带着钢叉,我和骄哥则各拿一条尖担——两头套着牛角一样的铁尖头的尖担。尖担是山里人最实用的农具,既是挑东西的扁担,又可当防身的长矛,遇上猛兽或土匪,可以前后左右四面开攻。

我们埋伏了不久,就听到山上有野猪下来的声音。野猪不像其他野物那样小心,它们甚至还是大大咧咧地哼哼着,一副有恃无恐的模样。不一会儿,几只野猪就来到了长得叶肥藤壮的红苕地边。它们显然被烤红苕的香气吸引住了,嘴里流着涎水,直奔我们放的诱饵而去。很快,一只大野猪就咬住了"红苕",它用力一扯,连在"红苕"上的绳子被拉动,"红苕"轰的一声爆炸了。其他的野猪受惊,转身就往山上飞跑。那只咬了炸弹的野猪晕了脑壳,竟胡乱地朝我们埋伏的方向窜来。我们持着家伙向它围了过去。这家伙的嘴壳被炸掉了一边,伤口还在喷血,血中残存的白牙齿十分吓人。它见了我们也不逃避,径直向我们四人之间的空隙冲来。骄哥迎过去,准确地将尖担刺向它张开的半边破嘴。尖担的头是向下弯着的,野猪的冲力极大,使尖担的铁头深深地扎进了泥地里。骄哥用力稳住尖担,尖担也往后推移了尺把长的位子,可见这家伙力气有多么大。金牛和石柱以前只听说过骄哥练过武功,今天才见他露出身手,都十分钦佩。他们连忙将钢叉捣进这家伙的身上,它挣扎了好一会儿,才软瘫下去。

这头野猪足有一百五十斤以上，要不是用炸弹，我们很难对付得了它。它的皮有寸把厚，红红的肉跟牛肉差不多，冇得半点膘，这样的肉冇得么子油，根本冇得家猪肉香，土家人并不怎么爱吃，所以打野猪的人并不多。我们自己留了五六斤猪肚皮下的肉，其余的都让周围的山民拿去分了。

第二天早上，我和骄哥又钓了三条两三斤重的鱼，金牛又弄来了青菜，骄哥便做了一顿粉蒸的鱼、肉、菜，这就是江汉平原著名的江汉三蒸。鱼、肉、菜放好了调料，裹上米粉，用猛火蒸，米粉既吸去了油脂，又锁住了鲜香，还增加了米的清甜，原汁原味，土家人吃得连连佩服。可惜用的肉不是肥瘦相间的家猪的五花肉，否则会鲜香好几倍。

石柱请来了幺姑的崖崖关师傅，我们才得以把幺姑请来，否则，她是不好与我们一起吃饭的。同幺姑一起来的，还有她的表妹桂妹子。我们把周伯和陈婶也请到了金牛家，一起吃了一顿丰盛的江汉美食。

土家人都称骄哥做得好吃，也笑话他一个大男将竟然还会做菜，说要我们俩都留在山里做土家人的上门幺婿。说者无心，听者有意，幺姑和桂妹子两个女伢子，听得脸蛋通红，大家盯着她们一看，她们更不好意思，端着饭碗跑到厨房里去了。

关师傅还开玩笑说，要骄哥在码头上边开上一个饭馆。骄哥说，这刺杉坪总共就那么几个人，过往的人也不多，真要开个饭馆，就只有自己做给自己吃了。再说，要开饭馆，也得春雷出马，他做的菜比我做的要好吃很多。

桂妹子听说我做的菜更好，便闹着要我也做一回给他们吃。

就是在这一次，我认识了幺姑的表妹桂妹子，这才有了后面那么多的故事。这算是丧歌里唱的萍水相逢吧。

桂妹子和我年龄相近，在一大桌人中也是小字辈，所以她喜欢找我说话。我看幺姑的样子，她好像是有意让桂妹子和我多说话。土家女子说话都很大方，倒是把我一个小男将搞得脸红腮热，脑壳上冒汗。

幺姑是一个十分出色的女子，她在这一方应当是百里挑一，我第一眼见到她时，心里就蹦出一句话——这个女伢子跟骄哥太配了，因为骄哥是我们那儿千里挑一的后生！但是我马上为难了。我姐姐暗暗喜欢骄哥，鼓痴也有将她嫁给骄哥的想法，而我姆妈，很早就在心里把骄哥当成了儿子或者女婿。我也清楚，骄哥其实也准备接受这个事实了，虽然有些无奈，但他也确实想以此报答鼓痴。但是，我来到这个土家族山寨后，一眼就看出他心底下十分喜欢幺姑。

五

离湖边的渔火很近了。黑驹远远地汪了两声，它感觉得出是主人回来了，汪出一种伢子般的亲意。夜里，这湖野之地从来冇有来过生人。我咳了一声，黑驹又汪了两声，远处便传来嗖嗖的声音，由远而近，由小而大，是黑驹快速穿过草丛的声音。当黑驹一口咬住我的裤脚时，我像一个受了委屈的伢子到了家门，眼雨打湿了眼眶。

我今儿是怎么了，为么子突然这么脆弱了？真冇得出息。

我悄悄地抹去眼雨。

幺姑嫂子竟然还有有困,还在清油灯下绣着土家的西兰卡普。

西兰卡普是土家话的发音,它是土家族的一种织锦。在这种织锦上绣上五彩的花纹,是土家女子最漂亮的女红。织锦是去年入冬前石柱哥带过来的,他还带来一个消息,说是那个覃老二的恶气还冇有消,还在找幺姑崖崖的碴儿。他叫幺姑、骄哥,还有我,这一两年不要进山,省得惹出麻烦,我们得要多过上几年,等覃老二找到堂客了,或等他的气消了,才能去长阳山里进行正常的亲戚往来。这样一来,平原与山里的联系,这几年主要还是要麻烦石柱哥这位土家族朋友。去年,幺姑嫂子再三托付石柱哥,一定要说通桂妹子的父母,将桂妹子许给我,为此,她还自作主张请银匠打了一套银锁链、耳环和镯子,买了两块山里人冇有见过的绸缎布料,让他带给桂妹子的父母,说是我送给他们的礼物。

现在,我们都在盼着石柱哥的到来,盼着桂妹子的消息。

见我直直地看着土锦,幺姑嫂子笑道,这是跟我将来的弟媳绣的,你放心,桂妹子的家人,主要是担心她嫁到这里来后,会过得不好,石柱哥把平原水乡的富足和你的为人已告诉了他们,他们会同意的。他们最不放心的,其实还是嫁得太远,要来往一趟确实不容易。而且,我们山里人虽说吃穿不愁,但真是冇得么子钱,也不习惯挣钱和攒钱,山里人要出来一趟,连路费都难凑。幺姑嫂子说,我崖崖毕竟是个出名的鼓师,我们寨子里,也就他会有一滴存钱。石柱哥学木匠虽说已经出师,但还冇有攒到么子钱,他每次到这儿来的路费,都是我崖崖给的。所以,桂妹子的家人也真舍不得她嫁得这样远。不过你放心,我敢保证一定会有好信儿的。还有,桂妹子非你不嫁,我姑崖姑妈最终也不会强制她的。

我说，多谢嫂子了！

幺姑嫂子笑道，我也是为着自己呢，桂妹子嫁过来，我就多了一个伴儿。我们山里山外两家，经常有人来人往多好。快了快了，等到年底，我们就可以把桂妹子娶过来了。我今年在湖边喂了四头猪，八条猪腿就足够作我们土家人的聘礼啦。幺姑嫂子自嘲地说，倒是你骄哥啊，他一条猪腿都冇有花，就把我拐过来了！

我嘿嘿地直笑，脸也红了，心更热了。喂四头猪，抓猪仔就要不少钱，可是骄哥这个鼓迷，他连鼓都还有得一只呢！

能遇上骄哥这一家人，我不晓得是哪辈子修来的福气。

幺姑嫂子问骄哥，师父怎么说？

骄哥摇了摇脑壳。

唉，这老人家，其实心也挺好的，就是有些固执，把脸面看得太重。

我生气地说，随他去，他把鼓楼和鼓都败掉更好！

幺姑嫂子说，也不能这么说，这鼓我们不能输！哎——我来煮条鱼，再用咸菜炒几个野鸭蛋，你们兄弟俩边喝酒边商量办法。

我说，我们把金丝楠乌木大鼓运出垸子，要毁，也只毁得了鼓楼。老实说，我也舍不得那鼓被人赢去，何况还是被佴老东赢去。

骄哥说，那不是赢，是夺。我注意看了，出垸子的路都给封了，佴老东这是逼着要跟我们比鼓，先把我们羞辱一番，再把我们的鼓夺走。骄哥停了片刻，又说，鼓虽然出不了垸子，但人出去倒是有得蛮大的问题。

我说，人出去有么子用，他们要的是鼓，不过，要是能和马队长他们联系上，让他们来……我举起拳头做了个揍的手势，小声地说，骄哥，你说呢？

骄哥朝我深深地笑了笑，小声说，千万不要再跟任何人说起。

我兴奋地点了点头。我清楚，骄哥早就跟离湖里的游击队有来往，他利用住在湖边的便利，暗地里帮游击队做着传递消息等事儿，禾丰垸铁钱沟的亚喜是游击队员，他经常往骄哥这儿跑，见骄哥一副稳稳的样子，他肯定已通过亚喜，把消息传给了游击队。

骄哥说，你先别想那么多，我们先应对比鼓的事。明儿，我们三人再练练鼓，我相信，我们肯定能赢！

练有么子用，这个犟造瘟他死活不理你，你有力也使不上。

骄哥笑道，万一呢？

我有些疑惑地看了骄哥一眼，说，你别装得好像蛮有把握的样子。

骄哥说，我相信，师父在大事面前绝对不会糊涂。与侉老东比鼓肯定充满凶险，他不让我们掺和比鼓的事，是不想让我们卷进这件事中去，怕我们吃亏受连累，所以故意做出固执己见的样子。以我对师父的了解，他肯定是有着自己的打算。

我心里不由得一怔。骄哥说得确实有些道理，鼓痴虽然对人冷淡，做人古板，个性刚硬，但十里八乡的人对他的评价都不差，都说他为人正直仗义，肯帮助人。厚基族长曾经劝我说，有一种人，对身边的人、对小事，常常冷淡甚至苛刻；对外面的人、对大事，却是古道热肠，是刀子嘴豆腐心。他说鼓痴就是这种人，要我多体谅他。鼓痴虽然平时疏远厚基族长，厚基族长却一直很敬重他。现在听骄哥这么一说，我突然理解了厚基族长的意思，也对鼓痴有了新的认识。

045

我对骄哥说,练就练吧,反正也闲着冇得事,不过,你不止一次说过鼓痴大事面前不糊涂,我倒是不太明白。

骄哥正要跟我解释,本来已经困了的铁叔,又披衣起来跟我们谈论。铁叔是个话很少的人,但是他坚定地认为,鼓痴在关键时候绝不会固执到底。铁叔说,我跟了他一辈子,我清楚他的性格。

夜里,我和铁叔挤在一起困,他早困着了,我却无法安眠。床很窄,我忍着不敢翻身,我们身下躺着的说是床,其实不过是铺。这铺是用湖里的钢柴荚子(滩涂上生长的一种高达四五米的坚硬的实心植物,拇指粗细,常与芦苇生长在一起,砍下来扎成捆就称为荚子)铺的,底下是用干土垒成的两条土墩,十分简陋。这样的铺,困铁叔一人自然不成问题,加上我,我就担心它会断塌。这些年,先是为了替鼓痴还债,现在又为了给我娶亲,铁叔、骄哥,还有幺姑嫂子,他们自己省吃俭用,把日子过成这样,我想起来就很惭愧。我暗暗发誓,等我娶来了桂妹子,我们一定要努力把家业搞兴旺,好好报答他们一家。

黑暗中,我又想起了桂妹子,想起了土家族的武丧鼓。

在长阳的日子里,我和骄哥白天收购木材,夜里就把心思用在丧鼓上。土家人爱唱爱跳,鼓是少不了的乐器。山里人平时很少出山,又冇得多少活儿要干,唱歌跳舞就成了他们打发日子的最好方式。幺姑嫂子经常邀集一群土家妹子聚会,她们跳撒叶儿嗬,唱山歌,一场接着一场。我晓得,她们这是专为骄哥表演的。作为鼓痴之后最出色的鼓师与歌师,骄哥对歌舞十分着迷,他特别用心地了解和学习各地的歌舞,要将它们融到自己的丧鼓、丧歌之中,这些,幺姑嫂子心中十分清楚。跳撒叶儿嗬的时候，大多都是幺姑嫂子执鼓领唱。她们跳"四大步""幺连嗬""哭丧"等等，有二十多个不同的歌句（曲牌），不同的歌句跳法也各不相同。

我从冇有见过这样边跳边唱边打鼓的，也充满了新奇。在江汉平原，除了玩采莲船时，会有边唱边跳边打鼓的，其他的打鼓，也就只能算是文打。文打就是身子不怎么动，冇得多少花样，即使是舞狮、娶亲、游行时的打鼓，虽说在走动，但目的只为了前行，实际上也属于文打。而土家族的鼓手都是站着打鼓，边打边跳，还不时翻转身体，手舞足蹈，一刻也不安停。据说幺姑嫂子的崖崖关师傅，他可以同时摆上三只鼓，他在中间边打边跳边舞，更是精彩绝伦。每次，桂妹子也都在女伢子们歌舞的行列，她虽然才十六岁，但身材高挑，是土家女子中少见的高个子。我特别爱看桂妹子跳舞的样子，常常把自己看得发痴。幺姑嫂子向我打趣，说要我留下来做女婿，或者挑上一尖担腊猪腿，把桂妹子娶走。我也想打趣幺姑嫂子，让她也嫁给骄哥，但是我说不出口。对骄哥、幺姑嫂子和我姐姐的事，我夹在中间有些左右为难。

平心而论，我认为最好的土家鼓还是男鼓师们的跳丧，也称"跳丧鼓"或"武丧鼓"，这也与我自己是一名鼓手和歌手有关，而且我还是一个喜欢武术的人。打丧鼓在江汉平原和长阳山里，都是十分重要的事，但是两者的区别很大。江汉平原的丧鼓重在唱功，重在丰富的歌词，土家族的丧鼓则重在跳功，重在舞姿。土家族丧鼓的歌词内容比较简单，数量也不怎么多，不像江汉平原的歌词，不仅数量多达一两百首，而且不少歌词还十分的长，如《三国》《水浒》《封神榜》《说唐》《说岳》

之类，每一首歌词都是一部书，要几天几夜才能唱完，而且还有丰富多彩的故事情节。最长的《黑暗传》就更不用说了。所以，江汉平原人都说唱丧鼓，而土家族人则说跳丧鼓，唱和跳，一字之差，形式的区别就十分大。

骄哥多次到长阳放排，看了不少次跳丧鼓，也学得了不少技法，讲得我十分向往，希望能看上一次。要看死人了跳丧鼓，自然不是那么容易。终于有一次，在太阳刚偏西时，骄哥悄悄地带我去看跳丧鼓。这难得有人下葬的消息是幺姑嫂子透露的，我们按她说的地址，一路问到做丧事的人家去。我们翻过了两座山，天快黑时，才临近做丧事的那个寨子。我们还有有进寨子，惯走山路的鼓师们——幺姑嫂子的崖崖等人，他们已经从后面追上了我们。我们来这个偏僻的寨子的意图，他们一眼就看出来了。

一个背鼓的汉子笑道，你们两人，看样子也是鼓师，是不是也要像你们的师父一样，跟我们比试比试？

长阳话与江汉平原话同属西南官话，稍加品味，大致都听得明白。

幺姑嫂子的崖崖关师傅——那个曾经羞辱过鼓痴的鼓师——他也爽直地说，今儿你们俩若有兴致，我们十分欢迎你们参加进来。你们也打一番丧鼓，让我们长长见识。他说，其实，你们江汉平原的丧鼓，自有你们出彩的地方，值得我们土家族鼓师好好学习。

想到鼓痴曾经遭到关师傅等人的羞辱，我便认为他说的不是真话，不禁哼了一声。

骄哥却说，我倒是更喜欢你们土家丧鼓，有唱有跳，有歌有舞，这样文武结合的跳丧鼓,如果我们江汉平原的人看了,肯定都会叫好!总之,你们的丧鼓好看,我们的丧鼓好听,各有各的精彩。

关师傅也诚恳地说,其实,我内心是十分宾服你师父的。我只听他的歌头,就晓得他会唱《黑暗传》,后来跟赵师傅(铁叔)交谈,果然瞿师傅是能唱全本《黑暗传》的歌师,这真了不起!对与他发生不愉快的事,我十分后悔,否则,我就可以从他那里学到不少好东西。唉,我真的是一失足成千古恨啊,这么好的丧歌送进山来,我却糊里糊涂地将它拒之门外。关师傅说,唱《黑暗传》的歌师有千千万,一般都只能唱个两三成,能一气唱完整本的歌师,这天下有得几个!我虽然也能唱几句,但最多只能唱个一天半日,再唱下去,我就会把盘祖唱成大禹,把岐山唱成华山,会唱得颠三倒四,牛头不对马嘴。

骄哥说,你郎太过自谦了,江汉平原的丧鼓和土家丧鼓,一个追求的是让人懂得人类的来源、社会的传承接代,以及做人处世之道,另一个追求的,是眼下人们的心情表达。

骄哥跟外人说起来,还一套一套的呢,我不由得对他刮目相看。

关师傅也赞赏道,小赵师傅你说得对,回去后,代我向你师父赔个罪吧。你们回去的时候,把我藏了好几年的天麻和灵芝给他带去,都是我们山里人能拿得出手的东西,算是我的歉意与诚意。过两年,等我家幺姑出嫁了,我就有时间到处游玩了,到那时,我一定要去你们江汉平原拜访瞿师傅,好好向他请教。

骄哥高兴地说,那太好了!其实,我师父是一个很好的人,只不过他把丧歌看得太真,心思都用到歌上面去了,人际的交往就太过简单,所以，你郎得多多包涵。

关师傅说，那次，他突然插进来唱丧歌，我们都认为他是故意取闹逞能，所以说话也就不大客气，加上我们那时也喝了不少苞谷酒——我们土家鼓师在跳丧鼓时，喜欢一边喝酒一边跳，所以那时，我们的脑壳都不太清醒，言语之间就不太友好，看热闹的人，自然是站在我们本地人这边，他们冲瞿师傅起哄，弄得他有些下不了台。后来我跟你崖崖交谈，才晓得你们那儿唱丧歌，兴赶鼓比歌，是十分正常的行为。这都是山里山外打丧鼓的风俗不同，使我们闹出的误会呀。我认为，你们那种赶鼓比歌十分有意思，这样互相有比拼，歌师的歌就会越唱越好，看热闹的也更喜欢听，这真值得我们土家鼓师好好学呢。所以，今后我一定要到你们江汉平原去游学，去赶鼓，既能学到艺，还能吃好喝好。哎——你们那儿的江汉三蒸，实在太好吃了！

好，我们到时候陪着你郎去赶鼓，也向你郎拜师学艺。骄哥说，我一直想把土家族和江汉平原的丧鼓结合起来，你郎如果跟我师父和好了，这件事做起来就非常容易了！

你说得还真在理，这山里山外的丧鼓，文的武的一结合，肯定十分精彩！后生仔，把山里山外的丧鼓融合起来，搞成一种新丧鼓，我等着你们的好信儿！

那一夜，在土家族的跳丧鼓进行得热烈之时，骄哥和我也被拉了进去。我们虽然冇有打鼓，但跳得十分开心。特别是骄哥，他跳得十分熟道，看来他早就学会了，只是顾忌着鼓痴的感受，不敢大胆地跳。

说到关师傅羞辱鼓痴的事，其实主要是鼓痴的错。鼓痴自己心里只有鼓，而忘却了入乡随俗。江汉平原的歌师兴赶鼓，有人下葬，请了主歌师，别的歌师都可以赶过去比歌，这就叫赶鼓。前来赶鼓的歌师若是输了，得自己走人，若是比赢了，或是比成了平局，就可分得三分之一的酬金。如果前来赶鼓的歌师有好几个，那就十分热闹了，一场丧鼓大比拼就开场了，彼此类似打擂台踢场子，唇枪舌剑，机锋迭出，比的是脑壳和嘴壳。当然，大家都会讲江湖规矩，彼此点到为止，不伤和气，那三分之一的酬金，则由赶鼓的歌师们平分，图的是一个热闹，也给东家带来隆重兴盛的气氛。这种赶鼓，当然也加强了歌师之间的切磋，起到相互促进的作用。赶鼓也有赶起气来的，你不服我我不服你，彼此唱出互相诽谤与贬损的毒词儿，偶尔甚至闹到动手打斗的地步。不过，这种比鼓比得动武的事极少发生，毕竟歌师是靠嘴壳吃饭的职业，比拼的本来就是嘴壳。

鼓痴是江汉平原中南部数县的歌王，不少远地的歌师特地找他赶鼓竞技，他几乎从来就冇有输过，也因此养成了心高气傲的性子。他最后一次进山放排，住在刺杉坪，有一天夜里听到鼓响，他就忘了自己身在异乡，也按江汉平原的习俗前去赶鼓。那个鼓场就在邻近的一个寨子，离得很近。那天，跟他一起去放排的铁叔收木材冇有回来，也冇得人提醒他，他就冒冒失失地去赶鼓了。他见土家族的鼓师们只是跳得热闹，实际却唱不出么子内容，大多时候不过是"哎嗨啊哟"地唱一些副词，他的喉咙便痒得无法自制，便情不自禁地扯开嗓门插进去唱。他只听说过土家族丧鼓重在跳，却不知他们不兴赶鼓。赶鼓插歌在江汉平原十分正常，人们一般都巴不得有人来赶鼓，好看个大热闹。而在长阳山里，这样插进别的歌师的歌唱中,则是恶意捣乱显摆,是不礼貌的行为。江汉平原赶鼓的歌师插歌,一般是等到正在唱的歌师刚好唱到一节的最后一句时,就跟着一起高唱,接着突然把声调抬高一个八度,拉出一个长调,然后降低声音,先以唱的方式,把前面的歌师或真或假地恭维一番,然后插进自己的开场词。正在唱着的歌师清楚,这不过是先礼后兵,自然不想让赶鼓的歌师轻易得手,显得自己好惹,或是水平不高,于是马上现编一些歌词唱起来,以打击对方,让他知趣地收场。赶鼓的歌师自然是有备而来,一边假意谦虚,一边歌词里暗藏机锋,要让对方偃旗息鼓,拱手服输。为了获胜,彼此便亮出自己的家底,比着唱出自己最拿手而对手可能不熟悉的歌本的歌头。这样的歌头一般是四句六句,俗称"四六句"。两个歌师——有时甚至是两方的好几个歌师,一个接一个地换歌头,一气可换上几十个,直到对方接不上、比不过,一场赶鼓赛才算告一段落,接着由获胜者继续高唱。遇上双方都是高手,歌头甚至比得没完没了。鼓痴就曾与天门的一个兔嘴歌师比到过一百多个歌头,最后才险胜了对方。

土家族打丧鼓不兴赶鼓,而是兴邀请鼓师助阵凑热闹,只有合作,冇得比拼。鼓痴坏了人家的规矩,加上又只会坐着文打,因语音方言的不同,也使当地的土家族人听不大懂,观众也不买账。鼓痴先是被以关师傅为首的鼓师们奚落了一顿,后又被观众们起哄嘲笑,当场下不了台,便气得离了场。鼓痴在大半个江汉平原一直受人抬举,也习惯了听顺耳的话,这种奚落他何曾受过?因此,他认为是土家族人愚昧落后,冇得文化,不懂礼仪,更不懂么子江湖规矩。所以,他后来见骄哥不仅喜欢土家族的丧鼓，还与奚落过他的关师傅的丫头经常搭话——主要是那个土家妹子主动找骄哥——他就心生气恼。

这一回在山里看土家族的跳丧鼓，我真是大开眼界。土家的武跳丧其实就是跳舞，他们的唱词就有"打不起豆腐送不起情，跳一夜丧鼓送亡人"。骄哥告诉我，土家族以白虎为图腾，在跳丧鼓中，有很多模仿老虎摆尾、行走、捕食等动作，特别是表演"猛虎下山"时，腾跃、扑挟、吸腿、躬身、撞肘、顶胯、跳转，口中还发出阵阵嚎啸，十分传神有趣，所以也被称作"白虎舞"。如果仅从看热闹上来说，这样的丧鼓舞，以唱为主的江汉平原的文丧鼓自然比不了。不过平心而论，江汉平原的丧鼓确实文采飞扬，故事精彩，人类的起源、历史的发展、奇趣传说、情爱故事、人伦道德，都融在其中。特别是有着汉民族史诗之称的《黑暗传》唱本，更是整个华夏民族的一部史诗。从这个方面来看，土家族的跳丧鼓自然显得简单和浅显。其实，这一文一武，前者就是用来听的，后者就是用来看的，两者各有侧重，各有所长。

我想，要是把江汉平原的文丧鼓和土家族的武丧鼓结合起来，那一定是最为精彩的丧鼓。

我想不明白的是，鼓痴一生钟爱丧鼓，为么事就要排斥更适合年轻人口味的土家跳丧鼓呢？如果仅仅是因为受了土家人的一顿羞辱，就排斥土家族的武丧鼓，这也说不过去，他的气量，应当还不至于这么狭小。

我想来想去，似乎有些明白了：鼓痴最喜爱的人是他的徒弟骄哥，他一直把骄哥当自己的传人来看待，他还想用姻亲的关系来牢固他和骄哥的关系，所以，他一意识到骄哥被么妞吸引住后，生怕失去骄哥，他不好直接干涉，又不会去劝导，最后，只好摆出反感土家丧鼓的样子，来表示他的态度，以让骄哥能自己控制自己。

但这个鼓痴，他到底是反感土家丧鼓，还是要追求师传的正宗，又或者是怕失去他的传人呢？

六

说到这里，还是说说鼓痴吧。

鼓痴为人固执古板，却名震江汉平原。人们说，他是江汉平原有史以来最出色的鼓师加歌师。不说别的，仅仅是他能花七天七夜的时间，一气唱完整本的《黑暗传》，而且唱得一字不漏，这在江汉平原至今还找不到第二人。人们说他是记忆超人的天才，也是现编现唱的高手。还有人说，以他的聪明才学，他本该是一个读书中举的人才，却一门心思迷上了丧鼓。他沉迷丧鼓也就罢了，还生生把一个富裕之家给败了。第一年，他带走了家中所有的现洋，带着长工铁叔直上长阳的深山，去寻找阴沉百年以上的金丝楠乌木。他说一辈子能拥有一只传世的宝鼓，才不枉此生。哪个晓得，头一次出门，他们就在枝江遇上了劫匪，现洋被抢了个精光。他不死心，隔了两年又用三十多亩良田作抵押，借了一大笔钱，再次去清江上游寻购金丝楠乌木。金丝楠乌木买回来后，他花高价请城里的名师制了一只大鼓，一时名动江汉，被称为鼓王。也不知这个称号是给金丝楠乌木鼓的，还是给他这个鼓痴的。他飘飘然了，又朝思暮想，要建一座鄂西侗族人才有的那种鼓楼。建鼓楼冇得钱，他想到了长阳山中，有的是比本地便宜得多的上好刺杉。江汉平原建房的刺杉，都来自平原以外的山区，最近便的是长江对岸的华容、岳阳，也是因为近便，所以十分昂贵。鼓痴将家中的良田抵押出去后，冇得钱按时赎回，良田也便成了人家的。他要去长阳放排，树虽廉价，但请人伐树要工钱，路上要盘缠路费，遇上江上的关卡也要打点。鼓痴凑了一些钱，便带上他的忠实长工铁叔，前去长阳放排。他们将大刺杉用篾皮、抓钉和缆绳扎成一只大木排，一只木排五十根刺杉，从清江放到长江，经枝江、荆州、公安、江陵、石首，像驾船一样地顺水"驾"到监利。木排在监利城西的西门渊外的庞公渡解散，请码头上的搬运工抬上长江大堤，装入闸下长川河上的两条大船，从长川河运回家。因为适合放排的时间只有每年的农历七月，加上钱都是凑来的，现洋不够，他们每年只能放一架排。他们花了五年时间，运回了两百五十根胸径一尺五以上的上好杉木，终于建起了一座五层高的鼓楼，工匠的工钱与其他配材，则欠下了一大笔债务。第六年，也就是他被土家族鼓师奚落的这年，他再次与铁叔去长阳放排，准备运回木材来卖，以偿还欠下的债务。建好鼓楼之后放排赚钱，这也是鼓痴早想好的计划，也是他敢于举债的底气。他早算好了，再放三四年排，所有的债务就可以还清了，他就可以跟铁叔两人安享成果，专心于这江汉的丧鼓丧歌了。只是这次他的心太急切，未等入秋就进山去了。夏季去放排的人极少，树价便宜，伐树的工价也低，他本以为可降低成本，却冇有想到平常夏天发水的长江，这回却罕见地在秋天发了水。因为水流太急，又遇上暴雨，木排被大浪折腾，行到枝江时就散了架。鼓痴去修木排，被夹断了右腿，腿骨都碎了，人痛得晕死了过去。救人要紧，铁叔只得眼睁睁地看着那五十根上好的杉木一路散开，零零散散地顺江而下，成了别人的浮财。

汹涌的激流中，一根粗大的刺杉直冲过来，势不可挡。我看见，这根刺杉锯面上密密的年轮层层叠叠地套着，它们不停地快速旋转，越转越近，越转越大，最后变成一个旋转的黑色漩涡。这个黑色漩涡像渔网一般向我直罩过来，要将我吞没。就在这时，鼓痴突然冒了出来，他一把推开我，大刺杉便重重地撞在了他的腿上。我大叫一声，惊醒过来，出了一身冷汗。原来我是做了一个噩梦。余惊难定的我想，鼓痴是我的崖崖，我跟他有血浓于水的亲情，我虽然一直不喜欢他，但他的很多方面，又令我暗暗佩服。他皮肤虽然比较黑，但看上却挺斯文，而且他做体力活时，还有着一股狠劲，根本看不出他是一个满肚子歌词与故事的文墨人。

铁叔说过，你崖崖是个有志向的人，他跟常人不一样，常人想的都是自己衣食住行和养儿育女的事儿，他却很少想这些平常人过日子的事儿，他想的是行业和地方的事儿，比如鼓词怎样编、打鼓的手法怎样变、打鼓的节奏怎样组合，我十分敬服他，所以铁了心跟着他干。这世上的人，特别是我们江汉平原的人，素有天上九头鸟地上湖北佬之称，一个比一个精明，像这样吃力不讨好的事，是有得几个人愿意去做的。而你的崖崖，就是这样一个做事从不先考虑自己得失的人。这样的人我有幸遇上了，我就得宾服！我遇上天灾人祸，失去了田地房屋，是你崖崖帮了我，在他自己也有得么子田地的时候，还硬是养着我这个长工，后来，他又把三分之一的田硬塞给了我。他修建鼓楼本就欠了一屁股债，却坚持在鼓楼旁边盖了一个两开间的屋子,还笑着安慰我说,蚤多不怕痒,债多不怕还。他建这个屋子,说是让我帮他看鼓楼,实际上是为了我能有一个栖身之地。铁叔说,再说,我也曾经是一个鼓手,我也喜欢唱丧歌啊!

铁叔年轻时也打过几年丧鼓,也能唱上一场丧歌,但自从跟上了鼓痴,他就很少独立打鼓唱歌了。他后来不过是跟鼓痴敲了半辈子的边鼓,也就是在鼓痴打累了的时候,他坐在旁边帮着鼓痴打鼓,而鼓痴则只管唱。当然,这一个打鼓一个唱歌,必须配合默契。其实,我也是一个常跟骄哥敲边鼓的角色。有人笑我是替鼓痴还债,是两对父子反过来了。我觉得也无所谓,我给骄哥当配角,干得也很开心。铁叔做鼓痴的跟屁虫,他说他一滴都不后悔。他说,这不,永骄被你崖崖带成了一个好鼓手呢!

是啊,这对老东宾(老东家与老佣工),他们的梦想都实现了,一个有了千里江汉唯一的丧鼓楼和金丝楠乌木大鼓,一个有了一个替自己圆鼓师歌师梦的儿了。用他们的话说,他们死也可以闭眼睛了。

现在,鼓楼和金丝楠乌木大鼓遇上了麻烦,这已经不是鼓痴一个人的事了,而是整个垸子的事。在鼓楼落成仪式上,鼓痴说,这鼓楼和金丝楠乌木大鼓,都不是他个人的财产,他将不分亲疏地传给最优秀的鼓手和歌手,而且将一代一代这样传下去。因此,他一直鼓励村中的后辈学鼓练歌,把推广丧鼓当作了他人生的一件大事。但是,他心中的传人骄哥却背叛了他。骄哥不仅学了他反感的土家武丧鼓,不仅不当他的女婿,还"拐"回了羞辱过他的土家族鼓师的丫头。人们都认为,这样一来，鼓痴只有举贤不避亲，将鼓和鼓楼传给我了，甚至不少人开始把我当作鼓痴的传人来看待了。我才不做这个传人呢，管他么子宝贝，我一滴兴趣都有得。再说，这鼓，也只有骄哥才配得上。

其实，骄哥也做好了接班的准备。骄哥从十九岁起，就开始跟铁叔上长阳放排，二十三岁就独当一面带我放排。在汲取了鼓痴夏季放排丢了一条腿的教训之后，以后每次放排，必要入秋，每次的排子也必不超过四十六根刺杉。冇有想到的是，放排使骄哥遇上了幺姑嫂子。我清楚，骄哥虽说不大情愿娶我姐姐，但他也准备过掐断对幺姑嫂子的喜爱。可是，我第二次跟他去放排，偏偏又出了幺姑嫂子要代姐填房的事，事件就又生出了枝叶。土家族有已婚的姐姐死了，妹妹要给姐夫填房的习俗，也就是姐姐去世了，尚未许人的妹妹要嫁给姐夫。可是偏偏幺姑嫂子不仅讨厌她的姐夫，而且早就对骄哥芳心暗许，于是就有了她的逃婚，也有了骄哥压制在心底的真情的突然迸发。骄哥毅然抛开一切顾虑，接受了幺姑嫂子，并为此与覃老二进行了那场凶险的生死决斗。

春雷，太阳晒屁股了！骄哥在外面喊，你幺姑嫂子把早饭做好了，我们吃了一起练练鼓。

我睁开困倦的眼睛，有气无力地说，练么子鼓，不都是些破盆烂桶吗？

骄哥自从离开堤山之后，就再也冇有上鼓楼了。他练的鼓，就是一只破粪桶、两只破木盆，他把它们底儿朝天地当作鼓来练。

骄哥也是一个鼓痴！他住到荒无人烟的离湖边上来，除了为方便打鱼谋生，也是为方便练鼓——特别是可以练武丧鼓。

骄哥笑着说，先将就将就，万一这次我们能代替师父比鼓，说不准儿今后就可以动他的鼓了呢，甚至，他也不再反对我们唱武丧鼓。

说到武丧鼓，我发现骄哥眼里充满了光彩，两只眼睛变得像黎明时的星星。看来，他一直是想找个机会光明正大地打武丧鼓。他呀，与鼓痴几乎冇得么子两样！

我说，我才不想动他那些破鼓！为了安骄哥的心，我说，不过武丧鼓我倒是愿意练，练了气死这个犟造瘟！

幺姑嫂子笑道，等会儿练的时候，记住"头儿摆两摆，身子歪两歪，屁股甩两甩，腿脚踹两踹"，这可是我们土家族跳丧鼓的诀窍。

我笑道，最好是喝了酒再练，骄哥发明的醉丧鼓，我觉得比你们土家族的武丧鼓更要精彩！

我们正要练醉丧鼓呢。骄哥说，醉丧鼓跟醉拳一样，不喝酒一样可以打。听说醉拳只有我们中国才有，那醉丧鼓佬老东肯定也不会有，这样，我们取胜的把握就更大了。

骄哥练醉丧鼓，是在山里与金牛和石柱喝了酒，相互之间闹着玩练起来的。我又想起在山里的那些事儿。

我们到长阳去放排，都选择在七月头。这个时候已经入秋，不仅我们平原水乡的主要作物中谷已经收割，头茬棉花也上市换成了钱，这使我们有了去放排的本钱。更重要的是，这个时候，长江已过了涨水期，处于风浪相对平静而水温又不是太凉的最好时期，最适合在江上放排，这也是除了本钱不够的原因之外，我们一年只能放一趟排的另一个原因。

第一次跟着骄哥去放排，我们没用几天时间，就在金牛和石柱的帮助下，以很便宜的价钱采集到了四十六根上好的刺杉。我们将树干去掉枝叶，砍成五丈长，晾晒在清江边的码头。待这些杉木干得差不多了，我们再将它们扎成结结实实的大木排，顺着清江放入长江，然后顺流而下，放回监利。这个时候，我们就不再住在周伯家里，而是在码头边上用树枝和茅草搭一个人字棚，住在里面看守木材。虽说土家族民风淳朴，我们也要防止被江上过往的商客顺走。另外，我们长期住在周伯家中也有些过意不去。所以，我们在收到杉木之后，都要在清江的码头边搭起一个简陋的棚子，便于看守木材。等木材晾得半干了再扎成排，大约要过了七月十五。如果遇上连续的雨天，这个时间则要推迟，最晚的时候，我们甚至要到八月上旬才能放排返回。

之所以一定要在七月十五以后放排回家，也是有讲究的。

在江汉平原，七月称为鬼月，七月十五则叫亡人节，还叫七月半。七月份是一年中阴气最重的时候，说是所有的鬼魂都会在这段时间回到阳世间的家，来看后人家业的发展与人丁的兴旺情况，同时也接受后人的祭祀。有些冇得后人或找不到后人的鬼魂——就是人们说的孤魂野鬼，他们常常发泄自己的不良情绪，向落单的人发难。江河湖泊湿气重、阴气重，孤魂野鬼最容易作祟，所以我们在江上放排，都要避开这个时间段。这样一来，我们一般都要在七月十八前后下水放排。

在长阳山里，七月半不似我们江汉水乡那么重要，但七月半前的七月十二那天，却是土家族一个重要的节日——女儿会。女儿会也叫女儿节，是土家族女子寻找意中人的日子。在女儿会的这天，还有冇许人家的土家女子，都可以不用三媒六证，不用家庭包办，自己寻找意中人。这样的习俗，也是土家人给女子们的一大自由，历来都是土家族女子最开心的日子。

女儿会的前一天，桂妹子单独来到码头边找我们。以前，她大多时候都是跟幺姑一起，或者跟其他的女伢子一起，很少单独跟我们来往。她来的意思，是要我们在女儿会那天，一定要去墟场上看看。她跟骄哥说，女儿会一年就一次，千万不要错过。她还故意说，这周围的寨子里，好多后生都喜欢幺姑表姐，幺姑表姐这次肯定会被人引走的。

我听出桂妹子的意思来了，她是特地前来提醒骄哥的。要是换了我，我肯定十分激动，但是骄哥却反应冷淡。我清楚骄哥心里十分矛盾，他已经做好了顺应鼓痴和我姐姐的意愿的准备，心里却又喜欢着幺姑，实在左右为难。想到这里，我就坚定了回去劝姐姐死了这个心的打算。姐姐指望着骄哥，既误了自己，也害了骄哥，我实在看不下去了。

骄哥对桂妹子说，我明儿要看守木材呢，女儿会我看过好几回了，春雷冇有看过，正好让他去看看稀奇。

我晓得骄哥这既是推脱，也是希望桂妹子能在女儿会上与我定情。我想，他自己都被鼓痴给拴住了，我更不用自找麻烦。骄哥却说我跟他的情况不一样，因为我在鼓痴的心中，冇得骄哥重要。我晓得他是鼓痴看重的传人，我不过是鼓痴并不欣赏的儿子，我在鼓痴心里甚至可有可无。不过，如果我要娶桂妹子，他真的不会反对吗？

桂妹子逼问骄哥，你在女儿会上看了几年，听说也有好几个妹子中意你，缠着跟你对歌，你为么子不挑一个？你心中到底有么子人？

骄哥支支吾吾地打马虎眼，不敢看桂妹子的眼睛。他在别的事上都干脆利落，在这件事上却总是含含糊糊，我甚至都有些看不起他了。

我推波助澜地说，反正，骄哥到现在一直冇有定亲，我们那儿的人也说，他是在你们这儿有了中意的人。

我这样出卖骄哥，自然是为了断他的后路，鼓动他向前迈出一步。

桂妹子毕竟年少单纯，她笑道，那不正好，我们这儿，也有一个最漂亮最多情的妹子，她一直到现在还冇有定亲。桂妹子盯着骄哥说，周围寨子的后生，她一个也相不中，我们这儿的人也说，她是在外方有中意的人呢。

桂妹子的话说得很明白了，骄哥和幺姑，其实你心中有我，我心中有你，但骄哥一直回避幺姑，幺姑也不好把心里的话说出来。我看幺姑倒是够主动的，问题出在骄哥身上，这使我非常痛恨我们江汉平原的婚姻习俗，也痛恨人与人之间太多的顾忌。当然，我更恨鼓痴，骄哥与幺姑现在这样的两难处境，正是他一手造成的。

我大力给骄哥打气，说，去吧，骄哥，我支持你，就在这儿给我找个嫂子回去。我还说，土家的女子，就是比我们那儿的女子单纯善良！

骄哥明白我的意思，其实，他早就晓得我不再赞成他做我的姐夫。他感激地望了我一眼，还是摇摇头说，春雷你去看看吧，我要守木材，我们马上就要放排回家了，如果突然出了么子意外，就太不值得了。

桂妹子无奈地叹了一声气，深深地看了我一眼。我看出，她对我的表现十分满意。我是在亲姐姐和幺姑之间向着幺姑，要是她晓得这回事，还不晓得她会感动成么子样子呢。

桂妹子失望地离开时，我见她上码头的那个大坡时，背弓着，垂着脑壳，步子沉重，仿佛一哈变成了一个老气横秋的老人。我晓得，她是在为幺姑难过呢。

第二天，我怎么劝说骄哥都冇得用，只好一个人来到女儿会上。

女儿会在离码头五里远的一个人坪上，那儿三面是连绵起伏的青山，一面是弯弯的清江，风景十分秀美。土家族的青年男女都穿着节日的盛装，头巾、衫子、裤子、鞋子等，全都上下一新，似乎不穿新衣，就不能来这里似的。土家男子的服饰以蓝色和黄色为主，都绣着精美别致的土家族特有的花纹，搞得比我们江汉平原的新郎官都要漂亮十倍。最漂亮的当然要数少年女子，她们到了年龄的寻情人、结良缘，冇有到年龄的看热闹、长见识，个个青春焕发，模样动人。她们身上的衣饰五彩七色，头巾上、耳朵上、颈脖上、手腕上、腰上，甚至鞋子上和脚脖上，都缀着各种银饰，举手投足之间，闪着银亮的光芒，发出一片叮当的声响，引得人们不住地打量。

女儿会上，不管男女，背上大都背着一只漂亮的竹背篓。男子的背篓里，象征性地装着一滴山货，女子的背篓里，装的都是茶叶。出门背背篓，好像是他们的一种习惯，就像我们平原水乡的人，男的出门背着褡裢或包袱，女的出门背着包袱，或者挎一只小竹篮。土家族妹子们都结伴成群，来得早的早选好场地，将背篓摆在身前，等着后生们前来买茶叶。这买茶叶不过是个明摆着的借口，过来搭话才是真正的目的。不管是男子还是女子，看到中意的对象就会主动搭话，彼此或是试探，或是婉转表白,或是直接示爱。我听骄哥说过,很多男女,其实平时就有了中意的对象,有的甚至早就情投意合了,然后在女儿会上来表白和定情。有些胆子大的,或是家中父母不大同意的,这天往往还会钻林子、进山洞,把生米做成熟饭,提前成了夫妻,到了冬天,两家就热热闹闹地杀猪摆酒办喜事。

见我一副山外人打扮,一路东张西望,不时便有土家女伢子冲我打招呼,要我看看她们的茶叶。我清楚是她们中有人看上了我。虽然那时我才十八岁,又是头一次出远门,但我还是十分自信的。别的不说,我们大平原上的男将,因为天大地大,平时昂首挺胸,长得都比山里的男将高朗挺拔,个个平膀直腰、神清气爽,而山里的男将从小爬山坡、登崖岩、钻山林,都要弓背低头,一般都比较矮小,身材也不抻挑。所以,我一来到女儿会上,马上牵来了不少土家妹子的眼睛。我当然不会理睬那些热情的土家女子,我只是来看看新鲜而已。不过,我倒是怀着来看幺姑和桂妹子的目的。我倒要看看,是些么样的后生在围着她们打转转。不过,我只想偷偷地看她们,而不想被她们看到。我晓得自己这副与众不同的打扮,要想避开幺姑和桂妹子的眼睛是很难的,但是我冇得隐身法,只好红着脸,硬着头皮往前走。我也怕幺姑见到我而冇有见到骄哥,她会伤心难过。桂妹子呢,我看出,她这几天都用异样的眼光看我,我晓得她是对我有意思。说实话,我也喜欢桂妹子,只是,我怕万一我们互相喜欢上了,最后跟骄哥一样遭到鼓痴的反对,也遭到桂妹子的父母的反对,结果反而不好,所以我也跟骄哥一样,有着回避的心理。

我正胡思乱想,肩膀突然被人从后面拍了一哈。

哎——

我转过身，果然是桂妹子。她今儿打扮得真漂亮！我敢说，她是我在女儿会上见到的最漂亮的一个！我的心里突然涌起一股激情。我努力控制住自己，才冇有失态，我这时才真正清楚，我是真的喜欢上她了！

桂妹子很聪明，她自然看出了我对她的喜欢。她也清楚，我们江汉平原的男将，比他们土家族的男将要斯文得多，想的问题也复杂得多，所以，她要把主动权掌握在自己手里。

我说，幺姑在哪里，我要看看她。

桂妹子说，我们先不看她吧，有后生围着她唱山歌呢，不过，她是不会搭理他们的，她心里的人不来，她脸上笑都冇得啊。

我问，那怎么办？

后来我才晓得，幺姑那天根本冇有来赶女儿会，她心中的人不来，她来赶女儿会又有么子必要？她是在家里伤着心呢。

桂妹子小声说，怎么办我也不晓得，走，我们先到外边去，我想问你一些事情。

我和桂妹子相跟着走出人群，身后传来人们的笑闹逗趣声。他们一定看出了桂妹子是有意要和我去钻林子、钻山洞呢。要是他们晓得此时的我心里一团乱麻，他们肯定不会明白，为么子有那么好的机会摆在眼前，又有那么好的妹子主动示爱，而我却畏缩不前。

当然，我也不晓得桂妹子会对我说些么子。不过我想好了，如果她说喜欢我，我绝对不会像骄哥那样回避。我早做好了跟鼓痴闹翻的准备，他把骄哥逼成这样，我恨死了他，我正要找个机会气死他呢！

我跟着桂妹子来到山边的树林里,我们坐在石头上,太阳把我们的脸晒得红通通的,都成了熟透的红柿子。

桂妹子终究没有说我们两人的事,而是直截了当地问我骄哥的情况,说是幺姑心里只有他,已经误了自己的年龄,好多像她这个年纪的妹子,都抱上伢崽了,而且,有好几个不错的后生,也都被她拒绝了。我也直截了当把骄哥的处境告诉了她,让她劝劝幺姑,有合适的人就答应人家,别像我姐姐一样,把自己给耽误了。但是桂妹子摇摇脑壳说,骄哥一天冇有定亲,幺姑是一天不会放弃的,她会继续等他。她告诉我,土家族女子不像我们平原地区的女子,一切能听从父母的包办,一切会顾大局,土家女子要固执起来,是不惜跳崖投水的。我表示回去之后,会劝我姐姐死了这份心,只要我姐姐不再坚持,鼓痴也就冇得坚持的理由了。桂妹子听了十分高兴,连说我是一个好人。我见她用欣赏的眼光看着我,心里也有几分自豪。我说,我们早计划好了,明年的现在,我跟骄哥还会来的,到那时,骄哥肯定是自由人了。

桂妹子终于开心地笑了。

我和桂妹子虽然彼此喜欢上了对方,但因为我们所谈的所想的,都是骄哥与幺姑的麻烦事,所以,我们自己的激情倒是给冲淡了。我们都深深地看着对方,心里突然之间产生了默契:我们还小,等骄哥和幺姑成双成对之后,我们再谈自己的事也不迟。

我和桂妹子又认真商量起来,彼此回去怎样跟骄哥和幺姑说,怎样鼓励他们。特别是我,回家后处理这件事是很麻烦的。说到开心处,我们不禁大声笑起来,而说到麻烦处,我们又都皱起眉来。我们这两个还不大懂情爱的人，竟然操起了我们的哥哥姐姐的心，实在叫人好笑。我们就像一对早已熟识的好朋友，彼此相处亲切友好，而情爱的事，似乎是次要的，或者是已经确定了的，就像春天的花开了，夏天的果长了，只等秋天果子红了，来摘下它就是了。最后，我们都不放心那两个让我们操心的人，于是依依不舍地分手，各自回到他们的身边去，继续安抚和鼓励他们。

在回码头的路上，我走路轻飘飘的，脚下像踩着棉花。我像一个喝醉了酒的人，摇摇晃晃地走在山间的小路上，不是揪一片树叶含在嘴上抿来抿去，就是扯一根狗尾巴草拿在手上摇来晃去。我这副醉汉般的样子，一路上惹得人们侧目打量。在他们眼里，我这个外方佬好像是脑壳不正常了。

我是醉了，我的心醉了。

我的眼前，全都是桂妹子的影子。她秀美的脸蛋、黑亮的眼睛、长长的眼睫毛、白得半透明而显得发青的牙齿……对了，还有她红红的嘴唇，以及一对黄豆大的可爱的小小酒窝，它们一直都在我眼前晃荡，晃荡得我心旌飘摇，如梦如幻。

七

骄哥说，明儿就要比鼓了，我们得好好练一练，一旦有机会，我们就可以从容应对。

我依然带着气说，不要管他，他不是鼓王吗？他不是不认你这个徒弟了吗？他不是不要任何人管这件事吗？让他去比，比赢了，说明他当得起这个名望；比输了，就让他好好长长记性，不要再反对你跳武丧鼓。

春雷，现在不是跟师父赌气的时候。骄哥拍拍我的肩说，其实，师父对我的本意，也是冇有错的，我从来就冇有怪他。师徒如父子，师父大于天，这是自古以来的道理，比起那些要徒弟做三年用人还大摆师父架子的，师父够好了。不管是哪行哪业，我还冇有见过像他这么开明的师父，所以他也冇得错。如果要怪，只怪我自己个性太强，想法太多。这么多年来，师父对我和我们家怎么样，你也是晓得的，所以，他如果有需要，我一定要尽力，一定要主动，否则，我的心里是不会安生的。

骄哥这样的胸襟，都在我的意料之中。本来，我是不愿掺和到比鼓的事件中去的，现在看来，我真得好好练练，万一有需要，我也得掺和进去。有了我的配合，骄哥才会做得更好。

幺姑嫂子说，我也跟你们一起练，到时候，说不定也可出一滴力，添一滴彩。

铁叔过来说，养兵千日，用兵一时，哪怕是用不上也要练。他说，今儿我来做饭，我来管龙伢子，你们三个人就一心一意抓紧练鼓。他又对我说，我看了你骄哥练的一套，觉得不错，一定能够赢！

龙伢子跑出来说，我不要哆哆管，我也要跟你们练鼓。

幺姑嫂子笑道，你先在旁边好好看，有你练的时候，不过，今儿我们的时间紧得很，不能让你练。

龙伢子也还听话，就站在旁边看我们练鼓。

我们在湖边找了个避风的草滩，就用那破脚盆旧粪桶，咚咚咚咚地练起鼓来。我这时才看出，骄哥平时的练鼓，我只不过看了一些零星的片段，现在一看，发现他已经练得很有章法了。他并不是依葫芦画瓢，照着土家族的跳丧鼓练，而是有着自己的套路。我看出，骄哥的这套武丧鼓，结合了鼓痴传给他的一些绝活，加上了江汉平原的三棒鼓、舞狮鼓等精彩鼓法，当然也少不了土家族的跳丧鼓的技法，甚至，他还把土家族女子跳的花鼓也融进去了。他这些新奇的鼓法与动作，我以前也学过一些，但今儿我才看到骄哥十分完整的表演。这时我才明白，骄哥其实早已练成了套路，今儿，他不过是带着我和幺姑练习三人配合。

骄哥说，我是直到大前天的夜里，听说师父要比鼓的事后，才突然想到我平时零散的一些鼓法，必须要形成一整套的套路，否则东一槌、西一棒，接不上韵，对不上点，动作更是连贯不起来，那样岂不是要让人看笑话。所以，我前天一边琢磨一边练，你幺姑嫂子和我崖崖也在旁边提建议，到了前天半夜，才初步练成这个套路。昨儿我又和你幺姑嫂子练了大半天，总算把一套鼓法定了下来。要不是急着练鼓，我早就去找你了。看样子，要比跳动者的鼓，这套鼓法是可以试一试的。

我也受到鼓舞，劲头也大了起来。我们三个人把这大杂烩式的打鼓套路，用破脚盆和旧粪桶一直练到黄昏时分。

铁叔笑道，以我的见识，你们这套鼓不仅在江汉平原，就是在其他地方，也寻不出更好的。再说，这丧鼓，本来就是我们湖北人打得最好，而在湖北，又是江汉平原人打得最好，江汉平原，又是你们师父打得最好，现在啊，应当是你们打得最好了！

我笑道，这么说来，骄哥岂不是天下第一？

铁叔笑道，老一辈的，你们师父天下第一；少一辈的，就看骄哥跟你两人的了。

铁叔信心十足地说，你们放心练吧，我现在去找你们的师父，我要跟他好好谈一谈。唉，这么多年来，一直都是他怎么说，我怎么做，我们从来冇有像模像样地谈过一回话呢，这到老了，我却要跟兄弟一样地找他谈话了。铁叔深沉地说，长江后浪推前浪，这是自古以来的理。其实，你们的师父对练武丧鼓，从来就冇有明确反对过，大家所说的他反对武丧鼓，不过是自个儿的认为。大家都认为，他是受了土家族鼓师的奚落，不想让永骄跟幺姑来往，于是就把他对土家鼓师的不满，以及对幺姑的排斥，想象成了他对武丧鼓的反对。你们认真想一想，是不是我说的这样？你们还要认真想一想，他么时候明明白白地反对过武丧鼓？

铁叔的话一出口，我们三个都呆住了。

还真是铁叔最了解鼓痴，也只有他把事情看得最透。

铁叔说得还真冇得错，我们还真是凭着自己的想法看待着鼓痴的。而鼓痴这个人，他一辈子不喜欢跟人解释么子，哪怕是天大的误会，他也只是冷淡地一声不吭，任凭你去误会他。在他看来，路遥知马力，日久见人心，他只是想让时间来证明一切。

骄哥说，这一滴，我其实也早想到了。师父对武丧鼓也好，对幺姑也好，一直冇有说过一句话，他所谓的反对，全都是我们自己的认为。就说我练武丧鼓吧，他真的么话也冇有说过。从堤山上搬到这儿来后，我倒是冷静了许多，我就经常琢磨与师父之间的事儿，越琢磨，越觉得师父只是不爱说话，更不喜欢跟任何人做解释，他真是冇得么子不对的。

只要本着良心做人做事，他就我行我素，这一直就是他做人的态度。

铁叔说，我也一直在想这事儿，越想越觉得，是我们自己有问题，是我们自己小家子气，以小人之心度着君子之腹。

骄哥说，所以，我们么子都不要说了，我们好好练，做好帮助师父的准备。

我听了，一时说不出话来。

我的脑壳里有些乱，我要好好理一理。

幺姑嫂子笑道，我也看出来了，所以，我才赞成骄哥练鼓。

这一夜，我哪里困得着，我把自己和鼓痴十几年的父子关系回顾了一番，发现鼓痴竟然是一个极其冷静的人，他在我面前极少说话，但从来也冇有怎么教训和指责我。他也隐约晓得我和桂妹子的事，但他既冇有问，更冇有反对。我所认为的他会反对，不过是从骄哥与幺姑嫂子的事上，顺延过来的一种自我认为。现在，既然他都冇有明确反对过骄哥和幺姑嫂子，那他反对我和桂妹子就更无从说起。

想到桂妹子，长阳的那些事儿就又在我心头翻腾起来。

我第二次跟骄哥夫长阳放排，也是半夜到达刺杉坪。这一次，我满以为第二天一早，幺姑照样会过来找我们，可是一直等到吃完中饭，也不见她的人影。我要出去找幺姑，骄哥却不同意。我只好焦急地等待幺姑的到来。

骄哥虽不同意我夫找幺姑，自己却一直坐立不安。我晓得他内心十分牵挂幺姑。其实，他这时完全可以正正当当去找幺姑了，因为在我跟骄哥第一次到长阳放排的那段时间里，家里发生了两件大事。一件大事是，骄哥的姆妈和我的姆妈为了挣钱结伴到离湖深处去采莲子，大晴天竟遇到龙卷风翻了船，两人都葬身湖底。另一件大事是，我姐姐突然应下了一门亲事，她终于想明白了，和莲台河街上的一个瘸腿裁缝定了亲。姆妈的死，使我恨死了鼓痴，不是他把家败成这样，我们的姆妈不会为了挣钱而下湖采莲子。鼓痴不仅连累了我姆妈，也连累了骄哥一家。本来，建鼓楼欠下的债务不关铁叔的事，但铁叔却坚持认为，他既然支持建鼓楼，也就有责任一起挣钱还债。鼓痴腿断后放不了排，铁叔便等骄哥成人了，又带着他去放。人们都说铁叔也是个痴子，他这一辈子跟在鼓痴屁股后面瞎蹦，在可以自己挣钱养家的时候，却一直在挣钱偿还建鼓楼的债。好吧，我们的姆妈也死了，我姐姐也在那年冬月嫁了人，建鼓楼的债也还清了，一切该重新好起来了吧？可是，骄哥却因为我姐姐嫁给了一个瘸子裁缝，又开始自己责怪自己，认为是自己误了我姐姐，从此背上了心理包袱，觉得对不起我的姐姐，也对不起鼓痴。为此，好几个媒人前来给他说亲，他一概不答应，似乎打定主意不再娶亲。我一再鼓动他去长阳山里找幺姑，他却不肯，甚至他都不想再到长阳放排了。我们说好连放三年排后收手，才只放了一趟排，他就不想干了。我只好以我要娶桂妹子为由求他，说我答应了桂妹子，我不想跟他一样坑人，骄哥这才答应进山放排。

第二次跟骄哥进山，我们算是去对了，否则，他在欠了我姐姐的良心债之后，又要欠下幺姑的感情债，那样，他肯定会一辈子良心不得安宁，他甚至疯掉也说不定。

我们第二次到了长阳清江边的刺杉坪，直到第二天中午，才有桂妹子来找我们。我们这才晓得幺姑遇上了麻烦事，她面临着代姐填房的命运。这把我们惊得目瞪口呆！

代姐填房是土家族人沿袭了千百年的习俗，他们的道理是，姐姐丢下的伢子，别的女子来当后娘不放心，唯有小姨子来才最好。这个习俗代代相传，已由最初的少数亲人之间的怜悯之情，演化成了一种约定俗成的规矩，被土家族人普遍认为合情合理合宗法，如果女方不愿意，就会被认为不合规矩。这人情一旦变成了规矩，它就反而一滴人情味都冇得了，甚至成了害人的东西。这土家族的代姐填房，正是这样的陈规陋习！在土家族，如果遇上这样的女子，别的男子就不好再打提亲的主意，似乎公认这个女子，是她姐夫合法的填房堂客，如果哪个要聘娶，姐夫以及他的家族是可以兴师问罪的。

幺姑的这个叫覃老二的姐夫，是从小定下的娃娃亲，长大后，他好酒好赌好斗，幺姑一家一直不大待见他。幺姑的姐姐去世后，幺姑一家都不乐意让幺姑代姐填房，但地方上的习俗又不好随便违反，因此左右为难。覃老二倒是高兴得很，他认为死了旧堂客，换上一个新的，而且还是十里八乡最出色的妹子，简直是天降艳福。因此，他脸上看不出死了堂客的悲伤，有的只是暗自得意。堂客去世还未满月，他就厚起脸皮，三天两头带着两个伢子上丈佬的家门，你说又不好说，赶又更不能赶，真是气杀了一家人。那覃老二来了，还要赖在家里吃饭喝酒，他这样已持续了两个多月。覃老二他们的寨子大，家族强，尽管幺姑的崖崖一直不明确表态，以幺姑要寻死为由一直拖着，但按这里的风俗，无论

073

如何也拖不过年底。那家伙早听说过一些传闻，说是幺姑和经常来放排的一个平原上的后生相好，她是在等那个后生今年来放排时，跟他一起逃婚。幺姑晓得后，也索性放出话去，说自己早就在女儿会上成了骄哥的人，就是死也要从一而终。幺姑不惜破坏自己的女儿清白说这样的话，满以为覃老二会因此而死心，哪知覃老二却厚着脸皮说，反正他自己也是个旧货，用一个二手货也冇得么子了不得的，权当是娶了一个冇有生过伢子的寡妇。幺姑被气坏了，要不是心里想着骄哥，她真就寻死了。土家族女子为了逃避代姐填房而寻短见的事，也时有发生，不怕多上她一个。

　　按照定了亲就是婆家人的道理，幺姑代姐填房是不需定亲的，也就是说，她的姐姐之前的定亲，已顺延到了她的身上，等同于她也与覃老二定了亲，所以，土家族人看来，幺姑也是覃老二定了亲的待婚堂客。既然这样，幺姑也可以看成是覃家的人了。按土家族相对开放的婚姻观，覃老二如果婚前强行占有幺姑，也属无伤大雅，所以，幺姑处于一种十分危险的境地。为了防止覃老二强行占有，幺姑都不敢出门，她即使在寨子里干活，也有家人或一帮姐妹陪着。覃老二还真动了这样的歪心思，他一直在挖空心思想办法，只是一直还冇有得手。他还厚颜无耻地说，小姨子本就有姐夫的半边屁股，何况现在堂客死了，她更是他合理合法的整个屁股了。这家伙认定幺姑是在等着骄哥的到来，因此，他也早做好了准备，要给骄哥一个下马威，必要的时候，要骄哥的性命，他也下得了毒手。进入七月之后，到了骄哥该进山的时候，覃老二几乎天天都来刺杉坪晃荡。幺姑自然明白他的恶毒想法，恨得咬牙切齿，但也拿他冇得办法。

听了桂妹子说的这些，骄哥和我都十分气愤。本来，骄哥这回来放排，只是为了我和桂妹子，他自己并不打算再和幺姑接触，我姐姐嫁了一个瘸子，使他觉得是自己的过错，一直心怀愧疚。我清楚他为了鼓痴和我姐姐，以及两家的世交之情，要掐断对幺姑的感情。他这个人就是这么犟，也跟铁叔舍了自己的好生活追随鼓痴一样，准备舍了自己的感情，成全自己所谓的仁义与良心。

唉，骄哥的为人么子都好，就是这一滴我很反感。还好，骄哥在听到幺姑将要代姐填房，并受到覃老二威胁的消息后，马上改变了主意。他坚决地表示要将幺姑带走。他放排的事都不管了，急着要去找幺姑。

桂妹子说，幺姑已经在前几天躲起来了。覃老二这两天在四处寻找，他甚至派了他的斜眼哥哥顺着清江找到宜都去了。他们认为幺姑会藏在船上去了宜都，然后等我们从长阳回去的时候带走她。我们这时才想到，我们在宜都下了洋船之后，一直有一个山里人打扮的斜眼家伙鬼鬼祟祟地跟踪我们，看来他们是布下了天罗地网。幺姑是一时无法逃走了。听到这里，我和骄哥血脉偾张，眼睛冒火，恨不得立刻揍死这个覃老二。

桂妹子叫我们先不要着急，要装着么子都不晓得，该搞么子搞么子，只是在放排回去的时候，请金牛或者石柱帮忙放一趟。关师傅已经决定，只要骄哥认下这门亲，就让骄哥想方设法带幺姑一起走。原来，关师傅心疼幺姑，请了几个清江上游的鼓师朋友，让他们夜里过来，清早离开，将幺姑女扮男装，混在他们中间，乘船上了资丘——刺杉坪上游的一个较大的镇子。这样一来，接下来，骄哥也要找个时机，前去资丘的一家

075

槽坊与幺姑会合。关师傅把一切都安排好了,省去了很多麻烦与危险,我们都深为感动。

桂妹子说,幺姑说了,如果这次骄哥来,他已经成了家,或是定了亲,或是他心里根本就冇得她,她也就死心了,今后是生是死,也无所谓了,就是代姐填房,也同样无所谓。

桂妹子说,我冇有看错,骄哥是一个重情重义的男子汉!这样,幺姑姐就是死也值得了。她还冲着我笑道,要是幺姑姐跟你们走了,我今后也要去你们那儿寻个人家,跟她做伴去。我听了,情不自禁地抓起了她的手。

对我这样的冒失与冲动,桂妹子似乎一滴也不惊讶,而是自自然然地任我抓着她的手。她的手有些凉,但是却很坚定。她把我的手紧紧地握了一把,我觉得我们的心就紧紧连到了一起。

这是我和桂妹子第一次牵手,冇得么子浪漫,有的只是坚定。

我们的手很快就松开了。我们正面临着这件凶险的事,冇得心思想我们自己的情和爱。但是,我和她一对眼,就彼此都明白了对方的心。

第三天早上,覃老二找到周伯家里来了。周伯毕竟是本地人,不好掺和进来,包括我们来到他家,他和陈婶都冇有对我们说幺姑要代姐填房的事。现在,周伯也只是一再证明,我们这次来到这儿后,一直规规矩矩,寨子都冇有出。

覃老二找不出骄哥的碴儿,又见寨子里的人都过来围观,但却冇得一个人搭理他,便挥舞着一支两尺多长的旱烟管子,龇着满嘴的黑牙,用粗大厚重的手将多毛的胸脯拍得啪啪直响。他恶声恶气地谩骂骄哥,也咒骂幺姑。他骂两句就朝地上吐一口痰,他那拉碴的乱胡子上,缀了好些自己喷出来的臭白沫,样子恶俗不堪。他见骄哥体格精壮,肌肉结实,旁边的我虽然单薄一些,但也有着一副不错的身架,因此,他只是嘴上威吓说要打人,却冇得动手的意思,最后骂骂咧咧地走了。我们清楚他恨不得吃了骄哥,只是怕吃眼前亏。覃老二边走边扬言说,他在这方圆十里布下了天罗地网,我们要是做么子歹事,都逃不出他的手板心,要叫我们死得尸骨都见不到。

第二天,桂妹子找过来了。我们这才晓得,覃老二昨晚还带着一伙喝了鸡血酒的人,到邻寨的她家去寻过幺姑,把她家的窗子和房门都砸破了。在这深山里,山高皇帝远,官府也管不了这些民间的破事,自古以来,族姓之间,恃强凌弱横行乡里,也不算么子稀奇事。桂妹子接着又说,覃老二还找到了平时与幺姑相好的姐妹家,连出了嫁的姐妹的夫家也找过去了。桂妹子说,这家伙绝不会善罢甘休,要骄哥和我都多加小心。

骄哥心里已有了主意,他显得倒十分沉稳。既然幺姑已经藏到了安全的地方,就不用担心她了,现在担心的倒是幺姑的崖崖关师傅。桂妹子安慰说,我舅崖是这一带有名的鼓师,不仅有一帮爱鼓的兄弟和徒弟,他本人的功夫也不错,覃老二根本打不过他。再说,覃老二还想着找到了幺姑娶过去呢,所以,他一时也不会对我舅崖怎么样。

我们也为桂妹子的安全担心。桂妹子说,幺姑姐藏好了,我就少出门了,覃老二找的毕竟只是幺姑姐。又说,他跟踪我倒是一定的,他认为幺姑姐不管是藏在哪个人家,或是藏在哪个山洞,幺姑姐的家人和我，肯定会跟幺姑姐联系。

现在，骄哥不用跟幺姑联系，关师傅也暂时冇得安全之忧，我们这才安下心来，跟冇得事似的照常采购杉木。我们这次也改变了采购方式，多花一滴钱，让山民们将伐好的树送到码头边，我们直接收购。我们过去来这儿采购杉木，是为了还债，现在则是为了赚钱，目的不一样，做法自然也不同。有了上一趟杉木赚得的钱作本钱，我们采购起来就简单很多。因此，我和骄哥也不必出寨子，省得在寨子外与覃老二碰上。据说，覃老二最近带着人，也在周围的山里寻找幺姑，认为她藏在哪个山洞里，只等我们采购杉木完毕，就会跟我们离开这山里。

为了防止发生意外，七月十二的女儿会，我们也冇有去看。当然，女儿会上有得幺姑和桂妹子，我们也冇得去看的必要。桂妹子已经说了，她将来要嫁到我们平原上去，给幺姑姐做伴。

我一直想对桂妹子说我要娶她，但是我们一见面，谈的却都是幺姑和骄哥的事。这个时候说自己的事儿，我们冇得那份心情，也觉得不合适。但是，我们从对方的眼中，都懂得了彼此的心。而且，我们也显得越来越亲近和自然，我们三人在一起的时候，我和桂妹子都离得最近，她仿佛既是我的朋友，也是我的爱人。

八

该来的事终于来了。

七月半后的第一天，我们的木排都扎好了，随时就可以放排回家了。

可是，我们还一直冇有找到骄哥单独去资丘的方法。骄哥的行踪，无疑在覃老二紧密的关注中，我们不敢大意。金牛和石柱告诉我们，覃老二不仅安排人守在了清江边两条出寨的路口，连后山唯一上山的路也给守住了。守住了江边的路口，也等于同时把水路也给守住了。如果骄哥无缘无故地不见人影，由我和金牛或石柱放排回去，这就是明白地告诉覃老二，骄哥是去找幺姑会合了。这样一来，覃老二就有理由为难我了，不仅我们扎好的排放不走，他甚至会把我扣留起来作为人质。在这个深山洼里，遇上这样蛮横的人，冇得么子道理可言。

在我们苦苦思谋去资丘的办法的同时，幺姑的崖崖也在想办法。这个刚强的土家族鼓师，他甚至做了最坏的准备，他已暗中组织了寨子里的青壮年，以及他江湖上的朋友，准备随时喝了鸡血酒，与覃老二决斗。据说，这样的决斗，在深山的寨子与寨子之间也时有发生，那是少数民族内部族姓与族姓以及外部不同民族的寨子与寨子之间最为惨烈的打斗。这种群体性的斗殴，往往是双方喝了血酒，倾寨而出，弱小的寨子常常面临灭寨之危。这样的事，是我们无论如何也不愿发生的。为此，骄哥已经跟关师傅表示，一旦发生这样的事，他就会把责任揽到自己身上，把自己交给覃老二去，要杀要砍也任由他们，决不殃及无辜。

我们只好计划：我和骄哥一起放排出清江后，骄哥再回头上资丘。这样虽说也可能在覃老二的猜测之中，倒也是一个冇得办法的办法，总比骄哥在刺杉坪失踪要好得多。

计划虽定，我们还是不安心，因为这同样也是冒险之举。

按正常的时间安排，现在木材采购完毕，事情办完，加上覃老二又盯着找麻烦，应该早早地放排回去了，因此，如果我们再在刺杉坪待下去，也就不合常理，覃老二就会看出幺姑还藏在这儿。为此，我们都十分着急。

这几天里，骄哥一直盯着清江发呆，我晓得他是在想办法。骄哥虽然年轻，但是他从小跟鼓痴背了不少《三国》《水浒》《说唐》《说岳》之类的唱本，读了很多这方面的书，很早就有熟谙兵法的苗头，被称为水泊梁山上的智多星吴用，公认他足智多谋，智勇双全。但是这么多天了，骄哥却还有有想出办法，搞得我比他还要急。我想，以骄哥的功夫和水性，他要逃脱覃老二等人的盯梢与阻拦，自然有得多大的问题，问题是他丢下我和木排，他也是做不到的。

那天，太阳快落山的时候，我们又在为这事犯愁，石柱突然跑来报信，说是覃老二带着他的四个兄弟过来了。石柱在覃老二他们的寨子帮人打出嫁的家具，他晓得了这个消息，赶紧回寨子报信。

石柱说，覃老二他们带了绳子，要扣留骄哥，直到幺姑出现在他们面前为止。他这样做，自然也在逼关师傅交出幺姑，他清楚关师傅早和骄哥串通好了。

这样霸蛮无理的事，我们还从来冇有想到过，因此一时有些慌神。

我说，让关师傅把幺姑交给覃老二，那幺姑、关师傅和我们所有的努力，不全都是白费了？

骄哥却突然说，来得好，我这两天在想，我只有跟他们打上一场架，这事才可能找到解决的办法！

在这儿与覃老二打斗，岂不是正合他们的心意，他每次来挑衅生事，不正是要逼骄哥跟他打斗吗?

骄哥扬着剑眉,简单地说出了他的想法,也不管我们赞不赞成,他就穿好平时练功的紧身衣服,系紧鞋子,又将剩下的银圆拿出大半给我,把那个钱袋也扎在了衣服里面。

骄哥冲石柱抱起拳来说,石柱兄弟,这一趟排,烦你帮春雷一把。他又看了看我,说,等会儿我跟覃老二决斗,你们都不要出手,你们只把覃老二的几个兄弟看住就行。他又冲我和石柱说,你们多带一滴干粮,到了宜都,不要靠岸,要从清江左侧直下长江,到长江左岸的白洋镇后再靠岸,到了那儿,也就出了长阳的地界,应当就比较安全了。

骄哥的决定是突然冒出来的。我们虽然觉得这是一着险棋,但确实再冇得别的办法。骄哥简单地说了他的想法,我们心中都冇得底。我们还想仔细分析计划一番,覃老二带着人已从码头上走了下来,他们气势汹汹,叫骂着要抓人。

骄哥站到河边,冲覃老二喊,姓覃的,你无缘无故找我的麻烦,老子因为出门在外,也就忍了。你今儿找到这里要抓老子,老子拼上一条命,也不会再由着你逞狠!你如果还算是一条汉子,我们俩就单打独斗。老子今儿把话放在这儿,你我单拼,我死了我认命,但你不可以找我的兄弟伙计的麻烦!

出门在外,骄哥一向以礼待人,他是一个著名的歌师,算得上是满肚子墨水,我从来冇有见过他对别人自称老子。我清楚他这是有意刺激覃老二,要让这一架尽快打起来。

覃老二冇有想到骄哥一滴都不胆怯,还要跟他单拼,气得直喘粗气,脸都歪了。

骄哥又冲看热闹的人说,各位刺杉坪的老老少少,请你郎们在这里做个见证,大家说我说得好不好?

寨子上不怕事的人们说,现在事已至此,这个外方后生说得也不错,我们就把这个不公平的做法,暂且当作公平的来看。如果这样还不行,那就是我们土家族人太不讲道理,就是关起自家的门来耍横了,这可是丢我们土家族人的脸的大丑事呢!

寨子里的头人说,如果外方客在我们寨子出了么子事,我们寨子是脱不开干系的,所以,你们实在要一大群族人打我们寨子的客人,那就等他出了我们的寨子再打。我们把丑话说在前面,在我们寨子里,你们单拼可以,如果几个人打一个人,我们是不允许的!我们寨子虽小,血气还是有的!

覃老二见人们向着骄哥,不禁恼怒交加。他气得鼻孔张得像牛鼻孔,眼睛也瞪得像牛眼睛。他拎起一根我们砍下的杉木棒,气势汹汹地冲了过来。他心中有底,他赢了,自然要把骄哥绑住扣留,他败了,也有理由再次报复,总之只要骄哥肯动手,赢家只会是他覃老二。当地的人也都想到了这些,但也帮不上忙。对于我们来说,打这场架的好处,就是我可以顺利地放排走人,至于骄哥的结果,则令人不敢想象。

骄哥沉着应战,不再吭声。他身边也有一些杉木棒,人们以为他也会取,但是他却有有。他就这样赤手空拳,等着覃老二扑过来。覃老二见骄哥不拿棒子,以为他是胆小怕事,因此他好不得意。

覃老二胜算在握,上来就是一棒,骄哥腰身一扭,就躲了过去。

与此同时,骄哥顺手将棒子一带,覃老二就栽倒在地。人们看出来了,骄哥不仅有有惧怕,而且艺高人胆大,覃老二虽然有一身蛮力,但并不能占到上风。覃老二倒地之后,骄哥也不上去揍他,而是让覃老二爬了起来,这又使人们看出了骄哥的正派与仁义。覃老二爬起来后,又抡起棒子向骄哥打去。骄哥闪身一跳,覃老二的棒子打在了地上。覃老二嘴壳歪扭得厉害,可能是他的虎口被震痛了。骄哥夺过覃老二的棒子,顺手扔进了清江里,然后上身一扭,右肘一挺,击在了覃老二的肋上,紧接着,他的左右两拳迅速出击,猛击在覃老二的背上。这两拳是连环拳,加上前面的一肘也是连在一起打的,形成一个三连环,打得覃老二差点栽倒。只有我才晓得,骄哥不过只使出了一半的力量,以他的功夫,用不了三拳两脚,覃老二就会倒下,但是骄哥努力掌握着分寸,他不能让覃老二的四个兄弟有一起冲上来的理由。

我看清楚了,这场架虽然必打无疑,但却只能是小打,一旦打大了,局面就不好控制,骄哥好不容易想出来的计划,也就很难实现了。

覃老二平时就好逞狠斗勇,打起架来也并不差,他转过身,连连向骄哥击打,骄哥似乎是防备不周,反应好像有些迟钝,肩上接连挨了两拳,接着又挨了一脚。围观的人都发出担心的叫声,可见刺杉坪的乡亲们都是向着骄哥的。以我对骄哥的了解,他挨的这三哈,是完全可以躲过去的,但他却有有躲过。我不由得紧张起来,难道骄哥是身在异乡,心里发慌发虚?就在我有些不解之时,骄哥又被逼得连连后退。覃老二感觉自己占了上风,继续得意地扑了上去。骄哥在闪过的同时,一脚铲向覃老二的腰部,将覃老二铲倒在地。这一脚虽然有有用十成的力,但铲得也比较重，覃老二的四个兄弟见时机已到，便做好扑上去的准备。他们见覃老二重重摔倒了，以为骄哥会趁机扑过去，这样，他们便有了扑上去帮忙的理由。不过，金牛和石柱等人早牢牢盯住了他们，随时准备阻拦。只是骄哥并有有扑上去，覃老二的兄弟们虽然箭在弦上，却一时不好出手。覃老二从地上爬起来，抓起一根棒子，嘴里叫着骂着，又向骄哥扑去。骄哥手中冇得家伙，似乎害怕那棒子，便连连后退。当覃老二又一棒子打过来时，骄哥往后一退，跌到了清江里，击起高高的水花。覃老二露出得意的狞笑，他捡起江边的石头，向骄哥猛砸，骄哥只得往江中游去。覃老二不停地扔石头，骄哥不住地往江中游。人们大声喊叫，阻止覃老二继续砸石头，因为这时，骄哥好像水性有限，体力不济，已在江中不停往下沉了。这样的场面反而使我清醒过来，我突然明白了，骄哥的挨打与后退，以及跌入江中，都是他有意做出来的。我甚至清楚了骄哥下一步将怎样做。

这时，关师傅带着几个人赶过来了，他见骄哥已经往江底沉了下去，就急着要下江去救人。金牛和石柱等人早有准备，拦住关师傅，说是水深流急，他的水性又不太好，会很危险。他们说这样下水，人救不起来，自己还会出事，赶紧找船才是。他们一边说，一边冲关师傅使眼色。关师傅有些疑惑地望向我，我也给他使了一个让他稳住的眼色，他才犹疑地停下。然后，金牛、石柱等人，一边叫人去寨子里找捞钩，一边急急地从木栈埠头旁边解开两条船。不一会儿，人们找来两根三四丈长的捞钩，划着船向江中去找骄哥。

桂妹子也赶了过来，她的脸吓得苍白，眼里满是眼雨，失声地哭了起来。我过去低声对桂妹子说骄哥不会有事,她才站下来,一边哭泣,一边指责覃老二。

我对桂妹子使了个叫她放心的眼色,然后装着急坏了的样子,不顾众人劝阻,跳到江里去救人。昨儿和前儿接连下过大雨,清江两岸的山水全都汇进了江里,这个时候的清江,江水在两天之间涨了三尺多,而且水的流速也非常快。易涨易跌,这就是山水的特点,这样的山水,冲击力大得像山中的虎狼。不过,江汉水乡的汉子是靠水吃饭的,个个都是游水的好手,山里的汉子们不用靠水吃饭,水性则要差上许多。我下江之后,有几个山里后生也下水试了试,但是他们心中有得底,只好缩上了岸。我在骄哥沉下去的地方扎了两个觅鸡拱(猛子),潜进水底,人已被江流冲下去了好几丈远。我又扎了好几个觅鸡拱,却一无所获。众人见我这个样子,也劝我上岸。我装着不经意,望了一哈上游的木栈埠,便游到岸边,继续向下游找去。金牛和石柱等人划着船,也向下游找去,一路上用捞钩在水下划捞。人们也跟着我们顺江而下,希望能看到骄哥露出水面,最后也一无所获。

夜色已经降临,即使将骄哥打捞上来,也只能是一具尸体。除了我做出伤心难过的样子,以及桂妹子的流泪,几乎所有的人都气愤地指责咒骂覃老二。不管怎样,天色已晚,人们都各自回了家,只留下金牛、石柱、关师傅、桂妹子,以及寨子里三个头面人物。大家商定:这么急的水,骄哥肯定冲出了很远,明天到十多里远的下游梨花滩去,从下往上找。明天,由石柱帮我把这趟排放回去,以免我也发生么子不测。至于骄哥,待他的尸体找到之后,由他们暂时入殓,放进后山的山洞里,等我从家里带人来运回去。

第二天清早，我就跟石柱一起出发了，我们同时也要一路查看骄哥的尸体。我们驾着大木排，顺着清江下到长江，历时四天，终于回到了家。回来之后，我谎称骄哥受了风寒，不能走水路，等身体恢复后走陆路回来，时间可能需要十天半月。

骄哥与覃老二的决斗，在刺杉坪的人看来，骄哥不仅输了，还丢了一条命，而覃老二则逍遥法外。在这闭塞的深山里，杀死一个山外的客商，跟杀一条狗有得多大的区别，何况骄哥还是因斗殴而溺水死的。在骄哥溺水之后，覃老二自知理亏，在众人的指责中，慌忙带着他的几个兄弟一走了之。他一再声明：跟外方佬决斗，本只是在气头上吓唬他，冇有想要他的性命，而在决斗中，他也不想真打，这从最先挨打和被打得多的都是他就可以证明。他说他就是打了这个外方佬两下，打得也不重，外方佬自己跳水后，他虽然砸过石头，但大家可以做证，一块石头都冇有砸到他。

覃老二一走，他在各条路口安排的人也赶紧走了，他们要把这些把柄都清理干净。而且，覃老二也暂时停止了寻找幺姑。骄哥已死，幺姑已失去了依靠，她能嫁给他最好，不嫁给他，他也就不强求了，反正他赢了，出了一口恶气。他要缩在家中看看风头，以便再作打算。他听说过，江汉平原人口密集，一村一姓人丁兴旺，而且水乡人因为水利纷争不断，集族而斗的事远比山区频繁，其好斗之名人所共知；同时，平原人因田广地多，物产丰富，也十分有钱，有钱好办事，因此，平原的人倾族而出，或是花了重金请人出马，千里远征前来报仇，也不是冇得可能。所以，覃老二也有些惴惴不安。

覃老二的龟缩与害怕，正是骄哥想要的结果。当天深夜，骄哥从水里钻上来，与我们作了告别。很快，他就被金牛和关师傅送出了寨子，踏上了前往资丘的小路。

骄哥在沉下江底之后，精确地找准方向，迅速从水底返身潜回了岸边的木栈埠底下。他从水底潜回岸边时，只有我见到在急流的江面，那一条一冒即逝的水泡，一直冒到了木栈埠底下。金牛和石柱，可能也注意到了。从水底潜到木栈埠底下，是骄哥跟我们说过的方案。我在跳入江中找骄哥时，偷偷看过岸边的木栈埠，果然见到了栈埠下小小的黑影。那气泡，是骄哥在水底下划水划起来的，因为气泡一冒出水面，就被急流带走并马上破灭，所以，即使是心中有底的我，如果不留心，也难以发现。那五丈长、一丈宽的木栈埠，也就是一个码头，它虽在人们的眼皮底下，甚至就在人们脚下，但人们的注意力都集中在江中，绝不会想到骄哥会从水底反潜到了这儿。人们以为，骄哥即使要靠岸，他也只会是靠对面的江岸。木栈埠离水面约有一尺，这个空间，正好可让骄哥的头露出水面。这个码头水深一丈多点，岸边的栈埠下，水也许有一人多深。我和骄哥每天都要游到对岸去，也天天在木栈埠洗澡，我们对这里的水情十分清楚。不管怎样，只要不被人发现，以骄哥出色的水性，这都难不倒他。我在他落水后向下游去找他，看上去合乎水流的规律，但我的目的，则是把人们的注意力从码头这里引开。

骄哥在清江里不过是有惊无险，他去资丘镇也十分顺利。他按关师傅的交代，在资丘一家槽坊找到了幺姑，然后两人化了装，从资丘乘船下来，经过刺杉坪后不落宜都，而是直下长江，一路上也比较顺当。只是他回到村子里后，却闹出了一场大风波，这却是我们有有想过的。

江汉平原人十分重视礼仪规矩，一个男将若是突然从外面带回一个女人，不管你怎么说，那都是拐骗。这是事关地方风化与家族名誉的大事，也是容易引发打斗的事，地方上也好，家族里也罢，必定要严肃处理。

骄哥他们的赵氏宗族是我们长堤垸乃至十里八乡最大的族姓，在长川河上下乃至全县名声响亮，因此，自古以来，赵家的族规也在十里八乡最为严厉。骄哥带回幺姑后，骄哥和我马上被传到赵氏宗祠盘问。在问清原委后，又叫来帮我放排回来的石柱做证。那时，石柱被我留下来，以便等骄哥和幺姑平安回家后，好回山里向幺姑的家里报平安。尽管我们说得合情合理，赵氏宗族还是要幺姑的崖崖带着家族的文书前来认亲，否则，骄哥将被依照族规逐出村垸，不得在垸子里居住。如果幺姑的家人不承认骄哥这个女婿，那骄哥的行为就不仅是触犯了家法，也触犯了国法，赵家将会对骄哥处以严厉的家法，甚至有可能会卷帘子沉潭！赵家现任的厚基族长，虽然是一位见过大世面的开明绅士，但作为宋太祖后裔的大家族的族长，祖上立下的规矩他也不能不遵守，否则，族中今后岂不要乱套？最后，族里还要求铁叔和作为师父的鼓痴，因他们的教导无方而向全族人道歉。铁叔了解幺姑与骄哥的情况，他表面上认错，心里却十分高兴。不高兴的倒是鼓痴，他是一个既爱面子又浪漫不羁的人，他一向就对族规与礼俗心存反感，他心里并不认为骄哥做错了么子，因此就不存在他这个师父认错，对族中的要求，他不理不睬。

按民间习惯，你既然不认错，那就是你不认这个徒弟，是要断绝师徒关系。在认错与断绝师徒关系之间，鼓痴也是么子也不说，人们就认为他是选择了后者。对人们的理解，鼓痴也既不否定，也不解释，这就是他与众不同的古怪性格。这样，村里人都传开来，说是鼓痴与骄哥断绝了师徒关系。

其实，在这件事上，鼓痴也真不好说么子。他一直希望骄哥做自己的传人和女婿，这在地方上已人所共知，现在骄哥闹出拐带女子的事来，他的脸面上实在不大好看。这样的事还牵扯到他教徒无方，加上我们瞿家，又不过是夹在赵家埍中的一户杂姓，现在赵氏家族这样对待他，也让他感到是受了屈辱。所以，他么子也不想说，仿佛置身事外，直到他这个行事简单的人发现，人们传出的他跟骄哥断了师徒关系的流言会对骄哥一家不利，他这才心里不安。然而，事情已经覆水难收。尽管鼓痴表示，自己并冇有说过断绝师徒关系的话，但是已经晚了。这样一来，本来住在村埍后堤山上的骄哥一家，就不好再住在那儿了。堤山上的小屋，哪个都晓得是鼓痴为骄哥一家盖的。

其实，厚基族长在判决这件事时，也早有网开一面的安排。他不得已宣布按族规将骄哥一家逐出村埍，是考虑到骄哥一家本就冇有住在村埍上。堤山毕竟离村子两里地，说它不在村埍上，也完全说得过去。而且骄哥一家，也不过是在那儿看守鼓楼。所以，堤山不在村埍上，骄哥一家在赵家埍冇得属于自己的固定的家，这两条理由也完全说得通。厚基族长也清楚，骄哥一家深得村人尊重，赵家族人们都不会太过认真地去钻牛角尖，真有人要追究，也会受到赵家人的指责。因此骄哥一家，仍旧可以住在堤山上名义上属于鼓痴的屋子。这样一来，等石柱赶回长阳，让幺姑的崖崖前来认了亲，这件所谓的拐事（坏事）也就烟消云散。然而，人们四下里传播的鼓痴与骄哥断绝师徒关系的流言，使骄哥一家看守鼓楼不再合乎情理。铁叔和骄哥也是要面子的人，尽管村人挽留，厚基族长也托人委婉地劝说，他们一家还是搬离了堤山，到远离村子的离湖边上搭了一个渔棚，过起了打鱼为生的日子。我非常清楚，鼓痴也十分后悔自己考虑不周，他自己也在夜里摸到堤山去找铁叔，但铁叔一家早搬走了。不久，幺姑的崖崖前来认了亲，族里宣布骄哥带幺姑回村是出于无奈，情有可原，特地派老保长业前叔前去通知，让他们一家回到堤山上居住，并要他们夫妻俩拜一拜土地和祠堂。

为了骄哥和幺姑的事，住在城里的永富少爷也特地回到老家，来协商处理。永富少爷从小就经常回老家，跟骄哥是朋友，他跟族里商量，他家在村坮上的一小块可盖一个三开间屋子的坮基地拿出来给骄哥一家，让他们随时在上面盖屋子。这样一来，这件拐事反而变成了好事。只是骄哥暂时不想搬回村子，他们一家在离湖边上打鱼为生，不仅生计无忧，还能方便骄哥练习武丧鼓。这种世外桃源般的日子，虽然孤寂，也存在一定的风险，但他还真舍不得改变。厚基族长专程去离湖边看了骄哥的渔棚，认为那儿也是一个世外桃源，赞叹之后，也就暂时不再劝骄哥搬回堤山，只是催他尽快准备在村坮上盖新屋，将来伢子大了，要到村坮上来上学读书。

九

一大早，堤山上的鼓楼前就站满了愿意来和不愿意来的村民，他们是被催来看鼓痴与侉老东比鼓的。

厚基族长站在人群的前面，平膀直腰，脸色平静，毫无惧色。他这样子，真正做到了他平常告诫族中后生的"立如松，坐如钟"，也使村民们心中的惧怕大为减轻。面对荷枪实弹的侉老东，这位富甲一方养尊处优的绅士先生都不怕，穷家小户还有么子可怕的。或者说，穿鞋的都不怕，光脚的还怕个子。再说，赵家垴人一向是十里八乡人眼中的强人，难道就因为侉老东荷枪实弹，就要软下腰身来？

一队侉老东扛着枪，还在挨家挨户逼人来看比鼓。他们枪上的刺刀泛着冰冷的光，好像上面挂着露水或坠着寒星，看着叫人心中发凉。

一阵秋风吹过，枯黄的树叶纷纷落下，有的落到人们的头上、肩上，再跌落到地上。堤山上的树，有很多都是鼓痴和铁叔栽种的梧桐、白杨和槐树，骄哥和我，也多次参与了栽树。鼓痴说，将来可用这些树制出很多鼓、很多槌，垸子里家家都可以分到。他还提议将长堤垸改为鼓楼垸，说这样的垸名更有特点。他还要组织垸里的青壮年去长阳放排，说是可以给各家各户增加收入，使得不少青壮年都跃跃欲试。

厚基族长一直不赞成鼓痴那些不切实际的想法与做法。他对族中青壮年说，人要知足而行，知足才有安乐。我们这江汉之地，物产丰富，很少有人家冇吃冇穿冇屋住，去千里之外的深山放排挣钱，且不说要冒风险，也实在冇得这个必要。再说，这村子里，也不是每个人都像铁叔、永骄和春雷这么精明强干，他们能顺顺当当把排放回来，你们所有的人都能做到吗？厚基族长见青壮年们基本都被说服，又说，自古以来，一方水土养一方人，我们江汉平原，连鲁班和诸葛亮都称它是土地最肥沃、物产最丰富的地方，这里的水土把我们养得够好的了，我们还犯得着去千里外的水土上要东西？

厚基族长这一番话，把赵家垸人说得心服口服。

厚基族长本是一个看淡了名利的世外之人，他一向认为有得必有失，为了某种得到而失去既有的东西，其实是一种折腾。厚基族长说得真有道理，当初，鼓痴要不是建么子鼓楼，也就不会欠下那么多债，就不会要去放排挣钱还债，也不会丢掉一条腿，更不会把家中搞得如此贫穷，害得我们的姆妈为了采莲子遇龙卷风而丧生。这一回，佬老东来打鼓和鼓楼的主意，就有人说，你们都看到了，鼓痴的鼓和鼓楼，不仅吃不得喝不得，现在还眼看着就保不住了，何苦呢！

垸子里还有不少人怪罪鼓痴，说要不是他的鼓楼和金丝楠乌木大鼓，怎会招蜂引蝶？尽管每家每户办事，都以请到鼓痴打鼓唱歌为荣，但他们骨子里还是有些轻蔑他。他们轻蔑的，当然不是他歌师的职业，而是他的不会过日子，以及他的不懂人情世故。他们在教导子孙时都说，如果不踏踏实实走正道，就会跟鼓痴一样，败光家产，毁伤身体，连累家人，还弄得好好的一个儿子，竟然冇得人家愿意把丫头嫁给他，这么大了都还单身汉一个。

人们说得也有些道理，鼓痴的鼓和鼓楼，这不正在给他自己和村子招麻烦吗？

不过，到了这个时候，再轻视和嘲笑鼓痴也冇得用，怪他则更冇得意义。侉老东来中国，本就是冲你的好东西来的，不要说一只鼓、一座鼓楼，就是一只鸡一只鸭，他们不照样强要？据说他们发起兽性来，连六七十岁的婆婆姥姥都不放过。在这样的畜生面前，怪自己的人就是大错特错！你看那厚基族长，鼓痴平时并不把他放在眼里，但在鼓痴遇上倒霉事的时候，他不一样为鼓痴着急？所以，赵家垴人这个时候都不再怪鼓痴，只把对侉老东的仇恨积在心里，都希望老天来一个大炸雷，把这群侉老东给劈了。

惨白的日头升到树梢上时，长堤垸的西面又开过来一队侉老东。这些侉老东的翻毛皮靴和绑腿都被露水打湿了，看起来紧绷绷的，令人心中也发起紧来。侉老东的队伍，是从垸子西北角的湖野小路上开过来的，他们是守卫飞机场工地的队伍。这些侉老东中，有三个骑马的军官，领头的那个黄脸长官就是那个所谓的"世界第一的鼓王"，他骑在高头大红马上，不苟言笑，一脸的骄横。

六个修飞机场的百姓，都是离机场最近的塔耳垸刘家垱的，他们晃晃悠悠地抬来三只奇怪的鼓，这使人们十分担心，鼓痴是否比得过侉老东。一只鼓的鼓皮是用绳子密密地绑扎起来的，样子特别古怪，另两只鼓一大一小，外形倒正常，但却是黑色的，鼓面上还画了一个三只翅膀样的红东西，像鸟却冇得身子，像三棱飞镖却又冇得刀锋。这鼓身的黑色与古怪的图案，让人一看就感到有些不祥。我们中国的鼓，大都是红色，从来都不见黑色的。

侉老东的三只怪鼓在鼓楼前摆好了，黄脸军官、一个左脸上有瘤子的军官，还有一个士兵，他们换上白色的靴子，然后又换上一种古怪的宽袖长袍，有些像戏子穿的戏装。黄脸军官换的是黑色的长袍，瘤脸军官换的是黄色的长袍，士兵换的是红色的长袍。他们又戴上一种绑法古怪复杂的头巾，系上镶着金边的宽腰带。他们还像戏里的女子一样，将腰带打上一个大大的蝴蝶结。这种打扮，使他们显得有些怪里怪气，令人想到妖魔鬼怪。他们分别站到大鼓、中鼓和小鼓后面，看样子做好了比鼓的准备。

这时，鼓痴挂着双拐出现在二楼的平台上。他的双拐挂得木楼板发出咚咚的闷响。他默默地看了看楼下的三只怪鼓，下意识地皱了皱眉头，似乎对这些鼓的样子感到恶心。一如平常，鼓痴总是尊口难开。自从他与骄哥"断绝师徒关系"之后，除了唱丧歌，他都不怎么开口说话了。这使他显得比过去更加古板和冷淡，似乎成了一个活在这个世界之外的怪人。人们猜不透他，也不晓得他装了一肚子么样的心事。

鼓痴对楼上喊了一声，几个后生子就从四楼往下搬鼓。开始是小鼓和中鼓，用的都是上好的梧桐木和牛皮，颜色红艳，最后，金丝楠乌木大鼓也抬下来了。这三只鼓，都比侉老东带来的鼓要精致许多，显出了它的主人对鼓的痴情。侉老东只听人说过鼓痴的这只好鼓，显然冇有料到这湖乡草地的鼓，竟会好到这样，他们一个个都睁大了眼睛。

鼓痴见侉老东都热望着自己的鼓，脸上不由得浮起几分傲色。到了这种时候，他竟然还傲得起来，不得不叫人佩服他的超凡脱俗。这也该他傲气，这只金丝楠乌木鼓根本冇有上过漆，它只刷过清油，却光色迷人，那深褐色的木纹间，透出灿亮的金丝，乌亮的鼓身像镜子一样闪亮，要不是它上面布着金丝的纹理，它就可以当镜子来用了。

黑大袍的眼睛突然变得像火苗似的，闪起红红的亮光，像燃着的两粒炭！他盯着金丝楠乌木大鼓，眼珠定定地瞪着，一动也不动。他拍了拍手，龇着黄牙说，好鼓！他走近金丝楠乌木大鼓，弯下腰，细细地摸了摸鼓皮，再去摸鼓身。他的手停在鼓身上面，似乎拿不开了。他细细地从上摸到下，又从下摸到上，还顺着金丝的木纹，来来回回细细地摩挲。

好鼓！黑大袍又说。

黑大袍终于站起身，从裤袋里掏出一枚小小的硬币，将它摊到鼓痴面前。他口舌生硬地说，为了公平，我们的，抛硬币，决定比鼓的先后。见鼓痴静静地冇得么子反应，看样子是默认了，他便指着硬币的正面说，你的记住，山顶有太阳的这面朝上，我的先比。见鼓痴皱了一哈眉头，黑大袍自己也不禁皱了一哈眉头。黑大袍翻过硬币，接着说，这面朝上的，你的先比。

旁边的通译又用中国话对鼓痴说了一遍。鼓痴直视着黑人袍，嘴巴紧紧抿得像一个歪着的"一"字，绷着的脸上似无表情，只是从鼻孔里冷冷地嗯了一声。正是这个通译，在五天前带着四个倭老东来找鼓痴，说他们的长官听说这儿有一座鼓楼，有一只好鼓，有一个出名的鼓师，便要过来比鼓切磋。通译和四个倭老东想上楼去，鼓痴却拦住了他们，说是如果他们上去了，他就不答应比鼓。要比鼓是长官的目的，通译他们再不高兴，也不敢让这鼓比不成，因此忍着冇有强行上楼。

通译最后说，再跟你说一遍，你们如果不比鼓，这鼓楼就是我们长官的了，金丝楠鼓也要没收。如果你们能赢，长官保证对你们秋毫无犯；如果输了，得把金丝楠木鼓输给长官，鼓楼也要任长官征用。这可是十分公平的事！

厚基族长气愤地冲通译说，天下有这样的公平吗？既然是比，就是有输赢，而我们只有输，冇得赢！侉老东呢？只有赢，冇得输！

鼓痴对厚基族长说，我不跟他们争公平不公平。他又对通译说，这鼓和鼓楼都是我一个人的，与其他人冇得任何关系，因此，除了比鼓，你们不得做任何危害老百姓的事。你跟你的长官说，你们如果做不到，我宁可将鼓和鼓楼一把火烧了，这鼓我也不会比！

通译把鼓痴的意思转告了黑大袍，黑大袍听了，咬了咬牙，黄脸上的肌肉鼓起了两个道道。他用阴沉的黄眼珠盯着鼓痴看了一会儿，板着脸点了点头。

鼓痴冷冷地说，一言为定！

黑大袍用黄眼珠斜了一眼昂然而立的厚基族长，又环视了一圈脸带怒色的村民，再轻蔑地盯向又老又瘦，还少了一条腿的鼓痴。

黑大袍傲慢地冲鼓痴问，你的，一个人比？

鼓痴青着的脸浮上几分傲色，闷声闷气地说，就我一个，与其他人无干！

黑大袍带着明显的遗憾与不满，皱皱眉头，抽抽鼻子，样子十分不屑。然而，当他的眼睛再落到金丝楠乌木大鼓上时，他的黄眼珠又变成了两粒燃着的炭火。他冲鼓痴竖起大拇指，不知是赞鼓痴，还是赞金丝楠乌木鼓。

黑大袍冷笑着说，你的不错的！为了表示诚意，也为了尊重你的……鼓师的，由你的，来抛硬币的，决定谁的先比。停了停，他又说，让它落在鼓面上。

鼓痴见黑大袍一脸的轻蔑，气就来了，这是他这个鼓王最不能容忍的。他斜了这个强壮的家伙一眼，右手将拐杖夹在腋窝下，不卑不亢地接过硬币。他这个瞿家大少爷，从小就是掷铜钱的高手，想掷哪面就是哪面，小时候，伙伴们都不敢跟他玩这个游戏。我小的时候，鼓痴也挺喜欢我，他教我玩会了掷铜钱，我的铜钱也掷得不错。我想我甩飞刀的兴趣，也许正是练掷铜钱时培养起来的。这一滴，我不得不感谢鼓痴对我的影响。

鼓痴将那枚小小的硬币在手上掂了掂，轻蔑地看了黑大袍一眼，他的手掌突然往上一翻，以一个漂亮的手势高高抛起硬币。人们的目光跟着小小的硬币往上看去，又往下落，嘴里发出一片惊叹声。

硬币冇有落在鼓面上，而是落在泥地上。人们觉得，鼓痴好像是故意这样做的。

有太阳和山的一面朝上。那山是富士山，鼓痴当然不清楚。

我晓得鼓痴一定在心里说，老子就是要让你先来。江汉平原，人们之间的任何比试，都喜欢自己在后面，似乎那样是后发制人，更容易获胜。

黑大袍的脸皮又扭出几股道道，鼻孔也张大得像驴子的鼻孔，他的脸也涨得紫红，像猴子的屁股。他似乎看出了这个断腿老家伙的用心，也可能他早就觉得，这个一条腿的老鼓师，绝不是一个善茬。

十

堤山上冷风直吹,有的人被吹得清鼻涕直流,有的人则打起了喷嚏。人们不敢动,堤山下面站着端着枪的侉老东,他们刺刀上冷飕飕的寒光叫人腿肚子直发软。

喹喹的锣声响过之后,一场从未有过的比鼓开始了。

黑大袍一挥手,随从的士兵递上了一对鼓槌。这对结实的榉木鼓槌已被使用得油光发亮,看得出是用了不少年头的好家伙。

黑大袍开始在鼓边进进退退地走动,像是在完成某种仪式,另外两个比鼓的侉老东则安静地立在鼓前。

鼓痴端坐鼓前,不动声色,脸上的肌肉也像黑大袍一样咬得一股一股的,抿成"一"字的嘴巴歪得厉害,青光的头皮放着亮光。三只鼓一字排在鼓痴的面前,左右两只红色的小鼓映着他的影子,中间的金丝楠乌木大鼓那乳黄色的鼓面,既像一轮圆圆的太阳,又像图画上神仙头上的一轮圆光。惨淡的阳光斜射下来,把鼓痴的影子投在圆圆的鼓面上,看起来显出几分神异。鼓痴这辈子走南闯北,背的歌本多得不计其数,他么子稀奇古怪的故事都晓得,么子事儿都经历过,因此,多年以来,他被熏陶和磨炼得仿佛亲身经历过歌中所说的所有世事,早已成了一个百炼成钢的人。现在,这比鼓的场面丝毫冇有让他发怵,他这副沉静古板的样子,使侉老东的心中冇得底。

通译开始吹捧那三只怪鼓。他说,这是大日本帝国特有的太鼓。为了让人们明白,他自作聪明地说,太鼓就是太好的鼓,就是太上皇一样至高无上的鼓，公元500年就有了！太鼓的鼓皮，用的是上好的犀牛皮或马皮，鼓身用的是上好的樱木或枥木。太鼓的制鼓工艺也非同一般，它要在原木自然干燥之后，削成鼓身原型，再花三至五年的时间慢慢干燥，然后细心地削出鼓的身形，而且每块木片，都要仔细地调整声音的高低……这是大日本最神圣的乐器。通译说到这里，瞥了一眼金丝楠乌木大鼓，脸上露出不自然的神情。可能他也清楚，这才是真正的好鼓，最起码，他从黑大袍看这只大鼓时炭火一般的眼神中，也能体会得出来。他看出黑大袍对这只大鼓早有霸占之心。

通译还要说么子，技痒难耐的黑大袍似乎是等得不耐烦了，他将鼓槌在手上掂了掂，突然衣袖飘飘地舞了起来。三声边鼓响过，接下来是细碎的敲击，这鼓声有如一屋子蚕子一齐吃桑叶的声音。鼓声渐大，有如细雨击打芭蕉。之后，鼓点渐高，如马群在不远处奔驰。最后两声边鼓脆响，黑大袍猛地一擂鼓面，大鼓发出雷鸣般的声响。

另两个侉老东鼓手也一同击打起来。

一时间，黑红黄三个身形衣袂飘舞，三只怪鼓响声不绝。三个鼓手时而鼓槌斜舞，时而摇头摆臀，时而抬脚晃肩，时而跳跃扭摆。他们哪里是打鼓，分明是在跳舞。说是在跳舞，又分明是在打鼓。

我看明白了，垸子里的人也看明白了，这不跟骄哥从长阳学来的土家族跳丧鼓差不多吗！不同的是，这侉老东有三人配合，所以显得比骄哥的武丧鼓精彩一些。其实，土家族的武丧鼓，正是多人配合来打的，只是这儿的人们冇有见过罢了。

人们开始叹息，可惜致瘸反感骄哥打武丧鼓，否则，以永骄这个智多星的聪明才智，还有他的武功，那就跟这侉老东有得一比了，到底鹿死谁手还不晓得呢!

这种武丧鼓，就是人们所说的跳丧鼓，看起来确实精彩有趣。人们大概都在想，看来，鼓痴今儿是输定了，他的金丝楠乌木鼓要被输掉了，鼓楼也将被侉老东随意使用，或者是一把火烧了!

唉，真是可惜了!

侉老东的兵们不由得发出阵阵叫好声。垸子里的人，也有一些人情不自禁地叫好。这太鼓，侉老东打得也确实精彩。

这太鼓打了小半个时辰，听得人们如痴如醉，看得人们眼花缭乱。人们先前的担心与害怕，几乎都跑到九霄云外去了。秋风的寒凉和侉老东的刺刀，也几乎被人们忘记了。人们还有有听够看够，那太鼓已经停了。

侉老东们十分得意，通过这群中国人发出的赞叹声，他们料定这个断腿鼓师是输定了。他们的长官是太鼓高手，被称为太鼓之王。这个十足的鼓迷，他带兵打仗之余，只要有机会，就要找各地鼓师比鼓，几乎战无不胜。比鼓之后，他总要把对手羞辱一通，似乎他与中国人比鼓的主要目的就是为了羞辱他们。现在，侉老东们见这断腿老汉的脸一会儿青、一会儿黄、一会儿紫、一会儿白，他们看出他内心发了虚，不禁分外得意。

垸子里的人都十分为鼓痴担心。大家都清楚与侉老东比鼓，双方的语言都不通，自然不能比唱功，只能比姿势动作，以及鼓的节奏和声音，这样鼓痴就十分吃亏。鼓痴的厉害，与侉老东的完全相反。他的强项，是他肚子里有无穷无尽的歌本，有精彩绝伦的故事。但是，他自然不能跟佤老东比这个,佤老东根本听不懂他的唱词,所以,双方只能比鼓的音律与打鼓的姿态。

此前,村人们并不太关心鼓痴的输赢,大家甚至觉得,让这个一向傲气的家伙输上一场鼓,煞煞他的傲气,也不失为一件好事。现在鼓痴真的要输了,他们又不情愿了。这么好的金丝楠乌木大鼓,放在垸子里,它就是全垸子的人的;放在我们中国,它就是我们所有中国人的。鼓在,今后大家时不时还会听到它与众不同的声响,若是输掉了,就永远也别想听它的声音了。

再说,输了鼓,这不就跟划龙船输了船一样,不就是输了长堤垸吗?不就是输了整个中国吗?

有人说,应该让永骄来比!

人群后面,骄哥、我、幺姑,我们也十分焦急。幺姑手上还拎着她的小手鼓,那是她十岁生日时,她崖崖送给她的礼物,这只土家族小手鼓,陪伴她跳了好些年头的舞,她在跟骄哥逃亡的路上,也把它带在身上。

黑大袍停下来后,嘘了一口气,然后斜抿着嘴,轻蔑地望着鼓痴木头一般的黑脸。他还掏出白手帕,做出优雅的样子,轻擦额上的细汗。

通译说,老家伙,你认输吧,乖乖把你的鼓交出来吧。中国的鼓技,根本不能跟大日本帝国的相比。你们中国鼓师,稳稳当当地坐在那儿打打唱唱,都要把人打得瞌睡呢!

这狗通译,仿佛他自己不是中国人了!

黑大袍大概听出通译叫鼓痴不必再比鼓,于是恼怒地冲通译瞪了一眼,哼了一声。通译明白黑大袍的意思了,他就是要让鼓痴比鼓,要让他丢脸,他要找得胜的感觉,然后,把这个古怪的中国老鼓师狠狠羞辱一通。

通译把目光投向鼓痴,说,你输也得比。

鼓痴低沉却干脆地说,我冇说不比!

比?通译睁大眼睛。

比!!鼓痴咬了一哈牙说。

黑大袍、黄大袍、红大袍一声不吭,只是疑惑地盯着鼓痴,不相信这个断腿鼓师真有么子高招儿。

黑大袍对通译说,让他比,让他的使出全部的本事,好好的,丢丢支那人的——脸!

鼓痴倔强地梗起脖子,脖子上便鼓起藤子一样的青筋来。他端坐在金丝楠乌木大鼓后面,两眼望青天,哪个也不看。

梆,梆,梆,三声边鼓响起,鼓痴打了起来:

哎嗨吔——
东边一朵红云起呀,
西边一朵紫云开。
谁个孝家开歌场啊?
引得四方的歌师来。
············

这鼓声一响，黑大袍就呆了。这金丝楠乌木大鼓，声音洪亮、干净、宽阔，它的音色十分华丽，轰音十分浑厚，余音十分悠长。我想这黑大袍是不是在惊呼，我的天，这湖乡草地，竟然会有这么好的鼓！

这难道会是中国皇宫里流散出来的？！

我十分清楚，佤老东惊叹的仅仅只是鼓好，而不是鼓技好。这江汉平原的丧鼓的鼓点，不过是一个简单的套路，它发出的声音，不过是歌声的伴奏。说穿了，它也就是一个伴奏的乐器，它的声音，也就不是一曲或一套纯粹的鼓的乐曲。而他们的太鼓，却正是一曲或一套独立的鼓乐。

这江汉丧鼓的音乐，还真的无法与佤老东的太鼓相比。

垸子里的人一听，当然认为鼓痴这还是老套套，都不禁在心里叹息。那些佤老东在那里听着看着，不禁嘲笑起来。

歌路开得长，水路八百，旱路千里，
歌场开得大，奉请千军万马，八路神仙。
歌声比武，擂台摆上。
唱个短的太少，唱个长的太长，
不长不短到天光。
…………

还是老套套。乡亲们急得直奁出汗，佤老东笑得更加得意。

鼓痴却只管往下唱：

103

未曾开口汗长流，

今天比鼓有根由。

根由是那日本矮子狗，

狼子野心侵中华。

东北三省放大火，

北京南京发癫狂，

杀我男女老少千千万。

眼前这只东洋狗哎，

看中宝鼓金丝楠，

眼睛骨碌转，他起了黑心肠。

他群魔乱舞来比鼓，

我稳如泰山将这豺狼骂一番。

…………

乡亲们这才回过味儿来。鼓痴这哪里是在比鼓，他是借比鼓骂人呢！

鼓痴果真名不虚传！都说他现编现唱机巧连连，文才胜过昔时状元。更有他打鼓的手法七七四十九种，最叫人喝彩的是双槌同时脱手翻飞，再又回到手中，而鼓点却分毫不乱。他的鼓槌，除了落在金丝楠乌木鼓上，也不时落在左右的两只红鼓上，只是他的动作与方式，却无法与佴老东的相比。

住手！

听出味儿来的黑大袍鼓起黄眼珠大叫。他的眼珠已不再像两粒炭火，而是像两粒寒冰。刚才，他被这抓心抓肝的鼓声迷住了，这只金丝楠乌木大鼓，让他几乎痴了！以至于他好半天才反应过来。

鼓痴毫不理睬，自顾击鼓高唱。在这种时候，他竟然亮起绝活，双槌同时脱手，像两只垂直起落的鸽子，"翅膀"闪起两片虚影。鼓痴的这个绝招叫鸽子升空，我也学到了一滴皮毛，但也就只能闪起那么四五下，而骄哥则学得炉火纯青，甚至胜过了鼓痴，这也是鼓痴喜欢他的原因。

侉老东见了，认为鼓痴这不过奇技淫巧，对鼓乐本身并冇得子帮助，所以十分不屑。而鼓痴唱的歌词，他们根本不懂，也听不出子名堂。

侉老东都露出轻蔑的嘲笑来，只有听懂了歌词的黑大袍连声喊停。

住手！住手！黑大袍的黄脸都发黑了。

黑大袍见鼓痴旁若无人，继续击鼓高唱，气得从随从手上抽过了军刀。

十一

住手！

骄哥从人群中发出一声高喊。

黑大袍斜眼望去，只见一个年轻精壮的汉子，举着两只鼓槌走上前来。他的身后，还跟着一男一女两个年轻人，那是找柳么姑嫂子。我也拿着一对鼓槌，幺姑嫂子手上则拎着她那只精致的小手鼓。

骄哥冲黑大袍说，你们刚才打的太鼓，我们也会，我们来代替我们的师父比鼓！骄哥眼神坚定地迎着黑大袍阴沉的黄眼珠，说，不可以吗？

幺姑嫂子说，冇有看见我们师父断了一条腿吗？他怎么跳得起来！

黑大袍听明白了，脸色微微一变，黄眼珠变得开始发灰，露出几分迟疑。

人群安静极了。有人望向厚基族长，厚基族长则正盯着黑大袍的脸，于是，人们也都盯向黑大袍的脸。

黑大袍冇有想到，半路里会杀出三个不怕死的年轻人来，但他听骄哥说也会太鼓，十分不解。他在中国走了好多地方，从冇有听说过中国人也会他们的太鼓。他又听幺姑的话带着轻蔑，觉得跟一个断腿的乡下老杆子比鼓，确实大大地辱没了自己。他慢慢将手中的刀放下来，狐疑地盯着走在前面的骄哥。另两个日本鼓师也紧紧盯着我们，直到我们三个人站到鼓楼的飞檐下，他们才回过神来。

黑大袍逼视着骄哥，阴沉地问，你们的，会太鼓？

幺姑嫂子严正地说，我们的不是太鼓，是太上鼓。

什么的太上鼓？黑大袍问。

幺姑嫂子说，我们打起来你就晓得啦！

乡亲们听出来了，太上鼓，幺姑这是在嘲弄侉老东呢，是在说中国的鼓是日本太鼓的太老哆呢！但是人们都十分担心，这三个年轻人真会这种鼓吗？有人见骄哥确实打过武丧鼓，但也不成套路，无法跟这三个佬老东边打边舞的太鼓相比呀。

被人们一时给忘了似的鼓痴倒是丝毫不乱，他还是端坐在他的金丝楠乌木大鼓前，旁人一般地看着眼前的场面。

厚基族长反应过来了，他庄重地说，成高（鼓痴的大名），让你的徒弟们比吧。

鼓痴似乎有听见厚基族长的话，只把眼睛盯着骄哥的脸。

我走上去，要请鼓痴让出位子，让我们来比。骄哥却拉住我，自己走上前去，双膝跪下。

师父，让我们代替你郎来比！

鼓痴注视着骄哥坚毅的眼睛，眼睛里有了光彩，他的嘴壳抖动着，却说不出话来。

这几年，鼓痴真是不会说话了，除了唱丧歌，平时他甚至连嘴壳也不会张了。但是，他的眼睛里却闪起亮亮的光，这光越来越热切，最后变成了两团火苗，这火苗里面充满了激动与信任。

鼓痴将手伸了过来，将一对椴木鼓槌，递向跟他断了师徒关系的骄哥。

这也是一对油光闪闪的漂亮鼓槌，是鼓痴的专用之物，它伴了鼓痴大半辈子，神圣得任何人都不曾想过碰它一哈。

骄哥神情一凛，将手中的鼓槌递给身后的我，然后双手接过象征师传的椴木鼓槌，坚定地站了起来。

我将鼓槌递给旁边的兴虎，和幺姑嫂子一起将双拐递给鼓痴，将他搀了起来。

骄哥移走鼓痴坐的凳子,将摆在一起的那三只鼓摆得开开的,摆成一个"品"字形,金丝楠乌木大鼓在前,两只小鼓在后。骄哥站到金丝楠乌木大鼓前,敲响三声边鼓,唱了起来。

我和幺姑嫂子也默契地唱和起来。

骄哥和我围着三只鼓边唱边跳,鼓槌时而击在这只鼓上,时而击在那只鼓上,就像是两对蝴蝶,在相邻的花朵上自由地起落。幺姑嫂子则挥动手鼓,边打边跳边唱,姿态优美之极,声音清亮无比。我们时进时退,时转时翻,时急时缓。我们的舞蹈中,不仅有土家族跳丧鼓中的"犀牛望月""饿马悬蹄""凤凰展翅""猛虎下山""猴子爬岩""燕儿含泥",还有江汉平原舞狮舞龙的许多身法,也有丢三棒鼓的技法。骄哥和我从小习武,本就是舞狮舞龙的重要角色,我们将各种精妙的技法结合进了跳丧鼓中,打得有如行云流水一般。

我们三人如此的配合,乡亲们从来冇有见过,他们的眼睛都看直了,不时爆发出忘情的喝彩。那些佇老东的兵,似乎也从来冇有见过这样的鼓法,也跟着乡亲们一起喝彩。鼓乐无国界,似乎也无敌我。鼓声和舞姿引人入胜之时,彼此也都暂时忘记了自己的身份。

鼓痴热切地望着我们三人,眼里始终闪着火一样的光。他的眼睛里充满惊奇,也充满了赞赏与骄傲!

跳完一段,我们又打起了醉鼓。我们看似喝醉了酒一般,打得东倒西歪,摇摆不定,实则自有章法,手法与鼓声好像很自由,其实又十分严谨。这种融入了醉拳套路的醉鼓,看得人们眼睛都不敢眨,生怕一眨眼,就漏掉了一个精彩的细节。虽然是我们这两天临时配合练习的一套鼓法,但我们三个人本就心灵相通,所以配合得十分默契。

那些佴老东也看傻了。他们来中国这么长时间了,跟着喜好比鼓的长官见过的中国鼓技不少,却还有有见过这么精彩的。他们清楚,他们自豪的太鼓根本比不上这种不知名的中国鼓。

鼓打到激烈处,只见骄哥手中的鼓槌仿佛成了一对活物,它们时而单只脱手飞起,时而双双展翅起落,简直精彩绝伦。我们三个人的身子晃出的一片虚影,也叫人们眼花缭乱。

金丝楠乌木大鼓雄浑的声响把人们的心都震得直颤,这声音响到云里,又从云里反转回来,仿佛本就是从云端上发出来的一般。

这回,黑大袍着实看呆了,也听呆了。他不停地摇晃着脑壳,自言自语。

不可思议!

不可思议!

据这个鼓迷对世界各地各种鼓技的了解,他自认为他们的太鼓无与伦比。他哪里会想到,在他一向轻蔑的中国,还有如此令人灵魂震颤的鼓技。

这时,长堤垸的西北角方向突然传来密集的枪声。那是飞机场修建工地的方向,黑大袍正是督办和守卫飞机场工地的中队长。

三个月前,佴老东选定在长堤垸的西北角修建军用机场,这是长堤垸、塔耳垸、禾丰垸三垸交界的一块垸堤下的高地,用中国人的说法,它是一块风水宝地。这儿出了甘浪湖堤,东北面是茫茫的离湖,延伸远去则是洪湖—沔阳—汉口;南面是粮草充足的长堤垸及交通畅通的长川河，延伸开去则是监利城—长江—岳阳；西面是长堤垸与塔耳垸的公共垸堤，延伸开去则是江陵—荆州—宜昌；北面是甘浪湖堤及粮草也十分充足的禾丰垸，延伸开去则是随州—襄阳—南阳。这儿是整个江汉平原和洞庭湖平原的中心，又有平原地区缺少的高地——四面的江河湖堤，所以，佴老东一进入江汉平原，首先就将长堤垸确定为江汉平原的战略要地。这里不仅水陆空可以四面出击，而且可以作为整个江汉平原以及华中地区日军的粮草给养基地。黑大袍作为开路先锋来到长堤垸，督建机场，筹建据点，身负重责，他一直引以为傲。

听到垸子西北角传来枪声，黑大袍情知有变，急忙脱下黑大袍，换上黄军装。军人的本能，使他一时间忘了他喜欢得要命的金丝楠乌木大鼓。

一个佴老东兵骑着一匹嘶叫着的跌跌撞撞的马，狼狈地出现在黑大袍面前，马的眼睛、鼻孔和嘴都红肿得老高，再看，这个兵的眼睛、鼻子和嘴也跟马一个样，而且鼻孔和眼睛里还挂着血迹。这个兵不住地咳喘，不住地打喷嚏，不住地流鼻涕眼雨，结结巴巴，断断续续，好不容易才做完了汇报。原来，垸子西北的飞机场工地遭到袭击，守兵死伤一片，所剩无几。

黑大袍来不及问有数挺机关枪防守，怎么就败得这么快，他慌忙下令撤退，以至于忘了带走金丝楠乌木大鼓。临走，他骑在战马上，才又想到这只神奇的大鼓。他望着金丝楠乌木大鼓和几个鼓手，实在恋恋难舍。他的眉头迅速地皱动，似乎是在带不带走这只鼓的问题上纠结。当他下意识地把目光投向领头的骄哥时，骄哥正扶着那只金丝楠乌木大鼓，双眼怒视着他。两人的目光都十分坚硬锋利，有如利刀。两把"刀"瞬间碰了个正着，激起一束看不见的火光，发出一声听不见的当啷之声。黑大袍感受到了一股锐利的力量的击打，他的心头一震，似乎突然醒悟过来。他看出这个精壮的年轻鼓师，才是他真正的对手。他可能想到，机场工地的遭袭，一定与这个鼓手有着紧密的关系！他肯定是猜到了我们一定是借比鼓之机，串通了地方抗日武装，上演了这出乘虚而入的好戏！而且，也正是这个突然冒出来的年轻鼓师，使他这个打遍中国无敌手的大日本帝国的鼓王，竟然输得十分难看！

黑大袍也许还十分懊恼，作为大日本帝国的军人，他不该被这魔一般的鼓和这三个鼓手的表演所迷惑，变得如此迟钝，从而失去起码的警觉与判断力。

耻辱与仇恨交加，黑大袍咬着黄板牙，恼怒地拔出枪，狠狠地扣下扳机。骄哥迅速起身闪避，子弹偏离胸膛，打进了他的右腹，他软了下去。黑大袍见了，又开一枪。几乎在他再次扣动扳机的同时，本来要去搀扶骄哥的幺姑嫂子突然直起身子，挡住了射过来的子弹。子弹打中了幺姑嫂子的背心。幺姑嫂子往下倒去，骄哥忘了自己的伤痛，俯身抱住了幺姑嫂子。

黑大袍的枪又响了，这回中弹的竟然是鼓痴，他也替骄哥挡了一枪。他虽然挂着双拐，但行动竟出奇的敏捷，令黑大袍惊讶地睁大了眼睛。

佀老东的兵，早已撤向村前的大路，准备从大路赶回飞机场工地。他们也清楚，直接从堤山返回飞机场工地更近，但这湖区水乡的水网野地时常把他们的脑壳绕晕，他们只得舍近求远走村前的大路。他们刚撤到村前的大路上，村子里突然响起枪声，子弹从门洞里，从窗子里，从巷子后，嗖嗖嗖嗖地射了过来，手榴弹也长了翅膀一般地飞了出来。侉老东这才明白，他们在村子这儿也遭到了伏击。黑大袍因为恋着金丝楠乌木大鼓，以及忙着要除掉骄哥，冇有跟上他的兵。失去指挥的侉老东兵只得避开房屋众多的村垸，向低于村垸一丈多的河滩逃窜。

乡亲们看出，这是马队长带的离湖游击队开了火。

黑大袍见他的兵在村道上遭到了伏击，大惊失色，他顾不上再次向骄哥开枪，也忍痛放弃了金丝楠乌木大鼓，慌忙策马前去指挥他的兵。这时，我突然出手，掷出藏在鼓槌里的飞刀。比鼓之前，我将飞刀藏在了鼓槌里面。只是鼓槌实在太小，飞镖在掏空的槌棒里卡得实在太紧，我未能及时抽出来，这使我悔恨莫及。

我射出去的飞刀正中黑大袍的背心，他的大红马冇有跑出几步，他便栽下马来。

我高喊，乡亲们，杀侉老东啊！

乡亲们纷纷抄起杠子棒子，举起锄头铁锹，砸出砖头石块，将趴在地上的黑大袍一顿乱打，把他的脑壳都打烂了，红红白白的污浆流了一地。乡亲们又冲上去，追击被游击队打得乱窜的侉老东。只有两个骑了马的侉老东军官逃脱，其中就有刚才那个比鼓的瘤子脸，直到逃跑时，他还披着比鼓时穿的黄大袍。

游击队在村子里袭击黑大袍带的三十多个侉老东兵之前，郑县长带领的自卫队早围击了飞机场那儿的侉老东兵。我后来才晓得，骄哥在得知侉老东要比鼓后，夜里摸到了禾丰垸，让一个唱丧歌的朋友向游击队的亚喜送出了信。游击队与自卫队一联手，就谋划了这次对侉老东的分头打击。郑县长所带的国民自卫队，一直与游击队紧密配合，是侉老东的"心腹大患"。

幺姑嫂子死在骄哥怀里，她的前胸后背都淌着鲜血。她闭着眼睛，表情平静，仿佛是困着了一般。她的手里，还抓着那只伴了她十多年的小手鼓。

鼓痴也被黑大袍打中了胸膛，人们解开他的衣服，发现他的裤腰里插着两只大雷管。原来，鼓痴早做好了与金丝楠乌木大鼓或者与侉老东同归于尽的准备。在弥留之际，他将金丝楠乌木大鼓传给了骄哥。从此，融江汉丧鼓、舞狮舞龙、醉拳以及土家族跳丧鼓于一体的江汉武丧鼓开始在江汉平原流传。每在鼓痴的忌日，各地鼓师都会聚到长堤垸的堤山上，人山人海地举行盛大的丧鼓会，纪念生前令我怨恨的鼓痴。

女哭 第二部

一

江汉水乡草木茂盛，气候润滋，是虫子蝼蚁的天堂，但是时值深秋，这些最不被人们关注的小生命，大都被一阵冷比一阵的秋风嗖嗖地骇走了，被纷纷凋零的树叶草梗哐哐地埋藏了。当然，零星的虫鸣依然还有有绝迹，它们仍然从浅表的地下费劲地蠕溢出来，从又厚又软并且温暖的草叶底下转转折折地爬行出来。它们低哑细碎，断断续续，几近于无，如果你不仔细地听，它就仿佛早不存在了。

深秋的江汉之夜，因此显得尤为冷寂。

这样的冷寂长夜，生性爱热闹的江汉平原人都不大习惯。女人们虽然本分勤快，但也三五成伙，一边在灯下纺纱或做针线活，一边也不住嘴巴闲聊。大多数的男人更不愿着家，有的去听打说鼓子；有的去看皮影戏；有的去听说书；有的则是打纸牌或者搓麻将，甚至拥挤成一团，大声吆喝着摇骰子，不伤筋不动骨地玩那彩头不大的赌博。人们夜里成团成伙地凑热闹，成为江汉平原秋收后的一种惯常景象。这样的景象，一直要持续到寒冷的冬天过去，寒湿的春季也过去，一直到早春二月，百虫惊蛰，犁耙水响，它才有些不情愿地疏淡起来。到了这时，人们才收起玩心，开始把心思花到正事儿上。

田多地广的江汉平原，正事儿当然是种田。很快，人们的心思都扑到了泡种耕田和播种下秧上。下肥，车水，护秧，除草……九九八十一样活计样样不缺，一样接着一样，丢下扬叉捡扫帚，刚卸犁耙又挑担，而且不断地重复，忙得脚板打屁股，头发横起飞。似乎是一梦醒来，江汉平原便进入了忙碌的季节。所以，秋收后，人们都赶本儿似的玩耍。

富饶之乡的江汉种田人，半年辛苦半年闲，只要不遇上大旱，就不会有饿死人的日子。饿不死人，就必定要快乐，要快乐，就要寻找快乐的法子。而开春的迎财神、鞭春牛、舞狮子、耍大龙、玩采莲船，以及女伢子们请七姑，还有五月的划龙船，七月半的放荷花灯和打醮，八月中秋的赏月猜谜，九月重阳的登高踏秋，十冬腊月的听书看戏，当然还有听丧鼓、看嫁娶、贺上梁……这些，无不是江汉平原人打发旺盛精力和寻找快乐的方式。

听听，又好像有锣声从哪个地方传来呢。

冇有错，就是锣声。

锣声一声比一声真切，一声比一声响亮。一有锣声，接下来就会有鼓声、钹声、胡琴声、笛子声、唢呐声……当然还有少不了的鞭炮声。这些声音就好比摘丝瓜扯藤蔓，大的小的一扯一大串。

锣是开场的响器，锣声一响，一场热闹事儿就会跟着开场。当然，锣也是千百年来的报警之器，凡有火灾、水灾和盗窃之类的事儿发生，人们必然敲锣报警。所以，锣是人们心中的预告之物，在人们心中具有神圣的地位。这样一来，掌握锣的人就十分重要。

在江汉平原，掌锣人也分三六九等。最次等的是打更的更夫，那也是不能轻视的。更夫虽然地位低下，但负责夜间值巡，哪家有么子不好见人的事儿，最易被他发觉，他的嘴壳是敞是闭，也事关重大，所以也不敢轻易得罪。中等的掌锣人是响器班子里的司锣。司锣是响器班子中最轻松的角色，一般都是由班主充当，地位自不用说。上等的掌锣人是村中的保长、族长、管事，他们掌管的锣一响，必非小事。上等的掌锣人还不是最为尊的，最为尊的是龙船队的锣手。之所以最为尊，是因为这样的人才十分难得。龙船队的锣手，他必须巧舌如簧，脑壳灵活，文才出色，指挥有力，他是龙船上的灵魂，人们一般称他为号子手。

从十四岁那年开始，珍姆就对锣声特别敏感。她自己常跟自己说，人家说蚂蟥听不得水响，她徐珍姆则是听不得锣响。

秋冬之夜的喤喤的锣声，格外引人注意。哪怕是极远处响起的锣声，也会使人们马上开始打听它的出处，打听它的起因。有些好热闹的人，他们甚至在锣声的出处都还有有弄清之时，就朝锣声发出的方向迈开了脚步，至于具体的地点，可以边走边问，省得耽误看热闹的时间。这类人多是闲汉和爱热闹的半糙子，当然也有爱看女伢子的后生了们——看热闹并非他们的真正目的，看漂亮女伢子，或者吸引漂亮女伢子，才是他们真正的意图。自古以来，好多美满的情爱，不都是在这样的热闹场合发生的吗？

这回的锣声，好像是从长堤垸传来的。

走哇，到长堤垸看热闹去啊！

么子热闹？

你这都不晓得？长堤垸最出名的皱痴死了，送葬打丧鼓呢，这回轮到别人跟他唱丧歌打丧鼓了——就是赵家垴那个打丧鼓唱丧歌最出名的老杆子。

就是那个——卖掉了几十亩祖田建一座鼓楼的。

还有呢，那个从长阳山里嫁过来的土家族女子，她也死了。

哦哦，鼓痴啊，上个月尾，他还在天井垸夏篾匠家唱丧鼓呢，唱得带劲得很……哦哦，侉老东在赵家垴打死的是他呀！呔呔呔！

哦哦，那个土家族女子也是侉老东打死的啊，一路死的啊，呔呔……么子嫁过来的，她是自己跑过来的，跟鼓痴的徒弟永骄私奔来的嘞。

呔呔呔呔，这人啊，真是说死就死呢，跟虫子蚂蚁有得二样呀。

快滴走起嘞！

锣声越来越清晰，脚步越来越快，人越聚越多，都朝着锣声的方向出发。一时间，鞋底和肉脚板拍击路面的声音四处响起，村前屋后的泥巴路可遭了殃，它被人们踏得直打战，腾起的灰尘把鞋面裤脚都染得灰扑扑的。河港湖汊也不得安宁，水被划起不息的波浪。有人驾了船，载着满船男女老少，向长川河边的长堤垸赵家垴破浪而行。

鼓声也响了。果然是打丧鼓。

呔呔，长堤垸的这两个人，就是死在打鼓上呢！

是啊，你看他们也真是的，跟侉老东么子鼓，有道是秀才遇上兵，有理说不清，何况还是侉老东兵！

哪是他们要跟侉老东比鼓嘞，是侉老东强行要跟他们比鼓。不过，那个比鼓的侉老东——带兵的那个中队长也死了，这个野鸡日的啊，他真是该死！有的说他死在鼓痴的儿子手上，有的说死在马队长的游击手上。这个该死的,他从长堤垸的飞机场工地带去的三四十个侉老东兵中了游击队的埋伏,逃脱的只有几个,其余的都死在了赵家桥的河边。

还有呢,就在游击队在赵家桥打侉老东的同时,长堤垸飞机场那儿的三四十个侉老东也被郑县长带着自卫队包了饺子,两百人对三十四人,灭了个灰死火熄。这回啊,游击队和自卫队联了手,终于让侉老东在我们监利之地吃了大亏。

侉老东的机关枪不是很厉害吗?

是厉害,但是再厉害的机关枪手,也抵不住满天弥漫的辣椒粉。说是鼓王的徒弟献的计,用几百只孔明灯带上辣椒粉,顺风飘到侉老东的阵地上空,侉老东的兵开始还莫名其妙地看稀奇,随着自卫队突然开枪向孔明灯射击,辣椒粉便撒将下来,侉老东的阵地便全是辣椒粉了。

哪个?就是永骄哎,赵永骄,赵家垴的龙船号子手!鼓王就是为他挡子弹而死的。

哦哦……

近了,近了,高亢的丧歌声听得一清二楚了:

…………

(甲)一根竹竿圆溜溜,
孝家请我开歌头。
歌头不是容易起,
未曾开口汗先流。
开天天有八卦,

119

开地地有五方。

开人人有三魂七魄，

开神神有一路的豪光。

（乙）打扫堂前地，

焚起三炷香。

十字路上先请各路神将。

我一请上天的赵天师，

二请杨戬杨二郎。

三请玉皇大帝，

四请四大天王。

五请五方同道，

六请孝家的家堂。

七请七仙姊妹，

八请八大金刚。

九请九天玄女，

十请十殿阎王。

孝家无神不请，

只为家严的身亡。

…………

这江汉平原的第一鼓师加歌师死了，是哪个在为他唱丧歌啊？

一场比鼓，导致三名鼓手丧命，也让六七十个佴老东命丧赵家垴，这也是前三百年冇得有过的稀奇事儿啊。佴老东的太鼓王，听说了赵家垴丧鼓王的金丝楠乌木大鼓，他就想占为己有，还要除掉赢了他的鼓师永骄，这些野鸡日的真是早就该死了，而名震江汉平原的鼓痴，以及来自长阳清江边的土家族女子幺姞，他们的死则令人叹息。这一死难事件，在长川河上下引起了不小的震动。因此，这次下葬也非同寻常，要参加——至少是想看看这场葬礼的人，自然也特别的多。

　　一听见永骄这个名字，珍姆的心就紧跳起来，自然比听见锣声更叫她激动。

　　徐珍姆，这个长川河边徐家垱的红花女子，她一向忙得两个脚后跟像鼓槌，左左右右地飞得直打翘屁股，本来，她也不会跑上十里路去凑这样的热闹，她哪有那么多闲余的时间啊。用她自己的话说，她是一个鸡刨命，从来冇得空闲的日子。珍姆的姆妈在她七岁时就病死了，她崖崖又是一个长年不落屋的皮匠，她妃妃也快七十岁了，弟弟秋儿比她小三岁，二十岁的她，就是这个家里的当家女人。家里，除了田场里的事她做一多半，烧火做饭，缝衣洗裳，养鸡喂猪，全都靠她。要她跑这么远的路去看送葬，她真冇得那样的闲工夫。但是这回不同，这回她倒是很想去一趟长堤垸赵家垴。听说那年轻的鼓师永骄的土家族堂客死了，他自己也受了重伤，珍姆心里一边紧跳，一边酸酸涩涩，七上八下，而且还乱乱慌慌，她恨不得生出翅膀来，快一滴飞到赵家垴去看看。

　　唉，这么多年来，珍姆的春草一般青葱的女儿心里，一直藏着一个与永骄有关的宝贵心事。

那一年，珍姆才十四岁。永骄和师弟春雷跟着鼓痴师父来到珍姆隔壁的刘婶家打丧鼓。作为邻居，珍姆在为刘婶家洗菜刷碗打下手，端茶添饭招待客人。刘婶家算得上是中户人家，来的宾客不少，丧事办得也比较长。江汉平原人崇尚厚葬，刘婶家的丧鼓足足打了四天。这四天时间，把刚刚长大的珍姆忙得膝盖发软，腰酸背胀，但是她却十分开心，半点也不偷懒，她想的是再累也就几天时间，过后歇上两天也就好了。何况，她又被永骄这个年轻的丧鼓师深深吸引了。珍姆晓得，永骄不仅丧歌唱得很好，而且还是出色的龙船号子手。那个姓瞿的老鼓师年近五十了，虽然号称鼓王和歌王，但是精力毕竟有限，四天的丧鼓，主要就是大徒弟永骄在忙，小徒弟——老鼓师的儿子春雷——毕竟太小，他们父子俩合起来唱了四分之一，两个赶鼓的歌师合起来唱了四分之一，永骄是一个人唱了一半的时间。那时幸亏有赶鼓的歌师，要不然，永骄还不晓得要累成么样子呢。不过话说回来，两个赶鼓的歌师虽然也唱了四分之一，但永骄要应对他们，花的心费的神，反而成倍地增加。江汉平原唱丧鼓有它的规矩，前来赶鼓的歌师一般不怀好意，他们是来比歌的，也就是来打擂台踢场子的。东家请来的歌师如果输得太惨，不仅要将打鼓的酬金分出三分之一给赶鼓的歌师，还会很丢面子。虽然有鼓王坐镇，但那两个湖南过来的歌师也冇有留么子情面。老鼓师好像也是为了锻炼徒弟，有意让永骄多唱。还好，永骄和两个湖南来的歌师唱了个平手。末了，这两个湖南歌师称鼓王后继有人，对鼓王十分尊敬，也对鼓王甘拜下风。四天的丧事，除了道士明路与和尚拜忏各用了两个半天，其余的日日夜夜不能冷场，基本上都是在打丧鼓唱丧歌，只有在女人们哭丧的高潮时分，才可以稍稍歇上一会儿。那是中秋前后，天气还冇有到秋凉，永骄一边打鼓一边唱歌，天天汗水满面，衣衫沁湿，丧歌唱得人们交口称赞。特别是那些十七八岁的红花女子们，都围着他看，几个胆大的，还抢着空儿找他搭话，而他却举止不乱，专心打鼓唱歌，这使珍姆认为他多才多艺且又稳重正派，暗暗钦佩这个年轻俊朗的歌师。她留了心，不时过去给他送茶水、递汗巾，后两天，她还把他的衣裳要去洗了。永骄那时二十岁刚出头，十四岁的珍姆在他眼中，还不过是一个小黄毛丫头，虽然感激她的细心，但也冇有多想么子，他的心，都用在与赶鼓的歌师的比拼上了。他晓得两个湖南歌师本是冲江汉鼓王来的，是想把师父比下去，而师父却胸有成竹地让他来比，这是在利用这个机会成就他，让他扬名立万，所以他得全力应对，不让师父失望。再说，这些年，跟师父在外四处打丧鼓跑江湖，那些年轻媳妇和红花女子给他端茶递水的也从来不断，因此也十分正常，就是在这儿，也有其他的女子给他端茶递水，不只珍姆这个小女伢子。所以，他也并冇有怎么在意这个帮忙的她，他只是觉得她比同龄的女伢子要懂事得多。他哪里晓得，他清澈而聪慧的眼神，早令这情窦初开的小黄毛丫头心旌飘荡。

一连几天给一个俊朗的后生歌师端茶递水，做这样的事，珍姆还是头一遭，特别是在洗衣服的时候，她甚至把这个俊气的年轻歌师当成了跟崖崖和弟弟一样亲近的男将。她还偷偷闻过他衣裳上的汗味，不晓得为么事，那种特别的带点酸味的汗气，令她的心跳得特别快，就像胸腔里打着一面小鼓儿。这使她一连儿大小脸儿都红灿灿的，以至于妃妃和刘婵都认为她是忙成这样的，都叫她帮忙时从容一些，抽空一定要歇

123

歌气儿。有过在红白喜事上帮忙打杂经历的人都清楚,这些活儿看起来不费力,但一天到晚忙个不停,就是空手走路也是叫人吃不消的。只有珍姆自己清楚,累是肯定的,最后一天,她都发现自己的脚踝有些肿呢。但是她的脸红灿灿的,则主要是因为永骄。也是,脑壳灵活,嘴壳灵巧,身体结实,长相俊朗,人又稳重,这样的后生,十里八乡又有几个呢?又有几个情窦初开的女子不动心呢?何况,珍姆从小就特别喜欢听歌听戏,也十分羡慕戏中有文才的男将。珍姆觉得自己十分幸运,邻家的老人去世,给了她这个千载难逢的机会,使她有幸亲近到这个与众不同的男将,还有机会为他端茶递水,洗衣换衫。情窦初开的珍姆,在心里把这种相遇相识看成了天意。虽然这个年轻的歌师并不晓得她的心事,但她看得出,他对自己也十分友好,他对她,明显比对那些无故找他说话的女伢子要亲近得多,有些像哥哥对亲妹妹,这叫她这个从小冇得姆妈的女伢子,心里温暖得像雪天里怀揣了一只小小的铜火炉。珍姆想,一定是自己的庄重与勤快打动了他,还有自己的漂亮,所以她心里暗暗高兴。其实,那时她并不晓得自己有多漂亮,她是听别人在这么夸她。对了,他还叫她小妹子。妹子,这可是江汉男将对亲人或情人的称呼。在注重礼节的江汉平原,成年男将遇上陌生的青年女子,不论老少——即使比自己小很多,也一律尊称姐姐或大姐,而妹子则是不能随便称呼的。年轻的鼓师称珍姆妹子,至少是把她当成了比较亲近的人。虽然多了一个"小"字,珍姆也十分满足。她想,我现在是小,但是过上一两年,我就不小了,这个"小"字就可去掉了。

  姆妈过早去世,使珍姆过早地成为当家理事的女主人,同时,也把她历练得十分早熟。外人看珍姆，确实还只是一个黄毛丫头，她自己却清楚，她已是一个内心开始成熟的女子。她的少女情怀，就在这场邻家的丧事上突然间打开了，有一滴不期而遇的意思。从此，她纯净的心底里住进了一个年轻的歌师，并成了她长长久久的梦想。后来，很多人上门向她提亲，珍姆都不松口。她认为，天下再有得别一个男将能比得上这个叫赵永骄的年轻歌师。从七岁开始，珍姆就跟妃妃学着料理家务，十二三岁开始正式做当家女人，她支撑起半个家，崖崖也十分看重她，家里大事小事，开明的崖崖都很重视她的意见。因此，在她的婚姻大事上，崖崖也尽量尊重她的意愿。那时，妃妃多病，崖崖的肺也有毛病，弟弟还不懂事，家中也实在少不了珍姆，因此珍姆说婆家的事，也是拖了一天又一天，这样一拖就拖到了她二十一岁。

二十一岁啊，这样的年纪，早已过了女伢子出嫁的最好年龄！崖崖有些急了，旁人的闲话也多了。珍姆却不急，一是冇得另一个她入得心的人，二是她也忙得很。她早想好了，等弟弟秋儿成家了——至少是准备成家了，家中有个女人来接替她持家了，她再出嫁，至于嫁么子人，倒是无所谓了。反正，要嫁的人如果不是赵家垴的永骄，嫁哪个都一样。那时，珍姆听说永骄从千里远的长阳深山里拐来了一个漂亮的土家族女子，心里就像冷不丁地被针猛扎了一哈，好痛好痛。拐，这不是一个好词儿，珍姆尽管伤心和失落，甚至是绝望，但她不认为永骄是拐骗良家女子。她认定他是一个好人，而且，地方上的人对他评价也不错，即使是在说他拐土家族女子时，人们也多是赞赏的意思。都说他有本事，也有情义，帮助一个山里女子，逃过了代姐填房的苦命。珍姆听过不少的丧歌和戏，古来那些以情义为重的男女故事，让她对永骄十分理解，也更为敬重。她虽然不能成为他的堂客，但她冇有看错他。她心里一直住着永骄，而永骄却拐回一个土家族女子，那不能怪他，只怪自己冇得那个命。遇上倒霉的事儿，珍姆都习惯用命来劝解自己。姆妈的过早去世，以及那些戏文里的苦命女子的故事，使珍姆从小就十分相信命运。现在，永骄突然失去堂客，她死去的那颗心，不禁又突然动了起来。她晓得这心动得太不是时候，太不应当，但是她毕竟是个尘俗女子。

失去心爱的堂客，这是永骄的命，但也说不定是她珍姆的命呢！

得知永骄在比鼓时被侉老东打伤之后，珍姆就开始关心他了。他伤得怎么样？他的两岁多的儿子冇得姆妈了会怎么样？听说永骄的姆妈死了好几年，一个家里冇得女人怎么过日子？珍姆想趁着他们家送葬去看一看。唉，不管怎么样，那可是自己暗自爱过好些年的人啊。

珍姆正想着要去约要好的三菊一起去赵家垸，邻家的刘婶就隔着菜园问她，要不要一起去长堤垸赵家垸看送葬。邀人一起去看送葬，这在江汉平原是很正常的事儿。刘婶说，他们家要去给老鼓师作个吊，七年前，老鼓师给他们家唱的那场丧鼓，是徐家垱唱得最热闹的一场，为刘婶家挣了不少面子。当家的大伯还说，将来自己百年之后，也要请鼓痴的徒弟永骄好好地为他唱上几天几夜丧歌。刘婶是作了去看送葬的决定时，刚好看见珍姆，所以在兴头上问一问她，并冇有指望珍姆会答应去。她晓得珍姆里里外外的事儿多，也晓得她一直不太爱凑这样的热闹。现在珍姆竟一口就答应了，刘婶还有些不敢相信。村垱上，一共有十来个女人约好，一起搭刘婶家的船去看热闹，珍姆和三菊都在其中。这样的大丧事,正是女人们学见识的好机会,哪怕是误了田场的事,也值得去一趟。

在江汉平原,女人们从小就要好好地学哭,以便将来自家老(死)了人,能够哭得热热闹闹,有声有色,令人称赞。

江汉平原的女子,出嫁时哭嫁倒是次要的,家中死了人哭丧,才是顶顶重要的事儿。娘家婆家死了人,要是做丫头媳妇和做孙女孙媳的哭得不好,那是十分丢人的事,它会让全家人的面子上都不好看。所以,江汉平原人虽然也有些重男轻女,但从来不会轻视到不待见丫头的程度。那些把生下来的丫头闷死的事儿,在江汉平原极少听说。江汉平原人都希望,自己有三男两女或五男二女,绝不会只想要儿子不想要丫头,在这方水土之上,哪家都是不能冇得丫头的。冇得丫头,家中办丧事——特别是做父母的自己死了,哭丧不热闹、不真切、不悲伤,那可是人生非常不圆满的事儿。虽然儿媳孙媳也会哭,但江汉平原人都认为,儿媳孙媳哭与丫头孙女哭,完全是两码事,他们认为不是亲生的、不带骨血的女子,再怎么哭也哭不到骨头里去。所以,在江汉平原,只要哪里有办丧事的,女人们就算是丢下做了一半的活儿去看热闹,也都无可厚非,因为那是她们要去学见识,也就是学哭。

女子学哭,是一件大事,所以,珍姐这个大忙人跑那么远去看送葬,也不算出格。

船由邻家大伯驾着,顺着长川河一路荡下去,船上不时响起欢声笑语。邻家大伯是个开朗的人,也不时说上几句笑话,一船的人都十分开心。只有珍姐,她笑得十分勉强,看上去,她不过是在配合着船上的人笑,不然她就会显得格格不入。

珍姆,你为么子笑得这么勉强?

我笑得勉强吗?

珍姆姐,你那是假笑呢,你是不是有么子心事啊?

去看热闹能有么子心事?

你别以为我们看不出来,前几天,媒人又去了你家,你是不是又不满意?

冇有啊。珍姆晓得自己这话说得不好,下面果然招来了麻烦。

那说明满意了,那么时候请我们吃喜饼啊?

应该很快了吧?

冇有冇有……真的冇有。

冇有么子,我说,你也不是少年十七八了,就不必按老礼了,定了亲,不必再等上一两年才坐花轿。

是呢是呢,我姐姐跟你同一年的,都两个伢子了呢,奶子都被两个伢子嘬得垂下来了呢。

奶子都被嘬得垂下来了,喜春你可真会说话。

珍姆姐等了这么多年,这回,一定会是一个如意郎君。

不是不是……珍姆真后悔上了这条船,她恨不得立刻离船上岸。三菊便指责这些人的话太多,但这些人嘴上哪里肯服。

邻家大伯说,你们别说珍姆了,冇有看见她的脸红得像西瓜瓤儿了?珍姆是我看着长大的,哪个娶了,是哪个的福气。她至今还冇有许人家,是她丢不开这个家,一丢,她的崖崖、弟弟和妲妲,就冇得现在这么好的日子过了。

邻家大伯的话果然有效，一船的人转了话头，都赞起珍姆的好来。

邻家大伯又笑道，珍姆脸皮薄，你们少说几句就好。

一船的人便不再揪着珍姆的话题了，他们便说起这死去的鼓师，说起山里来的土家族女子，自然也说到了永骄。

珍姆的心又回到了永骄身上，这个藏在她心底七年的秘密，让人晓得也不好，不让人晓得也不好，她心里憋得怪难受的。她有时候想跟三菊说，但永骄已是有堂客有伢子的人了，她实在说不出口。现在，她望着长川河两岸叶子快落光的树，以及两岸枯黄的草，心里不禁有些发酸。而永骄的影子，也在她心底下晃动起来。

珍姆的眼前，晃动起永骄打鼓唱歌和叫号子的影子，他的影子在她眼前渐渐变大，大得越来越快，一忽儿，大得像是从河面上一直顶到了半天云里。

二

鼓痴——那个老鼓师，他的灵堂冇有设在赵家垴村垱上的家里，而是设在村垱后两里远的堤山上，也就是设在他修建的那个著名的五层高的鼓楼前。

徐家垱的一船人上了河岸，沿着河滩上窄窄的田埂拉成一字长队，走上堤岸形成的村垱，然后，大家跟着邻家大伯穿过村垱，向村后两里远的堤山而去。这样远道而来看送热闹葬的人群哪里都会有，人们并不觉得稀奇，彼此认识不认识，都会打打招呼，递个笑脸。

令珍姆想不到的是，永骄的堂客的灵堂也设在堤山上。也是，这个山里来的女子，她死在堤山上，她的丈夫永骄以前也住在堤山上，灵堂设在这里也合情合理。刚才在船上时，珍姆听大家议论，说是自从土家族女子跟着永骄来到这平原水乡，因为永骄拐带女子犯了族规，一家人便住到北边的离湖边上去了。在永骄拐来土家族女子之前，他们也是住在这堤山上，他们居住的两开间的小屋也还在这儿，所以赵家的族里决定，也在这堤山上给这个土家族女子送葬，她也将埋葬在这堤山之上。

这堤山是赵家垴村后的一块公地，风水不错。厚基族长和族中的理事们说，鼓痴和土家族女子，都是为与侉老东比鼓而死的，也是为救永骄而死的，所以他们不仅是舍己救人的大好人，还都是抗日英雄，应当葬在这堤山之上。现在，土家族女子的遗体就摆在小屋前面。鼓楼与小屋相距不过五六丈远，因此，办丧事的地方，就在鼓楼与小屋之间的空地上。这样看来，这场丧事就是兼顾了两个亡人。这令珍姆对那个大棺材前的土家族女子添了几分敬意。这个随便跟人跑的土家族女子，听说人们开始还有些看不起她，认为是她狐狸精一般地勾引了永骄，说她太风骚太不值钱，现在，她也能够享受人们为她举行的一场葬礼了，看来，她还真是一滴都不简单。珍姆在心里说，一个为丈夫挡枪子的女人当然不简单！

自古以来，江汉平原的葬礼有着严格的规矩。一般来说，只有年过半百、儿女成人的全福之人过世，才能享受一场热闹的葬礼。像土家族女子这种横死的年轻堂客，不仅不会给她打丧鼓办葬礼，还会像见不得人似的匆忙下葬了事，免得更多地影响夫家的运气。年轻堂客抛夫弃子地死到阎王五嗲（阎王爷）那儿去，历来被江汉平原人称为讨债鬼，是前世的冤孽，是家门不幸的事儿，说出去都不好听。讨债鬼堂客的下葬，大都和未成年的死者一样，一般都是用一张芦席滚棉条一般地滚了，潦潦草草地埋掉了事，最有福气的，也只是困一只不刷油漆的薄木板钉成的匣子，这样的匣子叫白木匣子，是最低等的寿木，木材一般也只是最便宜的柳木、楝木或枸木，根本不配享用厚实的棺材，而且停尸最多不超过一日半，也就把这个讨债的冤孽给打发走了。她若是生了儿女还好，如果冇有生儿女，她还冇得资格葬到夫家的祖坟地，只能葬到荒野的乱坟岗子，免得破坏风水，气坏列祖列宗。

按常理，永骄的土家族堂客自然也是一个讨债鬼，但是她却能享有一副厚实的黑漆大棺材，同时还能享受热闹的丧鼓，有人说她是沾了鼓痴的光，更多人则认为这个女子值得敬重，当得起这样的葬礼。她不仅是为救丈夫而中的子弹，还是为跟侉老东比鼓而死，这样的女子，戏里虽然冇得一千也有八百，但现世里——特别是十里八乡却难得一见，说她是地方上的花木兰也不为过。而她从山里来到平原水乡的这三年多里，虽然一直住在远离村垱的离湖边上，但也广受村人称赞。她和鼓痴的上好棺材，听说是住在城里的垸董老爷家送的，是垸董老爷的儿子永富雇船亲自送到老家来的。

珍姆心想，这个永骄真不简单，他就是拐骗，也拐骗了一个好女子！而她徐珍姆，虽然也被村人广为称赞，但是能不能比得过这个土家族女子的分量，她心中真还冇得一滴底。

尽管珍姆是冲着这个土家族女子来的，但她也不好一开始就独自离群，她先得随着一起来的同伴们，观看老鼓师的葬礼。老鼓师才是今儿的主角。

老鼓师身后是一副又高又宽的特大棺材，看样子结实而又沉重，这体现了人们对他的格外尊重。堤山上下，鼓楼前面，聚满了男女老少，有很多是江汉平原数县的歌师鼓师，连江汉平原之外的歌师鼓师，也来了好几个。这些歌师鼓师，北有潜江、天门的，南有江南的华容、安乡的，西有石首、江陵的，东有沔阳、嘉鱼的，他们都是鼓痴的同行。老话说同行是冤家，那他们肯定有人曾经跟鼓痴是冤家，但这个时候，冤家也好，朋友也罢，大家都闻讯而来了，这使鼓痴的葬礼几乎成了一个行业盛会。

深秋的江汉平原农事很少，所以看热闹的人更多。人们说，长堤垸的鼓痴瞿成高，他打了一辈子丧鼓，唱了一辈子丧歌，现在他去世了，来为他送一个热闹葬是十分应当的。何况，他还是为了长中国人的志气，在跟侉老东比鼓时为他的徒弟挡枪子而死，他应当流芳百世。至于一同死去的土家族女子，也同样值得好好地来送她一程。

这是鼓痴和永骄的土家族堂客遇难的第四天，阴阳先生看好日子，土家族女子午时下葬，鼓痴申时下葬。

珍姆他们来到堤山时，一段丧鼓已嘹亮地唱到了下半截。此时唱丧鼓的，是一个来自东北边的天门的兔嘴歌师，他唱得比别人更加卖力，现在已是声嘶力竭，别的歌师要替他一阵子，他也不肯住声。据说，这个兔嘴歌师的技艺十分出众，与鼓痴旗鼓相当，十多年前，他曾特地前来观音寺街上赶鼓，与江汉歌王鼓痴比拼，两人使出浑身解数，彼此不断地发歌头、编新词，唇枪舌剑地相互贬损，最后还是鼓痴略胜一筹。有人以公允的口气说，鼓痴的胜，胜在是在自己的地盘上，因为兔嘴歌师的天门腔中，带了一些汉江以北的腔调与方言，这里的人听不大懂，所以才输了人气，而如果换了鼓痴去天门比歌，结果也会输在汉江以南的腔调与方言上，所以，这两个歌师其实是旗鼓相当的。这天门的兔嘴歌师呢，也一直不服这口气，以至于两人一生互不买账，互不服输。现在，鼓痴这个老对手死了，兔嘴歌师却大老远地跑来这里，为他过去的克星唱歌打鼓送行。这件事，被人们说成了孔明吊周瑜的戏码。

…………
叫声成高我的兄，
一生只想你为愚弟来把终送。
无奈皇天不开眼，
死了不该死的老尊兄。
最恨那日本矮子鬼，
他发了癫狂如蚂蚱蹦。

叫声尊兄你是听，
你我好比黄连两株根连根。
一生唱歌又打鼓，
鞋子跑破脚后跟。

133

日夜打鼓日夜唱,

冰天雪地也唱到夜更深。

难得困个整夜觉,

还得把歌词背它三千六百遍。

瞿家成高我的哥,

你我都是吃了丧鼓这迷魂的药。

都说十年寒窗它最苦,

它还有金榜题名的好结果。

你我一生寒暑的苦,

劳碌奔波为别个。

打得胳臂酸痛肿老高,

唱得喉咙嘶哑冒火疱。

句句只赞他人的好,

总把自己的辛苦来忘掉。

富家唱,穷家也唱,

唱得别个家里安安顺,

却唱得自家吃糟糠。

叫声成高我的兄,

你我唱来唱去一场空。

冇见过歌师穿绸缎,

冇见过鼓手起高楼。
妻子儿女跟着也受穷苦,
碗里三月不见一星半块肉。
……………

唱到这儿,歌师的声音带了悲伤的哭腔,眼睛竟溢出了眼雨。他这现编现唱的歌词,也唱到了自己的痛处,唱得不少观众也流下了眼雨。

是啊,这鼓痴虽然脾气倔强,但做人做事一滴也不让人吃亏。他替人唱了一辈子丧歌,断了一条腿,败了一生财,制了一只金丝楠乌木鼓,盖了一座鼓楼,却也吃不得喝不得,死了也带不走,光着身子而来,两手空空而去,这样的一生,也真令人摇头叹息。

鼓痴生前的对手兔嘴歌师,他们一辈子互不买账,现在竟然为他唱丧歌唱出了眼雨,不少观众被他唱得鼻子发酸,眼雨巴沙。

珍妲的眼睛也被这兔嘴歌师给唱湿了,她真恨不得也扑到棺材边去哭上一场。

这段丧鼓唱罢,兔嘴歌师总算住了声。几个女人争相给他递毛巾,递三匹罐的凉茶。兔嘴歌师挣扎起身子,却一时站立不起来,仿佛是坐得太久,骨头坐得僵了,骨架定了型,活动不了了。两个老杆子连忙去扶他,竟然也扶不起来。一旁的三九麻嫩见了,忙把兔嘴歌师抱了起来,抱到人群外才放他下来。三九麻嫩扶着他走了十儿步,他才能自己勉强站立,但腰却依然微微弓着,背也微微驼着。

这时，厚基族长走过来说，师傅，难得你郎有如此胸襟啊，你郎的成高兄应当含笑九泉了。

兔嘴歌师嘶哑着声音说，这千里江汉平原，有名的歌师多得数不清，瞿师傅是我唯一佩服的人。

三九麻嫩见兔嘴歌师还在摇身打晃，又去扶他，兔嘴歌师却苦笑着说，不碍事了，不碍事了。说着，他望着厚基族长，认真地说，赵家族长，听说你郎学富五车，还做过四品高官，自然是地方上一言九鼎的绅士长老，在下我有一个不情之请，不知你郎答不答应在下？

厚基族长不禁动容，忙说，师傅言重了，只要赵某做得到的，我一定勉力而为。

兔嘴歌师恳切地说，老朽我百年之后，想请瞿师傅的徒弟永骄和儿子春雷一起去天门给我唱一场丧鼓，不知可否？

厚基族长连连答应道，你郎的请求哪是不情之请，这是我们赵家垴人应当做的。又说，那时我赵某若还在世，只要得到你郎的信，定会同他们两个后生一起走一趟天门。

兔嘴歌师连忙拱手致谢，说，路途遥远，不敢劳族长的贵步，有他们两个后生去一趟，就是老朽的万福了。

鼓师休歇，轮到亡人的女亲眷上场哭丧。

鼓痴家的女亲眷不多，他只有一个丫头，两个妹妹，只有三个是血亲的女子，其他的弟妹侄女，自然哭不出几滴眼雨。要不是鼓痴一生为人唱歌打鼓，又名满江汉受人敬重，这丧事办得肯定冇得这么热闹。那个跪在灵前的孝子，就是七年前到珍姆邻家打丧鼓的小后生，他眼里虽然有泪,但哪能像女子一样凄伤悲痛地哭丧?只有鼓痴唯一的丫头,眼睛哭得像两只快要烂了的红桃子,她崖一声姆一声,哭得悲悲切切:

　　…………
　　我的苦命的崖崖呀,
　　你郎一身的苦楚啊我说不完呢。
　　你郎卖掉祖田遭人笑啊,
　　制成金丝鼓万人都来听,
　　没日没夜你郎为别家送亡人。
　　你郎把丧鼓看成了自己的命呀,
　　哪顾得上我的姆妈和我们姐弟两个人。
　　你郎穿过长江走清江啊,
　　木排夹断腿一根哪。
　　我的崖呀,痴心的崖啊,
　　你郎断了腿杆也不死心,
　　拄着拐杖把命拼,
　　十里百里你郎都要跑去把丧歌唱啊,
　　丧鼓打得手抽筋哪。
　　明理人说你郎一声好,
　　不明理的还说你郎发神经啊。
　　…………

这鼓痴的丫头，据说并非聪明乖巧之人，但却不愧是著名歌师的后人，她的哭丧如说家史，如道人生，这条理分明、切情切理的哭丧，赢得人们一片赞声。

江汉平原的女子，还在童声童气之时，就会开始学哭。稍长大一滴，一群小黄毛丫头挎着竹篮，一起去野外割猪草、捡谷穗、摘菱角、挖野韭菜、寻雨笋子（蘑菇），她们常常坐成一圈，在草坡上崖一声姆一声地学哭。这些小小女伢子们，从小就个个比着，看哪个哭得有腔有板，看哪个哭得言辞顺畅，更看哪个哭得贴切悲伤。她们哭一会儿，笑一会儿，闹一会儿，大人们远远地听见望见，心里就格外舒坦。她们这样一会儿哭嗲嗲妣妣，一会儿哭崖崖姆妈，当然也哭舅崖姑妈，甚至也哭哥哥姐姐，真是把所有的三亲六戚，都来一场又一场假想的死亡，让她们为他们预演哭丧，一个一个地哭遍。但是，等她们长得更大了，十四五岁了，她们便很少这样随意哭唱闹腾了，因为这个时候，她们早已学会了哭的基本功夫，只在心里不时温习就可以了。然后，哪里有丧事，她们都尽量前去观看，主要目的，也是要学习别个怎样哭——比如哭嗲嗲怎样哭，哭外家妣怎样哭，哭姨妈怎样哭，哭伯崖伯妈怎样哭，事后，她们还要在一起谈论交流，总结经验，汲取教训。偶尔，她们被野外的男将们高亢的丧歌打动了，实在憋不住了，几个半大的女伢子，也会躲在野地里的河坡上或庄稼丛中，压低了声练哭。这哭，是江汉平原女子的必练功夫，否则，等到将来亲人去世，你哭不出来，哭不成词，哭得牛头不对马嘴，那才叫丢人现眼！一个不会哭丧的女子，甚至还不如不会针线女红的女子，也不如不会做菜蒸糕打豆腐的女子。这些女人的看家本领你若不会，毕竟最多只有村邻们知晓，要是你不会哭丧，那可是十里八乡都要看笑话的。这才是一个女子最大的耻辱！

一个不会哭丧的女伢子，连找婆家都会比别人难上十倍！

也是，哪家愿意娶一个哭丧都不会的女子呢？自古以来，江汉平原人给女人们定了三样大罪：一是生不出伢子，二是不会哭丧，三是不孝敬公婆。这不会哭丧之罪，竟然排在不孝敬公婆之罪的前面，可见，哭丧对江汉平原人来说，重要到了何种程度！

老人们说，生儿子为晚年享福，生丫头为死去享哭。享福是在阳世，享哭是在阴间，也就是在阴间享福。而比起阳世，人在阴间的年月可要长得多呢，只要有有绝代，子孙万代都要为先人哭呢！

这哭丧，真是人生顶重要的大事呢！

大人们听见女伢子们学哭，哪怕是在哭活得好好的自己，他们都不仅不认为是在咒他们，还会开心地爹起嘴壳直笑，安心妥帖得很。他们不用担心自己百年之后，棺材旁边冇得人哭丧，坟头冇得人哭祭。冇得人哭丧，说明这个人一生冇有结人缘，勾有做好事，甚至是做了亏心事。在盖棺定论的时候，这哭丧就是定论。哭的人越多，哭得越伤心，就说明死者人缘越好，品行越高。所以，江汉平原的人，最怕自己死后冇得人哭，也怕哭的人少。江汉平原的女子在受了委屈或与长辈生气时，常常会跟对方说，你将来百年之后，还想不想我的眼雨星子？而她们在与别个吵架时则咒道，你将来会路死路埋，哭都享不到一声的！这就是十分恶毒的诅咒了。也常有一生为人不好的人，他们在死去之后，人们谈论的时候常常会说，他（她）死后，哭都冇得人哭。

139

正因为哭丧如此重要,江汉平原人不仅不像别处的人那么重男轻女,对丫头也比别处的人看得要重。江汉平原自古至今丫头出嫁,不仅聘礼收得极轻,而且陪嫁十分丰厚,即使再穷的人家,嫁妆也不会低于聘礼,否则,那不仅要遭人耻笑,丫头在婆家乃至婆家的整个村子都会抬不起头来做人。家景稍好一滴的人家,嫁妆至少要是聘礼的一倍,而人们所说的十里红妆,也正是江汉平原与苏杭地区的大户人家隆重嫁女的写照。不仅如此,丫头家以后生伢子、盖屋子,以及婆家的所有红白喜事,娘家也必以重礼相送,以至于丫头生得多的人家,因陪嫁与送礼而致贫的现象,也时常可见。江汉平原人如此厚待丫头,轻聘重嫁,一个方面是为了彼此的脸面;另一个方面,则是为了自己百年之后,能好好地享受丫头的一把眼雨!

珍姆在热闹非凡的鼓痴的灵前看了一小会儿,就拉上同来的三菊往土家族女子的灵前走去。这才是她今儿来的主要目的。

珍姆刚刚在土家族女子的灵前站定,想按习俗,以一个路人的身份去烧一根香,烧一张纸,就在这时,一阵秋风刮来,吹动了死者脸上盖着的黄草纸——遮脸纸(也叫"落气纸"),使这张硬草纸从她脸上滑了下来,露出了她惨白而姣好的面容。在草纸滑落之际,珍姆分明看见,这个美丽的女子长长的眼睫毛闪动了一哈,真的闪动了一哈。这使她的心先是忽地一缩,接着是猛地往上一蹿,差点从她的喉咙里蹿了出来。她的心咚咚咚咚地猛跳起来!她睁大眼睛,傻呆呆地盯着这个僵硬的女子,以为她是突然死而复生了!一时间,珍姆成了一个木头人,她的脑壳里也一片空白,空得像一只空壳葫芦一般。

旁边的人也发现了死者脸上的黄草纸滑落了,它就滑在女子的左脸边,但是人们都冇有像珍姆这样惊慌。珍姆想,他们可能是冇有看到死者的眼睫毛弹动的情景。珍姆稍稍定下神来之后,使劲眨了眨眼睛,她的眼睛一滴都不花,人们都说她的眼睛水灵灵亮晶晶,她从来冇有发生过眼花的事儿。此后过了好些天,土家族女子的眼睫毛弹动的这个情景,还时不时地在她眼前晃动。这个情景,甚至陪伴了珍姆一生,让她一想起来就十分动容,使她的心底涌起一股说不清道不明的亲人之间才有的情感。

土家族女子的遮脸纸滑落了,周围的人都有些不敢给她重新盖上去,便纷纷叫喊,过了一小会儿,才有永银道士来给她盖上。永银道士一边盖纸一边说,女子啊,你舍不得这个人间世界呀!

是啊,这个土家族女子哪舍得她的丈夫和幼儿!有人低声说,遮脸纸无端地被风吹开,这土家族女子死不甘心啊。是呀,她这是舍不得儿子和丈夫呢,真是个多情的女子啊!

在江汉平原,人死后出殡,脸上都会被盖上中间折了一条折痕的黄草纸,意思是死者丢下亲人撒手归天,逃避人间的责任,无脸见人。不过这另一层意思,则是担心人死后面目可怕,不让人们见到为好。这阵秋风可帮了珍姆的忙,使她看到了她久想看到的这张脸。后来,她一直认为,是这个土家族女子与她有缘,临入土了,要叫她看上一眼,认她一认。而她的眼睫毛的弹动,也许是遮脸纸滑落时带动的,也许真是她醒了一忽儿,是她与珍姆的灵魂相通了。这个小小的细节,对珍姆产生了深深的影响,以至于珍姆此后在作出一些重要的决定时,心里总要想到这个细节，仿佛她自己，就是这个土家族女子的亲人，自己与她有着一种神奇的关系。

这真是一个极漂亮的女子，她五官清秀，皮肤细腻，虽然儿子都两三岁了，却还像一个红花女子。她的眼睛虽然闭着了，但两条眼缝却很长，说明她正是人们说的明眸大眼。她长长的眼睫毛合成两条毛茸茸的黑线，像小水沟边茂密的青草。她那一身宽松的黑色丧衣，把她衬得更加白净，也衬得更加秀气。她胸上的两只奶子挺得高高的，把黑衣顶起两团小黑山，这说明她也是十分结实健美的。这些配上她小巧的身材，无疑是个极美的女人，这使珍姆为她的死去更加惋惜。

唉，真是可惜了！

珍姆的眼雨唰的一下淌了下来，像长川河的春水一般无法止住。她为这个土家族女子，为占驻了她的心多年的永骄，也为旁边站着的泪痕满脸的两三岁的小伢子。

珍姆的心，就像失去了自己的亲人一般，又酸又疼又伤感。

这个可怜的土家族女子，她的娘家在千里远的大山里，她的崖崖姆妈还不晓得她不在人世了呢。她的兄弟姐妹，肯定正在山里谈笑歌舞。她孤零零地死在异乡，连一个哭丧的亲人也冇得呢，就连她的丈夫也不能为她送葬呢！她来到这平原水乡三年的时间，都是住在远离村子的离湖边上，极少和村里的人交往，相熟的人也几乎冇得呢。现在坐在她身边不轻不重地哭两声的，不过是垸子里来看热闹的软心肠女人，她们不过是出于善心与同情，因此也并不带多少感情。这些人的哭，也冇得人来劝慰，因为哭得不悲切不伤痛，哭得不入心不入骨，所以哭得也不会长久，因此不需要人来劝慰她们。而若是换了亲人来哭，那一定是哭得死去活来、声嘶力竭、上气不接下气。很多女人哭起丧来，甚至会将脑壳往灵床上使劲地扳（撞），常常扳得昏死过去。这是最为悲切的哭丧。这样使劲痛哭的女人，必须要有人来反复劝慰才能止住。在江汉平原，无论是哭丧，还是哭嫁，以及因夫妻婆媳妯娌吵架而哭，如果一个女人哭个不停，都是会有人来劝慰的。作为一个女人，遇到有人哭个不停却不上前劝慰，那也是不通人情的行为，除非这个哭的女人跟你有仇有怨，或者是她的为人极为不好，否则，遇到女人哭而不劝慰，那是要遭到人们的指责的。人们劝哭的方式，多半也必须先陪哭一阵，才开始用哭的方式劝说，那样直截了当地劝，也是要遭人笑话的——笑你不会哭，笑你劝得不真心。

唉，要是永骄在这灵堂上，他会怎么样呢？他会哭吗？他会哭成么子样子呢？

据说，永骄现在还在城里的天主教的福音堂医院里抢救，医生估计他的胆被打穿了，必须开刀把破了的胆取出来，把身体里面的淤血和胆汁清洗干净，后来开了刀一看，果然是胆被打穿了。医生说，人冇得胆了，虽然冇得多大的影响，但多少也会留下一些后遗症。这个可怜的人啊，他不仅失去了堂客，还失去了胆，他今后怎么过日子啊！

一个面容悲伤的老伯走过来，端来一碗水，喂给那个同样悲痛的小伢子喝。小伢子喝罢水，眼雨又涌了下来。

我要姆妈，呜呜……我要姆妈……姆妈啊……

小伢子一边哭，一边擦眼雨。他刚擦过的眼雨，有的盖在干枯了的黄白的泪痕上,有的却有有盖上,这使他的小脸上的泪痕深深浅浅、干干湿湿,把一张粉红的小脸弄得花斑扭摆,看起来更加让人疼怜。

老伯说,龙伢子,你就当你姆妈困着了,等你崖崖回来,我们好好过日子。

老伯说着,自己的眼雨也涌了出来,有一半眼雨渗进他的皱纹里,像灌田的水渗进了干涸的田中,立刻就矮了下去;另一半眼雨被老伯抹去,他那枯得飞起白色死皮的脸便因湿润压住了死皮上的枯白,暂时恢复了皮肤的酱赤本色。

老伯摸着小伢子的脑壳,颤颤地说,好龙伢子,我的乖孙孙,听话,嗲嗲在这老屋里搁了一个小铺,你去困一会儿噻。

嗲嗲,我们会住到这个屋子来吗?伢子一抽一抽地哭着,两条鼻涕淌下来,就像两条小鼻涕虫从鼻孔里往外爬。他抬起小胳臂,用袖子将这两条"鼻涕虫"横着一勒,却又抹到了小脸蛋上,袖子上也抹得湿湿的一片。看来他这几天一直在抹鼻涕,他的袖子已抹得像剃头佬的荡刀布一样闪闪发光。小家伙全然不晓得脏,继续抽抽搭搭地说,嗲嗲,你说过,这是我们家以前住过的屋子。

老伯颤声说,会的,会的。

我要住到这里来,天天守着姆妈。姆妈啊……呜呜……姆妈啊……

珍姐看着小伢子伤心又邋遢的样子,好不心疼。她从龙伢子的小脸上,看出了他的姆妈的模样。她再次回忆起刚才见到的土家族女子的脸相,猛然觉得她的脸形,竟然与自己有些相像。而龙伢子的小脸,也与自己有些相像。儿子承母相,说明龙伢子是有福之人,而龙伢子像她这个毫不相干的人，这说明么子呢？这时，她心里最深的地方忽地咚地跳动了一哈，仿佛是这个女子的血脉，突然神奇地连到了她的心上。在这一刻，她的心跳和这个陌生女子似乎有了某种关联。她突然觉得，这个土家族女子好无辜，她好像是替她徐珍姆死了一场！仿佛是她徐珍姆该遭到的劫难被这个土家族女子提前替上了，她是在劫难发生之时，替自己挡上或是顶替了。这就正如她替永骄挡枪子一样，这个土家族女子，是替她珍姆顶替了劫难……越是这样想，珍姆就越是觉得合情合理，不然，为么事刚才，她脸上的遮脸纸早不滑落晚不滑落，刚好等到自己来到她面前时滑落？这肯定是有因由的。

想到这里，珍姆就悲从中来。她想，假若自己是永骄的堂客，她也会替他挡侉老东的枪子，她要是早几年能厚起脸皮，对永骄说嫁给他，或是主动请媒人上门，她可能早就是他的堂客了。那么，现在摊在这门板上的，可能就不是这个土家族女子，而是她徐珍姆了！

真的，这个土家族女子，就是顶替自己而死的！

珍姆对自己说，我要哭，我为么事不哭呢？这些正在哭土家族女子的女人，也不是她的亲人，甚至有的还是外村的女人，她们可以哭她，我为么事不可以哭她？

珍姆自己都冇有明显的意识，她竟然走到土家族女子身边，坐到一只空着的板凳上，突然放声大哭起来。她的哭声如此悲切，盖过了其他的女子的哭声，这让人们感到十分诧异。有人交头接耳地说，这是不是长阳山里的娘家来的人？于是就有不明真相的人向人群外面传话，说土家族女子的娘家来人了，这千山万水的，竟然也得到凶信赶来了。她

145

的娘家妹妹来了！有人还传说，应该是表妹，就是那个准备嫁给春雷的女伢子。呔呔呔，哭得特别伤心呢！

直到同伴三菊走到灵柩边，拉扯和叫喊痛哭着的珍姆，然后陪着她哭着劝着，直到人们想起珍姆是本地口音，他们这才晓得是弄错了。但是他们十分奇怪，这土家族女子，怎么会有一个本地的女伢子来哭她呢？这土家族女子嫁到这儿来后，长年住在离湖边上，连村子里都很少来过，更不要说去其他的村垸交朋结友了，这真是叫人想不通呢。

这是珍姆第一次在大庭广众前哭丧。此前，在姆妈的忌日，在清明，在七月半，在年关，在正月十五，她给死去多年的姆妈上坟烧纸，她也会哭。但那是在行人稀少的坟地，那是在自己的村子里头，那是在自己的亲人坟前，而这儿，是一个人山人海的外垸外村。鼓痴这个名人，他把天南海北的人都招引到这里来了，珍姆——这个与死者毫不相干的外垸女子，她是在多大的一个场面上哭啊！

见珍姆哭得如此悲切，三菊想道，她可能是为死者两岁多的儿子而哭。珍姆的姆妈也死得早，可能是同病相怜的原因触动了她。于是，三菊一边陪珍姆哭，一边开导她。可是珍姆越哭越伤心，越哭越止不住，弄得人们有些摸不着头脑。他们哪里晓得，这个与土家族女子和永骄都八竿子打不着的外垸女子，她心中有着深藏了多年的秘密，还有刚才意外见到土家族女子的面相时，冥冥中的心底下的奇异触动。

…………

可怜的好姊妹啊，

你千里万里从山里嫁到这平原水乡来呀,
幸福的日子刚刚开头啊,
人生的花儿刚刚开放,
你却遇上了这万恶的佬老东啊好姊妹啊。
你丢下你的亲人不顾啊好姊妹啊,
从此你的伢子哪个来管他的热和冷啊,
…………

三菊被珍姆的哭给镇住了。跑过来看珍姆哭的另外几个同村的女伴,也给镇住了。原来,珍姆竟是哭丧的好手!她现编现哭,竟然哭得这么了得,她真是搞么子都无师自通!哪家有这么会哭丧的女子,就是这家人的大福呢!

对哭的能力的崇拜,使人们也有有将珍姆这奇异的哭丧往深处去想。人们大都在观赏和品味她了不起的哭功,而一时忽略了她这个哭者的身份。

珍姆呢,她自己在哭的过程中,也有一丝的分心,她感到自己哭得那么自然,那么贴切,也那么情真意切。她自己都在问自己,我这是怎么了?难道真是死去的土家族女子与我有缘,或者,她真的就是替我徐珍姆死的,甚至是她对我有么子托付?

珍姆也晓得,自己哭得不能太过悲伤,该点到为止,免得别个七想八说,但是她的悲伤竟像决堤的洪水,一发而不可收,她管不住自己了。

在江汉平原,也听说过有这样的女子,她们在劝别个不哭的时候,自己也会哭得如丧考妣，但那毕竟是传说。而眼前的珍姆，可是真真实实地扑在一个陌生人的遗体旁，眼雨奔流，大放悲声。

三

珍姆哭得眼雨横流，引来了很多人围观。不仅是女人们好奇，很多年轻的后生也纷纷挤过来观看。

江汉平原的女子，一般十七八岁出嫁，早一滴的，十四五岁就嫁人了，看珍姆的年龄，自然应当是嫁了人的，但她的打扮却告诉人们，她还是一个红花女子。她梳着两条粗黑的麻花辫子，而嫁了人的女子，则会梳成月亮头——也叫凤冠头，也就是将刘海和前面的头发在额上绾成一弯拱起的半月——也像凤凰的头羽，再将后面的头发在脑后绾一个圆月——一个饼形的髻，有的还会在脑后的髻上，套上一只黑色的小网兜，以保持发髻不乱，然后夹上发夹，或是插上银的、白铜的或牛角的簪子，不大讲究的女人，也有插竹签甚至半截筷子的。出嫁后的女子如果还梳辫子，会被人视为轻浮，至少是不庄重。当然，也有嫁人后家中冇得公婆或是公婆管不着的年轻媳妇，也会梳起辫子，那也不过是她们遭人口舌的偶尔的疯疯癫癫。现在，一个突然冒出来的年少女子，在这里哭得如此悲切，这本身就有些不正常，而她的打扮与年龄又不相称。有人就认为，这个女子的脑壳肯定不正常，所以才梳两条辫子打扮成红花女的。可是女人们细心一看，就确定珍姆还真是一个红花女子。珍姆的脸上，长着一层淡淡的绒毛，这才是红花女子最重要的标志。江汉的女子出嫁时都要开脸,也就是将脸上的绒毛用棉线绞扯干净,用婆婆姥姥的话说,出嫁了成了别家的人,要把胎毛还给父母。脸上的绒毛绞掉之后,新娘子的脸会变得光洁许多,原本皮肤白的,会变得像一只光洁的大鸭蛋,因而也会显得成熟和漂亮。脸上原生的绒毛绞掉之后,今后再长出来的绒毛就冇得这么细柔了,也冇得这么疏淡了,当然也就不那么好看了,所以,婚后的女人一年总要绞那么一两次脸毛。不过就是你不绞,原生的脸毛与后长的脸毛,细心的人还是一眼就可分辨。现在,人们看珍姆的脸毛,正面是看不清的,因为她脸上的绒毛都被眼雨弄湿了。人们看她的脸毛,是从额头上、脸腮上和耳朵旁来看的,所以要多花一些工夫。

还是一个红花女呢!

当然是红花女!三菊不高兴地说,她是我们徐家垱的一枝花呢!

徐家垱的,隔这么远,怎么跑到这儿来……哭丧?

三菊答不出话来了,便拉扯珍姆叫她不要再哭,以免招人口舌。

二菊说,珍姆姐,别哭了,出于怜悯之心,你哭两声就可以了,老哭做么子啊。这时刘婶也过来了,也劝道,珍姆,我晓得,你是心里同情这个小伢子,我理解你的心情。刘婶是个聪明人,看出珍姆好像是犯了魔怔,用江汉平原人的话来说,就是被鬼魂缠住了,所以她做出了不正常的事。她的所作所为,并非出于她的本意,而是鬼魂所指使。而这样鬼魂附身的事,也一般发生在灵前和坟前哭着的女人身上。

刘婶赶紧给珍姆打遮障,向看热闹的人解释,这个叫珍姆的女伢子,她的姆妈也是在她几岁时去世的,今儿,她是见到这个土家族女子也是早早地丢下伢子走了，所以勾动了她心里的悲伤。这种解释十分有效，人们很快理解了珍姆对土家族女子的哭丧行为，认为她是一向心软重情的女子，纷纷对她投过同情与赞许的眼光。有些人甚至向刘婶探问，珍姆是不是受了后妈的气？还有多事的女人们打听起她的婚事，听说珍姆连亲都还冇有定，她们不由得发出唏嘘之声。又听说珍姆是为了照顾家中的妃妃、崖崖和弟弟，才误了自己的年龄，人们顿生敬意。马上有人就在一边为珍姆的婚事操起心来，谈论哪儿有合适的人家，好给珍姆做个媒。这天下女人们的仁慈心肠，倒把珍姆哭丧的唐突给掩盖掉了。

刘婶心中开始不安，她认为珍姆绝对是犯了魔怔。

珍姆终于从伤心的暗洞里钻了出来，这才注意到了周围的情况，她看到这儿围了几十上百的人，都在看猴把戏一样地看着她。她内心十分尴尬，但因为哭还冇有收住，人们也看不出来。她意识到不能再这样哭下去了，这哭得像个神经病呢！

就在珍姆将要收住哭泣的时候，人们的目光都转向了人群外边。珍姆用泪眼望去，就见两个后生从老鼓师的灵前抬来一张藤椅，藤椅里躺着一个男将。她还冇有看清那个男将的脸，就晓得他是叫她无法忘掉的永骄了。

永骄脸色惨白，还透着苍黄，他胡子拉碴，眼里满是悲痛，脸上也泪水斑斑。他一见堂客的遗体，就哇哇呜呜地哭出声来。他刚乘船从城里的教会医院回家奔丧，先在师父灵前尽了孝，现在又被人抬到堂客这边来了。这时，永银道士过来说，时辰到了，土家族女子马上就要游棺了，接着就要下葬了，让永骄节哀。人们说，他差一滴就赶不上送堂客了。

有人对永骄说,别哭,你不能哭,你的伤口还刚缝上,哭裂了就麻烦了。

但是永骄还是止不住地哭。他的哭不是那种放声大哭,而是压抑的哭,是从身体最深的地方发出来的哭,哭得抓肝剜肺。珍娒清楚,这种哭是最伤身体的,刚才自己虽然哭得悲伤,但哪有这么深切和沉痛,永骄他这是哭到心肝里去了,是哭到骨头缝里去了。自己一滴都冇有看错,他是一个重情重义的男子!

眼雨又从珍娒的眼睛里滚了下来。这回她不仅有伤心,还有心疼和激动。

崖崖啊……两岁的龙伢子见了崖崖,一头扑了过去,却被一个机灵的后生一把抱住。龙伢子大哭,两条小腿乱蹬乱踢。

后生对龙伢子说,你崖崖伤口冇有好,你扑不得的。龙伢子又大叫姆妈,又往姆妈那边扑,刚好扑到珍娒身旁。珍娒本能地一把抱住龙伢子,不让他扑到那个冰冷的身体上去。据说,人死后,遗体上会有瘴气慢慢散发,直接扑在遗体上,容易瘴气入身,传上疾病。可能是在珍娒身上感受到了姆妈一般的感觉,龙伢子突然不闹了,开始安静地倚在珍娒怀里啼哭,哭得也不那么大声了。龙伢子又要用荡刀布一般的袖子勒鼻涕的时候,被珍娒拉住了。珍娒从裤袋里掏出一方雪白的小手巾,毫不犹豫地揩起龙伢子那绿色鼻涕虫一般的鼻涕来。这时,珍娒终于收住了自己的哭唱,变成低低的抽泣。接着,她又开始给龙伢子擦眼雨,并轻声细语地安慰他,龙伢子竟很快安静下来,乖乖靠在珍娒身上。

永骄看了儿子一眼后,才把泪眼投到珍姆脸上,他伤痛的眼里,流露出对珍姆的深深感激。他认得珍姆是徐家垱徐皮匠的丫头,他去太马河街上卖鱼的时候,时不时看到她在街上卖东卖西,有时候是菜,有时候是小鱼小虾,有时候是菱角莲蓬,有时候是马草艾草。永骄在街上的时候,发现她经常注意地看他,当他去看她的时候,她却总是脑壳一扎,不自然地避开他的眼睛。这种时候,她的脸总是涨红起来,叫他有些莫名其妙,以至于他有时以为是自己身上头上有泥巴黑毛之类,不由得到身上查看,但却并冇得么子不正常的。于是他又想到,自己毕竟是一个名扬一方的丧鼓歌师和龙船号子手,一个女子多看他几眼也很正常。特别是那些年轻媳妇们,不仅有跟他开玩笑的,甚至还有跟他丢眼风的。在他眼里,这个红花女子小他一大截,她都该叫他叔子呢,因此他从来冇有往别处想。不过,他对她的印象倒比常人要深。现在,她在他的堂客身边哭成这样——尽管她的哭已经收场,但还是看出她刚才有过一场不小的哭泣——这令他有些困惑不解。但是他悲痛在心,心中的那一滴困惑一晃也就过去了。

永骄被人抬到堂客身边来了。他伸手去抓堂客的手,却够不着。珍姆这才发现,他是被捆绑在藤椅上的,无法欠起身来。抬他的后生赶紧按住他,说,骄哥,医生再三再四交代,你不能动。旁边的女人们也劝说,永骄,你不能有任何事,你要有事,这年幼的伢子,这白头的嗲嗲,他们就冇得靠了呀。

珍姆抱着龙伢子就坐在永骄的旁边,第一次离他这么近,她的心跳得突突直响,脑壳里也有些轰轰作声。她抱紧龙伢子,暗暗地让自己平静，好一会儿，她的心里和脑壳里才冇有那么乱响了。这时，她见永骄失去血色的手还在努力往前伸，就不加思索地伸出一只手，抓过土家族女子冰凉的手，往永骄的手边送去。然而，土家族女子的胳臂早已僵硬，珍姆一松手，它又生硬地往回收了不少。珍姆便扯住那木头一般的手，不再松开，等着永骄的手伸过来。在珍姆的帮助下，永骄终于抓住了堂客的手，珍姆也松了一口气。自己会有这么大的胆子，珍姆想都冇有想过，现在她就不由自主地做出来了。

珍姆也冇有想过，自己为么事要把一个死人的手递给她的丈夫？

这时，永银道士带着几个丧夫过来了。时间到了，该出殡了。永骄抓紧堂客的手不放，人们只得强行将他的手掰开。珍姆也希望永骄能多抓一会儿，也不松开土家族女子的手。一个男将过来，有些不高兴地瞪了珍姆一眼，不客气地掰开了她的手。好半天，珍姆的那只手都还在痛，既像是被那个男将掰痛了，又像是被土家族女子的手给冰痛了。她冇有在乎自己的痛，而是被永骄悲痛的样子击疼了心肝。她看出永骄对堂客的深爱，这使她心里更替永骄难受。

终于，人们将土家族女子托到棺材里，盖上棺盖。一个木匠举起斧头，将长长的带元宝头的方钉子，从棺盖的侧面重重地砸进木头里去，使棺盖和棺身紧合。据说，棺材钉子必须由经验老到的木匠师傅来钉，钉子不仅要钉得准，斧头最好刚好在每根钉子上砸三哈。这所砸的三哈，也有说法：第一哈是定准头，是惊神；第二哈是砸穿棺盖，是惊人；第三哈是砸进棺壁，是惊鬼。在砸第七根钉子的时候，木匠不仅只砸了两哈，而且下斧头的力气也轻了一半。这最后一根钉子的最后一斧头，是

153

要由孝子孝孙来砸的,也不能全砸进棺木里面去,要留下小半截在外头,这叫做事留分寸,留几分地给子孙耕,留棺材给子孙钉,表示以后还会有人来钉,寓意人丁兴旺。"钉"寓意"丁",因此,棺材钉也叫子孙钉。棺材钉的钉头做成元宝形的,钉身做成方形的,寓天圆地方。不过,最后的那根钉子头是桃子形的,是由子孙来砸最后一斧头的。这七根钉子是单数,死者是男人,左边钉四根,右边钉三根,死者若是女人,则是左边钉三根,右边钉四根。

珍姆见砸棺材钉子的,果然是有名的木匠,他就是十里八乡手艺最好的业鉴木匠。业鉴木匠的年纪其实也不大,不过比永骄大上七八岁,不愧为年轻有为。

永骄父子哭得更凶了。龙伢子的手脚挣扎起来,珍姆使出了全部的劲才把他箍住,她的身上,被龙伢子的鞋底蹭上了不少泥巴印子。

旁边的永骄也在挣着,珍姆十分紧张,她真担心他的伤口裂开。于是也跟着人们冲他叫喊,你挣不得呀!

你挣不得呀!

这是珍姆在时隔七年之后,对永骄说的第一句话。七年前,他在她邻家打丧鼓时,她也跟他说过话,那不过是叫他喝水休歇之类的话,具体说的么子话,连她自己都忘了。但是今儿却不同,虽然只是这么简单的一句话,却是一个红花女子拼出了最大的勇气,泄露了她心底下最深切的情意。可是永骄并冇有听进去。两个男将费了好大的劲,才将永骄按住,珍姆提到喉咙口的心,这才稍稍往下落去。

棺材合好,虎口粗的缆子里,前后穿好杠子,两根杠子两端,再各绑上两根杠子，穿上这样复杂的杠子，是为了八人抬棺。八人抬棺是江汉平原起码的礼节。如果是德高望重或富贵之家，杠子用得则更为复杂，那是十六人抬棺。据说，明儿鼓痴出殡，就是十六人抬棺。人们的理由是，鼓痴一辈子用他的鼓和歌，送走了无数亡人，现在又因为与侉老东比鼓救人而死，他有资格享受这种崇高的礼仪。这种十六人抬棺的规格，在江汉平原并不多见，那要得到地方上所有德高望重的长者点头。

龙伢子被一个抬棺的丧夫从珍姐怀里抱了过去，他让他在树林边上屙净了尿，然后把他放在了棺材上。趁着这个工夫，珍姐打了一盆水，先搓洗了她的白手巾，然后用湿手巾细心地将龙伢子的脸擦得干干净净。细心的女人发现，这条白手巾的一只角上，绣着一朵粉色的小荷花，绣得简洁而雅致。龙伢子被珍姐擦干净脸后，现出了他漂亮的本相，他现在乖多了，稳稳地骑在棺材之上。孝子孝孙骑棺，这是江汉平原千年的习俗。龙伢子这会儿似乎是突然变得懂事了，好像是一哈就长大了。他脑壳上扎着披到背上的白色孝布，腰上围上了一根金黄的稻草绳，背上插着一根绾着白纸穗的哭丧棒，这就是江汉平原的披麻戴孝。龙伢子在丧夫的指引下，双手扶紧了棺盖的边沿。永骄腰上也象征性地放了一条稻草绳，手卜拿着一根哭丧棒，他坐在藤椅里，被两个人抬了起来。

这时，人们簇拥着族中几位头面人物过来了，他们是垸董老爷、厚基族长、永富先生和业前保长等人。因为土家族女子是与侉老东比鼓时替丈夫挡枪子而死的，算是族中品德优良的女子，这些族中头面人物都要为她送行，这可是一般人难以享受到的礼仪。

起棺了！

人们喊着送葬的号子，抬着棺材，绕到村坮上去游棺，准备再从村坮上绕回堤山。人们在堤山上的东头挖了一个土坑，安排了这个土家族女子的归属。堤山的西头，则安排了老鼓师的墓地。

（永银道士）喊啦啦嗨哟——
（众丧夫）喊呀！
（永银道士）送到哪里哟——
（众丧夫）喊呀！
（永银道士）送到西边山上啰——
（众丧夫）喊呀！
…………

送葬的队伍行到了村坮，将从村坮前缓缓游过。江汉平原给死者出殡，都要抬着棺材，巡游过死者生前生活的村子或街镇，接受人们最后的祝福。这时候，家家都会在送葬队伍经过的路边摆上祭品，表示自己的心意，人们称它为摆路祭。这种路祭，是将一只放了生鸡蛋或者点心的瓷碗，摆放在一张凳子上，请死者吃上最后一碗茶。这时，孝子会举着一根哭丧棒，到各家门前的路祭前打躬作揖致谢，摆路祭的主人便还上一个揖，然后端起瓷碗，说声请你郎节哀。这个时候，孝子就会抬脚将摆路祭的凳子踢倒，以示家中永不再办理丧事。

土家族女子冇冇在赵家垴的村坮上住过，几乎很少与村里人打交道，但是人们还是待她以乡亲之礼。而她的儿子年幼，也无法到路祭边行礼，何况也只有一个儿子，还要用来骑棺（如果有得儿子孙子，则要找一个族中血缘最近的子孙辈骑棺，以代行子孙孝）。为此，人们从族中挑了与龙伢子同辈分的水垱，代替孝子的角色。水垱十来岁，是族中最机灵的伢子，他也披麻戴孝，捧着哭丧棒，弯腰向摆路祭的村人作揖行礼，做得有模有样，赢得众人称赞。

珍姆混在路边看热闹的行人中，一直走在棺木旁边不远的地方，时刻盯着骑棺的龙伢子。自从她在土家族女子身边抱住龙伢子后，她就觉得自己和这个可怜的伢子有了一种特别的亲近关系，有了保护他的责任。龙伢子呢，他好像也很自然地接受了这个陌生女子的保护，他骑在棺材上，不时地看这个陌生女子一眼。龙伢子出生后，一直住在离湖边上，也很少来到村子里，村子对他来说，也是一个比较陌生的地方，这使他更显得孤单，而今儿这个抱他的女子，就是除了父母和嗲嗲之外，最亲近他的人。按礼俗，公嗲不能跟随儿媳的棺材来游棺，受伤的崖崖也被人抬着，龙伢子觉得，这个与他亲近最多的女子，就是他此刻最好的依赖。在龙伢子信赖地看珍姆一眼的时候，珍姆就用鼓励与安慰的眼神迎接他的目光。珍姆也看出了自己的眼神的作用，龙伢子只要一接收到她的眼神，他就不再那么紧张。珍姆心里涌起一股神圣的母亲般的情感。这情感甚至使她感到，她那两只红花女子的奶子也隐隐地在发胀了，它们似乎是困醒了，有些期望一双小手来触摸，期望一张小嘴来吸咪。这种从未有过的奇怪感觉，使珍姆的脑壳有些恍惚，有些凌乱，有些像喝醉了酒的人，身体和心都有些摇晃。这种感觉，使她整个人的知觉有些发木，好像一直僵直在一种说不出来的渴望之中。她好像一个木头人一样地行走着，脚上像踩着棉花，身体也像冇得么子分量，显得有些空空荡荡、晃晃悠悠。要不是有三菊伴在身边，珍姆简直要认为自己是在恍恍惚惚的梦中了。在她的眼中，披麻戴孝骑在棺材上的龙伢子，有时变得发虚，时而大，时而小，有几次甚至变成了永骄的模样。

直到跟着游棺的队伍走完赵家垴的村坮，回转到人山人海的堤山东头，珍姆才开始清醒过来。在她还有冇完全清醒的时候，刘婶找到她和三菊，说大家要回村了，催她们快些去河边上船。这时，珍姆觉得自己的心，竟然好像是落到了赵家垴，落到了堤山，以至于她觉得自己有些魂不守舍。她的脚步虽然跟着同伴们移动了，却还不时回头望那下葬的地方。

三菊小声说，珍姆姐，我晓得，你是想起了自己的身世，心里难过，你要想开些呢。

珍姆怔了怔才说，嗯嗯……我也不晓得……为么子这样伤心。

三菊说，我看今后，这种做姆妈的丢下伢子走的丧事，你还是不要看了，免得勾起你的伤心事。

一个大嫂说，珍姆现在都还是一副失魂落魄的样子呀。

是呢，珍姆，你今儿是有些怪。另一个女人说，你是不是被那个土家族女子附了体？

这样一说，一船的人都朝珍姆看，眼色怪异。珍姆的脸，被这些大大小小的目光打得又辣又麻，一阵儿红，一阵儿白，一阵儿紫。大家越看，越发现珍姆不太正常，有的人心中都有一滴毛毛的了。邻家大伯发现不能再这样说下去，便正色地说，珍姆心善，她姆妈去世得早，看到这样的惨事，难免想到自己的苦楚，你们都不要瞎说，叫珍姐难为情。大家都不吭声了，有的还责备这样说珍姐的女人。

邻家大伯笑道，都在船上坐好，我们赶早回家吃中饭。

木船逆流而上，风吹在身上特别的冰凉，船上的人都背过身，躲避吹过来的凉风。珍姐为了不让大家看到自己的脸，就迎着风，坐在船的最前面，只留给大家一个孤单的后背。

珍姐望着近处的河面和远处的景儿发呆。河风把她凌乱的刘海吹得飘拂起来，露出了她光洁的额头，也使她的眉目显得特别清楚。她的眉蹙着，嘴紧抿着，眼睛里映着灰色的云，以及清清的河水，这使她的眼睛里有些发空发凉。她的眼睑看上去有些红肿，有些发青，真有几分失魂落魄的样子。船上的人大都在心底下认为，珍姐像是被鬼魂附了体，也都离她尽量远一滴。大家不约而同，不再提起珍姐今儿反常的表现。这使珍姐感到了几分孤独与冷寂，连她自己都怀疑，是不是真的被土家族女子的灵魂附了体。不过她并不害怕，她觉得这也有得么子不可能的，自己不是一直想充当土家族女子的那个身份吗？那么两人的身份互相调换，也不是不可能的。何况，今儿在见到土家族女子的脸后，她的心那样奇怪地一跳，真好像是她的血脉搭上了自己的血脉。

三菊有些不忍，慢慢移到船头，坐到珍姐身边。珍姐感激地看了三菊一眼，又把目光望向前方。

一路上，珍姐听到的只有哗啦哗啦的桨声。沉默中的她，有时感觉这荡桨的声音，就是那个土家族女子的声音，她在向她诉说对丈夫和儿子的不舍，诉说她的这两个亲人将要面临缺少温暖与爱的日子。这桨声使珍姆听得心里酸酸的、凉凉的，怪不是滋味。

珍姆忽而感到脸上冰凉冰凉的，伸手一摸，是眼雨。

珍姆的眼里，看到的只有绿幽幽的水与灰沉沉的天。时而，她眼中的空蒙的远方，竟不时出现龙伢子、永骄和土家族女子虚幻的影子。他们的影子时近时远地晃着，时而小得像捏出的小泥人儿，时而又十分巨大，特别是永骄的身影，竟一直从水面上顶到半天云里，大得遮满了整个天地。

四

从赵家垴的丧事上回家，珍姆整个人竟变了样。似乎突然之间，她已不再是原来的那个珍姆了。

珍姆做事不再像以前那样有条有理，她时不时就乱了秩序与章程。有时，她刚想到要做一件么子事，只是转身拿了一个么子东西，或者回了哪个一句话，转过背来时，她刚才要做的事就突然想不起来了。每当在这个时候，珍姆总要怔怔地想上好一会儿，沉上半天脑壳，但她怎么沉还是想不起来，她只得放下来，先去做别的事情。这样的珍姆，就像一个老得失去了记忆的风烛残年的人，老得痴痴呆呆了。可是她才二十一岁啊！她一直是个精明能干的女伢子啊！

珍姆自己跟自己嘀咕，怎么就像掉了魂儿一样呢？

珍姆这样的表现，家里人也感到奇怪和惴惴不安。妃妃便找同她一起去赵家垴看葬礼的刘婶打听，刘婶就说了那天珍姆怎样哭丧，怎样抱死者的儿子,怎样跟着送葬的队伍看游棺,怎样失魂落魄。刘婶说,我看是不是走失了?是不是该去赵家垴的堤山上,烧烧纸,或是请巫婆马脚来看一看,该烧纸的就烧纸,该做法事的就做法事,不要拖延了。

家里人听刘婶这么一说,全都紧张起来。在妃妃的紧催下,崖崖背着珍姐,很快请来了永银道士。永银道士选择了一个珍姐在家的时候,假装走累了,弯到(离开正常的路径临时绕到某个地方)她家歇歇脚,喝口水,然后跟珍姐的崖崖拉闲话,从而悄悄地观察珍姐的情况。之后,永银道士肯定,珍姐并冇有走失。这里说的走失,就是人的魂儿丢失了,也就是走着走着,把魂儿走掉了,或者是被鬼魂勾去了。有人认为,珍姐是被那个土家族女子的灵魂勾走了魂儿。永银道士是太马河街头长春观的道士,还是赵姓本家,彼此都很熟悉,他是看着珍姐长大的,所以不会信口开河。永银道士分析,珍姐应当是在送葬时想到了自己的姆妈,有一滴轻微的魔怔,他便向她崖崖建议,先到她姆妈坟上去烧纸禀告,让她姆妈的阴魂帮着镇一镇。再者,一个女伢子,这么大的人了,她的婚事不能再拖下去了,她出现这样不正常的状况,也跟精神焦虑和忧愁有很大的关系。永银道士临走时交代崖崖,不必太过担心,更不要张张扬扬,千万切记,人言可畏,祸从口出,免得本来无事被人们说成有事,小事闹成大事。这世界上,最麻烦的是人的嘴壳,有一滴风吹草动,还不晓得人们会神神道道说出么子来呢!

这永银道士虽然是炸炒米出身,但道士做得久了,看人看事,果然就能看得比别人透彻。可不,珍姐现在的状态,说到底,也确实是绕在了婚姻的事儿上。

这两年，一向十分依赖珍姆的崖崖，也希望珍姆早一滴嫁人了。崖崖做皮匠吃百家饭，心胸比较开阔，珍姆晓得，他近年跟抗日队伍有着来往，好像是借着做皮匠的便利，帮抗日队伍做一些事件，所以，崖崖也冇得包办珍姆婚姻的意思。珍姆吃了很多同龄人冇有吃过的苦，为家里做了那么多的贡献，崖崖不想太勉强她。现在，崖崖见珍姆突然因为一场丧事而变得状态反常，很担心她出现么子意外，于是马上去了珍姆姆妈的坟前，给她烧纸烧香，要她保护珍姆不出么子事儿。弟弟秋儿虽然不说么子，但干活变得十分主动了，不像以前，么事都想依赖她这个姐姐，他开始想到减轻姐姐的劳动、让姐姐少操一滴心了。秋儿觉得，姐姐就像是他的小姆妈，把他照顾得比那些有姆妈的伙伴们还要好。

珍姆把这些事看在眼里，心中十分感动。但她除了表示自己好好的，也无法改变家人的看法，她的心事，她哪里好说出口。她只好尽量克制自己，少去想永骄父子的事，尽量做到举止正常，免得家人担心。只是她做的努力再多，也无法回到从前单纯和利落的状态。

自从看过长堤垸的那场丧事之后，珍姆最明显的一个变化，就是有事冇事，喜欢张望屋后的长川河。

长川河是江汉平原除长江、汉江、东荆河、内荆河之外的第五大河流，发源于县城西边的江堤内侧，呈东西走向。这条河后来因抗旱的需要，被官府开堤修闸，与长江接通，也算得上是长江的一条支流了。长川河从县城北面流过，弯弯曲曲穿过县境中间，在县东北边境，与从荆州下来的内荆河合流，向东绕过洪湖北岸，最后在洪湖新滩口注入长江。横穿县境的长川河历来被人们视为龙脉，文人们称其为母亲河。永骄他们的长堤垸赵家垴在长川河北岸,严格的说法应当叫左岸,往上游走,河在范施湾拐一个反弯,然后向东南而去,经过徐家垱,再绕向太马河街,所以徐家垱与赵家垴虽然同在长川河的左岸,但却一个在河北边,一个在河南边,因此,赵家垴人走水路上太马河街,或者上县城,必须经过徐家垱珍姆家的屋后。珍姆听说,永骄送堂客和师父下葬之后,还会去城西的天主教开的福音堂医院治伤,所以,她一有时间,就十分留意长川河上的船只。

从长堤垸回来的第三天早晨,珍姆果然看见赵家垴的一条船从屋后经过。她冇有亲眼见到永骄,但她认为永骄就在这条船里躺着,她认出驾船的那个后生,就是送葬那天抬永骄的其中一个。坐在船头唱丧歌的那个后生,也很像是在丧事上见过的。珍姆的心怦怦地跳起来,她想跟船上的人打个招呼,但等到她从屋后的垱子上走到河边时,船早已划过去了。她张了张嘴,却冇有发出声音来。无缘无故地叫不认识的男子,她实在叫不出口。犹豫了一会儿,她终于横了心,鼓起勇气冲船大喊,驾船的,你们是长堤垸赵家垴的吗?船头上那个后生正在看她,他大声答道,是的,你是要搭船吗?珍姆老老实实地说,不搭。说完她马上就后悔了。这不是无事生非吗?这不是轻浮不自重吗?她的脸,烫得简直可以煎熟鸡蛋了。她环顾了一哈四周,还好,冇有见到么子人。她十分懊悔地责备自己,刚才为么事不回答是要搭船,这样就算永骄不在船上,也可以探听一哈他的情况。等她再次横了心,再要喊船上的后生时,船已经走远了,只留下船只荡过的一条绿色的水浪,还在河的上游起起伏伏。为此,珍姆一直责备自己太蠢,以至于失去了这个机会。于是，她又开始盼望载着永骄的船从县城回转。只是在她日复一日的盼望中，再也有有看见长堤垸的那两个后生悠悠哉哉地驾着船从县城方向回来。

一晃，时间过去了两个月。

这两个月，珍姆多在屋后的菜园与河边的谷田里劳作。菜园不大，被珍姆收拾得有得一根杂草，深秋季节的红萝卜和大白菜长势特别喜人。萝卜已长成算盘珠子大小，红艳艳的十分可爱，而这时，别个家的萝卜，还只长出筷子粗的红"根"，还有有往横里长呢。那大白菜呢，叶尖已经开始收拢了，而别个家的大白菜，叶子都还有得巴掌大呢。长得葱绿的还有韭菜，叶片儿都要赶上筷子那么宽了，它又宽又嫩，珍姆已经割了一只角的韭菜，拿到街上卖了个好价钱。河滩上的谷田，也不过一亩出头，种早晚两季，田里的泥巴也被珍姆喂得直要冒油，年年都能打上十二三担谷子。这谷田侍弄得跟菜园一般，从不让它空闲。晚谷收割之后，田里撒上了红花籽，红花籽里又套种了耐湿的油菜，油菜在开春时掐起来，可清炒，可粉蒸，可做成腌菜，缺粮的年份，还可以混在饭里做菜饭，也还可以提到街上去换油盐钱。珍姆就是这样精打细算地把日子过得滋滋润润的，哪个都夸她是一个会当家理事的女伢子，都说哪家要是娶了她，绝对会发家，叫花子若是娶了她，也可以起上高楼！

现在，谷田里的红花籽长势很好，小指肚大小的圆叶子把田都铺满了，就像铺上了一床翠绿的大棉被。那翠绿里点缀着星星点点的碧绿，那是一根根刚长出两片叶了来的油菜。珍姆把水田四周和中间的垄沟，挖得足足有一锹深，好让雨水流下河，不会积在田里沤庄稼的根儿。她还把田边的茅草和水延草（长在河沟和水田边的可以延伸几米长的草）铲得干干净净，像是给田剃了漂亮的头。村里人说，这个珍姆，种田像绣花，一块田打理得像绣的枕头一般。每当听到这样的话，珍姆就红起脸了笑笑。她心里说，你们哪晓得我的心事，我是在这儿等人呢。她还在心里说，唉，你们还不晓得，我打理屋子附近的菜园和谷田，别的事儿都荒芜了呢。那江堤边的两亩地，我看都很少看呢，得亏秋儿现在特别懂事，有他在细心地打理了。

近些日子，珍姆时常责备自己变得懒惰了。过去，她常去江堤外边的洲上砍马草、捕鱼、打钢柴荚子，还割芦苇回来编芦席，然后到离家不过一里多远的太马河街上换点小钱用。现在，她都有有再干这些活儿了，这使本就不多的家庭收入受到了一定的影响。弟弟秋儿虽然懂事了不少，但他只爱捕鱼，不爱做砍马草、打钢柴荚子和打芦席这样的事儿。而在这江汉水乡，鱼并不值钱，往往五六斤鱼都换不到一斤米，而马草反而容易挣钱。江汉水乡的货运，除了走水路用船，大多都依靠马车。徐家垱紧靠水陆要道太马河街，从县城下来的货，都依靠马车运往街上和周边的乡村。赶马车的人多，生意的忙碌，使马车夫难得有空儿让马儿去野外吃草，他们都是买了马草带在车子上，在卸货的时间让马儿来吃，所以马草十分好销。珍姆是砍马草的好手，砍马草、砍钢柴荚子还有编芦席，都可以换到钱，这些，都是她从十来岁时就开始的营生。最近停了去洲上找钱，家中的零用钱就开始短缺。崖崖是一个花钱大手大脚的人，有一滴钱就喜欢帮人，而且他又新添了为游击队寿根的事儿，家中的事儿自然顾及不上。作为当家人的珍姆，对自己不再上洲找钱十分自责。她偶尔去一趟洲上，每次都魂不守舍，安不下心来，总是火急火燎地很快回家。而在过去，她都是要带了中饭或干粮，拉上秋儿一起去，砍上两担马草或钢柴，和秋儿一起挑回来。现在，她每次从洲上回来，都是急急地扔下担子，先到屋后张望长川河的上下游。她一直希望能看到有载着永骄的船只，远远地从县城方向荡过来。

三个月都过去了，珍姆一直冇有看到载着永骄的船。她想，永骄的伤，不可能三个月都冇有治好，他一定是早就治好伤回家了，只是她一直无缘看到。这时，珍姆开始有些着急了。在她心中，永骄是一个百里挑一的男将。他虽然成过家，有了龙伢子，但一定会有不少女子跟自己一样，对他十分喜欢。何况，永骄作为江汉平原歌王的传人和出名的龙船号子手，又有跟侉老东比鼓的英雄气，还有人们四处传扬的为自卫队出的用孔明灯向侉老东的阵地撒辣椒粉的计谋，早已名声在外。她认为，要嫁给永骄的女子一定很多。按江汉地区的规矩，女子夫死再嫁，必须为亡夫守满三年孝，而男将妻死再娶，只需过三个月即可。在重视传宗接代的时代，男将再娶太晚，是不合人伦的事。永骄的堂客死去已有三个月了，说不定早就有人在给他张罗了。一想到这里，珍姆就想，以前被土家族女子抢了先，现在要是再被别的女子抢了先，她这辈子也就不用嫁人了。因此，她有些茶饭不安，夜难成眠。她甚至梦见永骄已经娶了别的女子，龙伢子与他的后来姆妈也相处欢快。但是她不死心，她总觉得，自己已经受了那个土家族女子的托付，要去好好照顾那对可怜的父子。而且，她生来就是该做永骄的堂客的，只不过是土家族女子为了替她挡一次劫难，临时做了他三年的堂客。

这些日子，珍妞越来越相信这种冥冥之中的缘分。

珍妞的躁动，妃妃和崖崖早看在眼里。他们终于清醒过来，珍妞的变化，并不是走失，也不是她的姆妈的阴魂在干扰，而真跟永银道士说的一样，是她的儿女心大了。于是，妃妃和崖崖开始背着她四处央媒人，要尽快给珍妞找一户人家。然而在富裕的江汉水乡，男将很少会愁娶不到堂客，正常的男将，一般都是二十岁之前成家。珍妞这时已经二十一岁，年龄合适的未婚男将，早已有得几个了，剩下来的，不是长相太差，就是身体或心理有毛病的。虽说有女大三抱金砖的说法，但，那不过是针对穷寒地区而言的。富裕之乡的人认为，女子至少还是小两岁才好。因此，媒人这时给珍妞介绍的男将，不是太丑太憨太懒，就真的是身体或心理有毛病的，再就是死了堂客年岁比较大的，珍妞自然都不乐意。为此，妃妃和崖崖都十分焦急。刚懂事的秋儿，也开始为姐姐担心。珍妞是村子里最出色的女伢子，跟她一起长大的女伢子，出嫁得早的都有三个伢子了，她却为了家里，错过了最好的年龄。他们都觉得太亏欠珍妞，当然，也有几分怪珍妞过于固执。珍妞看在眼里，心里却叹道，你们哪里晓得我的心事。

五

早上起床，拉开大门，一片耀眼的白亮扑通一声扑将过来，珍妞的眼睛突然间有些接不住，赶紧下意识地眯上。她的脑壳也同时往后缩了缩,似乎要将这厚重的白亮减少一些,避让一些,好让眼睛能承担得住。

珍姆的眼睛一眯,眼睫毛合拢,显得更加茂密,两只毛眼睛也就格外好看。人们说,这两天可能会下大雪,这一夜之间还真的下了。洁白的大雪盖上了大地,盖上了屋上的黑瓦与灰黄的草,就像盖上了半尺厚的崭新棉被。

望着门外厚厚的雪,珍姆呆了半晌才回过神来。她想,时间过得真快啊,一转眼,永骄的堂客都去世三个月了,时令已经进入了腊月!

珍姆见一时三刻冇得飘雪的可能,便匆匆地收拾了一番,背上一个包袱出了门。她跟妲妲说,她要去高家垴的姨妈家走一走,具体去做么事,她却支支吾吾不说。妲妲似乎明白珍姆的心思,她笑出剩下的几颗牙齿说,那你就去呗,一年到头,也有得一个串门的地方,你姨妈家,你好长时都冇有去过了,早该去转一转了。

珍姆明白妲妲的心思,晓得妲妲是认为自己是为婚事去与姨妈商量的。姨妈是珍姆唯一可以说知心话的亲人,为珍姆的婚事,她也操了不少的心。姨妈给珍姆介绍了三个她认为不错的人家,珍姆却一个都冇有答应,弄得姨妈都生了气,说一辈子不想管她了。气归气,姨妈还是十分疼爱珍姆的。姆妈早逝,姨妈把这个姨侄女当成了自己的丫头来看,一直希望她能嫁一户好人家。

面对妲妲的笑,珍姆也笑了一哈,算是默认,这样,家里人才放心她独自出门。

为出这趟门,珍姆早做好了周密的准备,只是她一直拖到了现在才迈开脚步。

都下雪了,她谋划已久的事儿,再也不能往后拖了。

珍姆等的就是这样的一个冷天,这样,她就好在脑壳上包上一块头巾。她的头巾是四四方方的一块羊毛巾,她斜着对折成三角形,两手各扯着一个角,从头顶包下来,将两个角相对在下巴下打一个结,留一个角垂在脑壳后头,她的脸便遮住了大半,只留两只眼睛和鼻子嘴巴在外面。这样,一般的人就认不出她来了,也看不到她脸上的变化了。

珍姆先去了太马河街上,她买了一包桃酥、一包雪枣、四块水晶糕,准备带给龙伢子作见面礼。珍姆不愧是当家女子,除她的嫁妆钱等大钱之外,家里的零散钱都由她掌管支配,所以,她花钱不用像别的女伢子那样,必须红着脸向父母伸手。当然,这几年,家中的钱也主要是她挣来的。崖崖近年帮新四军忙这忙那,不仅挣的钱比以前少,而且自己还要贴上饭钱和乘船过渡的钱,几乎冇得么子钱拿回家。珍姆买的这些东西,相比一般人来说,已经是很丰厚了,这使她十分满意。

珍姆顺着长川河岸,向下游匆匆而行,一步一个雪窝儿。因为是头一场雪,天气还不是太冷,雪都冇有冻住,都还是软的。这样的雪容易化掉,贪玩的小伢子很容易就弄湿了鞋子。她决定,接下来给龙伢子做一双小小的油靴。珍姆的脚上穿的正是一双油靴。她做的油靴与别个做的大不相同,别个做的油靴,鞋底都是平常的鞋底钉上五颗鞋钉,再用桐油刷过三遍,这样的鞋底都硬得像木板,虽然底下有鞋钉,但也跟有五个铁钉的木底的木屐一样,在冰冻的地上特别容易打滑。每到冬天,总有人因为穿油靴或木屐,在冰冻的地上滑倒摔伤,搞得专治跌打损伤的打师(武师)们忙不过来。珍姆在做油靴时费了个心思,特地将靴底

169

做得很薄，只有正常的靴底的三分之一厚。然后，她跟做鞋底一样，依着鞋底的形状，给每只靴底做四块半指厚的小硬板，将它们牢牢地纳到靴底上，硬板之间留有一指宽的间隙，然后再刷桐油。这样的鞋底，相当于分成了相连的四节，每节之间可以自由活动，因此，整只靴底就不再是一块平直的硬板，四片分开的小硬板上，有薄软的整块鞋板连着，可以自由地上下弯曲，靴底的四块硬片，就可以贴合不平的地面，抓得牢实，绝不容易在冰冻的地上打滑。珍姆做的油靴，靴筒也与众不同。别个做的都是一整圈围起来，前面留一个口，钉上两排薄铁的扣眼，这样的靴身如果上了桐油，同样坚硬僵直，不但系不紧，还容易磨伤脚踝。珍姆做的靴筒是四块"瓦"围成的，后面的一块"瓦"是一个半圆，左右各一块的"瓦"只稍稍弯曲，前面的鞋面下还有一块卧着的"瓦"，是不用上桐油的厚布舌头。这样的油靴系好之后，靴筒也是活的，不仅不伤脚踝，行走起来还十分灵便和轻松。村子里也有人跟珍姆学做油靴，但做得总冇得珍姆的好。有些人觉得，油靴只在寒冷季节下雨下雪时穿，犯不着搞那么麻烦，珍姆却认为，要想方便舒适，就不要怕麻烦，麻烦自有麻烦的好处。做一个女人，要的正是不怕麻烦，冇得细心的日子跟有细心的日子，方方面面都有了区别，过日子方方面面都打了折扣，整个日子就会相差一大截。

唉，龙伢子要穿上这样的油靴，一定特别精神。大人更是如此，每逢雨天，珍姆看着穿着四块瓦油靴的崖崖和秋儿，就会感到自豪。她想，永骄穿上四块瓦的油靴，一定会更加精神洒脱。

珍姆踏着雪路，想着这些过日子的道理，不禁脸上带上了笑意，白玉一样的牙齿也从红红的嘴唇间露出了一线。

天地间的雪一映，使珍姆的脸蛋特别红润，她脸上一带笑，脸就更好看了。她晓得此时的自己，一定是个唇红齿白脸带桃花的美人儿。这是人们对她的称赞，也是对她的羡慕。珍姆清楚自己的美，也清楚那些家中殷实的人家都想娶她的原因。因为家靠近太马河街，街上好几家做生意的人家都十分中意她，都曾请媒人上过门。珍姆有时也骂自己心太死，不晓得好歹，那么多富足人家不动心，那么多经商做手艺的英俊后生不嫁，就为那个偏僻湖乡的、打鱼种田外加四处唱丧歌的人发痴。这事要换成别个，她也会认为别个的脑壳糊了糨糊。可是，她就是这么痴心。后来，永骄拐回了一个土家族女子，又生出了一个儿子，她就一滴嫁人的意愿都冇得了。这真是太糊涂了。有时珍姆就骂自己，一定是儿女情长的戏听得多了，带着儿女千里寻夫的秦香莲、苦守寒窑的柳银环、蒙冤入狱的苏三、变成蝴蝶的祝英台……这些都是她十分喜欢的戏里的女子。可是，这些戏里的人，人家毕竟还是夫妻或者情人，自己和永骄，并冇得久了许诺，甚至连真正的话都冇有说过一句，这不是鬼迷心窍又是么子？在永骄心里，应该根本就是把她当成了一个陌生人，他哪晓得她的这些又痴又憨的心事。她这样的死心眼女子也是太可笑了。可是，珍姆认为这是命中注定的，是自己前世欠他的情分太多，所以，老天爷罚她这辈子迷上他，让她偿还前世欠下他的债。在永骄有了妻儿之后，她认为自己这辈子就要在家中做老女了。家中一个妃妃、一个崖崖，也够她敬奉一辈子的了，要不是怕碍着弟弟秋儿，她早就一丝一毫的嫁念头都冇有了。她认为，自己这辈子本就是做老女的命，也就不想改变，所以才回绝人们的提亲。现在，永骄突然丧妻，她认为，这有些跟戏里唱的一样，那土家族女子并非永骄命中的真命夫人，她不过是他的一个过往情人，差不多相当于露水夫妻。她还认为，那土家族女子，也是前世欠了永骄的债，今世必须要来偿还，现在她还完了，也就借着佧老东的一颗枪子儿走了，然后，轮到她珍姆接着来还债了。这个永骄，他前世是个么子人物呀，怎么这么多人欠他的债？他的师父前世也欠他的债，传了他手艺还不行，还得替他挡枪子。她在堤山上的葬礼上，恰巧见到土家族女子的脸相的那一刻，她的心咚的一跳的那一瞬间，那个土家族女子就把还债的接力棒塞到了她的手上。这些日子，她就一直缠绕在前世欠债今世还债的事儿上，像转磨子一样转个不休，转得她整个人都变得像失去了心肝，就像半夜走路遇上了鬼打墙一般。

在经过高家垴姨妈的屋前时，珍姆隔着篱笆悄悄看了一哈，也迟疑了一哈，但她还是把脑壳一扎，脚底一用劲，几步就走了过去。走过去后她才想到，这件事，姨妈倒是可以帮助她的。性情爽直的姨妈，她可以直截了当地去赵家垴，直通通地向永骄开这个口，那样岂不是很省事？但是，珍姆早早就当家理事养成的那股拗劲上来了，认为自己的事，还是自己来做，她认为如果命中注定，姨妈帮和自己做，都会是一样的结果，还不如自己做更有意思，将来时时想起自己做的这件顽皮事，也是一份骄傲呢。她常说，自己从小到大的经历，就是一本书一曲戏，如果加上这个贸然去找永骄的情节，那可更有意思了，那可真有一滴像祝英台向梁山伯打哑谜表情意呢。那将来七老八十了，想起这事儿来，怕是要笑落牙齿呢。自己这样做，可是像小伢子做游戏呢，哪像一个正经的红花女子。不过,人一辈子永远正儿八经地过,好像也冇得么子意思,偶尔做一回小伢子也值得。这样一想,珍姆脚下的劲不知不觉地更足了。

姨妈曾给她提过三次媒,都被她推脱了,特别是姨妈提的一个亲戚,使姨妈气得好长时间都不再去她家。她觉得,自己要是把永骄的事儿跟姨妈说了,姨妈指不定会把她骂上一通,像拿刷帚刷锅一样不留情面呢。一个漂漂亮亮聪明能干的红花女子,那么多好人家不嫁,偏要等到现在厚起脸皮主动要嫁给一个带着伢子的过婚男,而且他的家境还不大好,这是犯了神经病不是!

又开始时有时无地飘小雪了,风也像大了一些,珍姆心里却热乎乎的,她的背上甚至都在微微冒汗了。也是,自己突然做出这样稀奇古怪的事儿,也太冒失太冇得谱了。她的心一直都是虚着的呢,那背上的汗,应当是虚汗。她又把自己的计划从头到尾想了一遍,觉得冇得子问题,于是,她心中的底气又多了几分。她这样冒冒失失地去赵家垴,是要去印证命运。都说命里有时终会有,命里无时莫强求,但哪个晓得呢?她对自己说,不试一哈,自己死都不会闭眼睛的。这样撞上了,算是自己抓住了自己的时运,撞不上,也就不再有丝毫的挂念。从此以后,自己就把这份藏了七年心思的书页,一哈揭过了,然后往前走,该做么子做么子,该怎么样就怎么样,好歹,不再有这命里冇得的东西来绊手绊脚。她心里说,这才是干干脆脆地做人!

……我是去禾丰垸铁钱沟姑妃家的,是从这儿经过的,三个月前你们家办丧事,我见你们家的小伢子可怜,就抱过他,安慰过他,因为我也是从小冇得姆妈的人，所以，我还为他姆妈的离世伤心地哭过几声……从那时起，我就觉得，自己跟这个伢子有些缘分，所以心底下一直放不下，今儿刚好顺路，我便来看看他，给他带一滴吃的……

这是珍姐翻来覆去想了多遍的借口。而且，与他们一家人见面的情景、说话的语气、龙伢子的表现、永骄的神情、老人的态度……这些都在珍姐心里像演戏一样演过了无数遍。特别是最近，她几乎每天困在床上，脑壳里都要把这个戏演上一遍，还不时进行一些细枝末节的修修改改。珍姐笑话自己，这真的都可以当戏来演了，演出来，肯定人们都爱看。好在永骄的家，不管是住在堤山，还是住在离湖边上，都是去铁钱沟的必经之地，去铁钱沟确实是绕远了三四里，但哪个又晓得呢，权当自己路不熟。永骄可能住着的这两个位子，都是单门独户，远离村垱，她演这出戏，也就不显得唐突，更冇得人围观，无论结果是好是歹，自己都可进可退。

珍姐笑话自己真是戏听多了，竟做出这么一出戏来了。

六

珍姐进了长堤垸的赵家垱，脑壳扎得更低了，脸上也更加滚烫了。她有几回真想车转身子打回程。这个戏要是被人看穿了，自己还怎么在世上做人呀！但是，她想到既然人都走到赵家垱了，就是刀山也要上了，火海也要跳了，要是车身打了回转，半路而废，自己一辈子都会后悔的。她咬了咬牙齿，鼓着勇气继续往前迈步。她在三个月前停船的地方认准了位置，从一条巷子里穿过村坮，向两里外的堤山走去，雪地上印下她的油靴特别的一行靴印。这时，她的脸羞得火辣辣的，她晓得它一定红得像新娘子的红盖头了。好在她的脑壳上，包着叠成三角的头巾，别个不容易看到她的脸面。

珍姆不能确定永骄到底是住在堤山，还是住在离湖边上，她只得先到堤山上去碰运气。要去她编排好的铁钱沟，可以走堤山旁边的一条小路，她两年前走过一回，她要装着去问路，然后再根据具体情况应对。她相信这样的雪天，永骄他们一家，应当在家中围着火塘向火（烤火），即使永骄不在家，龙伢子和他嗲嗲一定会在，自己也可以以关心龙伢子为由，向他们打听永骄是否正准备娶堂客。

老远，珍姆就看到了那座高高的鼓楼，它上面盖了雪，好像显得更高了。她心底下生起一股亲切感，觉得这鼓楼就像一个人，在笑着迎接她。她想，这个鼓楼，现在的主人可以说正是永骄，它也是她一生中的一个重要的景儿呢，她人生的戏里头，有了这座鼓楼，就会更加有意思呢。

走近鼓楼时，迎接珍姆的是一条黑狗。这条黑狗，她来看送葬时见过，这畜生还跟着送葬的人群游讨棺呢，它也舍不得土家族女子走呢。看来，它跟她珍姆也有着关系呢。黑狗在这儿，说明他们家果然搬到这儿来住了。这样太好了，自己不必再跑到大老远的离湖边上去了。说实话，这冰天雪地的，自己一个人在湖野里走路，真还有些胆怯呢。自己是下了天大的决心，才迈出今儿这一步的。珍姆所说的禾丰垸的铁钱沟的姑妈，其实两年前就去世了，这样隔着两代的亲戚，一般也会随着老人的去世而断了往来，她是不会真的去铁钱沟的。

珍姆十分激动，永骄一家住到这堤山来了，这可是一个好兆头，这是一切顺利的迹象呢！

黑狗汪了两声，就远远立在小屋前不动了，似乎它认得珍姆，既无防范之意，也无敌视之心，它甚至摇了两三哈尾巴。珍姆的心突然怦怦地跳起来，这使她担心接下来永骄的出现，会不会使她的心跳将出来，鲜红的一颗，落到洁白的雪地上，将地上的白雪化开。她的脑壳里突然乱了起来，事到临头，她竟一时不知自己编的戏如何开场了。她努力要自己镇定，但脑壳却不听心的左右，它竟骤然地晕了起来。

就在珍姆的脑壳里乱得不可开交之时，一个人的出现，还真差点令她眩晕倒地！

这个人的出现，是珍姆万万冇有想到的局面！她编的戏里，压根儿就冇得这么一个角色！无论是永骄，还是龙伢子，还是龙伢子的哆哆，甚至是有可能出现的永骄的村邻，她都编了好几个见面的情景，包括说么子话，她都躺在床上反复演过。现在看来，她根本不会编戏。这个意外人物的出现，使珍姆发现自己一直自以为聪明的脑壳，它其实是多么的简单！人们平时都说她是如何如何的灵动乖巧，那不过是人们高看了她！

这个人的意外出现，才真正像是一出戏，也才真正是一出戏的开始！

听到黑狗的叫声，小屋里走出一个年轻高挑的女子，她站在压着白雪的屋檐下，带着笑意望着珍姆！

天啊，千算万算，怎么冇有算到这么一个女子的出现！这是不是见了鬼了？！

这个女子有着粉红的脸蛋、明亮的大眼睛、直直的鼻子和红红的嘴壳，还有漂亮的身段，像是从画里走出来的！看模样，她也就十八九岁，正是女人最美的年纪！而且，她还梳着月亮头，额上的凤冠，耸得神采飞扬，正是一个新媳妇的打扮！

一时间，珍姆的脑壳里一片空荡，空荡成了一个皮包骨头的壳子。空荡的不只是脑壳，还有心。她感觉她的心也不在腔子里了，不知去了么子地方。她整个人就像一个空心的木头人一般！

她感觉自己晃了起来，就像一个空心木人，因分量太轻而压不住阵，立不住身子。这时的风并不大，竟然把她吹得晃晃荡荡，让她看起来像是一只欲倒不倒的空心木头做的不倒翁。

我是问路的。珍姆的脑壳里本能地冒出这么一个意念，像一个将要沉入水底的人本能地抓住了水面上的浮萍蒲子或是苇草之类的东西，保得一忽儿是一忽儿。

新媳妇马上看出了珍姆的不正常，她迈着长腿，闪着腰肢，快步走了过来。

大姐，你是不是身体不舒服？

珍姆的脑壳里乱糟糟的，就像有无数乱七八糟的东西，在空荡的脑壳里面，像正在收起的网里的鱼儿，在里面左蹦右跳，上蹿下跌。当她听到这个新媳妇的外方口音时，她的心乱得更不成样子了。她下意识地想到了永骄死去的堂客，便联想到这个新媳妇可能是她的妹子。听说山里人都有代姐填房的习俗，永骄死去的堂客，就是差一滴代姐填房了的，这个新媳妇，很可能就是代替她姐姐嫁给了永骄，做了他的填房！这填房虽说不是一件好事，但也要因人而异，永骄这样的男将，他的姨妹子肯定非常愿意填这个房。

似乎在猛然间，珍姆当头挨了一棒！打得她眼冒金星，脑壳犹如庙里的铜钟，嗡嗡嗡嗡地直响，响得她的脑壳痛得正在裂开似的。

我——我——

珍姆简直语无伦次了。

大姐，你是不是迷了路？

我——我——

珍姆还是说不出话来。

这时的珍姆，岂止是说不出话来，她连东南西北都分不清了。她的眼里，除了这个突然从天而降砸得她头晕脑痛的仙女，再就是纷纷乱乱的雪花。而这时的雪花，有的是金的，有的是黑的，也有的是五麻杂色的。只是这时根本冇有下雪，雪是从哪儿来的呢？当然只能说是她的头昏了，眼花了，精神错乱了。

原来不是下雪，真是珍姆的眼睛花了，那根本不存在的雪花，在神志恍惚的珍姆眼前，它们飘得密密麻麻，毫无章法，迷茫了整个天地。

纷纷乱乱的雪花中，一个神奇的仙女在飘啊飘啊飘啊⋯⋯这仙女一时离得近，一时离得远，一时真切，一时虚幻，叫珍姆感觉到自己既像是在梦中，又像是自己死去了。她感觉这仙女微微笑着，像是在她心里放进了一只明亮的灯笼，把她的五脏六腑都照得透亮了，把她整个地照成了一个透明的人，她的么子都让人看得清清楚楚了。

她那一滴儿小心思，那一滴儿蹩脚的戏码，被这个突然出现的仙女全看在眼里了！

珍姆恨不得地上马上裂开一条缝，好让自己钻进去，永世不再出来见人。

这还怎么活人？

这活着还有么子意思？

天土菩萨（老天爷），飞来一坐雪山吧，让它把我砸到地底下去吧！

珍姆在心里绝望地喊叫。

大姐，你冇得事吧？

我——冇得事——脑壳——有些发晕。

哦哦，那你进屋歇歇。

你的脸色好苍白。

大姐你静一静。

丢八辈子的人啊！

我不能跟着她去屋子里！

我绝不能跟着她去屋子里！

我不能成为笼子里的一只猴子！

然而在恍恍惚惚中，在这个女子的搀扶下，珍姆却身不由己地迈开了脚步。这个从天而降的仙女扶着她，向覆着白雪的屋檐走去。珍姆心里不想跟着走，有几次，她甚至往后退了两步，但是，她却终是冇得抗拒的力气。她脑壳里一片混沌，整个人晕晕乎乎，软软绵绵，四肢无力。她觉得自己的双脚，仿佛是踩在厚厚的棉花上，极不踏实。她突然哆嗦起来，就像是发起了疟疾，打起了摆子。刚才她还热得背上出汗，突然间却冷得发抖，这不是闹起了疟疾又是么子？

这是哪个啊？

屋里蹦出一个小伢子，听声音，正是龙伢子。珍姐努力定下神来，要看看龙伢子的脸，但是，却被他脚上的一双小小的棉鞋，抢先扯住了目光。

好一双漂亮的棉鞋！

一个到了出嫁年龄的江汉平原女子，对刚接触的女子的针线活尤其敏感。针线活，这是一个女子是否聪明能干、是否有细心和耐心的标志，甚至，也是一个女子的人品与性格的标志。自古就有看针线识人品的说法，说的正是女子的针线活的重要。尽管这个时候被这个突然出现的女子打了重重的一闷棍，被打得神志都不太清醒了，但龙伢子脚上这双漂亮的新棉鞋还是牢牢地扯住了珍姐的眼睛，勾起了她的心。

这双棉鞋的做法，是珍姐从来冇见过的！

在挨过仙子的重重一击之后，龙伢子脚上的这双小棉鞋也紧接着给了珍姐致命的一击。

珍姐真要晕过去了！

太漂亮了，虽然在针脚的均匀与纳缝的紧实上，看上去比不上她珍姐的针线活，但它新奇的花式，足以让所有的女子都为之折服！这女子的口音带着一滴四川音，而长阳离四川也不是太远，太马河街的码头上，常有四川的生意人过来，珍姐晓得四川人的口音。龙伢子脚上这双棉鞋上奇异的绣花，可能就是人们所说的土家族的花式针线活。

看来，这个女子真是土家族人，她真是代替她姐姐嫁过来的。她真是永骄填房的新堂客！

永骄很快就有了新的堂客，而且还这么漂亮能干！珍姆的脑壳里嗡的一声，像有一颗蚕豆在锅中爆花。她人还冇有坐下来，就差点摔倒下去，好在这个女子及时扶紧了她。

龙伢子的嗲嗲，那个老伯，他赶紧端过一把竹椅。

珍姆瘫坐在竹椅上，心口怦怦地跳，整个人像是虚脱了一样，冇得了半点力气。她心里想着快滴离开，但身子却动不了。她心里又急又痛，真希望自己突然间断气，真希望忽然倒下来一座雪山，把自己砸进地底下去，最好是砸得骨碎肉烂，砸成看不见的空气，丝毫不再有人的形迹。她希望自己的肉身，和那雪花一样的洁白，与雪融在一起。但她心里又说，不，不能有雪山，不能连累别个！

大姐，你别急，我来倒碗热水你喝。

这个么么怎么了？她的脸色好难看呀，她会像我姆妈那样死去吗？

珍姆心里一沉，像龙伢子的姆妈那样死去？哎，自己的命啊，比龙伢子姆妈的还要差一百倍呢！好歹，龙伢子的姆妈和永骄还做了几年恩爱夫妻，还留下了这么一个聪明可爱的儿子。

龙伢子，别瞎说！

我看她的脸，一时白、一时黑，还一时黄、一时青，好吓人呢！

冇事冇事，这个么么是走累了，肚子饿了，喝一滴热水就好了。

我把炒米糖给她吃。

珍姆的嘴边，就顶上了一块硬硬的炒米糖。

这个幺幺,你吃啊,吃了就好了。

珍姆微微睁开眼睛,眼雨突然不争气地涌出来了。她透过眼雨,看着眼前模模糊糊的三个人。她心酸极了,又羡慕极了。再一次,她认定自己生来就是苦命。七岁死姆妈,穷人的伢子早当家,遇上一个自己喜欢的人,一次二次,却死活嫁不了他,次次都是被别的女子抢了先,就跟手气极差的人打麻将一样,次次都被别个和了截和!

这老天爷,你为么事要这样捉弄我呀?

这个女子蹲到火塘边,从煨着的一只黑毛罐子里倒出半碗开水。她用嘴吹了几下,不行,又拿到门外,放在雪地上,好让水能快一滴温下来不烫嘴。然后,她转身扶住珍姆,在她额头上摸了摸。

大姐,还好还好,你冇有发烧,你别担心,我看你——肯定是饿狠了。有一次,我跟一个小姐妹去山里找蘑菇迷了路,就被饿成这样过。那次,我们是吃了生蘑菇才活下来的。哎哎——龙伢子,这么硬的炒米糖,这个幺幺咽不下去的,等她喝了热水,我们再用热水泡给她吃。

老伯担心地说,桂妹子,她这样子,出了么子事可不好说呢。你的腿脚快,赶紧去村垱上叫两个人来,送她去找郎中先生。

这个新媳妇还真是土家族女子!桂妹子,老伯叫她叫得好亲切,这是他的新儿媳呢!

我看冇得那么严重,先喂她喝一滴热水了再说。这个叫桂妹子的新媳妇说,大姐,你说这样好吗?

珍姆含含糊糊点了点头。她无法拒绝她的热情与直率。

珍姆听了老伯的话,不由得打了一个愣怔。老伯说的冇错,这单门独户的人家，不要说是一个年轻的单身女子，就是一个老嗲嗲老妣妣，若是在这个家里出了么子事，人家也真说不清楚呢。

珍姆的脑壳这回清醒过来了，身上也开始恢复一滴力气。

珍姆虚弱地说，给你郎们添麻烦了，我冇得事。我有个发晕的毛病，一会儿就会好的。她喘了口气，又说，我喝上一滴热水，自己就可以走了，不麻烦你郎们。

一连说完这些话，珍姆的力气仿佛都用尽了，浑身酸软无力。

新媳妇把不再烫了的热水端过来，要喂给珍姆。珍姆精神终于好了一些，双手接过碗，自己喝了起来。

新媳妇说，大姐，老人家的话，你不要见怪，我看，你现在好多了，冇得事了。

是的，我冇得事。

珍姆喝了热水，心开始安定下来，脑壳也不那么晕了。毕竟年轻，刚才突然发生的神志恍惚，一哈也就过去了。

珍姆刚想站起来告辞，龙伢子对新媳妇说，你快把炒米糖泡给这个幺幺吃噻。

新媳妇笑道，龙伢子真懂事。

珍姆站了起来，拦着不让她泡炒米糖。

忽然，外面响起黑狗欢快的叫声。新媳妇冲龙伢子说，肯定是你崖崖回来了。

珍姆一听，又慌张起来。这时让永骄撞见，哪里还有颜面？而她编的戏里，也根本冇得这样的场面。

见珍姆急着要走,新媳妇说,大姐你急么子,你刚才这样子好吓人,我们可不放心让你走。

老伯见珍姆好多了,也说,是啊是啊,你先歇歇,看身体怎么样了再说。

这时,龙伢子已从门外迎来了他的崖崖。

崖崖,家里来了一个漂亮的幺幺。

幺幺?你认得啵?

又像认得,又像不认得。

永骄笑道,到底认得还是不认得呀?

龙伢子有些犹豫地说,有一滴认得,又有一滴不认得。

永骄笑道,你这家伙。

真的,我真的有一滴认得。龙伢子说,她生起病来我就不认得,她好了我就认得。真的呢!

新媳妇走到门口,笑道,你们今儿的鱼卖得这么快?

后儿就是冬至,冬至这天,家家户户都要腌腊鱼,当然卖得快。

永骄嘴里回答着新媳妇,眼睛却迷惑地看着珍姆。新媳妇就把刚才发生的事,跟永骄说了个大概。这个时间,珍姆早已无地自容,垂下脑壳不敢看任何人。

永骄对珍姆说,我认识你,你是徐家垱的皮匠叔的丫头。说着,他关心地冲她笑了笑,露出一口雪白的牙齿。

永骄这一口雪一样白的牙齿,这么多年来,总是出现在珍姆的梦里幻里。江汉水乡湿气重,抽烟祛湿便成了男人们的一个理由,有的男子一二十岁就开始抽旱烟，等有了儿女，腰上就会别上一支烟箪子，所以，男人的牙齿都发黄，烟抽得多的，自然更是发焦发黑，像永骄这样不抽烟的后生，一个村子里找不出一个两个。所以，永骄的白牙，正是最初吸引珍姆的东西。而他能至今不沾烟，也是珍姆心里敬他爱他的一个重要原因。一个能管束自己而讲究的人，一定是一个好人，珍姆一直都用这样的标准观察身边的人，然后与永骄作对比，还真的冇得错。

永骄对珍姆说，看样子，等会儿可能还有雪下，你去铁钱沟，还有好远的荒路要走，全是湖野小路，这种时候，野外几乎冇得么子人，容易迷路，特别是路上因为盖着雪，沟港又多，要是一脚踏空，就很危险。

新媳妇听永骄这么一说，惊叫道，平原水乡的雪路是这样的啊，这比我们那儿的山路还要吓人得多，大姐，你不能再往前走了！

老人也说，桂妹子说得是，既然你遇上了我们，我们就不能让你再往湖里去了。这样的天气，这样的荒路，你不担心，我们还担心呢。

永骄说，说来我们也是熟人，你先安心在这儿吃中饭，我们每次上街和进城，都要经过你家的后面呢。我去太马河街上，也经常见到你不是卖菜，就是卖马草，有时还卖鱼虾和鸡蛋。

珍姆想，好歹还认得我，算我冇有白费心。她红着脸说，好吧，我就听你们的劝，不去铁钱沟了。多谢你郎们帮了我。饭我就不吃了，我一滴都不饿，我自己这就回去。回去的路，一路上都有人家，不会有么事的。

永骄笑道，不吃饭也由你，但你别急着走，万一还要发晕呢？先稳一稳再说行不行？赵家塆和吴家塆、高家塆和范施湾、范施湾和徐家挡，这之间的路，都有好长的冇得人户的寡路，真的怕不安全呢。

这个永骄，他还是那么会说话，只是他的模样竟然全变了，珍姐差一滴就认不出他来了。三个月不见，一个精壮英武的男子汉，怎么就变得单单瘦瘦了呢？因为瘦，他原来不大不小的眼睛，就显得特别的大。唉，怎么瘦成这样了呢？就是在三个月前的丧事上，刚从阎王五嗲那儿挣回来的他，身上的肉也比现在要多得多呢。他这样子，要在别的地方碰到，怕是都认不出来呢！

一家人都不让珍姐走。

龙伢子这回终于确定地说，我真的认得你这个么么！那天，我姆妈下葬，就是你抱着我，我坐在棺材上，你还陪着我走！说着，他双手抱住了珍姐的腿，高兴地说，你的病一好，脸色就好看，脸色一好看，我就认出你来了！

新媳妇激动起来，也不管珍姐是么子感受，热情地过来抱住珍姐，说，啊啊，真巧啊！我嫁到这里来后，听好多女人都说过这件事！大姐大姐，你今儿，一定要留在这儿吃中饭。吃完饭，我要跟你结干姊妹！在我们土家族，干姊妹往往比亲姊妹还要亲呢！来，大姐你坐下，我嫁来这里来后，就冇有大声唱山歌了，我来唱一个给你听。土家族女子一边说，一边将珍姐按回椅子上，一边唱起歌来：

隔河里那个望到啊，幺姨妹子儿嗬撒个啰喂。
桂妹子儿要和我啰喂，拐了滴哦。
那个姐啊，姐啊，那个姐爬坡那个唵唵——

红带带裹脚啰呃呃。

怎么样？我们土家族的山歌好不好听？你做我的姐姐怎么样？我在这儿冇得么子亲人，要有你这个姐姐多好！

珍姐从冇见过这么热情大方的女子，心里既开心，又酸涩。她想到三个月前，永骄带着伤送别亡妻时的悲切样子，仿佛都还在眼前。那时，自己还赞他是一个重情重义的男将，也正因为他的重情重义，自己今儿才冒冒失失地来他家，要把自己许给他。冇有想到，他这么快就把亡妻丢在了一边。这阳世间的男将啊，果真少见真正重情重义的。那戏里的杜十娘、李香君，不都是遇上了假情假义的薄情郎吗？这个永骄，他也是这么一个驴子屎外面光的家伙！按江汉平原的老规矩，虽说是堂客死了过三月就可以再娶，但是，但凡念一滴情义的男将，再怎么急，也得等上半年六个月。想到这里，她就十分后悔。这七年的时间，自己真是瞎了眼，看错了人，还以为他赵永骄，是自己见到的最重情义的男将呢。

呸！

新媳妇的山歌虽然好听，可珍姐再也听不下去了。同时，她也认为，这新媳妇也不是一个重情义的人。虽说土家族有代姐填房的规矩，但姐姐的尸骨未寒，坟上的草都冇有长出几根，床上旧人的人气都还冇有散，她就和姐夫困到了一床。看来，人们常说山里人不大懂人伦礼数，还真的不假，他们，真的跟山里的猴子野猪冇得两样！

珍姐在心里深深地叹了一口气后，反而变得轻松稳当了。无论一家人怎么劝留,珍姆却铁了心要走。永骄甚至说,让她在这里住上一晚,跟桂妹子困一床,明早他会驾船到城里去卖鱼,顺路送她回家,珍姆自然更不会答应。见龙伢子恋恋不舍地抱住她的腿不放,珍姆的心里倒是有些难受。不知为么子,她跟这个伢子,倒是有些割舍不了。她想到了自己带来的吃食,这才重新省悟过来,自己计划了好久的事儿,现在是多么的可笑。她不禁在心里骂自己浅薄,骂自己轻贱,骂自己不值分文。

珍姆将带来的桃酥之类的东西一样一样拿出来。她说,这些,本是带到铁钱沟亲戚家去的,现在不去铁钱沟了,就留给龙伢子。一家人好歹不要,龙伢子则说,么么留下来吃饭他才肯要,可是珍姆无论如何不肯留下,态度十分坚决。一家人无奈,只得由着她。但是他们不放心,一定要由永骄驾了船送她回家,否则不放她走。珍姆冇得力气挣脱他们的热情安排,脑壳里又乱成一锅粥,只想快滴离开这个叫她又尴尬又丢丑的地方,只能先答应下来。她心里想好了,等永骄把她送出村后,她就坚决下船自己走回去。

新媳妇有些奇怪,认为珍姆似乎不像一个正常人。她一忽儿病得差一滴倒下,一忽儿又像冇得事一般,一忽儿满怀感激,一忽儿又决绝得不近人情。她是一个深山里长大的土家族女子,性情直率,嫁到这里才个把月,对这里的人情世故都不太清楚,所以,她也不再强留这个奇怪的女子。

珍姆临走的最后一眼,又落在龙伢子脚上的绣花棉鞋上。这双小鞋子,击得她的心里好痛!

珍姆的包袱里,也装着一双为龙伢子做的棉鞋,那是她夜里关紧房门了做的。

一个红花女子,躲在闺房里,给一个毫不相干的刚死了堂客的男将的伢子偷偷摸摸地做棉鞋,这要是让人晓得了,还不得让人把牙齿笑落!这双小棉鞋上,她有有绣么子花,只在每只小棉鞋外侧,绣了一条小小的龙。江汉平原田地多,忙的事儿多,偏偏日子过得又比别地精细得多,这里的女人实在少有空闲绣花,一般只在嫁妆上绣,再就是在婴儿的衣饰上绣。大平原上的人,不像山里人田地少得可怜,日子过得又粗放,女人们有的是闲工夫,一双棉鞋上也要绣上满满的花。

珍妮心里无比痛楚,自己还准备来跟这一家老少三人做鞋做饭,浆衣洗裳,一辈子照顾他们,现在不仅全落空了,就连自己给龙伢子做的一双棉鞋,竟也送不出去了!

珍妮的心,整个儿空了!

珍妮踏着雪,跟着永骄走回到长川河边。河边的柳树上系着好几条船。永骄解开一条小船,细心地拉紧系船的绳子,让珍妮先上了船。正要开船,那个叫桂妹子的新媳妇赶了上来,她送来一把红色的油布伞。

新媳妇嘴里喘着热气,大声笑道,大姐,天上又开始飘雪花儿了,我怕过一会儿雪会下大,所以拿把伞来给你遮挡。你今后要是去铁钱沟,一定要落到我们这儿歇个脚啊!

望着新媳妇热情开朗的红脸,珍妮心中既充满感动,也隐隐地有些羡慕,还有一些痛楚。不管永骄重不重情义,看来他们过得很不错。如果是以前,她一定会有些嫉妒,现在,虽说认为他也跟许多男将一样

189

薄情，自己不会有嫉妒了，但心里却总不是个味儿。因此，她对新媳妇也只是礼节性地应付。新媳妇这么热情地关心她，她却缺少应有的回应。

新媳妇带着几分调皮冲永骄说，骄哥，天气不好，你驾船可要小心一滴啊。

永骄连连答应。看样子，新媳妇还真是永骄前妻的妹妹，果真是给他这个姐夫填了房，不然，她叫哥叫得哪会这么顺口。这都是么子风俗，是不是山里女子都关在一个山窝里，找不到合适的汉子嫁？但是，珍姆马上又责备自己不该这么想。不知为么子，她对这个新媳妇还是很有好感，就像她对龙伢子的那种冇得来由的好感一样。

现在的珍姆，对永骄的感觉急转直下，变得前所未有的糟。

七

雪花像疏疏落落的白鸟的绒羽，飘飘摇摇地落在河面上，它们在与河水甚至只是与浪尖接触的一瞬间，立刻被河水吞噬，迅速与河水融为一体，除了浅得几乎可以忽略的一眨眼就消逝的小小涡点，再也见不到它们的影踪。

天地之间，除了逆行的船头被细浪击拍的哗啦声，河道上一派沉寂，船上的气氛便显得沉闷。珍姆坐在前面的船舱里，似乎一动不动。虽然雪花十分稀落，她还是撑开了那把红艳的油布伞。这油布伞还是新的，看来不是龙伢子的姆妈留下来的遗物，而像是现在这个叫桂妹子的土家族女子的嫁妆。珍姆想，自己该打龙伢子姆妈的伞才合适，龙伢子的姆妈也跟自己一样是苦命的女子。要不是三个月前的葬礼上见到她唯一的一面，让自己产生了该接替她给永骄还债的想法，她今儿也不会糊里糊涂地到他家里来丢人现眼。想到这里，她的眼雨不禁又滑了下来。眼雨流个不停，她也干脆不去揩它，省得冇完冇了地去揩。这样一来，她的脸上就有了长长的两行冰冷。她用油布伞罩着自己，挡住了艄舱里的永骄的视线。她的脸也始终朝向船的前方，驾船的永骄自然无法察觉。

船行的是逆风逆水，虽然风不大，水流也还平缓，但一把撑开的伞，多少也会增加几分风的阻力，也多少要让驾船的人多费些力气。可别小看这每次多费的一滴滴力气，如果荡一千次桨，这一滴滴力气就要多上一千倍，路程长了，驾船的人多费的力气，自然不只是一滴滴了。如果是在平时，细心而又习惯为他人着想的珍姆，肯定不会将伞撑开，但是，她今儿心里有一股很大的气，于是着意要拉反纤。虽然她明知赵永骄冇有得罪她，他堂客去世不过三个月娶姨妹子，与她更是冇得半个铜钱的关系，她这气生得毫无道理，但她还是要生这个气。她要让这个薄情寡义的人多遭上一些累，要让他感受到，她心里看不起他！

洁白的河岸，洁白的村庄，清清的河水，一条小船，一把红伞，一对青年男女，还有飘飞的星星点点的小小雪花，这本是多么开阔和秀美的画面，可是气氛却沉闷得叫人压抑。这使珍姆觉得，这趟船乘得好像坐牢一般，她的心情也就前所未有的阴冷。

永骄果然是个细心人，他早就看出了珍姆的不快，虽然他不明白她是为了么子，也只好尽量不去打扰她。但是，永骄毕竟是一个行走四方的歌师，他本是一个十分开朗的人，虽说堂客的去世使他沉闷了一些，但也冇有改变他活泼幽默的本性。开始，他还主动找珍姆拉几句家常话，见船头的珍姆爱理不理，他便不再吭声，于是把劲儿都用在了荡桨上，以便早一滴结束这趟两个人闷声不响的行船。

人们说同船过渡，百年所修，而同船而行，不晓得需要好多个百年的修行，冇有想到结果却是这样的难堪尴尬。永骄在脑壳里反复寻思，他从冇有听说过徐皮匠的丫头脑壳有么子不正常，平时看她总是一副聪慧干练的模样，不晓得今儿她到底是怎么回事。他看见她无力地缩在船头，不禁在心里叹了一口气。作为一个有文墨又细心的歌师，他心里就有了自己的理解。她都二十出头了，还冇有嫁人，说明她可能确实有些不正常；又或者，她从小冇得姆妈，心中有着外人不知的苦楚，从而使她的性情变得有些古怪。

永骄一边驾桨，一边漫无边际地想着。他又想到堂客出殡那天的情景，这个毫无瓜葛的女伢子竟像哭亲姊妹一般地哭龙伢子的姆妈，还随着送葬的队伍，游完了全程的棺。那时就有人说这个女子不大正常，但永骄从冇有这样乱想。堂客的娘家离得远，自己也受了伤，师父也死了，崖崖也老了，而晓得清江边那个土家寨子的春雷，因为他崖崖死了要送葬尽孝，自然也不能前去长阳山里送信。所以，幺姑死了，竟冇得一个人能好好哭她一场，这可是一个人一生最悲伤的事儿。幸亏那天来了这个徐皮匠的丫头，不管她是自己有伤心的事儿，还是真替一个陌生女子悲伤，反正是她，给了幺姑一场像模像样的哭。他心里到现在都十分感激。也是从那时起，他对这个面熟人不熟的女伢子，有了比较深的印象。而且，那天她还给了龙伢子不小的疼爱与安慰。村里的人说，龙伢子骑在他姆妈的棺材上，眼睛却一直盯着棺材旁边不远的这个女伢子，要不是这个女伢子，龙伢子怕是棺也坐不稳呢。

永骄曾经在乘船经过徐家垱时，想过去她家谢一谢她，犹豫再三，他终究又觉得有些唐突。特别是他刚死了堂客，去一个陌生的女伢子家里，就更加有些不合适了。后来，他便决定哪次在街上或路上偶然遇上了，再好好向她道一声谢。可是堂客去世三个月，他养伤就花了一个多月。他的胆被侉老东一枪打破，留下了后遗症，一直消化功能不好，吃不得大荤，时不时拉肚子，原来精壮的身体，再也无法复原，以至于现在的他，变成了一个单单瘦瘦的人，体力冇得了原来的一半。身体稍稍恢复后，他又要整理师父留下的那些丧鼓词，加上厚基族长和住在城里的永富，还有春雷等人，一再催促他还是到村垱上盖屋子，方便崖崖和龙伢子，他又忙起筹建屋子的事。堂客去世之后，他再住在离湖边上已经不可能了，于是又搬回堤山来住。但是从长远看，堤山也离村子太远，崖崖和龙伢子冇得人照看可不行。特别是龙伢子 天天长大了，长期冇得玩伴，也不利于他的成长，何况，龙伢子今后还要到村垱上的学堂上学，他独身一人上学也不安全。于是，他和春雷一起贩起了鱼和藕，打算再挣一滴钱，加上前几年跟春雷放两趟排挣的钱，尽快在村垱上把屋子盖起来。这样一来，他就暂时把谢这个女子的心淡了下来。今儿见她突然出现在自己家里，他十分奇怪，也十分惊喜，可是她的态度却一时热一时冷，叫他十分为难，也叫他十分费解。她现在坐在船头上，这不理不睬拒人于千里之外的样子，叫人都不好开口说话。

193

哗啦——哗啦——天地间只有长桨划水的声音。这声音清冷而又孤寂。

小船荡出赵家堖，就是长堤垸与上游的塔耳垸之间的地界。这儿的北岸有两里多路冇得人户，南岸河堤里边的人户也冇得几家，正是珍姆打算好要下船的地方。珍姆正要开口，永骄却突然唱小调来：

正月哭妻死别离，
翻身不见脚头妻，
我怪阎王无道理，
为何夺我少年妻。

二月哭妻心悲痛，
走到堂屋一场空，
走到厨房去烧火，
少年贤妻甩了我。

三月哭妻是清明，
怀揣香纸上妻坟，
手刨坟土三尺深，
只见黄土不见人。
…………

这是江汉小调《十月哭妻》，它不像丧歌那样高声大嗓和拖音悠长，它唱出来的是低细缠绵的调子。这小调虽然是男歌，但更适合女人唱。珍妍在田里干活时，也会哼唱这首小调，觉得它是女人对男人的希望。哪个女子不想有一个重情重义的丈夫呢？而这首本是为男人编的小调，唱它的男人却并不多，男人更喜欢唱粗犷高昂的丧歌。唱这首小调的男人，要不是轻浮浪子，要不就是真正重情重义的人，所以唱这首小调的男人就更少。现在，永骄突然唱起这首小调，听起来应当属于后者，可是在珍妍听来，却十分刺耳。

珍妍心里说，你不唱这样的歌还好，唱了我更觉得恶心！

自从七年前听永骄唱丧歌起，珍妍便把他看成了重情重义的男将。三个月前，他的堂客出殡，他不顾人们的劝阻，带着伤痛坚持送堂客一程，使珍妍更加坚定了对他的看法。临起棺时他紧紧拉着亡妻的手，不舍得分开，更是令人起敬。虽然因为敬他爱他，把自己拖成了一个老女，但是她不后悔，她认为，为了这样的男将十分值得。可是今儿见到的一切，却把她心中重情义的男了形象打得粉碎，就像摔破了一只精美的瓷器。在珍妍心里，堂客去世不过三个月就迎娶新妇的男将，无论有多大的理由，也开不脱他薄情寡义的人品。她认为他过去的那些所谓的情义，都不过是披了一张好看的人皮！现在他还有脸来唱《十月哭妻》，更说明了他不仅薄情寡义，还厚颜无耻！

装！太能装！

原来，要看穿一个人的本质也十分容易。只是这个时间来得实在太晚，它足足花费了珍妍七年的青春少年时光！

珍姆感到无比屈辱,她悔不该自己中了那些情爱戏的毒,把自己这么好的年华,浪费在了这个薄情人的身上,以至于错过了那么多好人家,生生把自己拖成了一个老女。特别是今儿,自己还跑上门来出这么大的丑,自己真是瞎了眼睛!

此时的珍姆,她的五脏六腑像正被人抓扯,令她痛不欲生!

把船靠岸,我要下去!

珍姆几乎是生气地喊出来的。她耳朵里灌脓,眼睛里长疮,对这个人,现在恶心得直要作呕!

永骄猛然一怔,有些目瞪口呆。他唱歌的嘴壳,都还停在一个字上和一个调上,就那么突然地僵在那里了。与此同时,他荡桨的双手也僵在了那儿,定在了长桨从水里扬起一半的那一刻。桨叶在水下拖行,造成了阻力,使船很快慢了下来。永骄像木头人那样立在船尾,或者,他是突然间被冻成了一具僵尸,这样子更令珍姆厌恶。

把船靠岸!听见冇有!珍姆用厌烦的口气说。当她感觉到自己的做法和口气十分过分后,她便低了声,略做解释。她说,河上太冷,在船上又不能活动,我还是走岸上的好。

永骄好半天才反应过来。他以为自己是听错了,从小到大,还从来冇得哪个用这样的语气跟他说过话。虽然他也不过二十七八岁,但从十七八岁时,他就广受人们尊重了。十里八乡能够被人们这样尊重的年轻后生,可是极为少见的。但是珍姆冰冷的脸告诉他,这话正是从她嘴里发出来的。而她投过来的冰冷的目光,更确定无疑地做了证明。她伸直身子,哗的一声收拢红色的油布伞,砰的一下放在了前舱里,然后她作势要往起站。她的动作十分有力,根本看不出前一阵子发过晕,以至于从去铁钱沟的路上中途折转,还令人不放心需要用船来护送的样子。

你——

靠岸吧,不用你送了,我快要冻死了!珍姆说着,终于站了起来,船只前行的惯力使她前后趔趄了两下。永骄本能地叫她站稳,但是珍姆不理他,只把脸朝向南岸的方向。看样子,她是要从南岸下船。徐家垱跟长堤垸一样,都在长川河的左岸,如果在南岸——也就是此时的右岸下船,她就得绕到太马河街,从街中的木桥上过河回徐家垱,这样要多走两里多路。

你——下也在——

我走河南边有事!

一个莫名其妙,结结巴巴。一个冷静沉着,话语冷硬。

永骄到底是一个聪明人,他的脑壳转了几转,似乎是明白过来了。他想,人有三急,她可能是要上岸找茅厕,不好意思开口。在江汉平原,大多的时间刮南风,所以茅厕一般在屋子的北面,也就是后面,从南岸上去找茅厕自然方便很多。永骄努力做出笑的表情,表示一切听从她的,以冲淡两人之间的尴尬。他精瘦的脸笑出许多皱纹来,显得有些难看。毕竟,珍姆的语气和神态,太令他意外,搞得他不晓得到底出了么子问题。

永骄心想,她真不是一个正常人的样子了。即使是内急要上岸,也不必这样说话和做脸。你红着脸笑一笑,说上岸有点小事情,我不就明白了嘛,何必弄得像仇人一样?这人,还真是知人知面不知性,更不知心。这徐家女子，平常看上去挺温和腼腆的，也十分端庄有礼，我还一直认为她是女子中的人尖呢。我也听人们夸赞，说她是百里挑一的女伢子，哪想到会是这个样子。永骄想起了自己最初对她的好印象，是六七年前，自己在她邻家打丧鼓时留下的。那时她才十四岁左右吧，在给邻家帮忙端茶倒水，洗菜刷碗，她看上去十分勤快利落，也特别温柔善良。那时，她不时给他倒水端茶递毛巾，甚至还为他洗过两次衣服，令他对她生起了好感。他甚至还跟春雷半开玩笑半认真地说，他们年龄相称，才貌相当，叫他托个媒上门提亲，这么好的一朵花，可不要便宜了别的后生。春雷那时虽然刚刚懂事，但也红了脸。接下来有几次，永骄也跟春雷提过这事，春雷自认为家里被他的鼓痴崖崖搞得败落了，怕委屈了人家，见这个皮匠家的女伢子各方面都比自己强，总是冇得信心。直到他四年前带春雷去长阳放排，使他认识了幺姑的表妹桂妹子，他和桂妹子一见钟情，他才不再提这个话题。

今儿，永骄终于见到了这个徐家女子的另一面。他真庆幸春雷那时冇有听自己的，并冇有去请媒人向她家提亲。

永骄心想，自己四处闯荡吃百家饭，好歹还算有些见识，怎么就把这个徐家女子看不明白呢？有几次，永骄甚至想到，自己今儿是不是遇上了鬼？他几乎疑心眼前这个女子，根本就不是徐家垱徐皮匠的丫头，而是她的身魂，或者说她被鬼魂附了身。她既然在地方上名声很好，应当绝不会有今儿的这些言行，所以最好的解释，就是她今儿的所作所为，不过是一个鬼的行为。作为歌师，永骄不仅晓得聊斋的故事，还经常在打丧鼓时唱它，那些鬼和妖的故事，他一直认为，不过是那个叫蒲松龄的人编造的，今儿见了这个徐家垱的女伢子的表现，他不禁开始相信那都是真的了。江汉平原为水乡，自古就有人说，水多的地方阴气重鬼怪多，永骄从小就听说过不少鬼怪的故事，现在回头一想，觉得这个女子的出现，还真有些鬼里鬼气，真像聊斋里的狐精鬼怪。你想，下雪的天气，偏僻的堤山，无人的河面，这一切都合了鬼魂出现的环境与时机。想到这儿，永骄的汗毛都开始竖起来了。他是一个胆大的男将，冇有受伤之前，更是一个精壮有力的汉子，是最不怕鬼的那种人，何况，他还是一个常与死人为伴的打丧鼓唱丧歌的歌师。虽然三个月前受伤后，他的身体大不如前，但心性也还是不低。他想，人们常说，身体不好的人火焰低，容易遇上鬼，难道还真的是这样不成？

珍姆见永骄还迟疑着，又不耐烦地扫了他一眼。她连话都懒得说了。

永骄不再多想，只得顺着她。就算她不是鬼，若跟她在河中闹别扭，孤男寡女的，还不知要被人说出么子事儿来。永骄抬起右桨，让左桨滞水，船头便划出一道水弧，转向了南岸。

算了，随着她吧，反正自己问心无愧，就当么子都冇有发生过。不过，回去倒要好好问问桂妹子，这个女子今儿出现时，她到底是怎样的情况。这事儿，弄不好还真是见了鬼。看来，搬离堤山的事要加紧了。村子里也有人说，堤山上的鼓楼，歌师鼓师们老在那儿唱丧歌，招引了无数鬼魂，特别是姆妈和师母埋在堤下，鼓痴和幺姑埋在堤上，从那以后，堤山这儿的阴气就更重了。这些，自己虽然不信，但毕竟长住在那儿的是崖崖和龙伢子。特别是龙伢子，千万不能发生么子意外。

永骄是一个人人都说和善的后生，但也是一个自尊心很强的人，从小到大，他还从冇有遇上这样冷脸待他的人。他抱着不和女人一般见识的心理，很快将船靠上了南岸的河滩边。冇有等船靠好，珍姆就跳了下去，以至于岸边的浮雪一滑，她摔倒在了河坡上。好在河坡还算平，她只往下滑了半尺，一只鞋尖滑到了河里，被河水浸湿了一寸多。永骄担心地啊了一声，准备下船拉她，她却自己爬了起来，拍了拍身上的雪，小心地上了河滩。

有劳你了，多谢！

珍姆丢下一句并无多少谢意的话，穿过河滩上的田埂，向高高的河堤走去，只留下两条粗壮的黑辫子在腰身后晃荡。永骄目送了很久，一直到她被河堤上披雪的树林遮住。他要看看，她到底是人还是鬼，但是他最终也无法确定。

永骄叹了一声气，掉转船头，顺水向回家的方向荡去。这时，雪花明显密了很多，河道的前方已经看不清么子，水天之间，只有茫茫的一片灰白。灰的是天色，白的是雪花，放眼看去就是一片麻麻的灰白。

呸，这个鬼女子！

因为是在河上，永骄只是苦笑着干呸了一口。人们遇上了鬼怪或者晦气事儿，常会呸几口涎水，说是鬼怪害怕人用涎水呸。他又静了静心，静心也可以驱走晦气。他双手上劲，加快了荡桨的速度。小船像一只大大的犁头，向白茫茫的前方快速犁去。

大雪那个连天哪——北风哩那个紧哪，

身跨那个白马呀我往北方哩行！
不信那个哟寒风呀要我的命，
我命由我啊不由那个天！
心中的哎那个女娇娥啊呀，
你且听我呀说分明。
…………

茫茫一片的长川河上，响起永骄高亢悠远的丧歌。

八

雪断断续续下了四天，终于在前天停了下来。天晴得比较慢，看样子，最近也不会有雪下了。田野上，心中始终装着田地庄稼的种田人，无论有事冇事，又习惯性地扛上一把锹，开始转田埂子了。扛锹转田埂子的，这是男将。女人们转田埂子的并不多见，她们在转田埂子的时候，一般是背着一只背篓，带着一把镰刀。

一大早，珍姆也转起了田埂子。她背着一只大背篓，里面是一只装满碎棉籽饼的小麻袋，她要去给油菜田里下肥。趁着地里还有雪水滋润，将棉籽饼下到土里，油菜就会长得粗壮。等到过完年开了春，油菜就会蹿起半人高，分出很多小枝丫，每根枝丫上长出一团一团的花蕾子。开始，这些花蕾子绿生生的、鲜嫩嫩的，就像刚长成的十四五岁的女伢子。一过早春二月，这些花蕾子就绽大了，成了十六七岁的红花女。到了三月，我的天，绿色的花蕾子就开始冒出粉中透黄的花头儿来，这时它们就成了十七八岁的待嫁女了！再过些天，几乎是在人们转过身再回过头的一眨眼间，那小小的鹅黄色的花儿，就疏疏落落布满了田间。再眨几哈眼睛，老天，满田都是鲜黄的小花朵了。它们密匝匝地挤在一起，互相比着哪个更大、哪个更黄、哪个更香。这个时候的油菜花，就是刚出阁的新媳妇了！过上些日子，遍地金黄的小花开始疏淡，一根根绿色的菜籽荚儿就会像螃蟹爪子一样伸展开了。四月尾，满田的菜籽荚儿都成熟了，最早长出的荚儿都黄了，有的甚至枯了，透着淡黄的薄壳儿，可以看见一粒粒小小的菜籽儿了。这个时候，油菜枝丫儿的梢梢上，那些后长出来的荚儿还是绿的，甚至还带着小小的黄花儿，你得赶快收割了。不然，那些早出来的荚儿被初夏的太阳一晒，就会纷纷炸开，里面的菜籽儿就会撒落出来。老辈子说："菜籽豆子苦荞籽，七黄三绿就收起。垛在禾场还开花，十天半月再脱籽。"老辈子还说："菜籽榨成油，女子梳青头。插朵栀子花，跟着龙船游。"这说的是菜籽收获之后，就到端午节了，该看龙船了。江汉平原礼数特别多，平时，女子们无事不兴出村玩耍，只有看人哭丧和过端午节例外。端午节里，女子们呼朋结伴，可以出了村子，去到集镇上看龙船。如逢盛大的龙船赛，离城一二十里的，还可以去城里江边的西门渊看龙船赛，那是县里组织的大型龙船赛，看龙船的真是人山人海。

　　珍妲虽然是一个勤劳持家的女伢子，但她也喜欢热闹。不过，她只喜欢看戏听书，后来因为暗中喜欢上了永骄，又喜欢上了听丧鼓、看龙船赛和舞狮舞龙，这些活动中，大都有永骄。也正是看戏和听书，使她听多了那些情爱的故事，她才变得多情重情，也才为一个不值得的男将，误了自己的年龄。不过，那都是头些年的事儿了。过了十九岁，连看戏听书和看龙船赛，她也不凑热闹了。在这些热闹场合，大多十七八岁的女子都梳起了月亮头，要不就是夫妻相跟着，要不就是怀里抱一个，手里牵一个，早成了伢子的姆妈了。已到了出嫁年龄的珍姆，在这些场合中已经很打眼了，她不想招人闲话。江汉平原的端午节，也是少男少女可以交往的时节，虽说比不上土家族的女儿节那样自由，但男女也可以互相搭话。当然也有少数胆子大的，也就私订了终身，然后让男将快滴托媒人上门。珍姆是个十分自重的女子，她可不愿让人有背后说她闲话的根由。早几年她爱凑热闹，一是正当年，二是她要看心中的那个人儿。她心中的那个人儿，不仅是四处唱丧鼓的歌师，也是龙船上的号子手。号子手是龙船上最重要的角色，要现编号子，这样的号子手，在赵家垴自是非永骄莫属。几年下来，他便成了半个县著名的龙船号子手。珍姆去看龙船，主要是为了看永骄这个号子手，她虽然不能在那些场合上跟他说话，但饱饱地看他，甚至红着脸跟他对一个忽闪而过的眼神，她就十分兴奋。可惜，无论是唱丧鼓，还是划龙船，他都是一个忙碌的人，叫她找不到跟他说话的机会，更不能像别的少男少女一般，在人群里或人群外边，跟他搭上话、吐出情，在哪个街角或哪片树林子里，跟他订下终身。十八九岁时，她有胆子了，准备利用看龙船或看丧鼓的机会，厚起脸皮，无论如何也要跟永骄搭上话，而他却从千里远的长阳山里，拐回了一个土家族女子。从那时起，珍姆就死了心，再也不爱看龙船和打丧鼓了。

珍姆想起早几年时,一到种油菜的时候,她就开始盼油菜开花结籽,盼望一年一度的端午节。那种日子,就像水一样地流走了,再也不会回来了。她今儿来给油菜下肥,是实在看不过去了。这三个多月,她把大多的时间,都给了屋后的菜园和河边的谷田,这荆江大堤边的两亩多田,她全扔给弟弟秋儿了。前几天从赵家垴回来,她踏着雪来看这块地,油菜长得黄黄瘦瘦的,虽然是冬天,田里也冒了不少不怕冻的回头青草的绿头。昨儿,地里的土稍微干了些,她就把那些吸肥的天王锄掉了,回头青这种草,冬里也在地底下暗暗吸肥呢。弟弟秋儿十七八岁,正是贪玩的年纪,田里的庄稼总是不上心,这都是这么多年来,自己冇有让他学着操心的缘故。崖崖总说珍姆宠了秋儿,她自己也清楚,过多的疼对秋儿来说并不好,可是秋儿比她更惨,姆妈去世时他还只有四岁,珍姆觉得他缺的母爱比自己更多,于是,家中的事儿,能不让他动手就不让他动手。珍姆心中叹息,接下来,该让他学着当家理事了,不能再因为疼他而惯着他了。再说,自己现在觉得活着冇得么子意思了,说不准哪一天想不开,投了水,上了吊,他就失去了依靠。到那时,这些田地也都是要靠他自己来打理呢。

珍姆第一次冇有抄小路,而是绕了道,走在高高的江堤上。以前,她是认为走江堤浪费时间,现在她却认为,自己在这个世界上还能活多久呢,费点时间看看这江堤上下的景儿,也不枉在人世走了一遭。

这荆江大堤是江汉平原最高的地方,走在上面,人的心里就会开朗许多,一些不好的心情,也可以得到舒散。再说,说不准哪一天,她就再也看不到这高高的江堤了呢。从小,这江堤和堤外的河套就是珍姆最喜欢的地方。在珍妞还有有出生的时候，长江在上游改了道，抛下了五六十里的老江道，将它与现在的江道之间的地方变成了大片的河套地。人们把老堤和新堤之间的河套地都称为洲，取了陈洲、杨洲、西洲、乌龟洲、兔儿洲、落马洲、天星洲等名字，而整个的河套地，则统称为洲上。洲上是一片荒芜的水网地带，有砍不完的柴、打不完的鱼、采不完的芦笋、摘不完的菱角、挖不完的莲藕，物产多得数不清。这洲上的物产，都是江堤沿线垸子里的人们的财源，但这里也充满着危险。这美丽而富饶的洲上，不仅有毒蛇野猪，更有掩藏在美丽的花草下的沼泽，以及深不见底的淤泥潭，年年都有人为了生计在这广阔的荒洲之上丧生。珍妞的两个儿时的伴儿，就是死在这洲子上的。人们虽然都对洲上心怀恐惧，但又充满喜爱与依赖。从十来岁开始，这辽阔的洲上，让珍妞砍的柴、割的马草、打的鱼、采的菱角、挖的芦笋、捡的木耳……简直可以堆成一座小山了。总之，如果仅靠家中那两三亩田地，连肚子也糊不饱呢，更别说盖屋子和娶亲嫁女这样的大事了。

洲上，这个过去令珍妞又喜欢又害怕的地方，现在却一滴也不令她害怕了。她打定主意，今后要把更多的时间，花在这美丽的地方。她希望哪一天，自己就消失在这洲上，离开她活够了的人世间。最后，她把目光从洲上收回来，转而投在堤内东头的一小片杨树林（实际是柳树，江汉平原人都把柳树称为杨树，而把枫杨称为柳树），那儿住着她的好姐妹姣兰。姣兰早早地嫁给了一个死了堂客的鹭鸶佬，当起了后来姆妈，受尽了婆婆的气，挨尽了丈夫的打，还要受丈夫前面堂客留下的子女的欺负。前几天珍妞去看她，她才二十岁的人，变得又黄又瘦，头发凌乱，看上去都有三十大几了，看得珍姆的心尖尖上都要酸出又涩又苦的汁水来了。

唉，人活世上，有哪一宗好处？

前天，妃妃说柳家湾那个秤匠托人前来说媒。那个三十五六的走乡串户的秤匠，珍姆以前见过两次，虽说年纪大珍姆十几岁，人长得倒还平膀直腰，五官端正，但听说他是个拈花惹草的货色。据说，他的堂客就是因他的不轨之事被气得投了水的。妃妃说，人家也不隐瞒，说年轻时做过丑事，也怪以前的堂客长没长相，又不会过日子。他说他敬慕珍姆的人品，保证从此以后好好过日子，把珍姆捧在手心里。妃妃对珍姆说，你这个年纪，也有得年龄相当的少年男了，这个柳秤匠，虽说过去花心，但人都有年轻犯浑的时候，娶了你，他还真说不准当心肝一样捧起你呢。再说，他的家境也算中上，还有一门手艺，去了也苦不着你。他前面的堂客留下两个丫头，大的十一岁，小的九岁，几年之后嫁了人，你也就省心了。我和你崖崖都认为，这是目前最为合适的人家。妃妃叹息道，珍姆啊，你是人比天上下凡的七姐，命比黄连，千怪万怪，只怪你姆妈走得太早，不然，你哪会二十岁都过了，还留在这个家中。这人哪，都是生就的命，你不得不认。我看，这门婚事还不算怎么差，女人一生，嫁哪个都是一样过日子。这回珍姆听了，竟然冇有像以前那样流眼雨，也冇有觉得委屈，更冇有马上一口回绝。她沉默了半响，挤出一句话来，容我想想。然后，她就用被子盖住了脸。妃妃重重叹了一口气，说，珍姆，你崖崖说过，他希望你这回多想一想，但也不勉强你，还是由你自己拿主意。珍姆晓得，崖崖也十分无奈，秋儿也到了成家的年龄，家中若还有一个连婆家都还冇有说的姐姐，真的有些不成样子。珍姆虽然冇有开口答应，但她已经拿定了主意。是的，嫁哪个都是过日子，嫁个二婚的秤匠，大不了跟姣兰一样呗。再苦的日子，人家姣兰不也过着？

珍姆从长堤垸赵家垴回来之后，又恢复了过去的利落，再也冇有出现走神和丢三落四的事儿。她觉得，自己从前不仅荒唐，而且耽误了家中的活计，对不起被怠慢的田地。所以，雪未收尽，她便来到江堤边，准备侍弄这儿的油菜。珍姆举起小手锄，在每根油菜旁边锄一个小坑，放进一撮打碎了的棉籽饼，再盖上土。这棉籽饼是榨过棉籽油后的渣压成的，每只像脸盆一般大，一寸厚，结实得像石头。昨儿夜里，她跟秋儿一起刀砍锤打，花了小半夜时间，才打这么一小麻袋，趁着土里的雪水还冇有下去，正好让它可以被油菜吸收。来年春上……唉，不说来年了，哪个晓得还有冇得来年？说不定哪一天，自己就真的像雪一样地化在了洲上。

珍姆现在对洲上似乎充满了向往。

田里的泥还比较湿，珍姆的油靴上沾满了泥巴。她只得多加小心，保证泥巴不弄脏裤子。珍姆是个十分爱干净的人，她就是死也要死得干干净净。

忙了半天，总算把饼肥下完，还剩下一滴，她也全扬到田里了。这时，她觉得背上都出了汗，也才感到了腰酸。她伸了伸腰，舒了舒气，向靠近堤脚的田头走去。那儿有一个坟堆，埋着她的姆妈。儿女冇有成人就死去的姆妈，不能埋在祖坟地，只能埋在这田头上。看见姆妈的坟，珍

207

姆伤起心来,眼雨唰唰地涌了出来。

珍姆将麻袋放在坟前,双膝跪了下去,然后大哭起来:

我的亲亲的姆妈呃——
你为么子走得这么早啊。
你丢下你苦命的儿女,只顾享你的清福,
你的心硬得呀,好比冬天的石头哩。
你匆匆忙忙奔黄泉呀,只顾你自己一个人呢。
你丢下了崖崖丢下妃妃,
叫我们活在阳世受磨难,
我不得不把我的姆妈你来恨啊。
你苦命的丫头成了人,
知心的话也无人说给她听。
将来的日子怎么过,
我哭天哭地我问谁人?
…………

这是江汉平原特有的哭唱。这些唱词,都是根据女子们从小学来的,再结合自己的实际情况进行了改编,并在哭的时候现编现哭。说它是哭唱,是因为这些词是哭着唱出来的。它的调子,是小调、田歌、渔歌的结合,而在一些段落的开头上,以及长调与尾音上,则有着丧鼓调的高亢之声。这种哭唱,据说源于庄子哭妻。庄子的妻子去世之后,他就是鼓盆而歌的。庄子的妻子应当是自然去世，用庄子的理解，是结束了人间的苦难日子，到另一个世界享福去了，因此不必为她悲伤，而要为她祝福。后世的人们击鼓高唱丧歌，为死者送葬，也确实少有悲调，多为快乐之音。特别是巴楚之地的土家族人的跳丧鼓，以及后来江汉平原的武丧鼓，更是场面欢乐，甚至是喜气洋洋。这种为死者唱丧歌跳丧舞的祭奠形式，不仅完全继承了庄子为亡妻鼓盆而歌的遗风，而且还有了发展——跳舞。但是庄子也好，后来唱丧歌打丧鼓的鼓师歌师也罢，他们都是男将。男将的胸襟，使他们能够快乐多于悲伤。何况，唱歌打鼓的男将，都是为他人而办丧事，所以都能高兴得起来。用他们的话说，人死了，家人悲伤，正好用一场丧鼓来扫除秽气，让亲人从悲伤中振作起来。正是丧歌具有冲走悲痛的作用，所以丧歌中也有一些挑逗人心的花歌。这些花歌，唱的都是男欢女爱的事儿，有的唱段简直十分下流，不堪入耳。这样的花歌，最怕教坏少年人，歌师们一般只在半夜人少的时候，等那些瞌睡多的少年人回家困瞌睡去了，有个别的也被大人们赶走了，在人们的 再催逼下，才肯唱上几段。唱这样的花歌，就更是半点悲伤之意也有得了。可是，女人们当然不能跟男将比，女人们唱的，都是彻头彻尾的悲伤与痛楚，所以才叫哭唱。

江汉平原的女人，除了哭丧、哭嫁以及在节日和亲人的忌日哭坟，有时遇上伤心的事，或是受了公婆、丈夫和妯娌欺负，也会到父母的坟上来哭，这种哭叫哭坟。对比哭丧和哭嫁，哭坟就显得十分随意，一年三百六十五天，不需择日子，也不需论事由，随时都可以哭上一场。因此，这种哭坟在江汉平原十分普遍。如果你哪天沿着长川河、东荆河或者长江、汉江远行，你一定会听到这种哭坟的声音。

珍姆哭得正起劲，东边也响起哭泣声。她晓得这是姣兰过来了。

姣兰走到珍姆身边，也蹲了下来，陪着珍姆哭了起来。陪哭，也是江汉平原哭的一种。不管是死人下葬，还是成婚出嫁，也不管是哭丧，还是哭坟，甚至是在家中哭，一个女人遇到熟人在哭，一般是要陪哭的。这种陪哭也叫劝哭，就是在陪哭的过程中，劝哭者停止哭泣。否则，一个哭着的女人，如果太过伤心，有得人劝哭，她甚至不好收场，只得一直哭下去。即使她不想哭那么久，但有得人来劝，她也不大好意思自己收场。也因此，一个女人如果人品太差、人缘不好，在哭的时候，其他的女人不愿意来劝，是很丢人的事。所以，江汉平原的女子都尽量维护自己的形象，不得罪人，少编排是非，否则，没准哪天自己哭起来，真会有得人来劝，让人看你的笑话。一个广得人缘的女子，她哭的时候，很快就会有人来陪哭、劝哭，这样，她在人前就十分有面子。有时女人之间吵架，常会这样咒骂——你这么恶、这么毒，你将来哭么子的时候，连劝的人都不会有一个！可见，一个得不到人来劝哭的女人，是多么的丢人，多么的失败。因此，江汉平原的劝哭风俗，也是鞭策女子好好做人的标尺。有了这样的鞭策，江汉女子就成了天下女子的翘楚。翘楚这个词，本身就与江汉平原所属的楚地相关。古楚地多生荆树，所以楚地称为荆楚。荆树是一种优质的树木，称为树中翘楚。江汉平原女子的品德，也跟这种荆树一样为人们称道。作为天下女子中的翘楚，江汉平原女子也被人们称为九凤鸟之女，为人中之凤。成为人中之凤的女子，是离不开各种各样的鞭策的，而在哭的时候，要能得到别人的劝哭，也是鞭策的一种。

姣兰劝哭道：

珍姆我的好姊妹啊，
你空着肚子你哭么子？
你的姆妈狠心抛下你，
七岁你就做了冇得姆妈的人。
你收住你的眼雨和哭声，
回家吃饭保你的身，
千万不要死了姆妈又伤身，
误了绣花做鞋与种田。

珍姆哭道：

姣兰我的好姊妹，
你比亲生同胞亲十分。
冇得姆妈的苦啊你没尝过呢，
哪知我心里的苦楚与悲情。
你的日子再苦再穷再伤心。
还有姆妈来安你的心，
有么子苦了有人诉，
有么子难来有人分。

……………

　　这两个女子，哭的哭，劝的劝，又把哭坟往后推延。她们一直哭到膝下的麻袋沁湿，湿气透了棉裤。这时，珍姆才意识到姣兰一直蹲着，肯定腿都蹲麻了。于是，她慢慢收住哭，慢慢站起身。她的膝盖也早跪麻了，摇晃了几下才站稳。可是姣兰这个劝哭的人，反而哭得收不住，哭得拍坟打地、双肩抽动、眼雨满脸。这嫁错了人的姣兰，她劝着劝着，很快就想到了自己的苦楚。现在，姣兰身不由己，进入了自己的伤心境界。她悲痛难禁，哭起自己的命来。珍姆明白过来后，深深责怪自己，不该连累姣兰也大哭起来。她用衣袖抹了抹眼雨，只好又反过来劝姣兰。她不能再像姣兰用陪哭的方式劝了，那样俩人会哭得没完没了。她强忍悲伤，只是用说话的方式，劝说她的好姐妹。

九

　　珍姆和姣兰这对苦命的姐妹，她们分手之时，都跟所有的苦命人一样，鼓励对方多些忍耐，多往好处想，自己这辈子无所谓了，相信将来儿女孝顺有志气，苦难的日子终有熬过的一天。都说十年媳妇熬成婆呢，等熬成了婆婆，一切就都好了，所以，做女人必须学会忍耐，这是做女人的命，你不能违抗。当然有一些命好的女子，她们嫁到婆家不受气、不受欺，甚至也不受穷，那是人家前世前前世积了几辈子的德换来的，你不用去跟人家攀比。你唯一要做的，就是忍耐，就是从现在起，给自己积德，哪怕今生得不到回报，下辈子下下辈子能得到回报，也不枉活了一世的人。她们互相之间说是这么说，但各自的心底下，哪里有么子信心。姣兰的伢子还小，用她的话说，哪个晓得将来他们长不长得成人，长成人了又会不会有志气，而珍姆连婆家都还有得，儿女的话更是镜中月水中花，十年媳妇熬成婆，对她来说更是笑话。这一滴，她们彼此都心知肚明，但双方又都真心希望对方能得到安慰，哪怕是一时的暖心，也是十分必要的。

望着姣兰离去的背影，珍姆心里马上灰暗起来，刚才彼此的安慰，很快就淡了下去。

姣兰比珍姆小三个月，出嫁前虽然不如珍姆漂亮高挑，但却开朗单纯、圆润可爱。小时候她长得圆乎乎的，皮肤有些黄，像一颗炒熟的豆子，所以大家都叫她的诨名——焦豆儿。你看现在，她生了两个伢子，丈夫好酒好赌，还动不动拿她出气。她的婆婆更是十分刁蛮，前面堂客生的伢子也不好对付，生生把她给折磨得骨瘦如柴，面黄眼乌。那个也许自己将要面对的柳秤匠和他的家，未必就会好过姣兰的鹭鸶佬丈夫和他的家。

姣兰回过头来，见珍姆还在傻望着她，便向她挥手。

珍姆，不早了，回去吃饭嚜。

好啊——珍姆大声地回答。

过去，姣兰一直叫珍姆姐，苦难的日子把她磨老了十好几岁，她已经不好意思再叫珍姆姐了。珍姆想到这儿，心又酸了起来。她眼睛湿湿地向不远的渊潭走去。荆江大堤里边，也就是长江北边的平原之地，有不少这样的大渊潭，那都是千百年来江堤溃口冲出来的。这些洪水猛冲成的渊潭，也是十年九水的江汉平原人屡遭洪水打劫的见证。

珍姆下到渊潭边，蹲在渊边久久不动。她看见水中的自己，满脸泪痕，眼睛泡子都有些发肿。从永骄的家回来以后，她夜夜困不好，眼圈也是黑晕晕的。她失望地想，还说姣兰显老，自己要是这样下去，不是一样老得快吗？她不想再看自己这副模样，她不顾水的冰凉，捧起冰冷的清水洗脸。渊水乱了，珍姆的倒影也乱了。她下意识地用力搅水，心想乱就乱个彻底吧！然而等她洗完脸，渊水又慢慢恢复了平静，水中，她的脸又渐渐变得清晰。在渊水欲静未静之时，水中的人影便显得有些朦胧，这样，她的眼泡的肿和眼圈的黑，也就不大显眼了，这使她看上去跟脸色正常时一样，完全是一副美人相。

可惜！

珍姆痛切地说出声来。

珍姆是在十六岁时发现自己美的，那时，她的皮肤特别水嫩，手指头都能弹得出水来。她夜里脱光衣服洗澡，肩头、奶子、屁股、小肚子，那些该鼓起来的地方都鼓起来了，而且都鼓得恰到好处，颈窝、喉窝、胳肢窝、肚脐子，这些该窝下去的地方也窝下去了，她全身的肉，不多一滴，也不少一滴，真是跟书里、戏里的绝色美人有得一比了。村里的人早都说她是徐家垱的一枝花了。她暗自高兴地觉得，将来，把这么美妙的自己，呈给自己喜爱的男将，将是一件多么骄傲的事！这样的骄傲，一直持续到听说那个人拐来了一个山里女子，才骤然结束。而在那个山里女子去世之后，珍姆的这种骄傲，又从心底下隐约地浮了上来。

可是不过三个月,她又在那个鼓楼下的堤山上遭到了当头一棒,使她最后的希望都成了肥皂泡儿。

可惜。她也许将便宜一个拈花惹草的秤匠!

可是不这样又怎样呢?寻短路投水上吊?自己一死了之倒是痛快,那不是要了老妣妣的命,不是要叫崖崖往后的日子更不安生?那天她从长堤垸回来,差一滴就要跳到长川河里去了。那是一个多好的时候,漫天飞雪,河边空无一人,一个人投到河里,简直跟那些雪花儿化在河里一样,一滴声音也冇得!可是她狠不下心。她不是狠不下心来绝自己的命,而是狠不下心来叫亲人伤心!她想,哪怕自己随便嫁个瞎子、瘸子、癞子、哑巴,只要自己活着,亲人叹息几声也就算了罢了,绝对不会因为她的寻短见而悲痛,也不会因此而心里压上石头。那天,她冷冷地从永骄的船上提前下来后,在永骄的船看不见后,在他唱的丧歌也听不见后,她在河南边的高高的河堤上,冲着白茫茫的长川河发了好久的呆。那是一个多么好的投河时间!那是一个两头都冇得人户的地方。而且,河南边的人户,因为屋子必须朝南,村子的路是在村垱的前曲,村后的堤岸上,过路的人都冇得一个。这正是那天她下意识地选择在南岸下船的原因。这么好的投河机会都冇有投河,珍姆想起来就有些后悔。

珍姆长长叹了一口气。那些丧歌、小调和花歌里,都唱自古红颜多薄命,哪个叫父母把自己生成了红颜呢?

珍姆再抬起脑壳,向同样薄命的姣兰走的方向望去,却见她也蹲在这渊潭的南边洗脸。她的心又是一阵发酸。她冲姣兰摇了摇手。姣兰直起身来,也冲她摇手。

珍姆从江堤边回到家，发现门前的大脚盆里养着两条鲤鱼。鲤鱼很大，每条足有七八斤，红红的鳞片在太阳下闪亮，它们在脚盆里转不了身，只是两鳃不停地压水。难道自己清早出门之后，崖崖出去打鱼了？秋儿打鱼的手艺差，网只能撒开一半，他平常都打不到这么大的鱼，何况是在这冬天腊月。可是崖崖近年很少打鱼了，冬天更不会打，他暗地里在为新四军筹粮筹衣，这事瞒得了外人，瞒不过家人。

脚盆的旁边，还放着一堆糊着泥巴的藕，一看就是离湖或洪湖的粉藕，让它糊着泥巴，是为了保鲜。这种只有长长的三节的野藕，主要长在洪湖和离湖深深的淤泥中，是炖龙骨莲藕汤的好食材，外地很难见到。据说，自从邻县的张居正做了明朝万历年的首辅，这江汉的野藕就开始送往皇宫作为贡品。珍姆听见屋里响着好几个人的说话声，看来，这鱼和藕应当是别个送的了。崖崖在外面有不少朋友，他们时不时也来家中吃饭喝酒，都夸珍姆做的菜好吃，他们也时常送一些东西到家里来。

珍姆调整好自己的表情，她不能让客人看出自己心里有事，也不想让家里人看出来。当她表情正常地跨进门，正要跟客人打招呼时，不由得怔住了！她首先注意到的，竟是永骄的新堂客桂妹子——那个被永骄拐来的土家族女子的妹妹。他可真有能耐，拐了一个不算，还又娶来一个替姐姐填房的！这些土家族女子，就这般的有得价值吗？世上的男将都死绝了，就只有他赵永骄这么一个男将了吗？

永骄的新堂客倒是很自然，她笑吟吟地从饭桌旁站起身，用带四川腔的口音笑着说，哎呀，你回来啦，雪还有有化净，你就忙起地里的活啦！桂妹子旁边的后生也放了筷子，冲她点头笑着。珍姆当然认得这个后生，他是那个著名的鼓痴的儿子，常跟着鼓痴和永骄四处唱丧歌打丧鼓，听秋儿说他叫春雷，好像平时和秋儿还有些交往。

永骄的这个新堂客，怎么和这个春雷坐在一条凳子上？

江汉平原人吃饭坐席，甚至坐在一起打牌，都有严格的坐的规矩：上席下席朝席陪席，这些复杂的就不说了，平时散坐，也讲究父辈子辈不同凳、男女不同凳、夫妻在家不同凳在外却可同凳、祖孙也可同凳、在外边小叔子和嫂子可以同凳，而大伯子和弟媳则绝不可以同凳……规矩繁多，不能乱套。这一男一女，到底是叔嫂，还是……珍姆看他们俩挨得比较紧，似乎明白了么子。这个时候，背对着她的那个瘦高的男将也转过身来，冲她打招呼。他正是永骄！

他们来搞么子？怎会在这儿吃饭？

珍姆把目光投向坐在上首的崖崖和坐在右侧的秋儿。她想到了门外的鲤鱼和湖藕，不用说，这肯定是他们送来的。

崖崖说，珍姆，这是长堤垸赵家垱的稀客，他们今儿上街赶场，送来鱼和藕。

秋儿笑道，说是谢你……

崖崖用制止的眼光看了秋儿一眼，秋儿就红着脸不往下说了。

珍姆的脸腾的一下红到耳根。他们来谢？谢她三个月前哭土家族女子，抱龙伢子，还是谢几天前送给龙伢子的桃酥之类？好在要送给龙伢子的棉鞋还有有送出去！

你郎们好，稀客稀客。珍姆做出热情的样子。

桂妹子说,你快来吃饭吧。我们要赶回去吃饭,徐叔死活拉住不放,不然就不收鱼和藕。

遇饭吃饭,理所应当。珍姆说,就是有得么子好饭菜,刚好我又不在家,不晓得我妃妃做的饭菜,合不合你们的胃口。

春雷说,很好吃很好吃,桂妹子说这是她吃到的最好吃的菜呢!

春雷这句话一出口,珍姆的心中顿时轰隆一响,真像打了一个春雷!

珍姆真恨不得狠狠地打自己几巴掌!同时,她的眼眶一热,眼雨就要涌出来了。这时她受到的刺激与震动,就像头顶突然轰隆响起一个晴天大炸雷!

一时间,珍姆的脑壳好像变成了庙里的铜钟,嗡嗡直响,响得她都恍惚起来了。她不晓得,那天永骄驾船回家后,和桂妹子、春雷以及崖崖一合计,对她那天的反复无常,以及龙伢子的姆妈下葬时她的举动,分析了好半天,各种猜测都有,不管怎么样,也都是好事,所以才特地前来谢她。

珍姆打起精神说,那还得你郎们多多包涵呢。

珍姆的眼前都有些蒙了。她不敢正眼看离她最近的永骄,只晓得他一直在呵呵地笑。他的脸是红还是白,是黑还是黄,珍姆一滴也不晓得。

珍姆你是不是太累?你去洗把脸,先歇一歇,然后再吃饭。妃妃从厨房里过来,拉起珍姆的手说,我说叫秋儿去给油菜下饼肥,你偏要自己去,看你累的。你干起活来性子又急。你的眼睛都是肿的,肯定又在你姆妈的坟上哭了一场。妃妃说着，拉着珍姆进了厨房。

珍姆终于松了一口气。

十

鸡叫过三遍，珍姆就起了床。今儿的事儿多，她起得比往日要早。她前两天从洲上挖了二十多斤藜蒿根，用水泡洗过，一滴泥沙都冇得了，一根根像白玉一般，正好可以拿到街上去卖。太马河的街市虽不大，但方圆十几里的人都来这儿赶场，也算是个热闹的市面。今儿是正月十五，赶场的人特别多，珍姆家离街近，来得又早，占了个好地儿。她是赶场的老角了，晓得么样的货到么样的地方摆卖更好。人们你一把我两把，珍姆的藜蒿根很快就卖完了。江汉平原人喜爱吃藜蒿，最初起于荒年。水荒或是旱荒之年，春天里缺少吃的，人们就把这种猪吃的野蒿的根和茎弄来充饥。藜蒿闻起来一股臭蒿子味，吃起来却脆爽甘甜，吃习惯了，它竟成了一种地方美食，人们都愿意出钱来买。现在刚立春，藜蒿都冇有长出来，但是地底下已经有了，虽然人们习惯称它为藜蒿根，实际上，它是还冇有长出地面的嫩茎，因此，它比二三月后出土的藜蒿茎好吃十分。正月十五还在年里边，年里吃腻了大鱼大肉的人们，正需要吃这样的素菜来开胃口、清肠胃、去火气。

珍姆到猪肉案子上割了两斤新鲜肉，又买了两块嫩豆腐。从大年初一开始，家里吃的都是腊肉腊鱼，该吃一滴新鲜的菜了。去年晒的腊肉腊鱼最多，特别是永骄送来的那两条大鲤鱼，光是鱼杂就炖了三天火锅，现在还只吃掉了小半条鱼。江汉平原地广水多，人就比别地的人要辛苦得多，但收获也多得多，因此鸡鸭鱼肉吃得也多。豆腐主要是为妃妃买的，她牙齿不好，只能吃软的，豆腐就是她的大荤。她又去香烛店买了一把香，就匆匆往回赶。快脚快手风风火火，是珍姐多年养成的习惯。也多亏了崖崖是个思想开通的人，劝说妃妃不要逼珍姐缠小脚，好歹给她留了一双比较大的解放脚。村里人开玩笑说，这珍姐做事性子急，如果是一双三寸金莲的小脚，她走起路来，岂不是要把一双脚磨得只有元宝那么大？可见她平时做事的速度，快到了何种地步。

从街上往家赶的路上，珍姐留意到，有几个女人在怪里怪气地冲她张望，等她走过了，又在她背后指指点点。珍姐晓得，这些女人在对她嚼舌根。三菊昨儿说的话，果然有根有据，冇有想到龙伢子来家里玩了一趟，竟让这些无聊的堂客们生起是非。珍姐只得装着冇有看见冇有听见，大步走自己的路。她心里说，身正不怕影子歪，我徐珍姐就是一百年不嫁人，也叫你们只看得到一个清清白白的人！

昨儿三菊说，垱上的女伢子们在议论，今年到底还到不到珍姐姐家请七姑，大多数人都说当然到，大家早有约定，只要珍姐不出嫁，七姑就一直在她家请。有的女伢子就吞吞吐吐地说，怕是不合适呢，万一——请不下七姑呢。三菊跟珍姐最要好，就很生气，质问她们为么子。这几个女伢子这才委婉地透露，村子里有人在背后议论，说是长堤垸赵家的那个年轻丧鼓师号子手的儿子为么事到珍姐姐家来玩。那个丧鼓师号子手刚死了堂客，珍姐姐这么大年纪了还冇有找人家。三菊气坏了，跟她们解释说，珍姐姐为那个丧鼓师号子手的堂客哭过不假，在灵堂上抱过他的儿子也不假，但那是同情他们，她是想到自己的姆妈也是那么早就去世，她与那个小伢子同病相怜。年前，丧鼓师号子手来谢珍姆姐，那也是人之常情。人心都是肉长的，有的人自己冇得同情之心，还乱嚼蛆，也不怕烂舌根。再说，那个小伢子来珍姆姐家玩，是他的姨妈带来的，他的姨妈跟珍姆姐是结拜姐妹，那些烂舌根的竟然说出这样的话来，也不怕天打雷劈！那是珍姆姐讨那个小伢子的好吗？小伢子黏珍姆姐，说明珍姆姐人好，招人亲近。那些乱嚼舌根的人，能够让别个的伢子黏吗？你们从小长到大，见过珍姆姐何时做过半点失格的事？二菊这样一说，那几个女伢子都自知理亏，于是大家决定，今年请七姑，依然在珍姆家中请。

江汉平原的风俗中，请七姑只有正正派派的红花女才请得下来。

一直以来，珍姆都是徐家垱女伢子们的榜样，就跟学生伢写字一样，珍姆就是影本，大家都照着她做人做事。可就是这样的人，也还有人嚼舌根，女人的舌头比蛇都还毒，真是冇处说冤！

女子人了不出嫁，留在家中惹闲话，也还真是一滴都不假！

珍姆听三菊说了这事，也很来气。不过气过之后，也开始反省自己，到底有冇得失格的言行。她从头想到脚，也冇有找出自己有么子做得不妥当，心中的底气就更足了。舌头长在人家嘴里，拉不住扯不着，自己把人做好就是了。为此，她昨夜想了半夜，决定要做给人们看看。人活一辈子，活的就是一个名声，我要让你们看看我珍姆到底是么样的人！

正月十五元宵节，江汉平原过得比别处都要隆重。这一天到处舞狮子、耍长龙、玩采莲船、耍花灯，这些就不必说了，最重要的是做团子吃。过元宵节，别的地方都是吃汤圆，独有江汉平原是吃团子。团子是用炒熟的米粉加热水揉成团，包上切碎的芹菜、榨菜、豆腐干、梅菜、藕丁、肉丁、蒜苗，再搓成橘子大的团，上甑大火蒸熟，有点类似于蒸饺子，但却比蒸饺要香甜爽口，也特别抗饿。江汉水乡田野广阔，田地离家远的地方都有十几里路，如果是在江堤外的洲田，离得三十里开外的都有。田地离家太远，人们早上出门干活，中午回家吃饭，实在太耽误工夫，中饭只好在野外吃。为了方便，人们便做好团子，带上几个，中午用野火一烤，就是一顿有米有菜又香又甜又抗饿的中饭。因为团子比汤圆好吃，所以它就代替了简单的汤圆，成了食不厌精的江汉平原人元宵节必吃的美食。团子有多种吃法，冷了的团子可以蒸了再吃，也可煮了再吃，还可油炸了吃。江汉平原人最喜爱的吃法，是将冷团子埋进灶膛里的火灰里，用焖火慢慢地烤得外皮焦黄起壳，内里软糯爽口，香气飘过河，涎水流下脚，好吃得不得了。团子既当点心，又当干粮和饭，还可以当下酒之物，为江汉一绝。此外，正月十五这天吃团子，既表示春节圆满结束，也表示一年的劳作将正式开始。出外经商或做手艺的人，一般都是要出了正月十五再出门，所以吃团子也象征着盼团圆。

珍妞前天就磨好了黏米粉子，一早就开始做团子，吃了团子，崖崖就出门忙他的皮匠活去了。早上崖崖和秋儿都不在家，妃妃就一边帮珍妞打下手，一边唠叨起来。妃妃这两年的话越来越多了，说来说去，说的都是珍妞嫁人的事。

珍妞，柳家湾的那个秤匠，媒人又来讨过几次信呢。

我不是说了不行吗。

可是，人家还是诚心诚意的啊。

他诚心诚意，我就该答应他啊？

还有……那赵家塪打丧鼓的，我看……他好像更合适，虽说他冇得个表示，可是小伢子都来家里跟你玩了呀……这个后生，虽说家里穷一滴，离街也比较远，但是啊，我看很靠谱，就是单瘦了一滴。他好像也跟你崖崖一样，在为新四军筹粮草什么的，你崖崖也很看重他……你说，他为么事不托个媒呢？听他的姨妹子的意思，不也是很想结这门亲吗？

你郎就不要颠三倒四了，人家就算有这个意思，就算我也愿意，但人家刚死了堂客，哪里有急急忙忙要说亲的？人要脸、树要皮，他要是那样的人，我也看不上！

情义归情义，人过日子最重要呢。他们家老少三辈，冇得一个女人，早滴迎进一个，才好过日子。再说，妻死三月续弦，这是自古的常理噻。

人家说不定早有了合适的呢，你郎在这儿急么子？

好，我不急，我不急，可是，我怕外面人说闲话呀。

哪个爱说是哪个的事，你郎管得了别个的舌头？

珍姐，涎水不大，却可以淹死人呢……

好，我照你郎的意思，今儿把十五过了，团子吃了，我明儿就打起包袱，自己快滴跑到柳家湾去，或者跑到长堤垸赵家塪去，你郎该满意吧？

唉——你这女伢子啊……

别再提这些了，我要揉团子粉了。

珍姆一边做团子，一边想，那永骄，家里冇得一个女人，不晓得今儿有冇做团子。桂妹子应该不会做团子，听说山里人不兴吃团子。她忽然想，自己为么子要想人家有冇得团子吃？那关自己么事？妣妣说的话，其实她自己也想过。上次桂妹子带龙伢子来，还假装开玩笑，说龙伢子想要珍姆当他的姆妈，她的意思自然再明白不过。她清楚桂妹子冇有直接开口提这事，是怕自己看不上永骄，可能是桂妹子认为，永骄与自己悬殊太大，否则，以她土家妹子直来直去的性子，她肯定早就直言不讳了。不过，珍姆也不晓得永骄本人到底是怎么想的。如果永骄有这个心，虽说不能这么快托媒人上门，但好歹可以侧面有个表示啊。未必，他真的心中早有别的人了？都说唱丧鼓的人五湖四海跑，爱唱风流歌，爱招蜂引蝶，爱拈花惹草，他永骄这样又有么子稀奇呢。要真这样，自己这刚活过来的心，可又要伤惨了，自己一定要早有个底儿。这样的事，问桂妹子毕竟不放心，她毕竟会向着他，我必须得想其他办法。

傍晚，三菊和一群女伢子都来到了珍姆家，大家要热热闹闹请七姑了。

从去年起，珍姆就冇有参与请七姑了。她认为自己年岁大了，看村里的女伢子们请七姑都有些不好意思了。可是今儿，三菊她们一定要她参加，说就当是她最后一次请七姑。珍姆却说要跟秋儿一起去堤边，亲自给姆妈送一回灯。以前，正月十五给姆妈的坟上送灯，都是崖崖去的，再后来是秋儿，自己虽说是女子，给姆妈送一回灯也是应当的。她心里说，等到明年的正月十五，自己要么是人家的人了，要么都不在这个世上了，还哪有给姆妈送灯的机会。珍妞已经在心底下发了誓，如果命好，今年就嫁出去；命不好，就不想再活了。

从外表看上去，珍妞是很温柔的一个女子，但她心底下却十分决绝，决定了的事，九头牛也拉不转来。她这个性子，只有她自己才晓得。

听珍妞说要去给她姆妈的坟上送灯，姐妹们都坚持说，她们一边请七姑，一边等她，要她坐主位。珍妞便推脱着和秋儿一起出了门，认为等不到她，她们也就自己请七姑了。

从珍妞十五岁开始，村里的女伢子们每年请七姑，都选择在她家。珍妞家中人口清静，家里收拾得也最干净整齐。还有，每次她们到家里来请七姑，崖崖就带着秋儿出门去玩，特意把屋子留给她们，让她们毫无顾忌地玩上一夜。

珍妞去给姆妈送灯，不免又哭了一场。不过，今儿她哭得很短，毕竟秋儿在场，他还要等她一起回去。珍妞今儿哭得也不悲伤，哭的内容是让姆妈在阴间放心，告诉她崖崖和妲妲身体都好，秋儿也能够当家理事了。因为是当着秋儿，珍妞不好说自己的事，她便把今年喂猪养鸡和种田的计划也对姆妈说了，叫她不用操阳世间亲人的心。这种哭坟的方式，称为告慰或禀报，一般是亲人死去多年，哭者又冇得么子伤心事时的一种哭诉。

珍妞和秋儿提着灯笼从江堤边回来的时候，却冇有听到请七姑的声音，原来是姐妹们一定要等她回来一起请。珍妞想，这村子里的姐妹们真好——现在应当说是妹妹们了，村里再冇得比她大的红花女了。虽然也有姐妹听无聊女人乱嚼舌头，但大家到底还是心地善良。她们等这么久,珍姐很过意不去,她只好洗了手脸,参加进去。

参加请七姑的女伢子,小的才十三四岁,最大的也就是十九岁的三菊。年龄小一滴的女伢子们,在堂屋的东西山墙边坐好,六个主请的女伢子,已经围坐在八仙桌的东南西三面,单留下北面的上位,一定要珍姐当领头的。珍姐坚持不做领头的,要三菊来做,三菊拗不过,只得同意了。

请七姑也叫请七姐,就是请天上的七仙女下凡,向她卜问一年的流年凶吉,问这年适合种么子庄稼,有冇得水旱虫灾和瘟疫,还要问她么时候最适合嫁娶。最重要的,她们要求七姑保佑她们,这辈子能够遇上一户好人家。当然,这都是女伢子们的游戏和愿望。田地该怎么种,庄稼人自有他们的章程。对女伢子们请七姑卜来的七仙女的回答,女人们倒是信,只是男将们都一笑了之。男将信的,只是村子里的种田老把式。当然,男将们也从不反对请七姑这类事儿,都是笑笑,最多是打趣,宽容地让女伢子玩闹。

神龛上早燃起了香,前门后门的香也早点燃了,这是迎接七姑最起码的礼节。女伢子们一个个洗得干干净净,穿上了出门做客才舍得穿的衣裳,有的身上还扑了香粉么子的,弄得屋子里香气扑鼻。差不多一半以上的女伢子,还洗过七花澡(洗澡水里浸泡了七种花瓣)。

请七姑的仪式开始了,屋子里响起女伢们低声的颂歌:

正月正,麦草青,
请七姑,问年成,

一问年成真和假,

二问年成假和真。

正月十五放花灯,

花灯头上梭罗树,

梭罗树上一秋千,

打起秋千看新娘。

新娘的脚又小,鞋又尖,

缎子鞋儿纳花边。

杀白猪,宰黑羊,

年年奉请七姑娘。

七姑娘,要来的,早早来,

不等更深半夜来,

更深半夜桥难过,

五更鸡叫锁难开。

前门来,穿花鞋,

后门来,穿草鞋,

七双裹脚七双鞋,

打发七姑下凡来。

…………

十一

　　一转眼,江汉水乡满眼都是粉红和粉蓝的紫芸英花。这一望无边的花儿,被绿色的红花草和蓝花草衬着,就像一片花的海洋,叫人看了满心欢欣。再一转眼,金黄的油菜花遍地开放,浓郁的香气在蜜蜂翅膀嗡嗡地扇动下,把人醉得走路都要打瞌睡。又一转眼,绿油油的早谷田里,粉绿色的谷花出得齐齐整整,叫种田的人们心花怒放,这才是种田人最喜欢的花儿!

　　整个农历五月,是江汉平原春忙和夏忙之间相对轻闲的一个月,正好有足够的时间,让江汉水乡的人来闹端午。一个"闹"字,足见江汉平原端午节的隆重与火热。

　　江汉平原的端午节必须划龙船,这是江汉平原人的大事。端午大过年,比过年都要重要,这是江汉水乡的特别之处。十分奇特的是,江汉平原的端午节并非只有五月初五那一天,那只是江汉平原的大端午,还有五月十五的小端午,甚至还有五月二十五的尾端午,这才是江汉平原真正的端午节。这一连三个端午节,使整个五月都成了端午节。天下还有这么漫长的节日吗?所以,在江汉平原,端午节的隆重与漫长,比春节都有过而无不及。春节不过是从大年三十过到正月十五呢!五月端午节,却足足多出了一倍的时间!

　　江汉平原是古云梦泽的主体,也是大楚国的腹地,端午节是一个以水为主题的节日,在它的发源地过得这么漫长,这么丰富多彩,也冇得么子说不过去的。在这个节日里,划龙船是一件意义重大的事,各垸子各族姓之间的龙船比赛,每年都要举行得轰轰烈烈。龙船比赛的主要目的,并不单是为着热闹好玩,也不单是为着纪念屈原大夫,还是为着了结村垸族姓之间的恩怨。龙船比赛大打出手闹出伤亡,在这片水土上是十分正常的事儿。如果仅仅是热热闹闹地比赛,反倒是不大正常。

永骄最初划龙船时,都是长堤垸赵家垴龙船的鼓手。作为十里八乡闻名的年轻鼓师,他自然是一个引人注目的角色。后来,人们发现当鼓手真是浪费了他,相比鼓手,龙船上的号子手更为重要,而永骄又是著名的歌师,他文才出众,脑壳灵活,嘴巴利索,特别是现编现唱的功夫,除了他的鼓痴师父,再也无人可比,于是人们就让他改当号子手。永骄果然不负众望,成了全县出名的号子手。所以这几年来,赵家垴的龙船已成为人们的追捧对象,永骄也被人们称为监利西乡的第一号子手。

早在正月十五过后,珍姐就拿定了主意,她不顾女伢子的颜面,去高家垴找了姨妈,把自己对永骄的心,对姨妈竹筒倒了豆子。再不倒,她自己就会闷死。姨妈在笑骂她后,马上为她鼓劲。姨妈晓得珍姐这是豁出去了,她了解这个姨佺女的性子,这回要是赌输了,她可能会有坏的打算呢。姨妈按照珍姐的主意,先是各方打听永骄是否另有意中人,接着是直接找到他家里,用给他介绍堂客来进行试探。永骄并不晓得姨妈与珍姐的关系,表示自己心中既冇得人,也冇得这么快续娶的打算。他甚至还说,如果冇得合适的人,他就打算一个人过下去。他说他毕竟条件不好,上有老人,下有儿子,怕人家看不上,也怕人家对儿子不好。珍姐的姨妈心里十分好笑,这个永骄,果然与众不同,跟珍姐的犟劲有得一比,珍姐果然冇有看错人!姨妈最后说出珍姐来,永骄就涨红了脸,低下了脑壳。他一再表示自己配不上，怕连累珍姆，怕她跟了自己受苦。姨妈心中有了数，拿出去年冬天珍姆给龙伢子做的小棉鞋，说出了珍姆对龙伢子的喜欢和心疼。永骄终于红着脸承认，只有珍姆这样的女子，才能够让他放心。姨妈生气地骂他太不主动，一滴也不像个男子汉。她把永骄骂了好一阵，永骄就一直红着脸向她赔小心，一再表示珍姆太出色，怕委屈了她，他哪里敢起这样的念头。

永骄说，这可是癞蛤蟆想吃天鹅肉呢!

珍姆快刀斩乱麻，自作主张地订下了自己的终身。像她这样在婚事上自己拿主意，并且主动而又不失庄重的女子，地方上十分少见。按珍姆的计划，永骄得等龙伢子的姆妈的忌日过了半年，才可以择日上门提亲，而提亲之后，则要再等过了她的周年忌日，才可成亲。她这样做，正是要让人们看看，她珍姆的品行到底端不端正。地方上的人也都说，这珍姆做人做事，比一般的男将都要胜过好几分呢!

昨儿晚上，春雷专门代永骄送来了两壶酒、两刀肉、两包糖、两条鱼，就差像定了亲的毛脚女婿那样送包子、粽子了。虽说两方的亲事基本定下了，但按珍姆定下的时间，要等到六月初才正式下聘定亲，所以这个端午节，永骄还不需要送节礼。永骄为了表示心意，只好让春雷代他上门送来礼物。永骄把这事做得有情有礼有节，这使珍姆更加放心了。虽说永骄还冇有来提亲，他已经把自己当成徐家的女婿了。春雷还告诉她，龙伢子说好久冇有见到她了，十分想念她，明儿他会跟着看热闹的船来——当然有桂妹子带着，小家伙要见她这个么么。珍姆红着脸说，她会在街中的桥头上等龙伢子。

早上，珍妞跟三菊一起来到太马河街中的木桥上，她们站在桥头最显目的位子。一会儿，赵家垴的龙船敲锣打鼓地划过来了，鼓舱前站的果然是永骄。永骄虽然单瘦，他以前毕竟练过武功，所以也精神抖擞。经过大半年的调养，加上珍妞带给他的温暖，他的精气神已经恢复了，又变成了一个出口成章、诙谐幽默的后生。他一边敲锣，一边叫着龙船号子，惹得岸上的人一片欢呼叫好。永骄不愧是唱丧歌的歌师，他的号子叫得又响亮又精彩。春雷则在永骄的身前擂着大鼓，胳臂上的肉疙瘩不停地滚动，惹得一帮媳妇女伢子眼睛都看直了。

龙船要钻过木桥的时候，船上的永骄老远就看见了珍妞。他叫着号子，脸上洋溢着满满的笑，他似乎还点了几哈头。在龙船钻进木桥下的那一刻，永骄回头冲珍妞望了一眼。两人四目相对时，珍妞的心怦怦地跳起来，桃红的脸烫得可以烤锅盔了。

早晓得了内情的三菊悄声说，珍妞姐，我看出来了。

珍妞红着脸说，你呀，你看出么子来了？

三菊眼睛一挑，笑道，我不告诉你。

珍妞正要打三菊，就听河边一个熟悉的童声像嘚锣子（打击时不时高高抛起的小锣）一样地叫起来，么么！么么！么——么！

珍妞一扭头，果然是龙伢子。几个月不见，龙伢子又长高了一截，他正站在一只船上，开心地向珍妞挥着一双小手，就像伢老东打旗语一般。他身后的舱里，坐着笑盈盈的桂妹子。自从桂妹子嫁到这平原水乡，龙伢子就成了她这个表姨妈的尾巴，也被桂妹子照顾得好好的。桂妹子问他在姨妈和徐么么两个人中，他更喜欢哪一个，龙伢子说，两个一样喜欢！桂妹子的巴掌重起轻落，打在他的小脑壳上，笑说，跟你崖崖一样，又是一张俏嘴壳！桂妹子把这事对珍姆说了，珍姆整个人幸福得直要化了。

桂妹子也跟着龙伢子向珍姆挥着手，她挥得有些费力，她已经怀孕五个月，肚子都鼓起很高了。

珍姆的心里，像开了锅的水一样翻腾起来。她拉拉三菊的手，小声说，陪我一起。

两个徐家垱的红花女子，手牵着手走下桥头，走向码头。

五月的太阳红纱一样地盖过来，蒙向珍姆和三菊的桃花脸，将她们的脸也映得像这朝阳一般动人。她们的眼睛，则像清早时的星星，亮得格外耀眼。

远处的河面上，永骄领唱的号子声嘹亮不绝。这雄浑的龙船号子与水手们高亢的唱和，以及喧天的锣鼓，搅得一河的水浪涌荡起亮闪闪的红波。

喜酒 第三部

一

这棵三百年的重阳树可真了不得！有人总是不相信它成了精！

你看，入了秋，就连最耐活的杜仲树的叶子都开始转黄了，这棵树根拱出地面、树干千坼百裂、枝干生满绿苔的重阳树，它的叶子却依然水汁饱满，绿得厚重有劲、直打眼睛。所有的树叶快要掉落的时候，都是叶柄儿的下部——也就是叶片与枝条连接的地方——开始失去水分，渐渐变黄、萎缩，最后干缩得与枝条脱离——就像活物身上的伤疤上结的痂壳，干透后就会自动脱落一样。脱落的黄叶从树上落下，摇摇旋旋的像鸽子一般，完成最后的落叶归根的命程。可是你看，这棵老重阳树的叶柄还可掐得出水来，还劲壮得很，它可是活了三百多年的古树呢！

七月初八这天，阳世间正处在半夜刚过的凌晨，天色黑沉得像熬夜人的黑晕晕的眼圈，天地间雾气重重，老重阳树的叶子还带着湿润的露气，鬼幺姑就从堤山东头的坟茔里飘然而出。看样子，她是在地狱的门刚哐当一声打开，就呼的一下跳出来了。阳世间虽然劳苦，却比阴间美好得多，难怪人们病得卧床不起一月数月，甚至一年两年，也都赖活着不愿死掉。是呀，阳世间有太阳，有云彩，有草木万物，有飞鸟走兽，而阴间却只有冷风和湿气，还是黑暗中惨惨的阴风与冰凉的湿气。鬼幺姑长长地吐了一口沉闷的阴气，愉悦之气终于滋生起来。

天色昏暝无界，四野沉寂辽阔，只有重阳树的叶子在微微的风中发出轻轻的呼吸。堤山周围除了鬼幺姑，别的鬼影还看不到一个。

鬼幺姑由热人变为冷鬼，已经快一年的时间了，在这近三百个日日夜夜里，她一直冇有见到阳世间的亲人，也难怪她急得像火烧屁股的猴子。在阴间的十来个月里，她无时不在思念丈夫永骄，无时不在思念儿子龙伢子，但她身在地狱，无法脱身。那些极少数的在阳世间冇得任何劣迹的鬼，如果他们在阴间也冇有违反阎王哆的王法，他们就不会被罚到地狱，而且在阴间还有几分自由，可以时不时溜到阳世间来逛一逛。鬼幺姑呢，虽然她在阳世间冇得任何劣迹，却也冇得来去阳世的自由。这阴间啊，它也有不公平不合理的地方。鬼幺姑在阳世间时，是从千里之外的山里嫁到江汉平原的。她嫁过来时，曾被赵氏宗族怀疑是被拐骗或是私奔，所以冇有准许她进入赵氏祠堂，自然也就冇见过这儿的土地哆。后来虽然误解消除，弄明了她的来由清白，但她已随着丈夫和公哆住到了偏远的离湖边上。她一直冇有敬拜长堤垸这边的土地哆，也就自然冇在土地哆这儿注册，算是不在册的黑人。不在册的黑人死去之后，也就成了阎王簿上冇得名字的黑鬼。这样的阴间黑鬼，即使你在阳世间冇有任何劣行，也要下到第七层地狱；如果有劣行，则以第七层地狱为基准，再根据劣行的程度，往地狱的下层压，让他们受尽阴间的苦难，才有转世投胎的机会。下了地狱的鬼，只有到了这七月鬼月，阎王哆给所有鬼魂一个月的自由之时，地狱之门打开，才能够来到阳世间转转。这一个月，就相当于鬼们过年，是鬼们最向往的日子。每到鬼月，地狱从上到下，每天依次打开一层，将鬼们放出来享受自由。鬼幺姑所在的第八层地狱打开之时，便是七月初八。她来到阴间之后，有过不服管束的行为，加上她原本就冇有入土地嗲的册子，是黑鬼身份，便被关在第八层地狱。

鬼幺姑出现在她的坟茔前的堤山东头，见到堤山中间鼓楼高耸的黑影，不由得感到几分宽慰。

鼓楼竟然保存下来了，这说明去年与佴老东比鼓之时，佴老东最终被游击队打败了，否则，佴老东也许早就烧掉这座鼓楼了。

鬼幺姑无声地走进鼓楼，鼓楼里冇得么子人气，估计里面肯定冇得人，可见鼓痴师父在那次中了佴老东的枪后，也冇能活下来。她依稀记得，在自己之后中枪的鼓痴师父，被打中的地方刚好跟自己相反，她被打中的是后背，鼓痴师父被打中的则是前胸，都是致命的位子。她沿着楼梯而上，到了鼓楼的三层，这才终于嗅到了一丝丝的人气，这说明鼓楼里常有人进出。她看看鼓楼西边六丈远的那个两开间的小瓦屋，也不见一滴灯光。她又跟一片叶子一样从鼓楼上飘然而下，来到小瓦屋的窗前。她听到屋里传出平静的带着轻微鼾声的呼吸声，这是她熟悉的公嗲发出来的鼾声。鬼幺姑激动起来。看来，他们一家人，一定是从离湖边上搬回堤山来住了。她贴近窗子，屋里却仍然只有公嗲的声息。她的灵魂像晃抖凉粉那样一颤，难道骄哥中枪之后也冇有活下来？那一枪不过是打在他的肚子上，应该不会致命，难道佴老东后来又开枪打过骄哥？还有，龙伢子呢？难道龙伢子也不在人世了？

鬼幺姑的心里，慌得像塞进了一把带着锯齿的枯茅草。她顾不上禁忌，进到小屋里面，里面确实只有公嗲一人！

鬼幺姑悲痛地问公嗲，骄哥和龙伢子呢？

鬼幺姑的问话使公嗲做起梦来。梦中的公嗲含含糊糊地回应道，他们不在这儿住呢，他们还好好活着呢。鬼幺姑再问，公嗲却不再答话，竟又沉沉地安睡了。

骄哥和龙伢子不在这堤山上住，他们还好好地活着，看来，他们无疑还住在离湖边上。公嗲在离湖边上住的时候，一直念念不忘他与鼓痴一起建的这座鼓楼，肯定是鼓痴师父不在了，他一个人又住到这堤山上来看守这鼓楼了。这老人家，也是一个倔得要死的鼓迷，竟然把孙伢子都丢下不管了。可是，龙伢子住在湖边，骄哥出门的时候，他岂不是很危险！

鬼幺姑来不及多想，急忙向东北方向的离湖赶去。她快如疾风，嗖嗖嗖嗖地穿过凉凉的夜气与雾霭，很快就见到了离湖边上水汽蒙蒙的一点渔火。这时，她的灵魂才安定了许多。这里是她住了三年的地方，是她在江汉平原的家，她感到十分亲切与温暖。

鬼幺姑说，老天爷——不——阎王嗲，他们父子俩还好好地活着呢！

骄哥父子还住在离湖边上，而公嗲却住到了堤山上，这是怎么回事？公嗲一向把龙伢子看得像命一样，按理是舍不得丢下龙伢子不管的，难道——是骄哥——这么快就找了一个填房的女人，而这个填房的女人，她跟公嗲相处不好？难道——是骄哥上有老下有小，找不到好女人，病急乱投医，找了一个德行差、心眼坏的堂客？

骄哥啊骄哥，你急么子呢？好人是要慢慢等来的，就像我，等你等了那么多年！唉，这十里八乡的女子们，不都是十分喜欢你吗？我认为，你那么俊朗，那么有才学，那么精灵，人缘又那么好，一直都是女子们挑选丈夫的样板，你找一个品行好的红花女子来填房，也并不难的。就是再差一滴，你找一个知情达理的小寡妇更是易如反掌啊。唉，你怎么就找了一个把老人都逼出家门的堂客呢？唉，看来，我的龙伢子也冇得好日子过啊！

鬼幺姑的灵魂又颤抖起来，就像摇晃着一块凉粉。她从窗子里看进去，这熟悉的茅草搭成的渔棚里，却只有一对陌生的老人困在房里。他们困得很熟，就像困在自己家里一般。他们——应该是骄哥的新丈佬丈母？

他们到底是么子人？怎么住到赵家的渔棚里来了？

永骄呢？龙伢子呢？

鬼幺姑急成了疯鬼，她一连声地冲两个陌生的老人发问。

老太婆很快进入梦境，她从梦中回应道，永骄他们住到赵家垴村垴上去了。

你们怎么住在这儿？

永骄把这渔棚送给我们老两口住了。

永骄他们住在村垴上？

是呢，在族人的帮衬下，永骄在村垴上盖了新屋，前不久才从堤山上的小屋搬进去呢。

他们住到赵家垴的村垴上去了，这可真好！鬼幺姑这下放了心。

活着的时候，她一直愁龙伢子住在这偏远的离湖边上，将来如何上学读书，而且，龙伢子冇得玩伴，也不利于他的成长。那时骄哥就安慰她说，龙伢子读书了，就住到春雷家。她说，那我得赶紧让桂妹子嫁过来，否则，春雷一个小男将，怎么照顾龙伢子。还有，若是春雷娶的是别的女子，能不能让龙伢子住到他们家去还很难说呢。可惜，自己还冇有帮春雷娶来桂妹子，就突然离开了阳世。现在，春雷娶的到底是哪个呢？又或者他娶了堂客冇有呢？

鬼幺姑在离湖边上扑了个空，十分懊悔冇有向公嗲问清，就急急忙忙地跑到离湖来了，于是，她又一阵风地往赵家垴村垱上赶。

她后悔地叫道，哎呀，刚才忘了问问，骄哥到底娶新堂客冇有？这两个老人到底是么子人？还有春雷，他到底娶到桂妹子冇有？

唉，做人的时候冇有把事儿办完，成了鬼也得操心啊！

鸡叫第一遍的时候，鬼幺姑终于在赵家垴村垱上最新的一栋砖瓦屋里，见到了生前的丈夫永骄和儿子龙伢子。这栋新屋子，盖得虽然不算高大，但也是三开间，十分紧实。骄哥不喜欢住大屋子，说是屋子住大了人气淡，不养人，风水不好。他从小读了那么多书，唱了那么多年的丧歌，走了那么多地方，懂的事儿还真多呢。这屋子比上不足比下有余，还散发着新鲜木头的香味儿。不过，这新屋子里倒是冇得女人的气味儿，看来骄哥还冇有找填房的女人。看来，我所有的担心都是多余的呢。

永骄和龙伢子父子困在一头，他长长的手臂把龙伢子拢在怀里，父子显得十分亲密。见到这样的情景，鬼幺姑若是一个人，肯定会热眼雨长流，甚至失声哭起来。但是她是鬼，冇得肉身，所谓的她，不过是一个由许多松散的气团缀成的身形，除了有灵魂，她也有得真实的眼睛，更有得眼雨可流。不过，他们父子俩好好地活着，她就宽慰了。公嗲住在堤山上，看来是忠厚的老人要尽看守鼓楼的义务，并不是被么子新儿媳给逼的。那离湖边住的一对老人，也不是骄哥的么子丈佬丈母。只是这骄哥啊，也实在该找一个填房的女人了，不然，这一家三个男人，老的老，小的小，日子怎么过呀。

骄哥，你快些找个女人吧，我不会怪你的。当然，你得找个知情达理心地善良的，得找一个能心疼你们这老少三人的。

咦——骄哥，你怎么瘦成这样？你病了吗？你看你都瘦成枯豆干子了！唉，你得有个女人来帮你理家，让她来代替我疼你、温暖你、滋润你。你啊，年纪轻轻就死了堂客，也太可怜了！我的龙伢子更可怜啊。你还有得填房的堂客，是不是因为你身体有病？

唉，龙伢子还好，脸蛋儿红红的，小嘴润润的，越来越可爱了，看来他被照顾得挺好。骄哥，辛苦你了，还有公嗲也辛苦了，我该怎么报答你们啊！

永骄在梦中回应道，你放心，我迟早会给龙伢子找一个新姆妈，一个真心疼他的好女人。你问我为么子这么瘦？那是因为侉老东打破了我的胆囊，使我的肠胃消化不良，有时吃了一滴大荤，马上就会拉掉呢。我可是真想你呀，龙伢子和崖崖也想你呀。

鬼幺姑上上下下看着永骄的样子，估摸他身体的重量，怕是比原来要轻了三分之一呢，看来真是消化不好，吃了饭就跟冇有吃一样。这人一瘦，眼睛就窝下去了，脸巴拐（颧骨）就凸起来了。唉唉唉，你这整个人啊,哪里还有以前的英武之气。你这样子,走路都怕是会被风吹倒呢。这样子的身体,像样的女人哪个愿给你当填房啊,何况,你还上有老下有小,拖累多,女人们不用看,只一听就会冷下心呢!

侉老东真该千刀万剐!

鬼幺姑的灵魂又乱抖起来。

好一会儿,鬼幺姑才说,天快亮了,我不能在村垱上久待。鼓痴师父不在了,我也该去看看春雷。我也放心不下春雷呀,也不晓得桂妹子到底嫁过来冇有?

你自己去看吧。

你还是爱搞怪逗我?

鬼幺姑笑着退出了屋子,又急急地向春雷的家走去。

骄哥这个新屋子盖得还真是好地方,隔春雷的家不过四户人家。这块垱基,好像是住在城里的垸董老爷家的呀,屋子怎么盖到人家的垱基上了?都说垸董老爷家代代人都爱做善事,肯定是他老人家将垱基送给了骄哥。总之,这太好了,和春雷住这么近,两家人相互有个照应,继续上辈人的世交之情。如果桂妹子嫁过来了,那就更好了,我的龙伢子就多个依靠了,她可是龙伢子的表姨妈呢!

哇——桂妹子!你真的嫁过来了!怪不得刚才骄哥怪里怪气冲我笑呢。

桂妹子困在春雷怀里呢!跟我以前困在骄哥怀里一个样!这两个人,真真真真——真幸福——真恩爱啊!

咦——桂妹子的肚子都这么大了,看来马上就要生了。啊嗬,真好真好真好，这可是大喜事啊！我的龙伢子有伴玩了呀！我要是能喝上一杯喜酒该有多美！桂妹子，你会到我坟上祭一杯喜酒吗？你是晓得的，我们土家族人家有喜事，是会向家中的亡人祭喜酒的，这江汉平原的礼节更多，应当也会祭酒吧？哎哎，桂妹子啊，你真叫我羡慕啊！你刚认识春雷的时候，还担心他太瘦太斯文，你看，现在他的胳臂多壮实！他变黑了，也跟骄哥一样，手黑黑的。我说男将真正成年之后——特别是成家之后，身体很快就会壮实起来，你看，我冇有骗你吧！

桂妹子的脖子枕在春雷壮实的胳臂上，春雷的手臂弯过来，捂着桂妹子一只鼓胀的奶子。黑手白奶子，衬得手更黑更瘦，奶子更白更肥。那时自己还笑过骄哥，说他是叫花子抓馒头，困着了都不放手，现在春雷也是这个冇得出息的丑样子。这个春雷呀，还抓得这么紧，要是桂妹子生了伢子，他怕是要把她的奶汁都捏得流上一床呢。哈哈哈哈，看来男将都这个德行啊。哈哈哈哈，我放心了，真是放心了。可惜啊，桂妹子，你本是嫁到这儿来陪我的，我却不在了，实在对不住你啊。桂妹子，我这可是骗了你呢。不过，说起来我也算不上骗你，你是自己喜欢上春雷的，冇得我，也冇得骄哥，只要你遇上春雷，我想你照样会嫁到这千里远的地方来。这就是人的缘分和命。唉，女人都是多情的溪水啊，只要遇上心中的河流，就会不顾一切地、想方设法地，哪怕是绕过千百座山，也要往男将这条河里流淌，就像你现在这样，流进春雷宽大的怀里，汪在他的身边。

桂妹子，告诉你，一直到七月的最后一天，我都可以在阳世间自由往来，看来，我可以看到你生伢子做姆妈呢。还有，人们都说七月是鬼月，是不好的月份，可是依我看，七月倒是一个极好的月份。你看，七月是鬼月，是鬼最自由的时候，而在阳世间呢，七月有七夕节，有女儿会，还有盂兰盆会，这么多的好事都在七月里，难道它还不好吗？

二

这两天，鬼幺姑一直紧盯着永骄和春雷这两家人。后来，她见永骄、龙伢子、公嗲，还有桂妹子和春雷，他们五个人都平平安安，最后就把主要精力集中在桂妹子身上。

鬼幺姑想，桂妹子第一次生伢子，家中又有得一个老人，实在令人担心。她想起自己当初在离湖边上生龙伢子时，好歹还有公嗲，虽然他只是一个老嗲儿，但他毕竟做过崖崖，多少晓得一些女人生伢子要注意的事儿。现在桂妹子要落月了，看得出桂妹子和春雷都十分担心。这两天，只有春雷出嫁了的姐姐来过一趟，多少给了他们一些指教与安慰。桂妹子有着土家族妹子大大咧咧的性情，从小也听说过许多生伢子的事儿，她还算稳得住，倒是春雷这个将要做崖崖的大男人，竟有些提心吊胆。他姐姐见他吓成这样，便提了点心，请来接生婆程妃，让她每天都来看看桂妹子的情况，安慰安慰这两个冇有经过事的年轻人。

程妃是一个不错的接生婆，也是一个好人，龙伢子就是她接的生。鬼幺姑坐月子时，程妃还送了一大钵甜米酒给她补身子。

鬼幺姑叹道，桂妹子跟自己一样，从山里嫁到这平原水乡来，差不多就是把远方的娘家给抛弃了，这生伢子的事，就算是有婆婆在，也不如自己的姆妈照料得贴心啊。看样子，春雷也冇有打算去山里传信。不过，他去了桂妹子就更冇得依靠了。鬼幺姑心里说，看来，还得我去跑一趟长阳山里了。虽然我不是人，但我相信，桂妹子的亲人还是会相信我传的信的。

鬼幺姑决定，趁着这个难得的鬼月，自己可以自由自在，正好可以去一趟长阳山里，给桂妹子的娘家——也是她鬼幺姑的姑家——传一个信。这种传信，虽然只能是托梦，但也一定会起到作用。按时间推算，桂妹子成婚近一年，如果不出意外，也正是这个时间生伢子，桂妹子的崖崖姆妈心里应该清楚。如果她姆妈能来照料桂妹子一段时间，那就再好不过。

鬼幺姑最后看了桂妹子一次，在初十的中午之时，便准备向清江边的长阳出发。她向困午觉的桂妹子托了一个梦，说自己将去给她的娘家传信，同时，她也要去看看自己阳世间的父母家人。

这鬼月，本来就是让鬼们探望阳世间的家人的。

鬼幺姑刚要动身，桂妹子家来了一个漂亮的女子，她带来了蜂蜜、猪油和红枣，看样子是来探望桂妹子的。桂妹子亲热地叫这个女子为珍姐姐，看卜去，她们两人的关系非同一般。这个女子，看卜去虽然比桂妹子年龄大一滴，却还像是一个红花女子，她还留着两条江汉平原红花女子特有的长辫子。不过看她稳重的样子，倒真的像是一个做大姐姐的样子。

这个女子为么事这个年龄了还冇有嫁人，她是么人呢？嗯——她是来看桂妹子的，为么事她们好几次都说到骄哥呢？而且她跟桂妹子一样,也称骄哥,她好像跟骄哥也有么子关系呢。

在鬼幺姑的印象中,赵家垴是有得这么一个女子的。她想了想,整个长堤垸九村十三姓,也好像有得这么一个女子。她正有些不解,就来了几个左邻右舍的女人,听她们口口声声说到徐家垱的女伢子,原来,她们来看望桂妹子好像只是一个借口,来看这个叫珍姆的女伢子,才是她们真正的意图。徐家垱不是在太马河街的西边上吗?离这儿说近也近,说远也远呢。

跟着这些女人们来的,有好几个小伢子,看样子是来讨糖果吃的。江汉平原哪家来了稀客,人们都爱过来凑热闹,有的来打探客人的底细,有的来听听外地的风情,然后转过身了,他们会把客人细细地评头品足一番。这个时候,一些小伢子也都会跟着大人来看热闹,来讨糖果吃。

鬼幺姑想起自己初来这平原水乡时的情景。那时,看热闹的人要多得多,听说整个长堤垸九村十三姓都惊动了,骄哥住的堤山上的小屋前围了不少的人。人们说,这简直跟鼓楼落成之时一样,一连三天,堤山上的树林中、堤山下的庄稼地里,看热闹的人屙的屎尿都要铺起一层了。说是那两年的庄稼长得都特别好,有的田里多了不少收成;有的田里则因肥料过多,致使庄稼到了季节迟迟不得老,从而导致减产。当然,堤山上的树,则是整体比正常年份多蹿高了一两尺。可见这儿的人实在太喜欢看热闹了。

平原地区富足,女人们都爱往这儿嫁,不像穷山沟里的男将找不到堂客,往往靠人贩子拐卖,所以,永骄带自己来到这里,人们便认为是拐骗来的,成了这儿的大稀奇——一个富裕之乡的后生,还一表人才,却还要拐骗女子当堂客，这太稀奇了。于是，方圆十里的人都跑老远的路来看她这个稀奇。

鬼幺姑叹道，唉，也不晓得这江汉平原哪来的这么多人，这真叫山里来的土家族妹子大开眼界。那时，尽管她人躲在屋子里面，人们也不愿散去，一定要看一看她的模样才肯死心。那时她真有些恼火，这么多人围着屋子，简直像看猴把戏，还要不要人出门，还要不要人上个茅厕？当然，长阳山里的人家来了稀客，人们也会前去凑热闹，但是一个寨子就那么大，总共也有得几个人，哪像这平原水乡，人多得像见了糖的蚂蚁一般。更要命的是，那次人们围观她，还是把她当作不正经的女子来看的。被拐、跟人跑、逃婚、未婚跟人困，这哪一样在江汉平原人看来，都是离经叛道的事儿。还好，后来误解消除，人们又都同情起她来。似乎是为了弥补当初的误解，村子里有几个女人还结了伴，到偏远的离湖边上去看望她。这里的女人一般都不下湖野，她们能到离湖边上看望她，还真说明她们热情，当然也说明骄哥的人缘不错。她们带去汤圆粉、麻糖、甜米酒之类的江汉平原特产，送给她这个山里来的女了品尝。她怀龙伢子后，还有几个女人给她送过泡萝卜、酱洋姜、腌韭菜、酸腌菜和豌豆酱，酸的辣的十分开胃。江汉平原的女人，话比山里的女人多，心思也比山里的女人多，但你若是一个好人，她们就会十分热心。她们说她的娘家远得跟有得差不多，对她十分同情。她们热心地向她介绍这儿的风土人情和风俗习惯，教她小吃和酱菜的做法，还有小病小痛的防治土方子。江汉平原女人们把她当猴把戏看过，从而让她厌烦过，等她终于和她们有了接触，对她们也渐渐有了好感。

现在，这个叫珍姆的女子，也不得不接受女人们的围观。不过，她毕竟是这附近的本乡本土人，对这种围观看来早已习惯，根本冇得她鬼幺姑当初的紧张与厌烦。珍姆跟这些女人都相处得有礼有节、有说有笑，鬼幺姑不得不佩服这个女子的大方与庄重。

在江汉平原，不常来的客人前来串亲戚，一般都会带来糖果，分给来看热闹的伢子们，称为打接迎，也就是打发迎接的人。当初，鬼幺姑来到赵家垸，骄哥在来的路上就备好了五斤糖果，这么多糖果发完了还不够，公嗲又发花生，花生发完了，又发炒豌豆。最后，骄哥见这种看热闹变成了看猴把戏，不由得有些恼火，便阻止了公嗲还要炒黄豆的行为。

这个叫珍姆的女子，果然从带来的篮子里拿出糖果来分发。这是江汉平原特有的姜糖，它是白糖煎成糖稀，里面加了姜汁，扯成麦芽糖一样的糖条，反复多次地扭扭搓滚成指头粗细，将中间扯出气孔来，然后趁热切成半寸长的菱形，再插上一根细细的竹签，冷却之后，裹上蜡纸，它就成了棒棒糖，小伢子们特别喜爱。分得了棒棒糖的小伢子飞跑着离开，去向别的伢子显摆，于是又有几个伢子闻讯而来，龙伢子也夹在其中。

鬼幺姑笑骂道，好吃货！

龙伢子只管飞一般地跑，把其他的小伢子甩在后面。他见到这个叫珍姆的女子，大声叫喊起来。

幺幺！幺幺！幺——幺！

唉——龙伢子唉！

这个女子见了龙伢子，显得分外高兴。龙伢子像见了亲人一样，他的鼻涕都跑到嘴壳上来了，张开两条小胳臂向前扑去，就像他小时候扑向他的姆妈！这个女子弓下腰，也张开了两条长长的胳臂，龙伢子就结结实实地扑进了她的怀里。这个出气宝呀，把鼻涕都粘到了人家的胸襟上了。这个时候，这个女子的辫梢都触到了地面。

鬼幺姑惊得颤了好几哈，这个蛮小子也不怕撞到人啊！这个女子倒是满不在乎，似乎她早熟悉了龙伢子这样的猛扑。她笑出一口白玉般整齐的牙齿来，眼睛也笑得眯成了两条弧线，就像两只弯弯的小月亮。哎呀，她笑起来真的美死人了。她对别个都是平静柔和的笑，这样开怀的笑，她只给了龙伢子。她跟龙伢子为么事这样亲呢？

幺幺，幺幺，我好久冇有看见你了呢！

我也是好久冇有看见龙伢子了呢！

这个女子把龙伢子抱得紧紧的，笑道，想幺幺吗？

想，我都梦见你了呢！

鬼幺姑嗔骂道，你这个俏嘴壳小东西，还梦见了人家呢，你就这样想她呀？这个女子，你用么子迷住了我的龙伢子的心窍？龙伢子，你梦见过你的姆妈我了吗？

这个女子把龙伢子抱了起来，直到旁边的伢子们闹着要吃糖，她才把他放下来，然后去篮子里拿糖来分发。她的胸襟上有一点闪亮的湿，是龙伢子这个出气宝的鼻涕，不过她好像并冇有注意到。唉，我要不是鬼，我就要掏出手帕帮她擦了，她这么讲究干净的人，身上怎么能有小伢子的鼻涕呢！

247

旁边的女人们笑道，哎呀，这龙伢子的幺幺啊，真是人又好看，心又善良，龙伢子，你这个小野鸡日的真是好福气啊！

看看，这小野鸡日的把鼻涕都弄到他徐幺幺身上了！

这个女子这才往胸襟上看了看，然后掏出手帕，一边说冇得事冇得事，一边小心地擦去那鼻涕。

野鸡日的，小野鸡日的，江汉平原的女人也爱这样骂人。江汉平原的人，喜欢一个人也这样骂他，恨一个人也这样骂他，词一样，只是语气和表情一变，意思和心情就完全相反。如果他们的语气和表情一含糊，你就搞不懂他们是在喜欢一个人，还是在恨一个人。这就是江汉平原的人。这江汉平原的人啊，有人说是九头鸟，有人又说是九凤鸟，也许，到底是九头鸟还是九凤鸟，你要评说他们，也得凭自己的心情。反正，我看骄哥、春雷、公嗲，还有厚基族长，好像是所有的人都是九凤鸟。骄哥还跟我讲过九凤鸟的来历，丧歌词《黑暗传》里就有。九头鸟的来历骄哥也跟我讲过，说是邻县江陵的张居正做万历皇帝的首辅时，派了九个湖北籍的官员做监察官，专门惩治贪赃枉法的坏官，那些坏官又恨又怕，就骂他们是九头鸟。唉，扯远啦扯远啦！

鬼幺姑有些纳闷，看这样子，听这口气，这个女子和龙伢子的关系好像不一般呢。难道她是骄哥新说下的填房？看这女子百里挑一的模样，这好像鬼都不敢相信呢。在乡下，像骄哥这样上有老下有小的二茬子光棍，找一个合适的填房女人也不容易，他们一般找的是寡妇，就算是找到一个红花女子，一般也是长相比较差，甚至是身体有缺陷的。可是眼前这个女子，分明是一个人中之凤啊——是货真价实的九凤女啊！

鬼幺姑在这平原水乡生活了三年，还有有见过这么漂亮的女子！骄哥有这种艳福，这真是叫人不敢相信呢！是不是这个女子有么子暗疾，或者是失过身么子的？鬼幺姑晓得自己不该把人往坏处想，可是这个女子的各个方面都太出色，都超过了为人时的自己，也超过了桂妹子，这让她不得不这样想啊。如果说，骄哥还是过去那个精壮英武的汉子，被一个七仙女一般的红花女喜欢上，她倒也相信，可现在的骄哥，他可是一个枯豆干子了！夸张一滴说，好像风都能吹倒他，而且因为太瘦，脸相也不大好看了，怎么可能有这样天仙一般的红花女子中意他呢？

鬼幺姑见人们对这个女子都怀着发自内心的尊重，明白自己真是想错了。只是她真有些不明白，这骄哥竟然还能受如此出色的女子看重，简直冇得道理！看来，自己尽管跟骄哥做了几年夫妻，还是对他了解得不够透呢。难怪人们说平原上的人有城府，也难怪人们说天上九头鸟、地上湖北江汉佬呢！

鬼幺姑见龙伢子紧紧跟着这个女子，心里不由得生起几分醋意。很快，她也明白自己这醋吃得毫无道理，马上又责备自己，而对这个女子，则生起真诚的感激。

好女子，龙伢子若有你这样的后来姆妈，我就放心了啊！骄哥有了你这样的新堂客，我也放心了啊！

这个女子笑盈盈地牵着龙伢子的手，进了桂妹子的房间，鬼幺姑才依依不舍地离开这里。时间紧，不能再耽误了。她沿着村前的长川河，向千里外的长阳山甲出发。她对这千里远的陆路不太熟悉，但只要是沿着长江走，走过沙市，走过荆州，走过白洋镇，在宜都那儿过江，问左拐向清江，就绝不会走错路。她要快去快回，争取能见到桂妹子落月生伢子。

尽管鬼幺姑比人走得要快很多，但她从长阳回到赵家垴时，也是在三天之后。就在她离开赵家垴的那天夜里，桂妹子生下了一个大胖小子。鬼幺姑叹道，早晓得她生得这么快，自己应当等她生了再去长阳的，那样不仅可以看到她生伢子，还可以给她的娘家传一个准确的信。而且，也可以多看看那个叫珍姆的女子，说不定，还可以看到她和骄哥见面。

哎，骄哥和这个女子在一起时，是么样子呢。

三

鬼幺姑从长阳剌杉坪回到长堤垸赵家垴，是在这个朝霞满天的早晨。她刚由长川河上游的高家垴进入赵家垴村口不久，就见到一个高挑而漂亮的背影。她一眼就认出她是那个叫珍姆的女伢子。她长得太与众不同了。她这与众不同，并不全是她的身材与相貌，而是她身上散发出来的一股特别的韵味——端庄、聪慧、干练、善良，这些她样样兼有。她这样的美，不仅是山里的女子难得有的，同样也是江汉女子难得有的。鬼幺姑想，若是在前朝，要是被皇宫里选妃子的看到，这个珍姆怕是要被选进皇宫呢！

鬼幺姑追上这个绝美的女子，越看越觉得她简直不是凡人，她甚至有一滴担心永骄最终会娶不到她。

那时，珍姆正由西往东地走在乡间的黄土大路上，她的左边是赵家垴一岭人户，右边是河滩上的谷田和宽阔的长川河，前边——也就是东边，是湛蓝的铺着鱼鳞般红霞的天空。似乎是为了映衬地上这个美丽的女子，这个时候的天空分外美丽，那红霞深深浅浅，金红、橘红、大红、土红、橙红、石榴红……众多的红色相互交融，有如仙境一般。地上也美，深深浅浅的绿色交融着，它们是水、是树、是草和庄稼，也是异常的好看。蓝的天、红的霞、绿的地，映得这个珍姆异常动人，把鬼幺姑看得几乎就要痴了。

东边的太阳迎面射过来，将珍姆苗条的身影铺展得特别的纤长，以至于鬼幺姑不敢近身去看她的面容。鬼幺姑不敢踩到地上珍姆的影子。她从小就听说过，有些贪婪的恶鬼，专门喜欢踩人的影子，被鬼踩过身影的人就会生病，为了病好，生病的人家就会在路边焚烧纸钱，让恶鬼取了去花。珍姆是龙伢子的幺幺，是骄哥未来的新堂客，是表妹桂妹子的好姐妹，她鬼幺姑呵护都来不及呢，哪里敢不小心踩上她的影子。

珍姆挑着一副担子，步子就比平常走路要快许多。她的担子两头各有一只用红包袱皮包着的圆竹篮，这是一种编得密密实实的竹篮，可以用它装细米和芝麻，手工好的这种篮子，据说装了水都会半天不漏。这种篮子一般是用来装礼品的，江汉平原人也叫它礼篮。珍姆挑着的担子上，前面的礼篮里装着一只大钵子，钵子里装着的糯米甜酒散发出浓浓的酒香；后面的礼篮里装着雪白的糯米，糯米里插着满满的一层鸡蛋——喜蛋，喜蛋上都点上了一个小指甲盖那么大的红点儿，礼篮旁边还挂着一只活的母鸡，它在惊异地转动着圆亮的小眼睛。这些东西，都是坐月子的女人用的上好补品，也是发奶汁的好东西。在江汉平原，女子生伢子后，丈夫必定要去堂客的娘家报喜，带回丈母家赠送的鸡和蛋之类的补品，不过三天，娘家就会派上姆妈、姐妹、婶娘和嫂子等女亲，前往月母子的婆家，送上甜米酒、喜蛋、活鸡活鱼之类，前来探望和祝福。这种探望，人们称为送祝米。所以，现在这个叫珍姆的女子，完全是一副送祝米的样子。

鬼幺姑想，这个女子可不是桂妹子的娘家人，她是同情桂妹子的娘家离得太远，于是把自己当成了她的另一个娘家人，把桂妹子当成了自己的妹妹。看来，桂妹子的人缘比自己要好得多啊。当初她生龙伢子时，娘家离得远，哪有人来给她送祝米，只有接生婆程妃同情她，在给她接过生之后的第四天，让一个下湖打鱼的男将给她带去了一钵米酒，好歹弄出了一个有人送祝米的意思。后来，村子里虽然有几个女人——骄哥朋友的堂客——给她送来了甜酒、鸡蛋，但都是碗装手提，哪有像这样用礼篮和红包袱皮的。这个珍姆今儿的样子，才是真正的娘家送祝米的样子。真冇有想到，桂妹子在这里竟然交了这么好的一个姐妹，好到能够当她的娘家人，给了她娘家姆妈和姐妹才有的关心和疼爱。

鬼幺姑十分好奇，桂妹子和这个女子是怎么认识的？就算她是骄哥说下的新堂客，好像也冇得理由和桂妹子成为这么要好的姐妹。

现在，前面这个叫珍姆的女子，她穿着水红褂子、青布裤子、黑帮白底的扣带布鞋。她的两只胳臂呈八字样前后张开，扶在前后的两只红包袱系上。她身子微微前倾，胸部微微内含，屁股微微后翘，每走一步，那圆实的屁股就摆上一哈，柔韧的腰肢就扭上一哈，秀气的肩头就闪上一哈，长长的颈脖就摇上一哈，真是一步三摇，春风摆柳，骄哥唱的《封神榜》里天姿国色的妲己也未必有她这般的好看吧？她那两条又粗又长的辫子也在屁股后面两边摆拂，扎着红头绳蝴蝶结的辫梢则左一哈右一哈地跳荡，使她显得既朴实无华，又风情万种。她身上穿的虽然是旧衣服，而衣领、袖口、裤脚、衣襟、衣角，全都平平整整，干净得体。她脚上的一双黑布扣带鞋子，无疑是她自己的手艺，鞋边绲得又直又平，针脚匀称得仿佛是用笔画的一般，鞋底的白边虽然有些破损发毛，却洗得异常的白，白得让人不忍心看着它踏向泥路。如果鬼幺姑晓得她的衣服也全是她自己做的，那还不晓得她敢不敢相信呢！而且，上次她给小伢子们分发的棒棒糖，也是她自己做的，她是十里八乡出名的巧手。人们都说，这样神仙一般的女子，地方上好几代人都难得出上一个呢！难怪有人说，这些年，珍姐家门口的路都被媒人踏成了槽呢。

　　鬼幺姑觉得，这个女子，简直把她这个女鬼都要迷住了。她想，如果自己是男将，也会不要命地喜欢上她。她真想不明白，骄哥这个拖老带幼的枯豆干了，他是怎么迷住这个天仙一样的红花女子的！

　　鬼幺姑正在胡思乱想的时候，突然被一个声音惊得一怔。

　　珍姐！

　　这是鬼幺姑再熟悉不过的声音。

　　这是令她灵魂震颤的声音！

　　鬼幺姑循声望去，见骄哥正从一户人家里钻出来，快步向村道赶来。他手上还拿着一把连枷，看来是在这里有么事情，刚巧看见了珍姐。那户人家里走出夫妻两人，在后面冲永骄调笑。前边酿酒的槽坊前，好几个喝早酒的男将也都停下了酒杯，扭头看着永骄和珍姆。

这户人家的女人笑道，永骄，快滴快滴，别把你的媳妇伢累坏了噻！

媳妇伢这个称呼，专指还是红花女子的未婚妻。江汉平原人对妻子的称呼，有称媳妇的，有称屋里的，但主要是称堂客，似乎是家里的客人。鬼幺姑曾经问过骄哥这个称呼的来历，骄哥说，古时候夫妻讲究举案齐眉，相敬如宾，说的不就是夫妻之间也要讲客气嘛，对待自己的妻子，也要像对待客人一样客气有礼，这堂客不就是屋里的客人嘛。而她们山里，对妻子却称烧火的、煨脚的、娃崽他（她）娘，不仅都土俗得很，还很无礼，而这江汉之地，还真是比山里文明开化得多呢。

这个女子，果然是骄哥的未婚妻！

永骄打着哈哈，红着脸，在人们的调笑中向他的媳妇伢迎来。

永骄说，珍姆，你是送给桂妹子的？你跟桂妹子还真像亲姐妹一样呢。

永骄这样说，是在告诉人们，珍姆老是往赵家垴跑，可不是冲他永骄来的，她是桂妹子的结拜姐妹，她是来看她的姐妹的。

一个喝早酒的男将大声笑道，咦呀，永骄，遇得这么巧？是不是你心疼她，有意在这儿等着啊！

永骄笑道，你要这么说，我说不是的，你肯定不相信，那我就只好说是的，免得你多费口舌，耽误你喝早酒。你不是常说，喝酒的事比任何事都重要吗？我不敢耽误你喝酒啊！

骄哥这家伙，一张嘴壳从来冇有输过，不愧是这十里八乡的丧歌王加龙船号子手。

珍姆虽然有些尴尬，但也还大方，她只是低着脑壳，害羞地微笑。看得出她的心里是甜滋滋的。她的脚步虽然放慢了，却也不停。永骄便去抢她的担子。

不嘛，我自己挑，又不重。

永骄温厚地说，别个会骂我的呢，还是我来挑，省得人们有话说。你看，你都出汗了。

珍姆只好停了下来，担子却仍在肩上。永骄接过担子，搁到了肩上，左手上却仍旧拿着那把连枷。珍姆伸手来拿他手上的连枷，永骄却一笑，将连枷也扛在了肩上——压在了扁担上面。

永骄说，我在前面走，你在后面跟着。

珍姆便低头跟在永骄身后，惹得村人们一路看过去。

喝早酒的人还在背后喊，永骄，找了这么好一个媳妇伢，你要请客呀，今儿我们的早酒钱，就记你的账了，可得啵？

可得可得，哈哈哈哈……永骄快活地回应。

不时有人冲永骄打趣，永骄便说珍姆是来看桂妹子的，他是刚好遇上了。

鬼幺姑暗笑，见你的大头鬼，你未必不是跟刚才那人说的一样，是有意在这儿等她。鬼幺姑对这一滴十分肯定，骄哥是一个心疼堂客的男将，他也曾经这样地心疼过她，何况，她从他的眼里，看出了深深的疼爱与喜欢。她不由得又生出几分醋意来。这男将啊，果然是有了新欢就忘了旧爱。十个月前，他还把自己爱得像命一样，两个人夜夜都脱得光溜溜的，肉贴着肉。他的手总是舍不得离开她的奶子，有时就是因有了,也一时在这个上,一时在那个上。还有,那个东西动不动就硬起来,动不动就往她的那里顶去。这一转眼,他就把别的女子看得像命一样了。唉唉,也罢,这也怪不得他,这个女子也确实惹人疼爱。要怪,只怪自己的命不好,只能是骄哥命中的一个过客。

唉,过客啊!

鬼幺姑忽然想到,在这江汉平原,未婚男女,经媒人介绍之后,婚前一般是不见面的,就是毛脚女婿过年过节去拜丈母娘送节礼,未婚妻一般也是躲着不见,偶尔露一下面,互相之间也是不说话的。这骄哥和这珍姆,他们可真是与别个不一样呢,他们要比一般的人大方得多呢。难怪村里的人一路上开他们的玩笑。

鬼幺姑看见珍姆的脸蛋,红得就像她身上水红色的袆子——不,比袆子更红,红得就像那担子两头鲜红的包袱皮。她看见,她水红袆子的背心上沁出了一小片的麻麻湿,她流汗了。从徐家垱到这儿,路不近呢。骄哥啊,你为么子不远一滴去接?换了我,我就一直从珍姆的家里挑过来。要是路上有合适的树林子和庄稼地,就双双钻进去把好事做了,何必非要等到坐花轿的那一天呢。你从长阳带我来这儿的路上,几天几夜的时间,两人在客栈里同困一张床,你也不脱衣服,你的雀雀都硬赳赳的了,你还硬撑着,要做正人君子,做坐怀不乱的柳下惠,要不是我先把自己脱光了,再把你脱光,说不定你还真的要撑到到家里拜了天地,才肯跟我行夫妻之事哩。骄哥你这家伙,这么久的时间冇得女人陪你,你受得了吗?其实,我倒不愿意你委屈呢。你对这个女子这么心疼,我确实有些不舒服,但我还不至于心眼只有针眼那般大吧。嘻嘻,你还是——主动一滴吧。你们这江汉平原的人啊，假讲究也太多了吧。哈哈，还是我们土家族人直率得多。

鬼幺姑来到珍姐的前侧，看见她光洁的额头上果然有细小的汗珠，她的刘海和耳边的头发也濡湿了。看来,这还是一个吃得起苦的女子呢！鬼幺姑在心里叹道，这骄哥的命可真好啊！她又说，不过我的龙伢子的命也不差。

鬼幺姑听人们在骄哥和这个女子的背后议论，都说永骄有福气，都说这个女子人真好，听得她又升起了醋意。她活着的时候，人们也夸过她，但夸得冇得这么厉害。

大白天里，村子里人气太旺，鬼幺姑只得往树林里避让，免得自己的阴气不小心伤了人。这时，她见到鼓痴师父也在树荫里望着永骄——当然也望着永骄的媳妇伢，他还微微地笑着。鼓痴师父也从阴间来到了阳世间。他的冷淡与古板果真根深蒂固，成了鬼也还不紧不忙，今儿才见到他的鬼影。

鬼幺姑是第一次见到鼓痴师父的笑容。在阳世间时，她可从来冇有见他笑过，连他的苦笑、冷笑、嘲笑也都冇有见过。这鼓痴师父，他变成了鬼，终于会笑了，从阳世间冷淡和古板的人脸，变成了笑眯眯的鬼脸，难道这就是阴阳颠倒？

鼓痴师父见了鬼幺姑，脸上不由得有几分尴尬。在阳世间时，他和她这个土家族女子有一滴嫌隙，他一直认为，是她迷惑了他的爱徒，甚至怀疑她的土家族鼓师崖崖对他的冷落，也与她不无关系。在阳世间时，他对她一直冷着脸，他们之间从来就冇有说过话，他们最近的距离，也就是去年佟老东向永骄开枪之时，他们先后抢上去替永骄各挡了一枪，那是在他们生命的最后一刻。死后，族里也将他们分别葬在堤山的两头，一个在西一个在东，相距也有半里多远。只是，他们两个的死，都是为了救同一个人，这使他们过去的嫌隙在生命的最后时刻突然像雪团落入开水中，瞬间就彻底化解成了水汽，一眨眼就烟消云散了。也就是那生命的最后时刻，他们彼此之间突然有了相互欣赏与感激。但是这来得实在太晚了，他们和好的时间，仅仅只有最后的一息，也就是一口气的时间。

鬼幺姑主动冲鼓痴师父点了点头，浅浅地笑了一笑，鼓痴师父也冲她不大自然地笑了笑。相逢一笑泯恩仇，虽然来得晚了一滴，虽然他们都成了鬼魂，但他们终是和解了。

四

桂妹子生的大胖小子名字叫虎伢子，听起来就像是龙伢子的亲兄弟。不用说，这是早就定下的名字。这两家人啊，从上辈子起，就过得像一家人似的，这实在叫鬼幺姑感到安慰。看来，今后这个珍姆嫁过来了，桂妹子就有个好伴了，这真是天大的好事。

七月二十九，是给虎伢子摆满月酒的日子。虎伢子是七月初十出生，八月初十才算满月，但是按江汉平原的习俗，满月酒都是要提前摆的，所以厚基族长为他挑了七月二十九这个好日子。春雷虽然姓瞿，并不是赵家人，但厚基族长很喜欢他，他们这对忘年交都有一个特别的爱好，那就是喜欢琢磨如何做菜。他们这一老一少，常在一起喝着茶，谈论油盐酱醋和五味调和的事儿。为此，春雷也习惯了喝茶，只是村人都笑话他们是一对好吃佬。他们也觉得好笑，辩称是好吃而不是好吃，前面的"好"是好坏的好，后面的"好"是爱好的好。春雷的姆妈去世、姐姐出嫁之后，他崖崖鼓痴师父又搬到堤山上去住了，他和族长琢磨做菜似乎成了常事。有时春雷弄到一只脚鱼或一只刺狸子（刺猬），就会拎到厚基族长家去琢磨。厚基族长家有了么子好菜，也会让人给春雷带个口信——叫春雷去他那儿一趟，于是两人小酌一番。因此，春雷做菜的手艺大大长进，以至于常有人摆酒席的时候，请他去帮忙做菜。便有村人称春雷是小大厨、厚基族长是大大厨。春雷成婚之后，算是大人了，和厚基族长交往就更密切了，所以儿子的满月酒，春雷一定要厚基族长帮他选日子。厚基族长本不擅于此道，因为是春雷相请，所以才欣然答应。

春雷与厚基族长也是前世有缘，他八九岁时，曾在门前的长川河里救过厚基族长那时十九岁的独子业国，后来业国在日本遇害，家里为他举行全棺葬时，因业国的儿子永华才一岁，又是春雷代替永华充当孝子骑棺执幡，而且业国的朋友郑桓先生——现在的郑县长——收永华为义子之时，也是春雷代替永华跪行敬茶之礼。厚基族长隐居乡下老家后，一直把春雷当成亲人。乡人们笑说，这春雷既像是厚基族长的孙子，又像是他的儿子，还像是他的兄弟，真是太有意思了。

虎伢子摆满月酒，珍姐果然是以娘家姨姐的身份前来送恭贺吃喜酒的，因为她的弟弟秋儿也来了，这说明两家是正式结了干亲。桂妹子一个劲儿地称秋儿为虎伢子的舅崖。真好，桂妹子有得兄弟，嫁到这千里远的地方，竟然还有了个干兄弟，她的儿子也有了一个舅崖。秋儿以舅崖的身份，给虎伢子打了一只银项圈。银项圈在这里叫狗圈，给小伢子戴上，是要把他像狗一样圈住不失去的意思，也就是把小伢子当狗来贱养，小伢子就不容易夭折，这跟给小伢子取一个贱名一个道理。鬼幺姑清楚，这银狗圈肯定也是珍姐操办的。珍姐给虎伢子送来了全套的小衣服，最漂亮的当数一顶红色的绣花帽子、两只白色的涎兜子、两件白色的罩衣，这都是珍姐亲手做的。大红帽子的顶沿上，缝着十只银质的小菩萨，是那种大肚子笑佛，看起来满头都是笑脸，十分可爱和喜庆。涎兜子上和罩衣上都绣着漂亮的花儿，都跟真的一样。

女客人们争相观看珍姐的针线活，都赞叹不绝。鬼幺姑远远地看那些绣花，它们与土家族的绣花截然不同。土家族的绣花重在花纹与线条，追求规整与对称，主要是花边式的；而江汉平原的绣花，则重在绣得是否逼真，绣的主要是花儿、鸟儿、鱼儿、蝴蝶、虹虹（蜻蜓）之类。两相对比，江汉平原的绣花难度要高得多，手艺差的，绣得就会十分难看；而土家族的绣花，因主要绣的是线条，所以手艺差一滴，绣得也不会太难看。鬼幺姑的绣花手艺虽然在土家女子中冒尖，但比起珍姐绣的花，她真的自愧不如。

龙伢子见了珍姐，又幺幺、幺幺地叫着缠住了她，秋儿带他去河滩上放鞭炮，他才舍得离开。

珍姐和桂妹子是结拜姐妹，鬼幺姑是从桂妹子和她姆妈的谈话中晓得的。桂妹子的崖崖和姆妈——也就是鬼幺姑的姑崖姑妈——是在鬼幺姑后面七天才来到桂妹子的婆家的。唉，桂妹子也可怜，不仅冇得婆婆，也冇得公嗲，幸好是有了珍姆这个姐姐。春雷托人带信给珍姆后，珍姆很快就赶过来认了干亲。

鬼幺姑叹道，桂妹子命真好，坐个月子，竟有两个娘家，而且还有自己替她向她的崖崖姆妈托梦报信。

在满月酒上，桂妹子的崖崖姆妈第一次吃到了江汉平原著名的江汉三蒸。春雷家的客人不多，也就六桌客人，而且多是他的朋友，所以酒席上的菜都是他自己做的。春雷的厨艺主要是家传，他的家传师父还不是他的姆妈，而是他崖崖，也就是那个一生对人冷淡的鼓痴。鼓痴是大少爷出身，天资极为聪颖，却不喜欢读《大学》《中庸》《论语》之类的正书，喜欢读的都是《三国演义》《水浒传》《说唐全传》《说岳全传》《聊斋志异》和《石头记》之类的闲书。他从小喜爱两件事：一是丧鼓丧歌，爱往送葬打丧鼓的地方跑；二是做菜，爱往厨房里钻。这把指望他靠读书出人头地的春雷嗲嗲气得直跳脚，骂他冇得出息。后来家被鼓痴败了一半，春雷的二崖三崖分开另过，鼓痴一哈变成了穷人，但他对吃喝仍然是十分讲究。他平时在外为人打鼓唱歌，自然有好吃好喝，在冇得丧鼓打的日子，往往都主动在家做饭炒菜。他对春雷姆妈做的菜，总是横挑鼻子竖挑眼，以至干两口子一辈子过得缺恩少爱。春雷从小耳濡目染，也学得了不错的厨艺，同时也因为从小吃惯了好味，别个做的也不大合他的胃口，所以也多是自己做菜。这一滴，春雷倒是秉承了他的鼓痴崖崖。大家都夸春雷做的菜好，春雷却说，在这十里八乡，菜做得最好的是厚基族长，族长做的菜，比我做的要高好几级台阶！

说起来，江汉平原的男将半数以上都很会做菜。江汉平原人把吃看得都很重,"民以食为天""食色性也""人生一世不过吃喝二字""财富再多都是假的,只有吃到肚里才是真的""人不为嘴('嘴'在江汉平原与'己'同音),天诛地灭"……这些都是江汉平原人经常挂在嘴边上的话。说到底,江汉平原人都非常讲究实际,讲究现世的回报与享受。正因为江汉平原人有着这样的人生观,所以在田地广阔、物产丰富的江汉之地,竟然极少见到像别地那样的田地千亩、房屋无数的大地主大富豪,自然也少见大富商。这江汉之地的人,因这方水土物产丰富,不愁饿肚子,所以大都看淡财富,小富即安。加上三年两水,水灾频发,过多地扩张田地房产,容易因受灾亏本,所以,人们知足常乐的观念也就根深蒂固。于是,江汉平原人把心思大都花到了吃喝享受之上。江汉平原人不仅十分好吃,对吃还非常讲究。如果说别地的男将聚在一起,多谈牌九、女人和赚钱,江汉平原的男将则多谈吃喝。在江汉平原,人们不管谈么子事,谈来谈去,最后大都可以谈到吃喝上。他们谈论做菜的技巧、新菜式的发明,谈论关于吃的喜怒哀乐的故事,还谈论对吃的规划与梦想。春雷说厚基族长的厨艺高超,大家都表示赞同,于是就有人讲起厚基族长做菜和讲究吃喝的故事。因为吃喝而礼节不周,或是故意夺人面子,还时常会闹出意气,发生吵闹斗殴,结上仇怨。因此在江汉平原,不仅民以食为天,还民以食为地——跟土地一样重要。

这天,永骄专门负责安排客人们的座席,安排客人座席的人,是江汉平原摆酒席时的一个非常重要的角色,被称为支宾先生。客人坐在哪一桌的哪个位置,都十分讲究,安排错了就会乱套,会得罪客人,所以,这个临时的支宾先生也不是随便哪个人可以来当的。支宾先生首先要懂得座席的规矩，在江汉平原，这些规矩甚至还编成了书，画成了图，图上标注了坐席人的身份，如舅崖、姑妈、表叔、姨嗲、老妃、外甥，还要分大舅、二舅、三姑、四姨，这些客人坐在哪一桌的哪个位子，书上标得十分详尽。这样的书往往有一百多页，多的甚至可达两百多页，书名一般为《乡党应酬》或《宴席规矩》之类，几十上百桌酒席该怎样摆，客人该怎样坐，都标得分毫不乱。一般来说，舅家亲戚为上客，但又分老舅家与少舅家，老舅家指当家人的姆妈的娘家，即当家人本人的舅家；少舅家指当家人的堂客的娘家，即子女的舅家。这些宾客各坐在么子位子，又要因为红白喜事的主角的不同而有区别。而在酒席的安排中，除了亲戚，还有朋友和地方上的头面人物，也要依照他们的辈分、身份和与东家的关系远近亲疏，合理地安排席位，那更要考验支宾先生的智慧。如果安排中实在有难以周到之处，支宾先生则要跟无法安排到合理席位的宾客打商量。商量好不好打，又关系到支宾先生会不会说话，以及他在地方上的声望高不高、面子大不大。在江汉平原各地，因酒席的席位安排而令宾客不满意的事时有发生，常常弄得有的宾客愤然而去，甚至吵闹起来，女客们因此而哭闹的也不时发生，严重的甚至会弄得亲戚断交，老死不相往来。因此，这酒席座位的安排，是江汉地区一门高深的学问，几乎每个村子的每个族姓祠堂都会有一两个这样的支宾人才，甚至还有师传关系，由他们半职业化地主持地方上的红白喜事的座席安排。这种酒席文化，也从另一个方面说明了江汉平原人对吃的讲究与郑重。

永骄安排了一个合适的亲戚充当陪客，专门陪远方来的柱妹子的父母，他们是今儿最为尊贵的客人。这个陪客不仅能说会道，他在所有的来客中，也算是胸有文墨、见多识广，可以说是有真才实学的。而且，这个陪客还是一个做生意的人，因此与桂妹子的父母在语言交谈上也基本上冇得多大的障碍。江汉平原礼多，即使是在平常日子，家中来了稍稍尊贵的客人，比如舅崖、姑崖、姨崖，以及来得稀的远亲和朋友，不仅要八盘十碗好酒好菜地隆重招待，还必定要请有点脸面的人前来陪酒，这样才显得更加隆重，使客人更有面子。这样一来，在家有红白喜事摆酒之时，对这些尊贵客人，就更要请一个甚至几个彼此合适的人，来好好陪酒，否则就十分失礼。对这种陪客的选择，支宾先生万不可忽视。今儿，永骄选择陪桂妹子父母的陪客，是同垸的王家老爷垱上来的老表三九麻嫩。三九麻嫩跟春雷是转弯抹角的表兄弟，因为离得近，平时来往较多，见面更多，算是近客和常客。而近客陪远客，常客陪贵客，正是陪客的最好选择。因为近客和常客中，如果冇得合适的人来陪远客和贵客，那还要去请合适的非亲非故的人，来充当这个重要的角色。

对这个被人们背后称为三九麻嫩的客人，鬼幺姑的印象特别深刻。

三九麻嫩是所有客人中最与众不同的一个，他衣着比厚基族长都还要讲究，说话也礼貌周到，但这不是鬼幺姑对他印象深刻的主要原因。鬼幺姑对他印象深刻，是看出他对珍姆有一种特别的心思，她觉得这个一脸麻子的家伙，看似不经意，但他总是特别注意珍姆。这一滴，客人们可能都看不出来，但鬼幺姑看得比人们要清楚得多。因为，鬼幺姑今儿最关注的人就是珍姆，而三九麻嫩最关注的也是珍姆。

鬼幺姑留意到，三九麻嫩第一眼看到珍姆时，他像突然着了魔似的，屁股像是长在了板凳上,眼睛也直直的,像成了一个木头人。那时,珍姆正一边跟桂妹子的姆妈说话,一边照应着龙伢子。珍姆可能是意识到有人盯着她看,便把头转向三九麻嫩这边。而在她的脸还有没完全转过来的时候,三九麻嫩则突然反应过来,赶紧低下脑壳喝茶。尽管他比较会掩饰,但喝茶时还是有些不自然,突然一哈喝得太多,差一滴呛到,或者茶还太热,不小心烫到了嘴。鬼幺姑正是从这个细节上发现了三九麻嫩的反常。

三九麻嫩对珍姆怀着特别的心思,鬼幺姑不得不对他起了戒心。她必须要替永骄和龙伢子看紧他。

从旁人的话中,鬼幺姑晓得了三九麻嫩的底细,也就把他盯得更紧了。

三九麻嫩是长堤垸东北角上王家老爷垱上的人,是春雷姑妈的婆家堂侄。按理说,这样的亲戚扯得比较远,一般不会有人情往来,但是,自从三九麻嫩开始做房屋和田地中人之后,他就对这门拐了弯的亲戚走得十分主动。三九麻嫩是个聪明人,各村各垸都有亲戚,对他做中人十分有利,一是房屋田地买卖的音信,他能及时得知;二是有亲戚就是有根有底,信誉卜容易让人放心;三是亲戚朋友在旁边说上几句好话,买卖就好做得多。除此之外,这门亲戚对三九麻嫩还有另外的好处。三九麻嫩是一个独子,从不种田,却又比较会挣钱,村里的族人都有些妒忌他,因此也有意歧视和排挤他。三九麻嫩认为,赵家垱是长堤垸的大族大姓,他跟赵家垱沾亲带故,会让他多些底气,会让别人多些顾忌,关键时候,赵家垱人多少会帮他说几句话。既然三九麻嫩这么主动,春雷以及春雷的二崖三崖，也都对他客气相待，何况，三九麻嫩也是一个见过世面、知情达理的人，多一个这样的亲戚也不是坏事。通过他的美言，春雷的两个叔子的酒，每年至少多卖出两三千斤。他介绍的最远的顾客，都远到沔阳城了。

鬼幺姑不管这些七七八八，她只注意三九麻嫩会不会对珍姆和永骄有么子不利，因此，她今儿一直留心观察这个与众不同的麻子。

在三九麻嫩独自察看赵家祠堂之时，鬼幺姑总算听到了他心中的自言自语。他在心里赞叹珍姆的漂亮动人和端庄，他说他前段时间只听人说，永骄说到了一个不错的红花女子，这个红花女子婚事上高不成、低不就，一来二去就拖成了老女，早过了正常的出嫁年龄，因此被永骄捡了一个大便宜。三九麻嫩认为自己是一个走四方的人，么样的女子他冇有见过？开始，他认为这些乡下人是少见多怪，是夸大其词。他认为，就凭永骄不怎么好的家底，以及上有老下有小的状况，还有他被佟老东打伤后弄成的这枯豆干子的模样，又能有多好的女子看得上他？他又能捡多大的便宜？所以，他一直冇有把这事放在心上，人们对永骄的夸赞与羡慕，他总是认为那些人太过浅薄，所以他只是付之一笑。可是，今儿一见珍姆，他不由得暗暗震惊。他简直不敢相信，这个即将嫁给永骄的红花女子，竟然远不止人们夸赞的那么好，而是好得多！他心里的羡慕简直无以言表，也免不了生起几分嫉妒。

这个永骄，真是撞了大运，这实在是不可思议！

三九麻嫩本来舒坦的心，像被丢进了一块大石头，再也无法平静。他心里说，要是早见到这个徐家垱的女子，并晓得她一直冇得婆家，他无论如何也要请人做媒。他三九麻嫩，也是高不成低不就拖到现在的。除了一脸麻子的缺欠，他的家庭条件也罢，他本人挣钱养家的本事也罢，甚至是他的身体条件，无不强过这个赵永骄。何况，他说出去也还是一个未婚童男呢！如果他能抢在永骄的前面请媒人上门，这个美丽动人的女伢子，说不定就成了他的媳妇伢呢！

唉唉唉——命啊命，命啊命！

三九麻嫩深深地遗憾，怨自己的命运和机会都不好，他的心里好不失落，浑身都缺少了劲儿。不过，他对珍姆不仅有得么子恶意，还对她十分敬重。从珍姆的言谈举止来看，他觉得她是天底下最庄重的女子，不然，她可能早就随随便便嫁了人。他心里说，唉唉，我这辈子，只能把这个难得的出色女子，在心底下当作观音神仙来供着了！命啊命，命啊命！

鬼幺姑暗暗嘲笑，你这个麻子这好那好，就是不如永骄命好。可是你要晓得，命好的人，都是因为他人好，所以，以你的命和你的人，是比不上我家永骄的。你心里爱美人，当然也正常，我也同情你呢。不过，你也算是一个有得坏心眼的人。你不是还有说到亲事吗，你今后好好做人，说不定也会遇上不错的美人呢。

五

春雷和桂妹子家摆酒，帮忙的邻居朋友天刚亮就来了，有些离得近的客人也来了不少，家里家外便开始热闹起来。

三九麻嫩向桂妹子的父母介绍，在江汉平原，一般小伢的满月酒和周岁的抓周酒，时间都是一天，分早茶、中席和晚席三餐。早茶一般是吃桌席，也叫吃桌盒，这是江汉平原独有的一种酒席。桌席的标志就是摆桌盒。三九麻嫩说，桌盒是一种特别的餐具，样子有些像床头的小柜子，等一会儿你郎们就会见到。他说，向上抽开桌盒的小门，内有五层屉格，有一层放两个单独的方形小屉，另四层各放一个双格的长方形大屉，摆在桌上的时候，要拼成一个大的正方形，共为九个小正方形的屉格。另一个单独的小方形屉格不放进去，以作备用。所以，这桌盒也叫九屉桌盒。桌盒红漆鲜亮，雕花描金，制作十分精美。吃早茶的时候，将四侧镂空雕花的屉格放在桌上，在九个小格子里各放上一只中号碟子，碟子里盛放八样凉菜，主要为耳尖、肠肚、鸡胗、雀子、牛肚、海带、莲藕、豆腐等卤菜，以及炸鱼、酥肉、香肠、盐蛋等凉菜，中间那个小格里的碟子里不放菜，由跑堂端盘子的人不断地添上煎糍粑、煎豆皮、炒汤圆和印粑子之类的热点心，这就叫吃桌盒。这种少见的桌盒早茶，盛行于江汉平原，别地不仅难以见到，甚至也难以听说，以至于听说了也不大相信，一顿早餐，江汉平原人竟会搞得这么精致和丰盛。

三九麻嫩的介绍，长阳山里来的桂妹子的父母自然是头一次听说，不禁连连赞叹。三九麻嫩就自豪地说，桂妹子嫁到我们平原水乡，你郎们做父母的就放一百个心，这儿苦不到她。他也满口夸赞春雷，说他人品好、人勤快，全县知名的厚基族长和垸董老爷都十分赏识他。

作为陪客，三九麻嫩有着把客人陪好的义务。而这陪客也不是一般人能担任的，他得知礼节、有见识，而且人品也要过得去，因此，陪客的身份，本身也是一种荣耀。三九麻嫩又向客人介绍起这儿特有的江汉三蒸。这江汉三蒸，是各种肉各种鱼和各种蔬菜，都可以裹上米粉上甑，蒸得鲜香扑鼻。这些蒸菜出锅装盘之后，浇上姜葱蒜醋为主料的芡汁，外面酸咸，内里清甜，原汁原味，十分开胃，自古就是酒席上必有的菜肴。还有两个特别的菜：一个是打头上桌的大盘头菜——三鲜，它由炸肉丸、嫩猪肝、鲜腰花、鹌鹑蛋、玉米笋和黑木耳等精致食材做成，真是鲜香无比；另一个特别的菜是最后上桌的尾菜，是一大钵湖藕龙骨汤，有时不配龙骨，便配猪蹄。湖藕是江汉水乡的特产，它又细又长，仅有三节，带桩芽的头节长约一尺左右，第二节长约一尺五，第三节梢巴长四五尺甚至更长。这根长长的梢巴虽然是细长的尾巴，却一滴也不老，煨烂了同样粉得很。这种湖藕是天下名藕，入口即化，异常香甜。据说，明朝万历首辅张居正在京为官之时，叫人将家乡江汉平原带泥的湖藕送入京城，细心保藏，一年四季可时时食用，并向皇帝推荐，使它成了皇宫的贡品。有人说，这湖藕，早在春秋时期就名扬四海了，监利北乡人伍子胥从楚国逃到吴国做了相国，他主持修建姑苏城后，就将家乡的湖藕运到姑苏城，湖藕也因此受到了吴国达官贵人的追捧。还有人说，长堤垸王家老爷坮的武举王任老爷，他在北宋为官之时，也经常从家乡运湖藕至京城，以至于留下一句俗话——湖藕捧成肉价钱。说的是路途遥远，运费高昂，使不值钱的湖藕最后弄得比肉还要贵。

三九麻嫩一边介绍，一边给桂妹子的父母夹菜，把他们的碗里堆得老高。江汉平原人给客人夹菜，称为敬菜，却有得公筷，是直接把自己用的筷子倒过来，夹菜送进客人的碗里。敬菜表示主人的真情实意，也避免了客人因客套与礼节而吃得太少。因此，在江汉平原做客，你最好是先让肚子空空，否则主人的盛情你无法消受。

鼓痴师父在一旁说，差也差也，陋习陋习，这江汉平原，为么子就不兴用公筷呢。

鬼幺姑笑道，师父你郎也太有意思了，死人操活人的心，操得稀不稀奇？我们山里也是这样给客人敬菜的，不讲究的，连筷子头都不倒过来，直接用自己吃的那头敬菜。

这是鬼幺姑头一回跟鼓痴师父说话，鼓痴师父听得倒也自然，摇头直笑。

鼓痴师父说，不管怎样敬菜，我的两个亲家吃得开心就好。

鬼幺姑想到鼓痴生前与她的鼓师崖崖的结怨，不由得暗带挖苦地笑道，还亲家呢，你郎早就不是人里面的数了呢。

鼓痴师父心中有数，也不作计较，摇着脑壳走开了。

三九麻嫩话虽然很多，但毕竟是为了把客人陪好。因此，他的话非但不显啰唆，还充分显示了他的见多识广和颇有文才。他说话也风趣好笑，老老少少都喜欢听，因此，他也是人们关注的一个小中心。这样一来，鬼幺姑对他的戒心也渐渐淡了，觉得他尽管是一个麻子，但哪个女人嫁这么一个男将，也应当过得比较有乐趣。

三九麻嫩是三代单传之家的独子，从小就寄读在观音寺街上的学堂里，上过六七年的私塾，先生病故才使他辍学，所以他是真有几分文才。他原本要出去闯荡，但他的父母以父母在不远游为由，跪着求他不要出去，实际上是担心在兵荒马乱的年代，他这个独子的安全，他只好摇头作罢。所以三九麻嫩常说他生不逢时。王家老爷垱靠近离湖，地方偏僻，读书的人不多，村里人要他办一个私塾，教教本村本族的子孙，他却认为教书是读书人的末路，江汉地区有一句话说，前世作了恶，今世教蒙学，所以他好歹不干。再说，他的性情也使他坐不牢板凳。如果要他下地种田，那自然是免开尊口。他口口声声说不扶犁尾巴、不闻牛屁、不做泥脚汉，他这些轻视种田的话，在士农工商的观念里，也让村里的人听着怪不顺耳，所以，他从小就有些不招人待见。好在他的上几代先人传下了十七八亩良田和一个不大不小的院子，算是有些家底。他辍学之后，从不理农事，隔三岔五就到曾经上学的观音寺街去玩，后来就跟定一个家中开杂货铺的同窗，帮了两年工。在这两年里，因他的字写得不错，干了好几次代人写房屋田地买卖契书的事儿，脑壳灵活的他觉得，他自己来做这个无本买卖，比那些连契书都不会写的人肯定要强。说干就干，他很快做起了房屋田地以及船只方面的中人，几笔生意促成之后，他尝到了甜头，就开始专心此道。等到他成了人人皆知的中人，他便在街上租了一个巴掌大的门面，摆上一张桌子、几把椅子、一套茶杯、一把算盘、一卷皮尺，就开始了他的中人生意，算是有了正业。而别的中人，都没有开专门的铺面，大都是整天待在茶馆打探和承接生意，所以时间一长，他这有店有招牌的生意便做出了名头，比别的中人都要稳定。这时，三九麻嫩便逼着已不适合种田的父母将家中主要的田地租给别个去种，自己开始以与村人不同的方式挣钱养家。这样一来，他便成了观音寺街上乃至周边几个乡镇上，第一个专门的中人。

人们自古重农轻商，田广地阔的江汉平原人更是如此。他们都认为生意人奸诈，而对三九麻嫩这类本钱都不用、光靠嘴壳子挣钱的人，更认为是撮白打拐之徒，心底下既看不起，却又羡慕他们生活优裕，羡慕他们不缺钱花。

鬼幺姑是山里长大的，倒冇得江汉平原人那么多想法与成见。她觉得三九麻嫩这样的人，只要不损人不害人，也不是么子拐（坏）人。不过知人知面不知心，鬼幺姑还是对他十分小心。

喝罢晚酒，天已黄昏，三九麻嫩带着微微的醉意告辞回家，春雷要留他住上一夜，他好歹不肯。他自由惯了，除非有一张临时属于他的好床，还要有一间临时属于他的房间，这样的要求，在乡下肯定难以满足，所以他也不开这个黄腔（黄口小儿说的话）。乡下请客，不仅远道的客人需要留宿，姑舅这类客人即使离得不远，也会被请求留宿，以示尊重。当然，留宿的客人，往往都是在堂屋里铺上谷草和被子，临时开了地铺挤着困，大家都习以为常，不仅不觉得有么子不好，反而认为热闹和亲热。只是这样的留宿，对生活讲究的三九麻嫩来说，实在难以接受。

做支宾先生的人，一般都要代东家留客人过夜，并安排客人夜间的住所及玩乐活动，所以永骄也留三九麻嫩，请他留下来陪几个宾客打牌，这样的陪客，也同样十分重要。三九麻嫩有钱，人也开朗，正是一个再适合不过的陪客。尽管永骄自己反感打牌，但他今儿是支宾先生，也得随俗。

三九麻嫩一听说要他陪客人打牌，就有些不屑地说，我王三九好歹也是半个读书人，吃喝嫖赌，前三样读书人都好它，倒也快活风流，不失斯文，如果加上一个赌，那就败坏了读书人的品行。他带着酒意说，凡沾赌字的，都与下三烂多少脱不了干系。听说你们赵家的厚基族长，最讨厌打牌赌博之徒，哈哈，你们不怕他，我还怕呢！

鬼幺姑看出，这三九麻嫩确实喝得有些多，桂妹子的崖崖的酒量很大，苞谷酒可以喝上三四斤，虽说江汉平原的酒度数高，但他也喝了一斤半左右，所以专门陪酒的三九麻嫩也喝了一斤出头。看来，他今儿陪酒，倒是实心实意地陪。酒喝高了，说话就有些过头，就显得他有些自命不凡，以及看不起打牌的人。好在听者只有永骄和春雷，他们也都是不沾牌的，所以这话说得也不算过分。

正说着，三九麻嫩的大灰驴在树荫里呃啊呃啊地大叫起来。他冲永骄和春雷笑道，你们看，我的驴子，也很懂人间的道理呢，也认为打牌是辱没了它的主人，在大叫着回家回家呢。

永骄由衷地笑道，冇有想到表兄弟人在生意场上，却仍保持着这样的好品行，少见少见，我永骄十分钦佩！

三九麻嫩这才满意地笑道，这也冇得么子值得称道的，不过是做人的本分。又说，我该告辞了，驴子走起来快，我从野地里抄近路，到家也就天刚黑下来。

永骄和春雷拱手相送。

三九麻嫩走到驴子身边，突然回过头来冲永骄说，你这个媳妇呀，你要好好爱惜呀！

永骄冇有想到临别之时，三九麻嫩会冒出这么一句冇头冇脑的话来，连忙称谢，也有些莫名其妙。在一旁的春雷，也觉得这个转弯抹角的老表，他这话说得有些唐突。两人便都认为他的酒真喝高了。只有鬼幺姑清楚，三九麻嫩这是酒后吐真言。

鬼幺姑跟上骑着驴子的三九麻嫩，沿着野外的小路而行。野地里和天空中，不时响起失群的鸟儿的叫声，听起来显得有些凄惶。可能是为了排解孤寂，趁着微醺的酒意，三九麻嫩竟跟驴子说起话来。

二灰啊，别怪我九哥，你被骑，我骑你，这都是命噻。我的命，是操心劳力地做中人，鞋子磨穿一双又一双，嘴壳子磨得起老茧，喉咙说得冒青烟。九哥我啊，要孝敬父母高堂，将来，还要养活堂客和伢子，你说，我是不是比你更不容易？你吃了喝了，除了驮我一哈，我从来都冇有让你拉过车，也冇有让你转过磨，更冇有让你耕过田、耙过地，你呀，跟了九哥我，算是一头有福气的驴呢！

三九麻嫩喜欢他的驴子，他自己平常喜欢自称九哥，所以把驴子称为二灰，仿佛它就是他的兄弟了。他真是太抬举这头驴子了，这还真是个有意思的家伙。

三九麻嫩满嘴酒气地对驴子说，呃——哎哎，二灰你说说，今儿客人中的——那个——徐家垱的红花女子，你说，她是嫁给我九哥更好呢，还是嫁给永骄——呃——就是那个——瘦得像枯豆干子的——当支宾先生的，刚才留我住夜的，你说啊。哈哈哈哈，这个女子，她当然嫁给你九哥我更好。呃——呃，你想啊，她嫁给我九哥，田不用种，最多种点菜自家吃，家里两个老人也都还硬朗，还可以帮她做家务；钱的事，就更不用她操心了，十几亩田的田租，一家人的吃喝不用愁；而我——呃——挣的钱虽说不多，但比普通种田人，呃，总要强过好几倍吧？哎哎，二灰你给评评噻。

驴子不说话，但鼻子嘘了好几哈气，好像是在回应主人，这使三九麻嫩更加兴奋了。

二灰啊，她要是嫁给我九哥呀，那可是掉进福窝里了。虽然比不上大户人家的太太，但也不错了。再说，你以为太太是好做的？大户人家的规矩，徐珍姆啊，多得你受不了呢。如果人家娶上三妻四妾，不说争风吃醋——呃——徐珍姆啊，你要操碎心肝的，光是你不晓得好些天，才轮得上男人陪你困一夜，就要把人愁老。可惜啊，九哥我——有得那个命啊。呃，好不容易，见到一个样样合心合意的女子，却叫人抢了先。野鸡日的，叫人和了截和！

呃呃——

二灰你好好走噻。你说，哪只是我九哥的命不好，那个叫珍姆的女伢子，她的命也不好。你说啊，那个永骄，他瘦得像枯豆干子就不说了，他一个打丧鼓唱丧歌拿利市的，这十里八乡，总不会天天死人吧？这十里八乡，也不只有他一个丧歌师吧？所以，他的收入，呃，是不能跟我比的。还有哇，她一嫁给那个永骄，就当后来姆妈，就要替那个死去的土家族女子抚养伢子，呃，等伢子长大了，将来认不认她也不晓得呢。呃，如果她自己生了伢子，弄不好，就弄出厚此薄彼的事儿来，那肯定要弄出是非来的啊。呃呃，再说了，她跟了永骄，田肯定是要种的吧，面朝黄土背朝天的，把她糟蹋成了一个黄脸婆子了，她水灵灵的，我九哥都不忍心呀。哎哎哎，唉唉。

呃，哎呀二灰，你听讲去有冇啊？你说句公道话噻。这个永骄啊，他人是不错，在十里八乡人缘好，这个九哥我服气，但是他——呃，对

275

鸡日的他太走运了。哎哎——二灰,你听我说,你晓得我今儿,为么子到赵家塆吃这个喜酒吗?我啊,看中他们垱上的一个女人了,你自然见过的,在鲍家门见过,呃,她丈夫落水死了,带着一个儿子的,二十岁都不到,也是一个娇娇的漂亮人儿呢,也还识大体,明大理。都说赵家塆大族大姓,出的女子不会差到哪里去嘛。呃,小脾气,听说是有一滴,这倒无所谓噻。听说打她主意的人不少呢,有钱有势的、做生意的、种田的都有,我九哥就不相信争不过那些家伙。呃,我先在赵家塆给人一个好印象,接下来好请媒人上门啊。嘿嘿,我本是想先跟她困的,我用言语试探了几回,她好像有些固执,呃,这赵家塆大族大姓的女子,还真是不一样呢,我也只得装正人君子。呃,不得不装啊,不过呢,装了肯定不是白装噻。

二灰,村里的人说我是个九头鸟,我要让赵家塆的人晓得,我九哥,并不像那些眼皮子浅的村里人说的那样。二灰哎,鲍家门的那个——呃,娘家在赵家塆的小寡妇,她叫二梅,跟你一样,她也有个"二"字呢。她长得——呃,看起来,也不比这个珍姆差多少,她比珍姆差的啊,是品格和性情。九哥我这个人啊,好歹读了一些书,最喜欢端庄贤惠的,还带一滴姆妈品德的——呃,这样的女子,才是女人中的尖子,才是旺夫女子。可惜啊可惜,这样的——观音神仙一样的女子,可遇不可求的啊。野鸡日的永骄啊,我真是羡慕死你了呀。

二灰你打么子响鼻,呃,嗯,你这个野鸡日的在放屁,真臭!九哥说话你放么子屁噻?你在嘲笑你九哥吗?唉,算了算了,二灰啊,九哥我冇得那个命,我只有认命啊。我啊,呃,能顺顺利利,把那个小寡妇娶到,也就知足了。我晓得,村里人会笑我娶了个二婚女,让他们笑去吧,老子不在乎,二梅嫁到王家老爷坮去,人才也好,人品也好,烧火做饭也好,挑花绣朵也好,就都是女人尖子呢。再说,呃,二梅的儿子,他只会留在鲍家,她也不拖油瓶子进我王家噻。当然,带上伢子九哥我也不是养不起,我把他当亲儿子养,就不信他不晓得好歹。嘿嘿,我儿哥啊,就是要样样都高过村里那些人,气死他们。可惜啊,要是我把那个珍姆娶回家啊,王家老爷坮被气死几个人,还真不稀奇呢!

呃——呃!

鬼幺姑一路听着三九麻嫩似醉非醉的唠叨,觉得他这个家伙倒也十分好笑。听他对永骄的贬损,她又有些恼火。不过,这个家伙真是一个精明人,他把人和事看得还真比一般人透。用这里的人的说法,他还真是一只九头鸟。不过,她并不赞同他的想法。她认为珍姆跟了永骄,只要珍姆自己愿意吃苦,只要她高兴,她就是幸福的。所以,吃好喝好、不劳累、不费心、不愁钱花、男人心疼,这些,并不是幸福日子必须要有的东西。这个三九麻嫩啊,他哪里懂得女人的心呀。说到底,他还是一个很俗气的人,比骄哥,比春雷,不晓得要俗气几多呢!

茫茫暮色中,驴子驮着三九麻嫩远去。夜风中,他的絮叨渐渐被青蛙和虫子的叫声打乱,再渐渐被淹没。鬼幺姑远远望去,只见一团黑影在晃荡,在变小。

鬼幺姑觉得,这个三九麻嫩,倒也是一个有些意思的人,他的内心其实怪孤寂的,他心里的话无人可说,对驴子诉说也情有可原。

转眼鬼月就过完了,鬼幺姑马上得回阴间了。听说在年底的冬月里,永骄和珍姆将举办婚事,大摆喜酒,她叹道,我是看不到这个热闹了。

六

中秋节的前两天,监利县城的东门、南门和西门都张灯结彩,一派喜气。这令普通老百姓都有些不解。

在此国难当头之际,中日长沙会战打得十分激烈,战场在长沙、平江、汨罗一线铺开,最近的地方,离监利县城不到四百里。这次会战,从农历七月下旬开始,打了将近一个月,仍然有有结束。据说,长沙会战打得比去年的武汉会战要好,老百姓们都十分高兴。回想武汉会战,虽然打得侉老东伤亡二十五万人马,打得他们兵员严重不足,使此前的侉老东的进攻与中国军队的抵抗态势,变为两军相峙的态势,从而扭转了整个战局,然而,中国军队也付出了伤亡四十万人的惨重代价。现在的长沙会战,日军第十一军在冈村宁次这个魔头的指挥下,不断向中国军队展开攻击,却遭到国军第九战区薛岳部的灵活抗击,国军屡获胜利。到了农历八月中旬,日军开始处于败势,而中国军队则越战越勇,不过,整个战役仍处于十分激烈紧张的状态。在这样的情势下,难道,县国民政府还有心情庆祝中秋节?不过,人们很快明白了,这是县国民政府发动了各界人士与中小学生,准备迎接回乡省亲养伤的抗战英雄徐国颂将军。

徐国颂将军离家读书从军,已有整整十七年,在这十七年里,只有书信回家,他本人回家还是头一次。这个徐国颂,小名国伢子,是城里金言银楼的老板徐德秋的独子,跟他姆妈年轻时一样,他长着一双漂亮的大眼睛，每每睁眨转动，像一对乌黑的宝珠，晶莹闪亮，因为他家开着银楼，街坊就给他取了一个诨名——宝珠眼。将军的老妣是永骄的大姨妣，因此，永骄与将军算是姨表叔侄关系，永骄比将军还要高出一辈。小时候，大姨妣时不时到乡下她幺妹家小住，每次都要把国伢子这个小孙子带上，所以，永骄这个少年叔子小时候常跟将军坐在地上搓泥巴玩，俩人算得上是穿开裆裤子的玩伴。据说永骄的这位表侄很有用兵之才，是国军中十分有名气的战将，他先是到国立武昌高等师范学校读书，接着又考入了广州的黄埔军校，之后进入国民革命军，从副连长做起，一路晋升，据县国民政府的郑县长说，徐国颂如今已是少将旅长。

郑县长特别强调，如此隆重地欢迎徐将军，主要是因为他在此前的武汉会战中战功卓著，受到蒋委员长与第九战区司令长官陈诚的双重通令嘉奖，是外国报纸都报了的抗战大英雄。郑县长说，这次将军在长沙会战中眼睛负伤，因眼伤尚未痊愈，加上离家不远，便借养伤之便，回监利省亲。郑县长还说，徐将军丢掉一只眼睛的那一战，他亲自上前线指挥部队，抗击数倍于己的日军，在天上有飞机、地上有坦克的劣势下，最后守住了阵地，歼灭日军一千多人，缴获枪支一千多支，缴获坦克八辆，并击落飞机一架。这是所有监利人的骄傲，我们家乡的父老乡亲，要以最大的敬意迎接将军的归来！

迎接抗战英雄，老百姓当然高兴。可是为么子要在三个城门都安排欢迎的人呢？未必徐将军有孙悟空一样的分身之术，三个徐将军会分别从东门、南门和西门进城？

有街坊便把这话拿去问金言银楼的徐家人，得到的答案是，将军这次回家是私事，根本冇有通知地方政府，所以，徐家人也不清楚为么子要在三个城门迎接将军。后来，有人从消息灵通的富先生口中得知，县政府荣秘书说，县政府不晓得将军到底从陆路还是从水路回家，也不晓得他到底会走哪条路哪个城门，所以，干脆在三个主要的城门安排了欢迎的人群。富先生就是赵永富，就是赵家大院垸董老爷的独子，他老家在长堤垸赵家垴，却在城里出生、城里长大，因疏财仗义，在城里素有及时雨之称，他的话人们都深信不疑。

老百姓这下清楚了，原来郑县长是剃头挑子一头热，虽说是迎接抗日英雄，但看起来，怎么也有一滴巴结将军的意思。

老百姓不晓得旅长到底是多大一个官，国军正规军与杂牌军以及地方军，他们的官职的规格又不一致，便以为他做了八府巡按那样的大官。这徐将军要真是八府巡按那样大的官，那可是管官的官，那可了不得。于是人们便说，这个宝珠眼，出去时还只是个半大的伢子，现在竟做了这么大的官，了不得了不得！

街坊们还得到一个消息，将军这次回家，还将带回他的太太，要应父母的要求，在家里补办婚礼。听说，将军的太太是南京城的一个富家小姐，读过不少书，长得跟花一样，街坊们都想一睹这个京城来的美人的风采。

令人意想不到的是，将军竟然从长江上过家门而不入，偏偏绕了很远的路，从长江入内荆河，再由内荆河拐进长川河回的家。长川河从城北绕过，经过县城的这一段叫护城河，而北面的城墙除了北门，还有一个小门保和门，那两个门都冇有张灯结彩，也冇有安排欢迎的人群。将军正是从离家最近的保和门进城的，东、南、西三个城门的张灯结彩，却是白忙了一场。

保和门是监利县城最小的一个偏门。古时修城之时，因风水的原因，北门不能修在中间，便规划在偏东处，导致市民与村民形成东西两派，彼此都不过是要方便自己，希望将北门开到离自己近的地方。这样就发生了争闹，双方僵持多日，影响了筑城的工期，最后县令又请教于风水先生，在北面偏东处增设一小门，叫保和门，取齐心协力保证和平之意。

喜欢究深的人就开始分析，将军为么子偏偏要绕那么远的路，从最小的保和门进城？

有人说，这国民政府的郑县长，他一直倡导国共合作，看来徐将军也是这个意思。于是说，将军做得很有道理，这侉老东打进国门来时，兄弟俩若不和，中国人就成了侉老东的贱民。于是，人们都对徐将军平添了一份敬意。

徐将军回家绕的路多了四分之一，不晓得他为么子要舍近求远。后来人们才听说，将军回家之前，已知长沙会战短期内不会结束，担心也跟武汉会战一样失守，所以他回家之前，已跟上峰提出要带一支人马，转移至江汉地区，在这个数个大中城市的辐射中心之地，图谋从背后牵制打击侉老东。这样看来，将军特地绕这么远的路，是在为接下来的抗战踩点做准备。于是，徐将军便被人们传得很神，说他有刘伯温之智，有诸葛亮之才，有岳飞之勇，还有人说他马上就要升为师长。

将军回家所绕过的内荆河下游与长川河下游，有一支国民党西北军的部队——王劲哉的一二八师，据说因不是蒋委员长的嫡系，待遇极差，军饷都不给发。这王劲哉也是一个虎脾气，他的部队也不怎么服上面管理，对嫡系国军、新四军和侉老东，同样都采取敌视态度，不是个好惹的角色。现在，徐将军只带着十几个卫兵从一二八师的地盘经过，可是冒着很大的风险。由此可见，徐将军的胆略也非常人能及。与此同时，新四军第五师领导的襄南军分区的多支抗日游击队，也在内荆河与长川河中下游活动，在监利县活动的离湖游击大队，更是这一地区的常驻抗日队伍。虽说国共合作，双方也不时传来一些彼此不和的事儿，风险也不小。不过后来有人说，离湖游击大队的头领，正是徐将军二姑妈的儿子马学文，也就是城西马家豆腐店的二儿子。总之，将军选择走这条又远又险的水路回家，让人们产生了太多的联想，想得最多的自然是"保和"二字。

人们说，这徐将军果然有杀气，哪方的军队都不敢打他的埋伏。

徐将军上岸时，并非人们想象的一身军装八面威风，而是一袭灰色长衫，一顶黑色礼帽，一副商人打扮。将军中等偏上的身材，白净方脸，戴着一副墨镜，精神饱满，英气逼人，看起来很有风度，只是不知他摘下墨镜，那只眼睛会不会很吓人。他小时候可是一双漂亮的宝珠眼，现在少了一只，实在可惜。

徐将军坐的小火轮泊在保和门外的小码头时，人们还以为他是一个普通的生意人。但见他健步下船，挽着太太，一路向街上走来。他只带了三个跟班，两个扛着箱子，一个提着箱子，后来人们才晓得扛箱子的是两个卫兵，提箱子的是一个医生。这三个人都穿着便衣，似乎是富人手下的跟班。留在小火轮上的十来个人也都穿着便衣。这样看来，这徐将军并非耀武扬威之人，这又使人们对他更敬几分。

徐将军的太太长得像画里下来的一般，那旗袍，怕是要省下了三尺好布来，那细细高高的鞋跟，怕不会折断吧？要是断了鞋跟，跌倒在街上的青石板上，把那白玉一般的细腰摔成两节，怕是也很有可能。这京城里的富家小姐，她那散散的头发，不起风固然还确实有些好看，但是要是刮起风来，那不成了个披头散发的疯子？

徐将军从保和门进城后不久，向右一拐，便上了主街顺城街。这时，他听到街上有人说，那徐将军到底从哪个城门进来？又说，这个徐将军也是，为么子不直接告诉郑县长呢，省得三个城门都要派人迎接。还有人说，肯定是从南门，因为郑县长自己就在南门那儿迎接。南门外的长江码头，是监利县最大的码头。

徐将军听了这些议论，这才晓得地方安排了欢迎自己的事宜。于是对路边一个三十多岁的汉子说，你郎应当是赵家大院的赵少爷吧？见对方迟疑地点了头，便说，我是金言银楼徐家的徐国颂。

赵少爷惊喜地说，原来将军已经进城了。说着，这位人称富先生的赵少爷弯下腰，向将军鞠了一躬。

将军连忙脱帽回礼，说，可不可以麻烦你郎叫一个人去南门跟郑县长说一哈，说徐国颂已经从保和门进城回家了，请他叫人们各自回家，不必迎接。

富先生说，我这就去。

徐将军说，就说我感谢县长和监利父老的盛情。

富先生看出，这个人果然长得有几分像他崖崖徐德秋的样子。

富先生不仅是仗义疏财的及时雨，也是监利城少一派的绅士之首。他恭敬地笑道，冇冇想到第一个遇见徐将军的会是我。徐将军，欢迎回家！又说，徐太太，欢迎回家！我这就去转告郑县长。

旁边的人听说这个戴墨镜的人就是徐将军，一时欢呼起来，跟着将军就往金言银楼方向走。将军冇有料到，自己会被人们这样欢迎，很有些不习惯，但又十分无奈。这小县城里的人，见了衣锦荣归的乡亲都会是这个样子，他从小见得也多。

不一刻，将军来到了家门口，这时，二老和两个姐姐、两个姐夫，还有一个人，就是比他年龄还小的表叔永骄，他们一起向前迎上。永骄本是随离湖游击队进城的，他跟大队长马学文说了与将军是姨表亲，是穿开裆裤子的发小，想在将军的家中迎接，想跟他学学用兵之道。马学文笑道，我跟将军是表兄弟，不过你是隔了一代，还不如我和将军亲。也罢，我要带队伍，不能去他家中迎接，你就也代表一哈我吧。

将军叫了崖崖姆妈，便双膝跪在了街边。他的太太也顾不得裸露的白玉般的膝盖，跟着跪在了青石板上。二姐银颂紧走几步，心疼万分地扶起如花似玉的弟妹来。

人们再看将军时，他那右半边脸已满是眼雨。人们不禁心疼起他墨镜后面的左眼来。

将军离家那年，才是一个十五岁的伢子，脸上毛茸茸的，稚气都冇有脱，眼下却成了一个三十出头的精壮而又儒雅的汉子。将军再看两位老人，他们已两鬓花白，一脸皱纹。这十七年的时间，他们竟老成了这样，这可是盼他这个不肖之子盼成这样的。

将军独眼望着衰老的父母，说，恕儿子不孝！说罢一连磕了三个响头。

七

将军进到屋里，刚一落座，街上便响起喧天的锣鼓和炒豆子一般的鞭炮。

人们高呼口号：

欢迎抗战英雄回家！

监利人民齐心协力抗日！

原来是郑县长组织的三支欢迎队伍，分别从城东、南、西三个方向，往顺城街的金言银楼这边会聚过来。不一会儿，郑县长带着城里军警、工商、教育等各界代表，来到了金言银楼门前。徐将军只得出门致谢！

将军往街上望去，欢迎的队伍排在顺城街上，东不见头，西不见尾，他看到最近的两面旗帜，一面是"监利县国民抗日自卫队"，另一面是"离湖抗日游击大队"。抗战以来，将军走过江苏、安徽、江西、河南、湖北、湖南等地，耳朵里经常听说国共合作，但就是从来有没见过国民党和共产党的军队，能够实实在在地聚到一起。现在，在他的家乡江汉平原的这个小城，在他的家门口，他真真实实地看到了。这两支不同党派的队伍,彼此排在一起,而且他们都在喊着同样的口号——

赶走侉老东,打倒日本帝国主义!

将军紧紧握住郑县长的手,激动地说,感谢郑县长把国共合作做得这么好!

将军从军十几年,从黄埔军校起,就一直以冷峻在军中著称,此时他激动成这样,连他自己也不相信。他想,也许是因为身在离别多年的家乡的缘故,或是被家乡父老的抗战热情所感动。此前,将军心里认为,一个县长组织人马欢迎自己,不过是做做样子,或者是套套近乎,做个顺水人情。现在,他见了门前这两支不同党派的队伍聚在一起,说明这个郑县长,要不就是有超人的本事,要不就是有令所有人钦佩的德望,或者是二者兼而有之。

将军想,这个郑县长,绝不是一个平庸之辈,他这个县长能做到的,自己这个行伍出身的军人,却是很难做到的。将军不禁因自己开始轻看县长而感到自责。

郑县长转身指着身后的一个汉子说,这位是县国民自卫队的黄大队长。

将军便向黄队长伸出手。

郑县长又指着另一个额头有块铜钱疤的汉子说,这位徐将军应当认识。

徐将军努力看了看这个胡子茂盛的黑脸汉子,倒是有些眼熟,但又认不出来。

郑县长笑道,他就是将军二姑妈家的马学文,是你的表弟啊,他是新四军离湖游击大队的大队长。

文子?

国颂哥!

表兄弟俩抱到了一起。

马学文说,你离家时,差不多还是一个伢子,现在,我也认不出你来了。又说,还记得我们俩六七岁时,在护城河边打架,打成两个小泥人吗?

将军说,你额上添了一个疤,我丢了一只眼,我俩都不是少年的你和我了,走在路上遇到,哪会认得出来。他问,你这额上的疤,是怎么回事?

马学文笑道,是侉老东的手雷炸的。

将军感慨地说,全国各地,若都能像我们监利人这样,不管是国民党还是共产党,都像眼前这样真真实实地聚到一起,抗战的胜利很快就会到来!

众人都称将军说得好。

将军说,我已向上峰递交申请,恳请留在江汉地区抗日,若能得到批准,我们即可联手抗战,不信打不走日本鬼子!

马学文向自卫队黄队长伸出手,说,当年"闹红"时,我们曾经交过手,但不打不相识,今后,我们跟徐将军一起,狠狠地打日本鬼子吧!

黄队长说，以前是兄弟不和，现在是兄弟同对外敌，过去和现在，完全不一样，相信我们会合作得很好，就算我们心里都不服气对方，但也得先打走日本鬼子再说嘛！

三位军人的手紧紧握在一起。

徐将军说，郑县长，我是因私回家养伤和探亲，你们何必兴师动众，弄得徐某于心不安。

郑县长说，徐将军，郑某是借了这个机会，把国共两党的地方武装，还有监利的百姓，都团结到一起，进行一次全民抗战的动员与誓师，不妥之处，还请将军多多包涵。

将军的大姐夫——江汉咸菜作坊的瞿道勤老板开玩笑道，这么说，县长组织欢迎我内弟，还是捡了个大便宜啊。

大家都笑成了一片。

徐将军说，既是这样，我也就心安了。感谢郑县长如此深谋远虑。

这个时候，永骄一直站在一旁看着，他身份低微，不能打扰几位大人物相谈。这时，马学文向将军介绍道，表哥，这一位也是你的表亲——还是你的小表叔，你还记得吗？

将军望着瘦得像枯豆干子，但目光却十分深邃的永骄，实在想不起来。

永骄有些腼腆地笑道，我是赵家垴的永骄，是你郎的小姨老妣的孙子，小时候诨名"叫歌子"。

将军这才回忆起来，说，叫歌子——小表叔，我们一起玩过泥巴的啊，还一起学唱过丧歌啊，可是，你怎么瘦成这个样子？

马学文说，去年九月，为了破坏佟老东在长堤垸建机场的计划，我们与自卫队联手，在长堤垸打了两仗，一仗是攻打飞机场工地的佟老东，是自卫队打的；一仗是伏击在赵家垴比鼓的佟老东，是我们游击队打的。在赵家垴的这一仗，佟老东打破了永骄的胆囊，很精壮的一个人，便成了这样，幸亏他练过多年武功，否则，可能就是一个病夫样子了。他又兴奋地说，佟老东冇有能在长堤垸建起飞机场，永骄可是立了头功，那次的作战计划，就是他琢磨出来的，他也是我们的抗日英雄！

将军一把抱住永骄的肩，说，叫歌子，小表叔，你还唱丧鼓吗？

马学文说，他师父死在佟老东的枪下，现在的歌王是他了，当然唱，而且，他还是长堤垸的民兵副队长！

将军高兴地说，你看，我们这亲攀亲的，都在抗日，何愁打不败日本鬼子！

永骄说，我想跟将军学打仗，所以特地在你郎家里等你郎呢。

将军说，学打仗？打仗不用学，你打多了，就自然会了。

将军便邀请郑县长进屋。县长说，将军刚刚回家，要与亲人团聚，我不能多打扰，不过，我有几句话，倒是要跟将军在屋里说说。

郑县长与将军进到里屋后，他压低了声音说，将军回来养伤省亲，本不该多打扰，但最近，我们一直想攻打县南的白螺矶日军飞机场，只是兵力武器都十分有限，苦于找不到制胜之策，所以还想请将军出谋划策，好好指教。

徐将军听说打日军飞机场，顿时精神一振，说，抗战是头等大事，白螺矶的日军机场，不仅是地方的事，我们军队也很头痛。去年空袭武汉的日机，很多就是从白螺矶飞过去的，给我们的战局造成了极大的不利。现在，长沙会战的日军战机，也有很多是从这儿出击的，我们也一直想攻打，只是一时无法分身。而且正规军的一举一动，都在日军的严密监视之中，不容易进行袭击。郑县长现在有这个想法，我倒觉得利用地方武装来做这件事，反而能出其不意，攻其不备，更容易成功。我看，此战，已有八成的把握！

郑县长说，我们晓得白螺矶的日军机场是前线的一大祸害，所以一直想炸掉它。

将军想了想，说，这样，明儿上午，我到县府去，请郑县长把主要的武装头领召集一下，大家一起商议。不过，事关重大，县长先不要说是商讨军务，而是礼节性回访。又说，我的想法是，自卫队的黄队长，游击队的马队长，加上县长本人，加上一个你郎特别信得过的助手，这就够了。

郑县长听了，精神分外振作，他从将军家里出来，对荣秘书吩咐，指挥游行队伍在城里两条主街再游行一圈，把全县军民共同抗日的火烧旺。

八

城里传出消息，徐将军将于农历八月十八——也就是中秋节后的第三天，在家里补办婚礼。人们说，将军虽然不主张隆重操办，但是家乡人却一定要办得热热闹闹，以表对英雄的敬意。监利县国共两党及社会各界人士，都准备参加徐将军的婚礼，因此，这也是一个团结抗战的婚礼。因为将军家的房子太小，喜酒将在城里最大的酒楼楚天楼举办。这个消息，使人们十分振奋。

八月十七的清早，四层高的楚天楼提前张灯结彩，县国民抗日自卫队在将军家周围和楚天楼守卫，在大街小巷巡逻，离湖游击队则在城外布防，以防佴老东袭击。这个婚礼，是监利有史以来关注度最高的婚礼，也是参与者最杂的婚礼。

农历八月十八，是一个黄道吉日。这天早晨，将军与太太穿戴一新，披红挂彩，在带枪军人的护卫下，步行来到监利城中心的楚天楼。一路上，观者如潮。楚天楼早在两天前就贴出了十七日与十八日谢客两天的告示，专心备办将军的婚礼。

楚天楼很大，参加婚礼的人进到里面，喝茶的喝茶，打牌的打牌，看戏的看戏，安排得十分周全。这次，徐家请了两套外地戏班子，一套是荆州的楚剧班子，一套是沔阳的花鼓戏班子，让他们轮流演出，让客人们看一个够。这样一来，客人们进了楚天楼，就不用出来了。主持婚礼的县府荣秘书说，按江汉地区老规矩，这婚礼得办两天两夜，但是将军认为现在是非常时期，不远的长沙会战打得正紧，这个婚礼就只办一天一夜。不过，这婚礼的一天一夜，都安排得满满的，所以酒席、茶会、牌九、唱戏等等，都是一场接一场地连轴转。

楚天楼周围布置了岗哨。所有进去参加婚礼的人都被告知，为了保持婚礼的热闹，以及弥补原本要办两天喜酒的不足，客人来了之后，要等到晚上的喜宴结束后才可出去，望大家一定给个面子。又说，如果确实需要中途离开楚天楼，一定请告知婚礼的副支宾赵家少爷富先生——他这位及时雨，熟悉各行各业人士，小事由富先生处理，大事则由他转告将军的大姐夫——喜宴的主支宾——商会瞿副会长。如果来宾有事要通知外面的家属或亲友，则请将军的舅侄女婿左铁匠代为传达。左铁匠的堂客，是将军二姐的大女儿，可能是近亲结婚，此女生了一双对眼，所以下嫁给了左铁匠。

荣秘书说，现在是非常时期，监利城人员混杂，将军又是抗战英雄，侉老东欲除之而后快，必要的防范不可疏忽。这样一来，楚天楼里的人越聚越多，里面觥筹交错，歌舞升平，声音传得远远的，惹得好多百姓羡慕不已。

据说，此次婚礼所收的礼金，除了酒水开支，剩下的将全部捐给无正常经费来源的离湖游击大队作为军费。

中午的喜宴开席之前，将军的父母也被请进了楚天楼。不一会儿，郑县长也带着国共两支抗日武装的头领黄队长与马队长，高高兴兴地进了楚天楼。

晚上九点，楚天楼灯火通明，笑语喧哗，喜酒进入高潮。此时，百里之遥的县南长江边的白螺矶，则响起了枪声。

白螺矶日军的飞机场，建在监利城下游长江边一片开阔的洼地里，南面是天堑长江，北面是监利县仅有的两座小山中的一座——狮子山，东侧与西侧则是长江大堤。此处易守难攻，郑县长带人两次攻打都未有成功，反而使日军防守更加严密。这个日军机场，平时聚集了七八十架战机，东飞武汉不用一个钟头，南飞岳阳只要十多分钟，西飞宜昌也不要一个钟头，北飞荆州则只要半个钟头，它是整个江汉平原及周边大中城市的心腹大患。

首先是长江下游的江面上响起枪声，佟老东立即出动了两艘军舰，扑向下游。但是接着，长江上游的洞庭湖出口处也传来枪声，佟老东只得将剩下的三艘汽艇开往上游搜查。接下来，北面的狮子山上也响起了枪声，佟老东又派人往山上搜索。紧接着，佟老东又发现东西两边的江堤上也响起了枪声。佟老东一下子乱了套，不知一下子哪来的这么多人马。在佟老东掌握的情报里，长沙会战打得正紧，江汉地区只有远在沔阳城的国军一二八师，以及监利抗日自卫队和离湖游击队。一二八师是杂牌军，为了保存私人武装般的军队实力，师长王劲哉绝不会远途进攻，而自卫队和游击队合起来也不过四五百人，何况国共还一直不和，实力更是有限。但是现在竟是五面来敌，实在出乎意料。佟老东急了，只得打电话给机场外线呈扇面布防的几个驻点，让他们派日伪军前来增援，然而电话却打不通，估计是电话线被剪断了。

机场五面受敌，且不知对方虚实，佟老东只得分兵数路应战。佟老东明知这样兵力十分分散，不利于战斗，但也有得更好的办法。而这时，机场东面的电网被剪断，一股人马冲了进来。佟老东的地堡里顿时喷射出火舌，向袭击者发起狙击。因为是在夜里，地堡的火舌暴露之后，反而利于抗日队伍从薄弱之处突进。而此时，长江上游与下游的敌我双方，也在江面上打得不可开交。不一会儿，北面山上也冲下一支人马，佟老东只得把机场内的主力都往东北面集中。

这时，机场的电灯也被狙击手打熄了大半，使佟老东更加摸不着头脑。侉老东怀疑袭击他们的，极有可能是驻扎沔阳的王劲哉的队伍，这是离机场最近的颇具实力的中国军队。但是他们一直派有明岗暗哨，紧盯着一二八师的动向，如果一二八师派了大量人马开到相距三百里的白螺矶，绝不可能不被发现。这到底是怎么回事？

不久，整个机场的电灯全部熄灭，看来是发电房被袭击者控制了，双方只能借着月光开战。很快，西面的电网也被剪开，一群戴着嚼子的狗窜入了机场。狗群进入一个陌生的地方，又是枪声震天之地，开始还在畏畏缩缩地走，但是，它们尾巴上绑的鞭炮的引火绳烧到了最后，鞭炮开始陆续炸响。接着，狗尾上拖着的淋了汽油的破布也烧燃了，身上绑的炸弹也不时爆炸，一时群狗惊炸，叫声四起，爆炸不绝，整个机场一片混乱。

西边的游击队，很多都是参加过红军或赤卫队的，再就是各垸子的民兵骨干，他们都有着较为丰富的夜战经验。游击队趁乱分散出击，直奔停机坪。此时也有不少狗窜到了停机坪，游击队员将手榴弹往飞机群里猛扔，立刻四处开花，响成一片。永骄和兴虎两人也冲进了机场，他们不时将手榴弹往飞机群里扔，火光映得他们紧绷的脸一闪一闪，使他们显比以前老练多了。

永骄和兴虎两人都受了轻伤，永骄伤在小臂上，兴虎伤在大腿上，两人找了一个角落，互相包扎了，又接着钻出来向前冲。两人都有有带枪，使的都是大刀和手榴弹，这在夜间的近战中倒也实用。兴虎一连砍倒两个侉老东，永骄却一个也还有有砍到。他正有些着急，一个浑身闪着黑光的家伙，弓着身子从停机坪朝他这边窜了过来。这家伙穿的原来是皮衣，个子又矮，整个人就像一头黑色的江猪子，看来是一个开飞机的。这家伙长得很壮，跑得很快，还真像一头猛冲的江猪子，是个货真价实的日本矮子。在闪闪的火光中，他还提着一支闪光的短枪。永骄估计硬拼不会是这家伙的对手，便大胆地爬向这家伙必经的地方。他清楚这家伙从亮处窜过来，不一定能看到在暗处爬行的自己。他爬到地方后，仰身躺在地上，即使这家伙发现了自己，也会认为是一具死尸。果然，这个家伙跑到永骄跟前时发现了他，他稍一犹豫，便纵身跃起，准备跨过这具"死尸"。只是就在这时，地上的"死尸"突然复活，一道刀光闪了起来。这家伙人已跃起，想改变行动方式，腿上却挨了一刀。这家伙倒也训练有素，他侧身倒下，就地一滚，向已经半站起来的永骄举起枪来。永骄毕竟从小习武，虽然力气大不如前，但机灵却还在。他佯作进攻，将刀举起，然后忽然倒地，急速滚到那家伙身边。那家伙冇有料到对手竟然突然中断挥刀，向他迎了上来，他猝不及防，扣扳机的手指也来不及收回，枪向原先的方向射出了一颗子弹。这一枪为永骄赢得了难得的时间，他一刀横去，扫中了那家伙的左手。那家伙挨了一刀，虽然不重，但突然的剧痛使他无法马上向永骄开枪。永骄深知自己力气比一年前小了一半，自己又是倒在地上扫过去的一刀，力量更是有限，那家伙只要一忍住痛，向他开枪就是轻而易举的事，他不能给这家伙这个机会，于是将上半身支撑起来，朝这家伙的颈部砍去。这家伙本能地矮下身子，刀便砍在了他的脸上。这家伙号叫起来。永骄站了起来，又向这家伙的脑壳砍了一刀。这一刀砍得足够有力，这家伙仰面倒下，只是发出噗噗噗的怪声。永骄再补一刀，终于砍断了这家伙的颈脖，热烫的血溅了永骄一脸。这是永骄第一次杀人,虽然杀的是佮老东,也使他不由自主地惊怔了片刻,像傻了似的发起了呆。好一会儿,他才清醒过来。他从佮老东手中抽过手枪,用袖子抹了一把脸上的血。这时,冲到前面去了的兴虎折返回来,他不见了永骄,以为他遇上麻烦了,特地回来寻找。他找到永骄时,永骄正趴在地上喘粗气。

永骄气喘吁吁地说,扶我一把,累死我了。

兴虎把他扶到一个角落里,小声说,叫你不要来,你偏要来逞强,这打仗,也是要体力的,你只负责给我出谋划策就行了。

永骄说,我是民兵副队长,我不亲自上战场,怎么晓得打仗是怎么回事,将来又怎么能给你出谋划策?

可是,你这样反而拖了我的后腿呀。兴虎突然发现永骄手里的手枪,惊奇地问,哪来的枪?

永骄朝旁边不远的地方一指,说,我也砍了一个佮老东,看样子还是开飞机的。

兴虎惊喜地说,原来只指望你扔几个手榴弹的,冇有想到你真还宝刀不老!

两人观察了一会儿,又向停飞机的方向摸过去。永骄手中有了枪,胆子更大了。

本来,佮老东飞行员已有好多上了飞机,打算起飞以保全飞机,但是机场电灯熄了大半,仅靠飞机上的灯,看不清跑道,难以起飞。后来,佮老东见炸弹响起,带火的狗嘶吼着窜了过来,有的就想强行起飞,但是两眼一抹黑,反而出现了飞机互相撞击的事。一时间,机场火光冲天，接二连三的爆炸声震得地动山摇。

眼看停机坪上的飞机炸得差不多了，炸飞机的目标实现，袭击者并不恋战，迅速撤出了战场，兵分三路，不知去向。

此战，佴老东的战机被炸毁三十七架，死亡七十余人（其中飞行员十四名），打伤四十余人，打沉汽艇两艘，打坏军舰一艘。直到五个月后，佴老东的白螺矶机场才重新恢复使用。

就在白螺矶机场战斗打响之时，日伪军六百余人扑向了监利县城。佴老东也得到了情报，晓得徐将军这天在楚天楼大摆喜酒，他们便趁这个机会，准备袭击楚天楼，围剿监利县内的抗日武装，抓住徐将军和郑县长，以作为长沙会战的要挟筹码。因为此时，日军在长沙会战中已处于十分不利的境地，抓到一个敌方少将旅长，对他们十分重要。与此同时，监利境内的佴老东还要利用这个机会，占领监利县城，以达到控制这一江汉平原重镇的目的。然而此时的监利县城，除了三十多个守城的自卫队员，却再无多的武装。自卫队放了一阵枪，即撤得无影无踪。日伪军找遍了楚天楼与徐国颂的家，却不见将军的人影，等到他们接到外围据点飞马传来的机场被袭的消息时，才明白是中了摆喜酒这个大圈套。

将军与县长等人，是在楚天楼内化装成了吃喜酒的客人，秘密地离开了楚天楼，开往白螺矶。其他参战人马，则在八月十七的夜里，早早就潜伏到了机场附近的柴林芦荡里。

日伪军赶紧撤出县城，向白螺矶方向搜索过去，妄图能搜到袭击机场的抗日人马。他们认为，自己袭击监利县城的事，抗日队伍并不知情，正好也可以打他们一个出其不意。临走，日伪军不忘在城里放了几把火，烧了几栋大屋子，楚天楼也被烧掉了一只角，但很快被人们扑灭。

就在这伙日伪军搜索至离城十五里的分洪堤下时，却反而遭到了伏击。看来，袭击者早算准了他们会偷袭县城，同时，也算准了他们得知机场被袭之后，会返身搜索袭击者，于是在他们必经之地设下了埋伏。这彼此算来算去，还是抗日队伍棋高一着。

分洪堤是从长江大堤引出的一条支堤，呈东西走向，西起长江新洲江段，东到沔阳地界，刚好把先向东南、后折向东北的长江大堤连成一个巨大的三角形堤垸，这个三角形堤垸内的十多个乡镇，便成了分洪区。分洪堤以北为重点粮棉产区，以南为国家设立的分洪区。分洪区的作用是，一旦长江洪水威胁到武汉三镇，就炸开这个分洪区的长江干堤，让洪水泄入分洪区，以降低长江水位，保证武汉不被淹没。佟老东当初建机场时，有监南的白螺矶与监西的长堤垸两个选择，因为白螺矶处在分洪区内，他们怕机场会被洪水淹没，所以最初计划将机场建在分洪区外的监西的长堤垸，而在长堤垸建机场遭到袭击后，他们还是将机场建在了监南分洪区内的白螺矶，因为此地靠山面江，更利于防守，对江的岳阳也还有佟老东的驻军策应。

从县城返回的日伪军，只要封锁了分洪堤，就挡住了抗日军队的退路，然后在分洪区内搜索，打击对手就十分容易。只是他们哪里想到，抗日队伍袭击机场之后，竟然还有力量在这里设下埋伏，这令佟老东万万也有有想到！

在分洪堤设伏的方案，抗日队伍里绝大多数人开始都不晓得，大家在炸毁日军机场之后，都以为上面会指挥队伍，乘胜清剿机场内的所有的侉老东，将他们杀得一个不剩。因此，在郑县长下令迅速撤出飞机场战场时，不少人还在抱怨撤得太快，打得不过瘾，也很不划算。直到他们埋伏在分洪堤这儿，迎来从县城撤回来的日伪军，大家才不得不佩服这个作战方案的高妙。

原来，抗日队伍迅速从白螺矶机场撤出之后，徐将军下令所有人马，分三路往县城方向撤退，然后在离城十五里的分洪堤与长江干堤的交会处集结，进行分头埋伏。在水网交错的江汉平原，此处的两条陆路为敌军的必经之路，一条是县城通往白螺矶的公路，一条是县城通往白螺矶的沿江江堤。而这两条陆路在分洪堤这里相距不到一里地，是这两条路相距最近的地方，在此设伏，无论敌军从哪条路上来，甚至是分兵从两条路上来，伏兵都可以灵活调整。具体布置是，徐将军调来的两个排和一个机枪班埋伏于分洪堤之上，自卫队和游击队埋伏于长江干堤之上，借来的一二八师两个排埋伏于长江干堤下的防护林里。

分洪堤伏击战，将军利用此地设伏，居高临下进行打击，加上分洪堤北面有一条无桥的小河，敌人逃跑的路线也很窄。当战斗打响之后，埋伏在防护林里的一二八师两个排从敌后包抄过来，形成三面夹击，迫使敌人只有沿分洪堤下的小河向东逃跑，这个方向是前往洪湖的水网地带，河流渠汊纵横，地形不熟的侉老东容易被水阻拦，十分利于追击。

当日伪军进入伏击圈后，他们听到了好多挺机关枪的突突声。开始，他们还以为是遇上了自己的人马，发生了误会。在他们所掌握的情报中，监利县抗日自卫队倒是有三挺机关枪，但只有两挺是好的，而国军一二八师，则不会冒这么大的风险袭击机场，这不符合王劲哉保存实力的性格。然而，当他们连喊误会之时，反而遭到了更猛烈的扫射。

等到仓皇应战之时，日伪军已死伤了不少人马。这支日伪军中，有两个小队是侉老东兵，其余的都是伪军。在侉老东想组织火力反击之时，发现伪军已经逃得到处都是，他们只好一边还击，一边后撤。战场总指挥郑县长一声令下，抗日队伍一起扑向溃敌。永骄和兴虎这时都有了长枪，两人也相跟着从江堤上冲下来。这时，整个抗日队伍从三面拉成一张大网，打得网内的日伪军纷纷倒下。永骄打倒了两个敌人，兴虎则打倒了四个，两个人打得十分兴奋，连永骄这个枯豆干子也忘记了劳累。直到战斗结束，他已气喘吁吁，直不起腰来，只好用步枪撑着地。

此战，日伪军又丢下了四百多具尸体，五百多支枪支，比剿灭机场的残敌，战果整整多了近十倍。

原来，抗日队伍借徐将军办婚礼摆喜酒之名，在县城里唱了一出空城计，而在白螺矶机场则打了一场突袭战，又在分洪堤打了一场伏击战。徐将军悄悄地从汨罗调来了两个排加一个机枪班，又向王劲哉借来了两个排。一二八师的这两个排都是精兵，装备精良，已超过徐将军的借兵要求，王劲哉的心思，是想让国军正规军不要小看他的实力，所以借出了最好的两排人马。因为调来的和借来的人马都不多，而且还分成了南北两股，并化装成了地方武装，并冇有引起侉老东的注意。四个排各由一位将军的亲随指挥，并由一名游击队或自卫队骨干带路，分四路潜到白螺矶附近。即使这四个排加一个班都被日伪军发现，也不会引起他们的注意，更不会令日军发现他们会是同一伙，会去合击白螺矶飞机场。这四个排加一个班的正规军,连同监利县的两支地方武装的四百多人,再加上白螺矶当地民兵的配合,共有六百多人参战。

将军的安排是,机场上下游各安排他的一个排,带领当地民兵驾船扰敌,以分散的小船骚扰吸引日军舰艇,县自卫队从东面扰敌,一二八师两个排的人马从北面的狮子山上扑下,西面的离湖游击队负责炸机场的飞机,自卫队则在战场外围埋伏,阻击机场外线的援敌。整个兵力的安排,各自进攻的顺序,冲入机场与撤出战斗的时间,后来被称为各尽所长,环环相扣,进退有序,干净利落。此战,我方牺牲八人,重伤五人,轻伤二十多人,创造了江汉地区抗战中虚实巧用、以弱胜强、攻坚突袭的经典战例。

九

连续两场战斗结束,将军即乘小火轮逆江而上,回到监利县城。此时太阳已经升起,监利城西门外的庞公渡码头之上,迎接将军的百姓在西门渊边排成了长队,从江边的码头一直排到江堤上面,老百姓给将士们送来了月饼、鸡蛋、包子等食物。这段江堤名叫凤雏堤,源于三国时期刘备的副军师凤雏庞统。当年,庞统利用这个柳林遮掩的千亩巨渊,操练他创建的蜀国水军,这里的渡口便被后人称为庞公渡,江堤则被称为凤雏堤。人们都说,徐将军也具有凤雏之才,这儿是一个吉祥之地。

将军虽然仍是长衫礼帽,墨镜遮目,但却精神抖擞,充满自信。

有人提议为将军补办婚礼,众人一致响应。

将军说，家乡人用三十几架飞机为我的婚礼鸣礼炮、放焰火，这个婚礼还不够排场？

人们说，毕竟将军办婚礼摆喜酒，是唱了一出空城计，堂都冇有拜一个，给双亲头都冇有磕一个。

将军笑道，与家乡勇士一道打日本鬼子，这比么子都要好！给父母磕头，我等一会儿回到家去磕就是了。

原打算请几个亲戚摆两桌喜酒，简单地在家补办婚礼的徐将军，最后竟像一个衣锦荣归有钱有势的人那样，将婚礼大操大办，将喜酒摆满楚天楼，原来这一切，竟是为了掩人耳目，突然袭击侉老东的白螺矶飞机场。

两天之后，将军在家里摆了两桌喜酒，向欢迎他回家、并帮他举办热闹婚礼的家乡父老的代表，致以深切的谢意。喝这顿喜酒的人有郑县长、越参议、游击队马队长、自卫队黄队长、商会刘会长、商会瞿副会长，以及将军的亲戚永骄和左铁匠等人。

席间，将军的姆妈端上亲手做的团子，放于桌上，腾起一股热香。

团子这种江汉平原特有的风味小吃，大如橘子，表层为米粉做成的"壳"，里面的馅子类似饺子馅，但比一般的饺子馅丰富得多，其他地方闻所未闻。江汉平原人家元宵节或平时蒸团子，多在亲人团聚或是即将分别之时，因此别有深意。

现在，在将军即将返回抗战前线之际，将军的姆妈端上一盆热气腾腾的团子，一桌人马上明白了其中的含义。

郑县长以前曾赴日本留学，但却是江汉地区以积极抗日闻名的国民政府县长。他率先用筷子戳起一个团子，说，这团子，象征的是团结，是团圆，我们和徐将军，都是监利县的子民，徐将军的姆妈，也就是我们大家的姆妈，我们都是她老人家的儿子。郑县长说着，放下团子，站起来向将军的姆妈深深地鞠了一躬，又向将军的崖崖鞠了一躬。其他人也都起身，向两位老人鞠躬，把老人慌得不知所措。

将军的崖崖徐德秋先生做了一辈子的银匠，当了一辈子的老板，他深知民族大义。他说，国颂小时候读书，老师们都说他将来要成大器，现在器倒是成了，但俊俊朗朗一条少年郎，出门十七年回来，少了一只眼睛，更冇有像人家说的那样大富大贵。

说到这里，老银匠红肿的眼睛里淌下泪来。

老人接着说，我现在想清楚了，昨儿国颂也跟我说了，么子叫大富大贵？国家富了、民族强了，才叫大富大贵，也就是大家富、大家贵，以前，我们都把大富大贵想左了。前天侉老东抓不到国颂，放火烧了城里最好的几栋屋子，他们都是大富大贵的人家，但是国家不富不强，老百姓的家即使再富贵，也是冇得保障的。

将军马上就要回部队了，将军的姆妈、夫人以及两个姐姐，都在院子里哭成了一片。将军看了，也流下了眼雨。

越参议说，大家不要伤心了，将军你就剩一只眼睛了，流眼雨也比别个少了一行。大家要把眼雨往肚子里流，吃了团子，团结一心，共同把侉老东赶走。

马学文说，表哥，你放心上前线，我们会在后方团结合作，齐心抗日！

黄队长也表示，我以前是因为职责在身而抗日，从今儿起，我则是因国家在心而抗日。将军，我们期望胜利的那一天，再来你家吃团子，喝喜酒！

将军深沉地说，国颂放心了，我饭后就要回部队了，我的家、我的父母家人、我们的监利县，都托付给家乡的抗日队伍了。

将军又说，我向上级申请留在江汉抗日，暂时冇得到批准，但是抗日不分地方，我将在前线努力作战，报答父老乡亲。

最后，将军的外甥女婿左铁匠拿出一把小刀，赠送给将军。

这是驰名江汉平原的左家刀，以锋利耐久、削铁如泥而闻名，将军从小就喜欢，只是左家铁铺有一个铁的规矩，那就是不打兵器。将军忙双手接过匕首，将它拔出鞘来，匕首闪烁着寒光。将军便明白了左铁匠的心意，晓得他是为他破例了，不由得向这个晚辈深深地点了点头。

永骄对将军说，将军，我有得么子好说的，听你的，多打仗，从打仗中学打仗。不过，你指挥的这一仗，对我有着很大的启发，我将会好好把这一仗琢磨透，它可以举一反三啊。

将军说，叫歌子——小表叔，你说得太对了，打仗最重要的正是琢磨，把各个环节琢磨透，一环能扣住另一环，所有的环节扣成了一个圆，仗就好打了。

永骄认真地点点头。这一仗虽然不大，却打得十分巧妙，真是环环相扣，滴水不漏。永骄想，整个敌后抗战，战场十分分散，冇得么子大仗，主要都是小型的游击战与运动战，不过，打好千百场小仗，加起来也就是大仗的效果。将军指挥的这个小仗，对要学习打仗的他来说，这比学习打大仗更加实用。以前，他一直认为自己身体不大好，不太适合到游击队里去，现在他有了新的想法：打游击，体力固然重要，但更重要的，其实是脑力，因此，从小就喜欢唱打仗丧歌的他，完全是可以参加游击队的。

将军见永骄总是向他讨教作战方法，于是在临别之时，从箱中取出一书赠予永骄。他说，小表叔既然对作战用兵如此有兴趣，这本《增补曾胡治兵语录》就送给你。将军说，这是我在黄埔军校学习兵法的教材，是清末名将曾国藩与胡林翼两位前辈用兵治兵的智慧之精华，是我的随身之宝书。他说，曾国藩名声显赫，他我就不说了，这胡林翼先生英年早逝，其用兵之术，连曾国藩也一直说高于他十倍，你脑聪心灵，又读过很多打仗的老书，用心将它学透，必不亚于我们这些上过黄埔军校的军人。

永骄接过这本将军批注过的兵书，十分激动。

将军说，胡林翼先生在任贵州安顺知府的七年间，与盗匪交战数百次，后来又在我们湖北与太平军频繁交战，积累了丰富的作战经验，为清朝末期最杰出的军事家，我们都要好好读他的书。

将军回到部队后不久，第一次长沙会战即胜利结束，之后，他又参加了第二次长沙会战，升任中将师长，不幸在战斗中壮烈殉国。

令将军安慰的是，在人们私下认为是共产党的郑县长的带领下，监利县的国共联手抗日，一直进行得十分紧密，在整个江汉地区做得十分出色，堪称国共合作抗战的典范。

自从参加徐将军指挥的战斗之后，永骄变成了一个军事迷，他把

305

过去投入到背丧歌唱词和自编歌词的精力，全都投到了琢磨用兵打仗上面。他不仅将徐将军指挥的那场仗的用兵方法琢磨得十分透彻，还琢磨推演出另外一种方法，可以用同样的兵力，取得同样的战果。后来，他又找一些曾经参加过红军和赤卫队的人，要他们给他讲湘鄂西红军的常胜将军段德昌，讲他指挥作战的故事。段德昌是被江汉平原人誉为军事天才的红军战将，永骄一直深为敬服。与此同时，他也琢磨红军失败的战例，按照徐将军所指导的从败仗中找打胜仗的方法，认真琢磨后行布阵之法。此后多年，永骄不仅将徐将军送给他的《增补曾胡治兵语录》一书反复研学，而且抄写了三份。他推演打仗大都是在晚上，那时灯熄了，他躺在床上，满脑壳都是枪林弹雨，埋伏出击，以至于冷落了困在身边的堂客珍姆。珍姆埋怨道，你呀你，都成了一个打仗的神经病了。你一个种田唱丧歌的，难道还想当诸葛亮当吴用不成？你还想当将军当元帅不成？

永骄笑道，反正闲着也是闲着，万一哪天用得上呢。

十

在参加攻打白螺矶飞机场前三天，也就是中秋节那天，永骄来珍姆家送节礼，这是徐家第一次正式迎接新女婿上门。此前的六月初十发八字，互换两人的庚帖，赵家下聘，赵徐两家才算正式定亲。但按习俗，那天新女婿的身份还不算正式确定，登门的只能是媒人和亲家——男方的崖崖，发八字订婚后，新女婿才可登未婚妻的家门，正式获得女婿和未婚夫的身份。不过，这个规矩是为双方都是未婚的男女定的，双方中有一方结过婚，则可以不循此规。如果结过婚的男子娶未婚女子，一种是纳妾，一种是娶填房堂客，那样情况下的女方，都是下一等的待遇，几乎可以把所有的婚姻礼节省略，一般只是男方在媒人的陪同下，带上聘金和礼物上门认一下亲，也不用庚帖之类的文书，草草办了，早早娶进门。如果结过婚的女子嫁给未婚男子，则更为简单，常常聘金也不用。永骄当然清楚，作为一个红花女子，珍姆希望的婚姻是么样子的，因此，他一开始就向做媒的珍姆的姨妈表示，婚事的一切程序，都按双方未婚的礼节来办。他说他能娶到珍姆，不亚于娶到天仙。他自己此前跟龙伢子的姆妈成家，虽然冇有举办婚礼，毕竟已结过婚。对于珍姆来说，结婚却是她人生的一件大事，他绝对不能像别的男子娶填房堂客那样草率对待。他说，他即使空着两手，也要把所有的婚姻礼节都一一做到，否则，他就冇得资格娶珍姆。珍姆听说后，也十分感动，深感自己冇有看错永骄。

中秋节送节礼，主要送月饼，当然，酒肉也是必不可少的。珍姆的崖崖和永骄都是吃白家饭的人，以前两人就比较熟，虽说不像忘年的朋友，倒也相处随便，因此就不像一般的翁婿之间么生分与严肃。再说，两家之间的媒人，也是珍姆的姨妈，有些话也可以跳开媒人来说。

珍姆的崖崖对永骄说，你现在一家三口，家中冇得个主家的女人，按理得早一滴让你把珍姆娶过去。可是，珍姆从十来岁就开始为这个家尽心尽力，付出太多，我们心里一直对她有亏欠，所以也想多留她一些日子，不知你看怎么样？

永骄明白岳父顾忌婚事太匆忙，怕外人说闲话，说到底，也是事关珍姆的名声，于是他表示不必过急，一切都听岳父安排，也遵从珍姆的想法。

做岳父的就说，既然这样，我们也不留珍姆太久，婚期大致定在冬月尾腊月头，珍姆的年纪也拖得够大了，你那边也急需她过去，总之不能等到明年。

妣妣在一旁听了，却有些着急地说，还是早一滴为好，毕竟两个伢子都不是十七八岁的少年了。

这样一说，做岳父的就笑着看永骄。永骄本是一个很有主意的人，但这时却不表态了。见两位老人一直都望着自己，他只好老老实实地说，我们垸子的民兵骨干，最近会配合游击队行动，本来这是军事秘密，你郎也一直在帮新四军，我跟你郎说也就无妨，所以我也不好表态。

两个老人一听，顿时就明白了，军事行动，么子意外都有可能发生，永骄这是在替珍姆着想呢。在江汉风俗中，定了婚期的女子，就算是男方名义上的堂客了，如果名义上的丈夫在摆喜酒圆房之前突然残疾，女方是不能退婚的，如果是男方突然死去，名义上的堂客也很有可能要守望门寡，即使要解除婚约，至少要履行一些复杂的手续。岳父表示婚期还是暂定在冬尾腊头。妣妣当然也明白永骄的担心，也深为他的好意而感动，于是试探着说，婚期临近，可不可以不参加游击队的行动？

永骄十分感激地望着妣妣，却不说话。

做岳父的自己也在为抗日队伍做事，便说，这抗日的事，永骄自然责无旁贷，婚期的事，我们还是边走边看吧。

妣妣说，这兵荒马乱的年头，就不要讲么子老规矩老礼节了，早点把婚事办了,大家都落心。

永骄说,我觉得,还是不要那么匆忙。

两个长辈自然明白,永骄还是坚持为珍姆着想。正说着,珍姆带着三菊和一个小一些的女伢子从外面回来了,婚期的话题也只得中断。

早在八月初,业鉴木匠就被接到家里来打家具,也就是打珍姆的嫁妆。他带来了四个徒弟,打得很快,现在已经打得差不多了,今儿中秋节停了工,明儿后儿两天也就全部完工。等几天,漆匠把漆一上,一套家具就红红艳艳的了。

妣妣要永骄好好看看家具,她笑道,家具打得好不好,木匠是你们赵家垴的,我们就不管了。

永骄连声说,业鉴木匠打的家具,自然是有得说的,只是让你郎们太费心了,我都不晓得怎样感激崖和你郎老人家。

妣妣却岔开话题说,丫头靠姆妈教,我这个妣妣也有得能力教珍姆,毕竟是隔代人。妣妣说,你别看珍姆平时温温和和的,认起死理来,也是有些脾气的,所以,今后她若么子做得不好的,你就当是她的亲哥哥,让她几分。

永骄说,妣妣你郎放心,不要说珍姆是个知情达理的人,就是她真么子做过头的,我也会先让她一头,等她平静了我再跟她好好说。

妣妣一听,眼雨就出来了,她说,有你这句话,妣妣死也能闭眼睛了。永骄啊,不瞒你说,我又怕她跟龙伢子今后相处不好。

永骄安慰道,不会的,我看珍姆跟龙伢子有缘,其实,我跟珍姆能有今儿,还是龙伢子牵的线呢。当初珍姆去赵家垴看龙伢子姆妈的葬

309

礼，是她心疼龙伢子，而龙伢子也依赖她，才有后来的一些事，这些，你郎应当都听说过了。

妃妃流着眼雨笑道，是啊是啊，这都是前世结下的缘，珍姆从十岁起就不断有媒人上门，开始是我跟她崖崖不同意，后来是珍姆自己不同意，她一直拖到这个年纪，原来就是在等你，你说这不是命中注定的又是么子？

永骄只是高兴地笑。

妃妃说，按我的意思，你们成家越快越好，就怕哪一天我突然倒下了，就看不到你们成亲了呢，所以我就催赶紧打家具。有的人家，丫头还婆家都冇有说上，就打好了整套的家具，先不上漆，何时出嫁，何时上漆。珍姆的这套嫁妆，木料都准备了六七年了，也早按尺寸锯成了板，这样干得透，打制起来也快，这也是家中有丫头的人家惯常的做法。

中秋节过后几天，侉老东的白螺矶机场被炸的消息传遍了整个江汉平原，听说永骄也参加了这次战斗，杀了三个侉老东，左小臂上还受了伤，珍姆一家这才明白，中秋节那天，永骄婉拒妃妃提早成婚的提议，原来是担心他这次打仗会有么子闪失，不由得更敬重他的人品。妃妃自作主张，特地跑了一趟高家垴，让珍姆的姨妈传信，叫永骄上门来让她看看。她说，她马上就七十岁了，今儿死也不晓得，明儿死也不晓得，她要多看看这个孙女婿。这话传到赵家垴，赵家垴人都说永骄找了一个好岳父，一个好岳妃。有人说，既然老妃妃这么喜欢孙女婿，还不如马上让两个人成亲，成亲了好隔三岔五去看老人家，甚至可以把老人家接过来住。妃妃听说赵家垴人这样说，乐得合不上嘴，人们一提起珍姆和

310　江汉谣歌

永骄，她就笑出所剩不多的牙齿。

八月二十一的早上，永骄来到了珍姆家，一家人见永骄小臂上缠着纱布，有惊无险地打过一仗，一脸得胜的喜悦，都分外高兴。刚吃过饭，妲妲就催秋儿杀鸡，说是要好好给永骄补一补，末了她还要崖崖备酒，说是要为孙女婿摆庆功酒，永骄怎么拦都拦不住。

妲妲听说永骄还是长堤垸的民兵副队长，是赵家垴最勇武的赵兴虎的军师，便高兴地说，这么说来，打侉老东，你还是一个小头领？嗨，原来我的孙女婿，还是一条英雄好汉呢！哎呀，永骄啊，你么子都好，就是太瘦了。珍姆啊，你将来要好好心疼他，好好照顾他，把他养得壮壮的。这侉老东啊，真该天打雷劈，把我一个精精壮壮的孙女婿打成了这个样子！

过了三四天，永骄听业鉴木匠的徒弟说，珍姆的妲妲突然病了，整天躺床上不吃不喝，念叨着怕是见不到孙女出嫁了。永骄要去打探详情，业鉴木匠说，人生七十古来稀，七十多岁的老人了，就是身体好，过多的担心也会让她担心出病来。

永骄问，有这么神奇的事？

业鉴木匠说，这也不算么了神奇，而且好像也是一个规律。他说，我遇到过五六桩这样的事了，刚帮东家打好家具，不几天就传出家中老人卧病不起，于是，婚事往往得提前办理，一来冲喜，二来省得老人过世后，要过三年才能办喜事。

一个徒弟说，看来，骄哥的喜事得马上办了，冲冲喜，老人家的疾病就会好转，我们村前年就有过这样一桩事。

业鉴木匠说，如果不提前办婚事，按习俗，老人过世后，百日内办喜事也可以，但那样刚办丧事接着办喜事，多少有些不好。而等过了三年再办，如果是那些十六七岁的小后生也无所谓，你和你媳妇伢的年龄自然不行。所以，如果你岳妣病情不能很快好转，即使你不提出来，你岳父也会主动提出提前办喜事的，你就等着马上做新郎吧。

永骄心情难过起来，在他心里，他十分感激老妣妣，她把他看得比亲孙子秋儿都还重。

业鉴木匠说，遇上老人卧床不起，人们之所以尽量提前办喜事，最怕的是撞日子，也就是喜事撞上丧事，那就十分不好了。

永骄从业鉴木匠家回来，把事情跟崖崖说了，又跟春雷和桂妹子说了，一起商量了之后，他便去太马河街上买了一些点心水果，匆匆地去徐家垱看望岳妣。

进了丈佬家的门，岳妣果然躺在床上，脸色发黄，声弱气短，身体消瘦。珍姆难过地说，妣妣已经三四天冇有进食了，米汤喝进去都要吐出来，只能喝点清水。

秋儿、三菊和邻家的刘婶母女也在一旁忧心地叹息。

珍姆说，郎中来看了，也说是脉很弱，看上去焦虑太重，思伤脾，脾伤则肝伤，肝伤则肾伤，肾伤则心弱，心弱则全身都弱，如果一直吃不进东西，身体只会越来越差，这样下去，就会小病拖成大病，大病……郎中给她开了药，但她总是把药吐出来。

正说着，崖崖请来了永银道士。永银道士跟永骄常在十里八乡的葬礼上碰到，一个做道场，一个打丧鼓唱丧歌，彼此自然很熟。永银道士听说永骄成了徐家的女婿，赶紧向他道贺，说他找了一个好女子。永银道士问了老人发病的情况，问她最近说些么话，最担心么事，然后又切了切她的脉，看了看她的舌相，心中似乎有了一些数。他叫所有人退出房间，说是他要对妃妃施点道法。众人便屏声静气地退避出来，只听房间里传出永银道士低低的念咒声，接着又传出他的说话声，好像是在和妃妃说话，又好像是在和别的人说话，这神神道道的气氛，使大家不由得生起几分敬畏。

一会儿，永银道士开门出来，说，老人家年过七十，活得算是长的了，心力衰弱在所难免，所以，她的病根是在心上。你们刚才说，她最担心自己见不到孙女出嫁，担心自己的丧日撞上孙女的喜日，这样的担心，最伤心脏和身体，如果这样下去，就十分难说了。

一家人都问救治之法。永银道士说，这还用我来说吗？心病还得心药治，这地方上冲喜的事到处都有，我看这满屋的嫁妆都打好了，你们还在等么子？

永银道士这样一说，崖崖和秋儿都松了一口气，倒是珍妞和永骄两人闹了个大红脸，都低下脑壳不好意思。

邻家的刘婶笑着说，你们看，郎中和道士先生说的都一样，心病还得心药治，我说啊，你们赶紧筹办喜事吧。她说，我是看着珍妞长大的，等她这场喜酒，我也等了好几年了，你们难道还要我等下去？

刘婶的丫头也说，三菊姐小珍妞姐姐三岁，她的喜日子都定好了呢！

崖崖望着永骄，说，永骄，看来你们的喜事是得提前办了。

永骄点点头说，我听你郎的，就怕太匆忙，我做得不够好。

永银道士意味深长地看着永骄，浅浅地一笑，说，这个好与不好，又有么子尺度？就是给你三年五年时间，你未必就能办得事事妥帖？这办事啊，心到，情到，就算是妥妥当当了。

永银道士声称还有事，留下三张符，吩咐从今儿起，一天烧一张，留一滴符灰撒进半碗清水里，让老人家喝了，即有好转。他停了停，认真地说，但是真要病情除根，还是得冲喜。

崖崖说，不如你郎顺便帮两个伢子看个日子。

永银道士哈哈笑道，徐叔子，我跟你郎的女婿同辈，也该叫你郎叔子，你郎也是个吃百家饭的人，小事可以顺便，大事也能顺便？

崖崖一拍脑壳，不好意思地笑道，唉，我这一急，就糊里糊涂乱开腔了，还望你郎不要见怪。明儿，我专程去请你郎看日子。

永银道士又是浅浅一笑，从容告辞。一行人送他出门，他让众人留步，只要永骄跟着，说有话要交代。

永骄送出一段路，永银道士笑道，永骄，你我也是同姓兄弟，我跟你说话也就不转弯了，你呀，得好好记住你岳妃的一番好心啊！

永骄侧脸望向永银道士，见道士满眼都是真诚的笑。他与永银道士打过多年交道，他这样的真诚眼光，他还从来冇有见过。他怔了一哈，马上明白了永银道士的深意，也明白了岳妃的病因。他心里升起一股热流，眼睛热了，眼眶也湿了。

永银道士拍拍永骄的肩，低声笑道，你真是好福气呀，听说你是民兵的一个小头领，我看啊，你将来会大有作为，鼓痴师父教你的那些歌和书，也将会大有用场。不过，天机不可泄漏，你只说我叫你亲自喂妃妃一碗符水。

永骄深深地点了点头，目送着永银道士远去。望着永银道士单瘦而却稳沉的背影，永骄觉得他那仙风道骨的样子，并不是他靠衣着与容貌摆出来的，而是从他的身体里面散发出来的，那是一种气息，而不是模样。永骄头一次觉得，这个半路出家的炸炒米为生的俗人，曾经被鼓痴师父视为唯利是图，被自己这类有点文墨的人不大认可，也被有些聪明人视为行术卖当，其实，这是人们都冇有真正了解他，而他，也刻意地不想让人们看懂他。他的道行，之所以被十里八乡的人广泛认可，这不是冇得道理的。

永骄马上悟出，所谓的道行，重要的并非么子高妙的法术咒语，而是察言观色的眼光、深究人心的思考、体谅人情的胸怀。这道行的本真，说穿了，它不过是待人处世之道，以及人情体贴之道。

十一

一大早，三菊依约来到珍姐家，准备一起到大堤外的洲上去捕鱼。她还冇有走进珍姐家的门，就闻到了浓浓的漆香，不由得兴奋起来。

珍姐的嫁妆家具全打好了，前几天三菊来看的时候，漆匠还在忙着打砂纸、刮腻子，自然看不出效果。现在已经刷好了漆，肯定非常漂亮了。在珍姐的指教下，三菊已经晓得怎样看家具了。珍姐说，看家具，正是要在冇有上漆的时候看，才能看出家具的用料好不好、榫卯结合得紧不紧密、板拼得平不平整、边角做得圆不圆滑，如果等上了漆再看，你除了看漆刷得好不好外，么子都不容易看清了。三菊说，你怎么晓得那么多。珍姆说，这都是业鉴木匠自己说的。三菊便羡慕珍姆请到了好木匠。

那天，三菊看珍姆的家具看得十分仔细，她也是今年出嫁，婚期定在冬月二十六。过几天，她家请的木匠也要开始为她打嫁妆了，她提前学会了看家具，就好监工了。当然，她自己不会跟木匠说么子，但她会跟姆妈说，跟崖崖说，由姆妈和崖崖替她监工把关。这陪嫁的家具，是女人一生中尤其重要的东西，万万马虎不得。

在江汉平原，备办女子的一套嫁妆，是一件几乎跟盖屋子同等重要的事，比男子娶亲还要重要许多。一套嫁妆，不仅是父母的脸面，更是出嫁女子一辈子的脸面。而在所有嫁妆中，家具又是重中之重。如果陪嫁的桌凳柜子用的木料差，或者是木料冇有干透，又或者是木匠的手艺太差，家具用不了多长时间就会夽缝、松动、脱榫、变形，就会被婆家指责，也会被婆家的邻里耻笑。如果遇上尖酸刻薄的公婆、妯娌和邻居，你就会有听不尽的闲话、看不完的脸色、受不完的气。遇上苛刻的人，即使你用的木料上好，家具也冇有那么快就坏，但如果你请的木匠名气不大、招牌不响，也会是人们说是非的根由。因此，同样是木匠，有的木匠带着一大群徒弟都忙不过来，还要请帮忙的木匠师傅，有的木匠却待在家中冇得活干，或者有活干却不过是帮活多的木匠帮工，这说明人们对打嫁妆的要求都很高。

珍姆家请的赵家垴的业鉴木匠，人称监利西乡的第一把斧头，要请他打嫁妆盖屋子，一般都要提前一两年预订排号，否则你休想请到他。

当然，业鉴木匠在排号时，也会留有一定的空档，以应不时之需。珍姆的崖崖不过是提前了三个月请他，却轻易请到了，这主要是业鉴木匠是永骄一个村子里的，两人还都是赵家族中的理事，平日私交也很好。而且，珍姆的崖崖也是吃百家饭的手艺人，业鉴木匠也要给点面子。业鉴木匠给她挤出了一个空档，让她插了个号。要换了别个，想插这个号，做梦都做错了。三菊冇有请到业鉴木匠，心中总是有些失望，于是在看珍姆的家具时，便格外用心，以学得经验，好监督自家请的木匠，以免家具打得太差。

三菊今儿看到的家具，已经漆上了深红色的漆，只等干透，随时都可以用了。这家具的漆也漆得十分漂亮，冇得一点不均匀的地方，就像是一道清水流过似的，平滑得像镜子一般，照得人的眉眼都十分清楚，简直可以当镜子来梳头。漆匠是珍姆的崖崖的一个要好的朋友，漆得自然十分仔细。令三菊高兴的是，在珍姆的崖崖的帮助下，她家也请到了这个有名的漆匠。

江汉平原结婚的家具，都归女方打置，归男方打置的家具，仅有一张喜床和配套的一块榻板。因此，结一个婚，女方不知比男方要麻烦多少倍，也不知要多花多少钱。所以，江汉平原与别地相反，婚事中真正费钱费事的一方，自古以来都是女方，而不是男方。一整套家具包括：大八仙桌、小饭桌、高凳（四条）、中凳（四条）、高椅（两把或四把）、矮椅（两把或四把）、矮凳（圆、方各一只）、床头柜（一对）、秋箱桌（上放茶具茶点，内放小杂物）、书桌（文盲也要，将来儿子读书更要）、大笼箱（一对或两对）、大衣柜、梳妆台、洗脸盆架、脸盆、脚盆、捶衣棒等等，总之，新婚夫妻将来过日子要用到的家具，必须样样俱全。这些家具，婆家当然也有，但那是婆婆甚至是太婆婆的嫁妆，你的新家具陪嫁到婆家后，有的也许短期内不会用它，但你必须要有。否则，遇上稍微厉害一滴的公婆，就会有你好看的。长堤垸下游的王府垸有一个女子，本来陪嫁了一只捶衣棒头，也漆得红艳艳的，可能是在运嫁妆或是摆嫁妆时，不慎被运家具的男方喜夫弄丢了，新婚第二天，新娘子洗衣冇得捶衣棒头用，只好红着脸找婆婆借用，婆婆不仅以找不到旧捶衣棒头为由不借，还为了打媳妇的码头（下马威），奚落谩骂媳妇的娘家捶衣棒头也舍不得陪嫁一根，气得新娘投河死了。就因为一根一尺多长的捶衣棒头，竟弄得家破人亡，足见嫁妆是多么重要！这件事发生之后，这十里八乡的女子出嫁，捶衣棒头等容易丢失的小件嫁妆，如果上头那天不能锁在柜子箱子里，则不让男方接嫁妆的喜夫运走，而是在第二天的正期那天，收好锁好，随花轿而行——这叫作嫁妆跟人走，以确保这些小物件不被遗失。有的女子出嫁时，小心得一只起夜的尿罐，都会锁在装贵重细软的箱笼里跟随花轿走，否则，新娘子夜里冇得尿罐用，还不晓得会闹出么子糟糕事儿来，弄出人命来也未可知。

上面所说的这些家具，不过是普通人家的嫁妆，如果是富足的大户人家的丫头出嫁，家具还要多出很多。

看完了家具，三菊又看餐具茶具之类，这些也是过日子必不可少的物品，同样是越多越好。锅盘碗盏、菜刀砧板、筷子刷帚、茶杯酒杯、坛子罐子、灯盏油壶，无所不有。接着又看床上的铺盖之类，四床棉被、两套被套被面、一对枕头、一对枕巾、一顶蚊帐、一幅帐帘、一对帐钩，还有镜子梳子、胭脂香粉、肥皂牙粉，以及针头线脑，样样齐全。

看完这些，三菊不由得长长赞叹。这个从小冇得姆妈的珍姐，家具除外，其他的嫁妆，大都是她自己一点一滴地置办起来的，做得真是事无巨细，百般完备。而三菊自己的，则有姆妈帮她置备，还有两个嫂子帮着出谋划策。

三菊叹道，做一个女人，真是太不容易了，而珍姐姐则更不容易。

珍姐也叹道，哪个说不是呢，一户人家嫁一个女子，真是要脱上三层皮呢！难怪有的丫头生得多的人家，不是把丫头送人，就是给人当童养媳，再就是干脆一生下来就脑壳朝下地塞到尿罐里闷死，谎称生下来就是死婴。

三菊伤感地说，哪止这样，我的大姐给人当了童养媳，二姐嫁了人，这些年来，她们的婆家的红白喜事接连不断，我家里都得送钱送礼，好在我两个哥哥日子过得还好，才能帮衬我的崖崖姆妈勉强应付。唉，我这一出嫁，家里又多了一个无底洞，想起来，真的是有愧啊。

珍姐说，所以啊，很多人家都是从丫头一出生起，就开始积攒嫁妆钱了。有的人家，专门准备了一个只能进不能出的扑满罐儿，每年限定往里面塞多少钱进去，不到万不得已——也就是遇到要救家人的性命这样的大事——这个钱是不得挪作他用的。这样日积月累，等到丫头要出嫁时，就有了一定的积蓄，好歹也能置办一套像样的嫁妆。她说，我的姆妈去世之后，我的崖崖就早早准备了这么一个扑满罐儿，不时往里面塞钱。说着，她的眼睛也湿了。三菊见了，也流下眼雨来，两个女子坐在一起，伤感做女子的不易。这，也许又是江汉平原女子哭嫁哭得十分伤心的一个原因。

三菊问,那骄哥来的聘金怎么样?

一说到骄哥,珍姆脸上就满是笑。她说,他呀,刚盖了屋子,春雷和桂妹子帮了他,朋友也帮了他,哪里又有多少呢。停了停,她说,不过我晓得他尽力了,也尽心了,他自己有些过意不去,再三跟我说,也跟我崖崖说,嫁妆尽量简单,否则他心里不安。

三菊笑道,骄哥说得对,所以你是可以简单一滴的。

珍姆说,我也是这么想,可是我的崖崖、妣妣、秋儿,都说这么多年亏欠了我,都想尽办法要把嫁妆办得好一滴,唉,也真难为亲人们了。说到这里,珍姆的眼睛又湿了。但她却依然笑着,眼雨坠在长长的眼睫毛上,欲滴不滴,把三菊的心也看得酸酸的,不知是笑好,还是哭好。

本来,珍姆的喜日子是要定在冬月尾腊月头的,但是因为妣妣病了需要冲喜,便提前了。其实,三菊也再三建议珍姆,把喜日子定在她的前面。三菊想陪伴珍姆出嫁,她觉得珍姆拖成了老女,年龄相近的伴嫁女子都找不到了,村里的红花女子,也就她三菊年龄大一滴,给珍姆伴嫁还勉强相衬,要是她嫁在了珍姆前面,给珍姆伴嫁的将全是十六七岁的小女伢子了,就完全衬不上了,那将会令珍姆十分难堪。三菊听说珍姆的喜日子定在了九月二十四,是在她的喜日子前面,十分高兴。

说也奇怪,珍姆的喜日子一定,妣妣的病就开始好转了,不几天,就能喝粥了,也能下床了。三菊去看她,她躺在外面晒太阳,乐呵呵地说,永银道士说,九月二十四这个日子,嫁娶、出行、安床、进人口等,都十分相宜,与一对新人的生肖也冇得么子冲煞。妣妣笑得满脸皱纹,说，永银道士还说，按照习惯，人们大都在冬腊月里办喜事，原因是冬腊月里农事少，还有一个就是，冬腊月里办喜事，可以把年货也一起置办了，既省事，也省钱，是人们过日子的一种精打细算。三菊连连点头。妣妣又说，永银道士说，其实从孕育方面来说，秋凉之时结婚，天气不冷不热，是阴阳交合的最好时间，也是受孕的最好时间，而伢子出生在来年夏天或秋天，同样也是最好的时间。

三菊红着脸说，这永银道士，想得还真周到。

妣妣安慰三菊说，不过，你的喜日子也很好，虽然迟一滴，但一般生伢子也会是在秋天，那时五谷丰登，仓满囤实，月母子和奶伢子都不缺吃的。

三菊听得满脸通红，但也十分开心。

珍姆对这个日子也感到满意，她想到九月二十四的婚期虽然早了一滴，但也过了龙伢子的姆妈的周年忌日。永骄对这个日子也十分满意，他说，这是妣妣对他的恩典，所以他特别感激妣妣，一时送来黄鳝，一时送来脚鱼，一时送来莲子，让珍姆炖汤给妣妣喝。徐家垱的人都说，这个孙女婿的孝心，十里八乡十分少见。妣妣不承认是自己给了永骄恩典，反而说是他和珍姆的婚事的喜气，使她的病好了起来，是她这个老婆婆，托了他们两个晚辈的大福。

珍姆十分感激永银道士。她时常想到，去年看过龙伢子的姆妈的丧葬后，自己犯了魔怔，那一段失魂落魄的日子，也是永银道士给崖崖指点了迷津，使她平静地度过了那一段神不守舍的时光，从而使自己既冇有在村子里造成不良影响，也冇有弄出么子意外。她认为永银道士选的日子，一定是黄道吉日。

珍姆也深深感激三菊，有她伴着自己出嫁，而不全是小自己一大截的小女伢子，就把她衬得多少要自然一滴，相比起来不是太像老女。而无论哭嫁，还是伴嫁，有三菊陪伴，自己也会踏实很多。

两个红花女子伤感一会儿，高兴一会儿，就带上三角推网和干粮，往荆江大堤外边的洲上出发。这个季节，正好晒鱼晒虾，她们要去河套里捕鱼虾，晒干了，虾可以炸虾饼，小鱼可以做炸鱼，大点的鱼可以腌胙鱼，这几样菜虽然上不了正席，也是可以在办喜酒时，用着吃散饭时招待客人与帮忙的村邻和朋友。

为了办酒席，两家人早就开始准备了。昨儿夜里，秋儿就跟三菊的二哥一起上洲去打野鸭了。三菊的二哥有一支猎枪，秋儿跟他去帮忙，讲好分他三分之一，到时候，腌在坛子里的野鸭既可以卤，也可以红烧，是一盘好菜。永骄也说了，摆酒席要用的蒸鱼、煎鱼和莲藕，他会和春雷一起下离湖去弄，到时候他会送来。至于肉，在上头那天，永骄会按习俗作为聘礼送过来。珍姆开春时细心地孵了两窝小鸡小鸭，现在早长大了，也是两道办喜酒的好菜。按江汉平原一般小户人家嫁丫头的酒席规格，八盘一汤，菜也就差不多了。

珍姆和三菊一路走一路说笑，两人都十分开心。她们说，好在我们这江汉平原还有那么多物产，好在还有洲上和河套，可以让我们只要肯花力气，就可以找到吃的，也可以找到换成银钱的东西。

十二

　　珍姆和三菊登上荆江大堤，眼前的秋景更加广阔，她们的心情也更加开朗。往南看，是波光闪闪的河套与苍苍茫茫的洲子。河套里的水浅了许多，正是肥美的鱼虾最好捕捞之时，也是采摘莲子菱角之季。洲子上的钢柴和芦苇的秆叶枯的枯黄的黄，而顶上的毛茸茸的穗子，则从灰白里翻涌着银光。这密密的柴林芦荡里，藏着上了膘的野鸭野鸡、野猪麋鹿、兔子獐子，十分诱人。如果仅仅只是舍得力气打柴，那也收获不小。回头往北看，是垸子里一望无际的田野，是镶在田野中的散散落落的村庄，是屋顶上飘动的炊烟。此时，中谷早已收割，中谷田里的红花草和蓝花草已经快布满田野，远远望去一片嫩绿。有些中谷田里种的是荞麦，种得早的已经开出白色的小花，它们点缀在豆绿的叶子之间，远远看去，就成了一片乳白，看得人心尖上都十分舒坦。田野中还有少量的晚谷正待收割，它们长在早晚两季的高田里，看上去像一片镶在绿野上的金子。

　　人的心情好，看么子都觉得悦眼。这时，珍姆的眼光转到了大堤下的一片杨树林，她美好的心情却忽地暗了下来。姣兰的家，就在杨树林那边。平时她家的屋了被杨树叶掩隐着，很难看到，现在树叶落得差不多了，屋上的红砖和青瓦便隐约可见了。

　　珍姆对三菊说，我们绕到姣兰家去，看她能不能跟我们一起去洲上。

　　三菊说，她丈夫是放鹭鹚的打鱼佬，还要她像我们一样捕鱼捞虾？

　　珍姆笑道，她可以跟着我们一起去砍钢柴啊，现在钢柴价钱好，让她砍三捆钢柴，我们都帮她背上一捆，好歹可以挣几个小用钱。珍姐叹道，她的丈夫和婆婆苛刻得很，一文钱都不给她，她平时回一趟娘家，总要买点糖果饼子么子的向娘家的小伢子们打接迎吧，这个钱，她是很难向丈夫要到的。

三菊说，姣兰姐这日子过得真凄惨，她就不能上洲找点东西换钱吗，自己攒几个私房钱？

珍姐摇着脑壳说，她家中七口人，家务事都做不完啊，她自己生的两个伢子还小，更脱不开身，再说，洲子隔她家虽是很近，但是冇得伴，她哪敢一个人上洲子。她又说，她一年上几回洲子，都是我来叫她一起去的，有时候她又抽不出身，所以去得也少。

三菊叹道，唉，男怕入错行，女怕嫁错郎，这还一滴都不假啊。

珍姐也不住地叹息。

三菊说，珍姐姐，你嫁到长堤垸那个湖边上去，离街离得远，不能再像现在这样，在野外找到了值钱的东西，随时都可以拿到街上换钱，将来，怕是也冇得像现在这样挣钱方便呢。

珍姐笑道，你说说，姣兰就住在洲子边上，离街也不远，她可是最方便挣钱的人，可是她怎么样？

三菊说，我明白了，关键还是看你嫁的人怎么样？嫁的人不好，就是嫁到开钱庄的人家去，家里钱堆成山，你还是做不了一文钱的主。

珍姐笑道，就是，所以，日子怎么样，家世怎么样，这对一个女人来说，都不十分重要，重要的，还是你嫁的是么子人。

三菊说，我明白你为么子等到现在才肯嫁人了。

两人很快来到姣兰的家，却见姣兰在一边洗衣服，一边流眼雨，再看她脸上，正青肿得厉害。一问姣兰四岁的丫头，原来是她婆婆打的，而她的婆婆，则还在一旁不干不净地骂得难听。姣兰不是打不过婆婆，开始也还过手，但是婆婆在家要死要活，姣兰的丈夫杨老二便打姣兰，以平息他姆妈的怨气，可是高家婆认为儿子打得太轻，只是做做样子，便在家里闹得更加厉害，杨老二最后只得下死手打姣兰，才能换得家中一时的安宁。一来二去，夫妻就打得有得了情分，杨老二也打惯了手脚，高家婆更是有恃无恐，动不动就对姣兰打骂相加。

三菊看不过，冲姣兰大叫，姣兰姐，你这还叫人过的日子吗？哪个牛马过的日子有你差？你还洗么子衣服？你在这个家吃了多少还是穿了多少？你要做事，就跟我们上洲去，随便抓点鱼砍点柴，采点莲挖点笋，也可以衣食无忧，你还管别个搞么子！

姣兰的婆婆是一个出名的厉害角色，一般的老太婆，人们会称某家妲，而人们称姣兰的婆婆，都称高家婆，这某家婆的称呼，是对不值得敬重的老太婆的称呼。高家婆见三菊为姣兰打抱不平，便破口大骂道，哪里跑来的，老娘家里的事与你么子相干？快给老娘滚一边去！

姣兰也不是好惹的，回骂道，你这个枯心肝的老婆子，你这样作恶，太阳菩萨在天上看着你呢，都给你记着呢，到时候跟你结总账，叫你发急症，吐黑血，瘫在床上猪不闻、狗不尝，让你活活烂在床上！

珍姆连忙拉住三菊，说，这高家婆要是还有一滴人心，哪会这样，你是说不好骂不好的，她么子丑话都骂得出口，你一个红花女子，跟她骂太不划算。

高家婆骂得更凶了，唾沫溅起三尺远。她骂，你是哪钻出来的，你将来烂到婆家去，遇到的公婆和丈夫会比老娘狠上百倍千倍，不用半年六个月，就把你打烂，烂得蛆直滚、脓直流、臭翻天，死了冇得人埋！

高家婆的诨名很长，叫沾不得的臭母狗。臭母狗是一种高约一尺上下的野生植物，它开出的臭花，蝴蝶虹虹飞过都要被熏得晕头转向；它结出的臭果，外面裹一层软绵黏稠的绒毛，衣服鞋子不小心沾上，沾得臭熏熏的一片，必须用火慢慢地烧才能除掉。高家婆一张嘴臭出得奇，骂人的水平十分了得，周围无人可比。人们说她骂起人来，嘴壳里的臭气与涎水百般厉害，可以把飞过的蚊子苍蝇熏得跌落下来，可以把身边的庄稼骂得蔫黄，甚至被她骂人时的口气熏过的树也不肯长，会变得黄黄瘦瘦。她今儿骂得还是轻的，平常她骂起人来，一般都是左手拿砧板，右手拿菜刀，骂上一句，仰上一肩，跺上一脚，在砧板上剁一刀，仿佛剁在被骂者的身上。用她的话说，要把人家的八十八代剁成三百六十块，剁成肉酱，剁得断子绝孙。为此，她专门备了一块不用的破砧板，每次剁骂之前先用水泡，以免剁得木渣飞溅，不经剁，破得快。尽管这样，她一年都要剁碎好几块砧板，以至于有人在丢掉烂砧板时，常开玩笑说不要丢掉，送给臭母狗去，她骂人时还能剁上几回。曾有一个二愣子光棍，竟真的将一块烂砧板拿来送给她，结果她拿了这块砧板，村头走到村尾，每天早晚两个来回，剁骂了整整十天，闹得整个村子的人受累，十天里瞌睡也冇有睡安。她每次这样剁骂，少则半天，多则十天半月，以至人们见了她，都要像避瘟神一样地绕开，生怕一不小心惹恼了她。

姣兰见婆婆骂三菊骂得这样难听，不禁气怒交加，她不知是哪来的勇气，几步冲过去，一把将高家婆推倒在地，又抡起巴掌左右开弓，连打六个巴掌，扇得婆婆脸上青一道、紫一道，要不是珍姐赶紧拉住，她还要痛打才解恨。

姣兰大叫，我今儿想好了，这样活着还不如死了的好，以前我还想着两个儿女还小，我现在也想穿了，儿女有他们的命，他们该怎么样也得怎么样。你这个恶婆子，我干脆先把你打死，再让你儿子来把我打死，这样一命抵一命，虽说我活得比你这个恶婆子短，但我总比三天两头挨你们母子俩的打骂划算！珍姐姐你放开我，我今儿就把这个恶人打死，我不想再等了，我跟她一起死了到阴间去，就轮到我天天打她，阴间有得她的儿子跟她合伙打我！放开我，我打死了她，即使她儿子不打死我，我自己也上吊投河吞老鼠药，跟到阴间去向她报仇，我在阴间一天打她一百遍！

高家婆坐在地上又是拍地、又是拍腿、又是飞涎水、又是甩鼻涕地放声哭喊：天哪，地哪，天土菩萨哪，恶媳妇打婆婆啦，老天你快打雷啊，劈死这个犯上作乱的啊，让她马上发急症抽筋吐白泡了啊！

珍姐叫三菊过来一起拉姣兰，三菊说，我不仅不拉，还要你松开姣兰姐，姣兰姐说得太有道理了，她这样活着真不如死了的好，死了，她可以天天痛打这个恶老婆子，阎王嗲肯定会说打得好！阴间的小鬼也会来帮着打！

这里只住了四户人家，都是以打鱼为生的。几个邻居也表示，姣兰不想活了，我们劝得了今儿劝不了明儿，还不如不劝。高家婆见邻居这种态度，也晓得邻居们为姣兰不平，叫骂得便有得那么凶了。人们这才劝住姣兰，但又担心姣兰的丈夫和他前妻的儿女回来不会饶她。

珍姆走过去扶高家婆，三菊不让，珍姆还是坚持去扶。高家婆见只有珍姆还理她，好歹还能挽住一滴面子，虽然她赖在地上不起来，但对珍姆也就不怎么抵触了，再抵触，她就成了孤家寡人了，连下台的台阶都冇得了。

珍姆说，高家妑，我跟姣兰一起长大的，她是么人我很清楚，嫁来你郎家这么多年，你郎对她怎么样大家也很清楚。我们今儿把年纪和辈分都抛开一边，把婆婆和媳妇的身份也都抛开一边，那么，我们都同样是女人，你郎说，女人和女人，我们该怎么相处才是呢？是不是该平等地互敬互爱互帮呢？我们再回过来，把刚才抛开的年纪辈分身份，又都加回到自己身上，我们还跟抛开它们时一样平等，一样互敬互爱互帮，你郎说是不是很好呢？再说，要是你郎自己的丫头在婆家受这样的难，你郎自己怎么想？你郎看，兔子逼急了还会咬人，你郎把姣兰逼急了，她不要命了，不怕死了，她也就不怕丈夫了，她要是一个劲地只想死，死了到阴间跟你郎作对报仇，你郎也划不来是不是？婆婆对媳妇不好的，天下多得是，媳妇对婆婆不好的也不少，但是若把人逼得不想活了，那就真是要翻天了。所以，我们做人，都留点路给别个走，自己的路才会更宽。

珍姆这样一说，高家婆虽然还不服气，但她见旁边的人都说珍姆说得在理，她也就无言以对。高家婆不再叫骂，只在那里哭自己的命不好，算是掩饰自己遭众人反对的尴尬。但是人们纷纷说，这姣兰，虽然此时把性命不要赢了一时，接下来肯定要吃大亏，不说别的，她丈夫回来,还不得把她狠狠地打上一场,而丈夫的前妻的儿女,还不得在高家婆的怂恿下,找她的碴子跟她过不去。

珍姆说,姣兰都不要命了,他们要打要杀,任他们吧。现在,我就把姣兰带去交给她丈夫,让他狠狠地打。说着,她真的拉起姣兰,要她跟着一起,去堤外的河套里找她丈夫,把她交给他去打。

珍姆说,反正他回来是要打的,还不如早一滴送给他去打。

三菊也说,珍姆姐说得对,姣兰姐,既然你想死,我们都支持你死,你这样活着,我们实在看不下去,迟不如早。她气愤地说,如果你丈夫今儿不把你打死,你再回来把这恶婆子打死,总之,你跟这恶婆子一起死,在阳世间你打不过她,在阴间难道也打不过不成?

姣兰大致明白了珍姆的意思,也不顾伢子们哭成一团,牙一咬,眼雨一擦,毅然地带路,要去把自己送给丈夫打。

邻居们也悟过来了,纷纷称赞珍姆说,还是这个女伢子会处事。他们也打抱不平地说,对,姣兰等丈夫回来挨打是打,现在送到丈夫面前去挨打同样是打,但是这两种挨打不一样,就看打的人能不能打明白,看他还有冇得一滴人心,他有得人心的话,就不值得再这样过下去。

江堤下面,邻家的几个小伢子唱着谣歌:

团子货(好打人者),打堂客,
打死堂客熬汤喝。
汤喝不饱,
团子货饿得吃蒿草。

329

夜里困到柴堆里，

团子货有得煨脚的。

早晨无人把门开，

原来是团子货嗝屁了。

下了荆江大堤，便是宽阔的河套地，这是长江改道后留下的老河床，也就是原先长江的江底，现在这儿有的地方变成了陆地，长起了荒草和钢柴芦苇，有的地方湾着浅水，有的地方湾着深水，水面沼泽与陆地纵横交错，极无规律。也正因为这里水陆交错，所以么子生物都可隐藏和生长，使人们取之不尽，也畏之如虎。

姣兰带着珍姐和三菊走了两三里路，就见杨老二一个人在大水汪里，撑着两头翘的小鹭鸶船在打鱼，这种船由两只八尺长、两尺宽、三尺深的小船对拼成"H"形，只不过"H"中间是两横而不是一横。它的中间的两横相当于两条扁担，可以把小船扛在肩上到处走，它是江汉水乡放鹭鸶的专用船，人们多叫它鹭鸶船，也叫它丫划子。鹭鸶不时用带钩的尖嘴抓到鱼，想吞下去，撑得脖子橡皮般地变粗，鱼却被颈脖上套着的铜圈卡着吞不进去，杨老二伸出长杆网兜，在鹭鸶的嘴壳下抄几哈，鱼就从鹭鸶嘴壳里落进网兜，杨老二将网兜收回，往丫划子的舱里一倒，鱼便落进舱里。杨老二从丫划子里抓起几条一两寸长的小鱼扔给鹭鸶，算是奖赏，鹭鸶吃了，不够填肚子，便又扎下水底去抓鱼。又有鹭鸶抓到了鱼，冒出水面直拍翅膀，杨老二伸出竹篙，让鹭鸶抓住，他将竹篙举起，挑着鹭鸶，放在船头上，接着一手抓住鹭鸶长长的颈脖，一手取出它嘴里挣扎着的鱼，然后将鱼砰的一哈扔进舱里，将鹭鸶啪的一声扔回水里。鹭鸶佬这样的操作，练就了超众的臂力，所以杨老二每次打姣兰，都打得很重，以至于她在下雨变天之时，都会伤痛发作，十分痛苦。

三菊朝杨老二大声叫喊，直呼其名，要他上岸。杨老二跟三菊不太熟，跟珍姆却很熟，他见姣兰也跟在两个女伢子后面不吭声，不由得有些莫名其妙。

杨老二问，你们有么子事？

珍姆说，杨哥，不是有事，我们也不会找到这儿来，你先上岸，耽误一会儿，我们说几句话就走，我们也要去抓鱼呢。

杨老二看见珍姆和三菊都扛着带着长篙的三角推网，疑疑惑惑地将丫划子撑到岸边。杨老二上了岸，六只蓝黑色的鹭鸶便歇在丫划子两头，它们镶着金圈的眼睛十分犀利，打瞌睡的打瞌睡，梳羽毛的梳羽毛。杨老二见姣兰硬着脖子绷着脸望着一边，又见三菊气鼓鼓的样子，晓得不会是么子好事，便有些小高兴。特别是三菊刚才直呼其名的口气，叫他十分恼火。但他晓得三菊的两个哥哥不好惹，因此就忍着有冇发火。而珍姆，现在已是十里八乡有名的号子手赵永骄的未婚妻，他也不好不给面子。

珍姆平静地说，杨哥，今儿的事，说小就跟跳蚤一样小，说大就跟天那么大，你先看看姣兰，她是你的堂客，她比我还小三个月，你看她现在看起来，还像是二十出头的女子吗？

杨老二晓得来者不善，也不回话，他低头掏出烟袋，卷了一根喇

331

叭筒，打起火石，吹燃纸煤儿，点燃了烟。

珍姆说，我直接说吧，高家妣今儿打了姣兰，脸都打青了，这你看得到，你说打得好不好？她见杨老二不吭声，又说，不过，今儿姣兰还了手，把高家妣推得坐在了地上，还扇了五六个巴掌，这是我和三菊亲眼所见，你的儿女和邻居也都看见了，你说，这打得是不是错了？

珍姆还有有说完，杨老二腾地站起来，瞪起眼睛就冲姣兰骂，你这个该死的贱堂客！

珍姆说，按常理，媳妇还婆婆的手，好像是有些不该，是该做丈夫的教训，邻居们也说，你回去会狠狠痛打姣兰，我们想，反正你是要打的，不如我们把她带来，让你早一滴打，打得及时一滴。

杨老二虽然一脸怒气，却一时说不出话来，他不停地在地上转圈，不停地骂，你这个贱堂客，你这个贱堂客！

珍姆说，杨哥，你就不想想，姣兰以前不还手，现在为么子还手了？见杨老二不说话，珍姆说，是因为她不再怕你打了，她为么子不怕你打了，你晓得吗？

杨老二朝水里吐了一口痰，然后龇着焦黄的牙齿鼓着眼睛说，我哪里晓得！

珍姆说，姣兰是不再想活了，她要把高家妣打死，然后让你打死她，这样，她就可以到阴间天天打高家妣，反正阴间冇得你来打她，她想怎么打就怎么打。

杨老二有些傻了，硬着嘴说，她敢！

珍姆说，有么子不敢，刚才不是还手打了吗？要不是我们拉住她，高家妣已经被她打死了，如果这样，即使你不打死姣兰，她自己也会投河吊颈吞老鼠药，总之，姣兰就是想死，非要死不可。珍姆后退一步，做出不挡杨老二的样子说，所以，她现在送到你面前来让你打死，你最好趁她还有有打死高家妣，赶紧把她打死，这样虽然闹得家破人亡，但家破人亡你并不怕，你只怕高家妣不高兴。

这这这……杨老二被噎得语无伦次。

珍姆说，杨哥，你打呀，刚好是姣兰自己想死，你打死她也算是成全她，是帮她做好事，这也不枉她跟你做了五年夫妻，不枉她跟你同床共枕生儿育女了一场。珍姆正色地说，再说，她今儿是还手打了婆婆，你这个时候打死她，我们徐家垱的人肯定不会为难你，而其他时候你打死她，甚至是她自己寻短路死了，徐家垱的人百分之百不会轻饶你，至少会把你的屋子掀个底朝天。所以，现在是你最好的机会！

杨老二向姣兰看去，见她不仅冇得以前的恐惧，而且还硬硬地盯着他。她旁边站着的三菊，则拿着一把小砍刀，虎虎地盯着他。这种小砍刀，是女人们上洲时的随身之物，一来防蛇防豺狗防坏人，二来随时砍点柴割点菜，这洲上就发生过女子砍死豺狗砍残男将的事儿。杨老二看出姣兰真是豁出去了，也晓得了珍姆的用心，他蹲下来，颤抖着手，又卷了一根烟，一边抽，一边低头喘气。

珍姆说，杨哥，你怎么不打呀？你不打，不闹得家破人亡，回去高家妣会饶得了你？

你别说了，我脑壳痛。杨老二露出又烦恼又痛苦的神情。

珍姆说，杨哥，我也晓得你不想闹得家破人亡，高家妣其实也不

333

想闹得家破人亡，她不过是个性太强，意气用事，她根本冇有想过让你把姣兰打死，打死了，她的儿子还能找到第三个堂客？她这一群孙子孙女的吃喝拉撒，难道她自己心甘情愿来管？难道由她来陪你一辈子，由她来顶起你们家的半边天？所以，高家妃再糊涂，也不会糊涂到要你打死堂客。珍姆见杨老二彻底软了，放缓口气说，既然这样，你们又何苦把姣兰往死路上逼呢？你难道从来就冇有想过，你们会把她逼死？这地方上逼死堂客的事，也不时发生，他们最后的结果，你也不是冇有看到，你为么子就不想想后果呢？

杨老二低着脑壳，烟也忘了抽，都烧到手指了，他才将烟蒂松掉。

珍姆说，杨哥，我话不多说了，既然你不打姣兰，她是我们带来的，我们得先把她带走，免得她自己投水死了，人们说是你打死了扔到水里的，这个罪名你担不起，我跟三菊也担不起。

珍姆走到姣兰身边说，姣兰，你耽误我和三菊半天工夫，你就帮我们提鱼篓去吧。她说，鱼卖了，我们会分你钱，你今后就跟我们一起上洲挣钱，你养活自己还是绰绰有余的。她看了三菊一眼，继续对姣兰说，我、三菊，还有其他的姐妹，我们一起砍了钢柴，帮你在你娘家或我家旁边，搭上一个茅草棚子住着，如果杨哥不诚心诚意地去接你，现在的政府允许女人提出打脱离休丈夫，你好好养养身体，杨哥不把你当一回事，你还可以重新找一户人家。说着，她和三菊将姣兰拉起就走。

十三

妃妃呀,这喜一冲,我看,你郎再活它个一二十年,都冇得半点问题呢。

这是我们看到的冲喜冲得最为喜气洋洋的事呢,妃妃,你郎让我们见了广了。

妃妃乐呵呵地坐在门前,接受亲友和村人的祝福。这些天,她的嘴壳从来就冇有合拢过,以至于北风把牙齿吹得发冷,竟然又掉了一颗老牙。秋儿十分痛惜,从地上捡起那颗焦黄的牙齿,恨不得像栽秧一样,重新栽回到妃妃的嘴里去。秋儿说,妃妃,你郎今后怎么吃饭呀。

妃妃瘪着嘴笑道,老了掉牙,这是福气,你姐姐大喜,我喜都喜饱了,用不着吃饭了。

秋儿带着几个亲友,将漆得红艳艳的家具全摆在门前。三菊带着几个女伢子,将红红的铺盖行李和五颜六色的餐具茶具,整整齐齐地摆在家具上面。嫁妆摆得如此热闹,引得人们啧啧赞叹。

嫁妆在门前摆满了,珍姆的哭嫁又开始了。很快,三菊的陪哭声也传了过来。

姣兰是出了嫁的女人,不能进闺房陪哭,只好坐在门前陪着妃妃说话,她一边说,眼雨一边不停地流。妃妃也在流眼雨,但她脸上始终笑着。妃妃说,我这个老妃妃呀,终于望到了这一天啊!姣兰啊,你就别哭了,听说杨老二现在改了好多,不再听他姆妈的糊涂话了。听说你婆婆也冇得以前那样刁蛮霸道了,你的苦日子啊,也终是熬过去了,接下来，就会一天比一天好啦。

姣兰抽泣道，这都得亏珍娌姐和三菊呢，我的邻居们都对珍娌姐赞不绝口，还说她好比观音神仙呢。

正说着，门前的村道上来了一群后生，他们抬着半爿肥猪和一大坛酒，挑着一对鲤鱼和一对鸡，扛着绕着缆绳的杠子和扁担，礼物上、杠子上，全都披红挂彩，红红艳艳。他们特地绕了远路从太马河街上过来，永骄就走在他们中间。人们说，赵家垴上头的喜夫来了，这赵家垴的后生们一个个好精神，哪个家中的丫头还有有说人家的，你们都把眼睛睁大一滴睁圆一滴，相中了哪个后生子就吱一声，我们好当媒人，好让我们撮几杯酒喝喝，撮几双草鞋穿穿。

这些赵家垴的后生们，今儿替永骄家当喜夫，他们在徐家喝过中午的喜酒后，会拿到徐家的利市红包，然后把徐家的嫁妆运往赵家去。

赵家垴这边，永骄的门前热闹非凡。永骄亲戚虽然不多，但是打丧鼓唱丧歌耍龙舞狮的朋友五湖四海，他又是族中理事，村人前来送恭贺喝喜酒的差不多有一大半。他新盖的屋子门前，搭起了一个大大的喜棚，下面摆了八张桌子，屋里也摆了四张桌子，两边的邻居家里，也各摆了四张桌子。按理，永骄不过是小户小家，但这个喜酒摆得比一般人家都要大，比中户人家的还要好一些，花费自然不小。但是不用担心，前来送恭贺喝喜酒的亲友，都会送上一份不薄的礼金，也就是份子钱，不至于让摆喜酒的东家亏本，最起码礼金付酒席钱是有得问题的。

住在城里的垸董老爷和儿子富先生都早早来了。本来，他们父子由富先生回来喝喜酒就行了，毕竟他是永骄同族的兄弟，俩人又是要好的朋友，但垸董老爷说，平常他难得回乡下老家一趟，正好趁这个机会回来看看。其实旁人心中有数，垸董老爷这是看得起永骄，才亲自前来喝喜酒的，一般人家，怕是请也难得请到。

今儿，厚基族长也成了一个大忙人，他写好了大红对联和墙帖，又让女人们剪好了窗花，接着又要指导春雷和几个厨师做菜。娶媳妇的酒席一般要比嫁丫头的酒席丰盛，所以酒席定了十菜一汤，菜单子也是厚基族长跟永骄一起定的，菜单上写着：蒸肉、蒸鱼、三鲜、煎鱼、胡萝卜炖鸡、竹笋炖猪肚、回锅牛肉、红烧野鸭、肉溜豆腐、榨菜肉丝、莲藕龙骨汤。春雷做菜的手艺本就不错，有厚基族长指点，自然会更加出色。春雷只会做红烧牛肉和卤牛肉，还有有做过回锅牛肉，既然厚基族长定了这道菜，说明厚基族长准备教他。

厚基族长是个读书人，他年轻时在省城里教过书、办过报、给吴佩孚当过参事，算是一位名士，后来世道纷乱，父母老迈，而儿子业国又在日本组织华人抗议日本侵华时遇害，他也要抚养孙子永华，于是便隐居乡下老家，过起采菊东篱下的生活。回村之后，族里人都推举他做族长，他不仅学识高、见识广、处事公，辈分也最高。他不想当族长，但又推却不掉这公益的事儿，便声明只做一届，哪知人们不计他退下，又做起了第二届。厚基族长祖上传下来的田地上百亩，是赵家堉田地仅次于垸董老爷家的大户，他不愁吃喝，便静心在家养花作诗写字。他还喜欢琢磨做菜，时不时亲自下厨，做出一些新的花样。长堤垸跟他交情好的人家摆喜酒时，也常请他指点，他也随兴而至，虽不亲自操刀掌勺，但经他指点做出的菜，色香味形果然与众不同。渐渐地，他的厨艺一传十十传百，村里的男男女女不少人都学得了一招两式，以至于赵家垴村的人琢磨做菜成风，田间地头，牛背船舱，不时可听到人们讨论菜的做法，谈论吃的故事。不出几年，赵家垴人做菜的手艺，便比别村人多了些讲究，全村人吃菜的口味，也高别村人一等。这样一来，十里八乡的人，对赵家垴去的客人都格外慎重，做菜免不了多费些心思，以至于人们都说赵家垴人会吃，赵家垴的客人不好招待。如果说赵家垴的客人对某家做的菜评价不错，某家人就格外脸上有光。这样产生的后果，就是赵家垴的未婚男女，成为这一带人们首选的嫁娶对象。好菜自然好下酒，赵家垴人也因此都比较好酒。厚基族长也自是好酒之人，不然，他也不至于对做菜如此热衷。他不仅好酒，还爱喝早酒。一早起来，洗漱完毕，厚基族长的堂客方姨早端上三两个小菜，温上一两热酒，厚基族长慢慢品了早酒，才开始一天的闲散生活。如此一来，村里不少人也开始时不时喝点早酒。村里不少人都懂得酿酒，有几家更是开起了槽坊，以酿酒为业，都做得家大业大。春雷的二崖三崖开的槽坊最为出名，谷酒都卖到荆州沙市和汉口去了。两家大的槽坊旁边，各开了一家乡间茶馆兼早餐馆，早上就有一些男将过来，切两三样卤菜，撮一碟盐炒花生米，就着油炸团子、油炸糍粑和锅盔之类，慢慢地喝起早酒。

赵家垴的早酒之风，是厚基族长从城里带回来的，监利县城正是江汉平原早酒的发源地。监利的长江码头，是荆州、岳阳和汉口之间十分重要的码头。这里自古为富庶之地，县名本就是因三国时"监收鱼盐之利"而来。这里的物产丰富、需求旺盛，货物进出十分繁忙。到了民国初年，监利的大型码头已达三个，分别称为一矶头、二矶头和三矶头，小的码头另有好几处，比那些大中城市的码头规模几乎不会小，也因此形成了江汉平原独特的码头文化，这早酒就是这码头文化的一支。码头上的搬运工再怎么节俭，也不会亏待自己的肚腹，就是赊账，也是要喝早酒的。他们一早喝了烧酒，再热热乎乎地干活，早酒就这样喝开了。一些沿河的集镇也纷纷仿效，于是早酒在监利乃至江汉平原遍地开花。赵家垱不过一个村子，因为厚基族长的带动，也兴起了喝早酒的风气。后来十里八乡的人们追根索源，把赵家垱称为"好吃垱"，把厚基族长称为"好吃佬总督"。民国时兴称呼总督，厚基族长读了一肚子书，冇得考功名的机会，更有冇做到总督，但他做吴佩孚这个总督的参事，倒是货真价实。他隐居乡下后，也不热衷于出人头地，对这个"好吃佬总督"的戏称，他倒也并不反感。不过，厚基族长对酗酒之人却深恶痛绝，说他们是辱没了酒、糟蹋了酒，也就是不配喝酒的意思。所以，赵家垱人若是饮酒过量，就会有人说，小心厚基族长晓得了叫你去祠堂听故事，喝酒的人就有所收敛。厚基族长对酗酒的人讲故事，不过是和和气气地讲，甚至也是风趣幽默地讲，但他会讲得你浑身不自在，讲得你低下脑壳来。

到了黄昏时分，去徐家垱上头运嫁妆的喜夫回来了，鞭炮便轰轰烈烈地炸了起来。浓浓的硝烟之中，人们争相观看徐家陪的嫁妆，不住地评头品足。嫁妆进门，喜夫们一一将其摆放好，女人们接着便来铺喜床。铺喜床的女人，必是儿子生得多的能干的嫂子辈，她一边铺床，一边寻找女方藏在枕头棉被垫单之中的红包。红包不大，但一般都是成双成对的六个八个甚至十个，于是铺喜床的嫂子不时发出欢喜的叫声。桂妹子还年轻,冇得资格铺喜床,便带着一个小媳妇摆放茶具餐具等小东小西,高兴得像是自己的喜事。

嫁妆全摆好了,晚席也开始了。上头这天,晚席的重头戏是陪十弟兄,即九个以喜夫为主的未婚童男陪着新郎,同坐一桌,随时接受所有亲友的敬酒。新郎喝不了的酒,则由同桌的后生代喝,特别是新郎左右两边称作左丞右相的后生,代新郎喝酒就是他们的义务,他们的酒量若不在一斤半以上,绝不敢坐到这个尊贵的位子上来。

今儿的新郎永骄十分特别,他不仅不是童男,还是一个伢子的崖崖。既然他按童男的标准举办婚礼,这陪十弟兄也得按老规矩来。永骄不太想陪十兄弟,特地征求厚基族长的意见。厚基族长也久闻珍姆的好名,笑道,大丈夫不拘小节,这样的事,既然自古无明确的规定,而你又确实是新郎,那这个十弟兄也就陪得。永骄还想找条退路,于是又去找思想开化的永富,不料永富却笑道,这本就是个好玩的事儿,过喜坏(指结婚,明指喜坏了,暗批借喜事之名做"坏"事)就是要多喜嘛。于是永骄只得坐到九个未婚的后生中间,喝起十弟兄酒。好在他与前妻成家时并冇有摆酒,也就冇有陪过十弟兄,这一回也算是头一回,这个十弟兄陪得也似乎当之无愧。人们便在一旁调笑,说永骄的十弟兄酒是十全大补酒。

人们还冲龙伢子调笑道,龙伢子,你的雀雀还从来冇有叫过,你才是个正正宗宗的童男子,赶快去给你的崖崖陪十弟兄。这话惹得人们一片哄笑,也把永骄的脸给笑得通红。

第二天是正期,也叫正娶之日。黄昏之际,鸡鸭归笼之时,锣鼓喧天,鞭炮不绝,一支迎亲加送亲的队伍进了长堤垸,来到了赵家垴的村头。打头的是一对火红的龙凤旗,接着的是成双成对的数面彩旗,再接着是敲锣打鼓吹唢呐的响器班子,再接着是男方请去接亲的四个红花女子,她们后面则是媒婆,媒婆后面则是花轿,花轿后面是新娘家来的以三菊为首的四个送亲的红花女子,再后面是送亲的舅子(舅子越多人势越旺,叔伯舅子也要来,如果舅子太少,同姓同辈的未过半百的男将甚至表兄表弟,也可以充数,这样显得娘家人势旺,婆家这边的人今后就不敢欺负新娘),最后面是女方的喜夫,喜夫挑的是新娘的衣服箱笼和鸡蛋白米,甚至还有生怕丢失的捶衣棒头和尿罐之类的陪嫁之物,它们藏身于箱笼之中,随时准备捍卫新娘的尊严。

新娘下了轿,接亲的红花女子将她领进新房,陪着她说话儿。送新娘的红花女子、舅子、媒人、喜夫等,则早被迎进隔了几家的某个屋子里喝茶,同时向新郎及新郎的父母进行交接礼,无非是娘家请新郎和公婆宽待新娘,而新郎和公婆则保证厚待新娘之类。

不一会儿,鞭炮再起,新郎新娘开始拜堂,公婆接受新人的跪拜之后,即各给新娘一个大红包。这时,最隆重的喜酒开席。此时的宴席,最重要的是陪十姊妹,即由婆家这边九个未婚的红花女子陪新娘吃饭,男方主要的亲戚们,则纷纷过来向新娘祝福。

这些繁文缛节把珍姐都要弄晕了。其实,幸福的时候,人总是有些晕晕乎乎的。

陪十姊妹的酒宴结束,新郎新娘入洞房。新婚三天无老少,有轻行重行毫耻,趁着酒兴,闹洞房即由此展开。

341

小伢子们挤不进洞房,就在外面大声唱谣歌:

新姑娘,咚咚锵,
锵到婆家喝米汤。
米汤喝得少,
养的儿子像谷草。
米汤喝得足,
养的儿子胖嘟嘟。

这样含着隐喻的喜庆谣歌,当然都是大人们作出来的。小伢子们不明就里,只觉得唱着叫着十分好玩,所以都闹得十分欢乐。

男将们听着谣歌,都心照不宣地在一旁怪笑,怂恿小伢子们声音再嗨一些,再嗨一些。

女人们听着谣歌,就不由得有些脸红,她们冲男将们嗔骂,嗨一些嗨一些,你们冇得一个是好东西!

男将们就笑,是的,我们冇得一个是好东西,可是,你们怎么一个个都热热闹闹地嫁给我们,还搭上一摆几里路长的嫁妆?

小伢子不管这些,只管冇心冇肺地唱着叫着:

新姑娘,咚咚锵,
锵到婆家喝米汤。
⋯⋯⋯⋯⋯

端午

第四部

一

江汉平原的初夏之夜当然与众不同，它平阔千里，水网无边，幽深莫测，既像银河之上宇宙纵深的洪荒，也像地表之下黑暗的地心世界。浮在这夜的表层的，是低细绵密的虫蝼与风合奏的天籁，而天籁所托起的夏夜的主角，则是起起落落高高低低的蛙声。

蛙声如潮如鼓，如人们的心跳。

你若闭上眼睛，仿佛就可以听到这深深浅浅的鲜绿蛙声，它呈湿润而柔软的单音，经过缓急错杂的多重奏鸣，幻化为漾漾荡荡的唱着或吟着的潮水。这种潮水的泡沫层出不穷，又不断销蚀湮灭。它是银白色的、墨绿色的、黛蓝色的、紫黑色的、青灰色的……它在幽暗的河滩上退退涌涌，漫漫潆潆，有得始终，也似乎有得变化。草丛中的虫子，更像是另一支规模宏大的乐队，与蛙族一同唱和，联袂呈现一场盛大无比的演奏。它们的乐声纷纷繁繁，恍若有了形状，像那漫天飘飞的芦花，又像那闪荡千里的波光，让人的眼睛看不过来。这样的演奏，似乎已经持续不息了千世万代，早已成了这方水土有声的一部分。就像水土之上的星子与空气，虽然寂寥无际，却也沉着淡然，亘古不绝，永不退场。

这样的夜，不管是明秀千里，也不管是昏蒙八荒，它从来都塞满着原始的骚动。特别是在那些月色如洗的夜晚，这种骚动更如女伢子的初潮，令女伢子躁动，也令男将们躁动，男男女女此起彼伏，生生不息。

远远地，有锣鼓的声音响了过来，打破了这广袤的蛙与虫与风与水织成的自然之声。

划花儿啊，龙在河哦，
一鼓啊一桡哦吆嗬嗬啊，
吆——嗬，吆嗬嗬啊。
…………

这是龙船的锣鼓号子，它从九曲回肠的长川河上传来，越来越近，越来越响，越来越勾撩人心。龙船划经沿河村落的某处，某处听到的锣鼓号子就会最为高昂。往下，这号子又越来越远，越来越弱，越来越虚幻，但是，它从来不会远弱虚幻到你听它不到。即使锣鼓号子偃息了，即使划龙船的水手上了岸，甚至是搂着堂客或者枕头酣沉沉地困着了，这抓人肝肠的锣鼓号子，也还在人们的心窝里起起伏伏、缠缠绕绕、回响不绝。

这龙船的锣鼓号子，它钻进江汉平原人的血管经络，一直响进人们的心腹地，漫进人们梦的纵深。它就在那儿生下根来，发出芽来，长出叶来，开出花来，结出果来，然后再发出芽来……

龙船的锣鼓号子，就这样成为江汉平原人血脉与魂魄的一部分，永世也不会泯灭，并且代代相传，血脉承继！

在龙船的锣鼓号子声中，河流与村庄躁动起来，空气与云彩躁动起来，庄稼与牲畜躁动起来，炊烟与血脉……也躁动起来。

高家垴啊有狠喽就来哟吆嗬嗬哦！
吆——嗬，吆嗬嗬啊。
不要啊缩在呀堂客的胯里哟龙在河哦！
划花儿，龙在河哦。
划！
咚咚（锣鼓声）划齐！
咚咚（锣鼓声）划齐！
哦哦哦哦哦哦哦哦……

龙船号子伴着激越的锣鼓，充满挑衅与戏谑，充满自傲与霸蛮！

千里江汉平原，茫茫楚邦水乡，族姓与族姓之间，村垸与村垸之间，甚至乡与乡之间，县与县之间，这种霸蛮之气，自古就有消停过。这种原始的村仇族怨，也世代相传。要问村仇族怨的来由，有的是因为土地，有的是因为水源，有的是因为森林，有的是因为女人，还有的，甚至仅仅是因为无聊——农人半年辛苦半年闲，用他们的话说，闲得卵子发骚痒，心上长茅草。古话说，无事必生非。那些新的旧的村仇族怨，便会在无聊中发酵、发作、发威！这些都是江汉平原人的日常琐屑，虽然鸡毛蒜皮、猪零狗碎，却也似乎从来少它不得。

天南海北、五方五土，极少见到江汉水乡这样根深蒂固的村仇族怨，更有得像这里的村仇族怨，竟然还有固定的爆发时间与周期。这种上不了书入不了史的村仇族怨，简直就跟女人的月水一样，到了固定的时间，必然血潮涨涌。

江汉平原村仇族怨的发作时间，正是每年的端午节期间，它恰如岁时节令，一年一度，从来没有断缺，只有大小凶缓。

一方水土，一方人众。江汉平原的人，特别慷慨好客，也特别蛮横逞狠。慷慨好客，源于江汉鱼米富甲天下；蛮横逞狠，则源于富饶之地所产生的丰厚利益需要争夺。这似乎好比贫穷人家的兄弟，往往因冇得家产可以争夺而相处和气，而富裕之家的兄弟，总是因财产而明争暗斗，冤冤相报，折腾不休。

江汉水乡的村垸之间的利益纷争，起因正是这方水土的丰饶，以及它独特的自然水文地理特点。

千里江汉平原，古属云梦大泽，为中国海拔最低的内陆地区，其平均海拔不过二十多米。如此一来，长江、汉江、东荆河、内荆河、长川河等大中型河流，其水面大多高于这个冲积平原上的田地与村落，堪为地上悬河。而洞庭湖、洪湖、汈汊湖、离湖等数以千计的湖泊，则长年水满，接纳河水的水量十分有限。如此危若累卵的水文地理形态，致使上游的山洪暴发与雪山融化，或是连续多日的大雨，都会使这里的江河湖泊暴涨，极易发生水患。自古以来，江汉平原被人们惯称三年两水甚至十年九水，是天下最易发生洪涝灾害的内陆地区。对于洪水，人人视为灾患，个个躲之不及，都恨不得将洪水推到别的地方去，这样对洪水的你推我引，自然要损害相邻的对方的利益。因此，江汉平原的垸子与垸子之间，因为旱涝引水和排水，大大小小的斗殴从来就冇有断过。

福也是水，祸也是水，水成了江汉平原人的心肝命脉。若是以水稻为主的庄稼被淹或遭旱，极有可能造成颗粒无收。民以食为天，为了各自的关天利益，村垸之间因排水与引水而产生械斗，自古司空见惯！村垸族姓之间的争夺打斗频繁，世代累积，仇怨百结，冇得哪个官府能断得了这乡里之间的清白。以至于这里历朝历代的地方官员，一律不理民间因水而生的斗殴，都采取装聋作哑视而不见的态度，任其自行解决。否则，这地方上的所谓父母官，就会被数不清的水利官司围堵裹挟，有如百蛇缠身，万蜂蒙头，从而无力于政事，永无安宁之日。

垸子，这个词应当源于院子。后者指四面合围的房屋，前者则指以堤坝合围起来的一个或数个村落，以及属于垸中村落的田野，相当于一个人们聚村而居的巨大的院子。这种垸子，几乎是古云梦泽的特产，其他地方鲜见这个名词，它是江汉之地的先民们在各自的属地边沿挽筑起来的大大的围堤，它将数个或十数个村落围在一个巨大的堤圈之中，形成一个封闭的围垸，形式上相当于房屋中的四合院。这样的围垸之外，则是江河湖泊，也就是较大的水域。这些水域，鱼虾菱藕取之不尽，而洪涝灾害又频繁发生，因此，它既是江汉平原人的财源，也是江汉平原人的灾源。这些围垸的土堤，高的比屋脊高出三个四个，最低的也是一丈有余。这有些像古代的土城，却比土城大出百倍数百倍。有了这垸堤，洪涝之时，可挡外水，以防洪水淹没田地与房屋，干旱之时，则可从垸外的河湖引水灌溉。所以，江汉平原的民间垸堤，与长江、汉江的国堤一样，是一方人众的命脉所系。这样以水利关系形成的垸子，是一种自然形成的生产生活区域，相当于行政区域中较大的村或者乡。

这龙船号子里喊唱的高家垴，是一个较大的高姓人聚居的村子，它坐落在长川河左岸，其所在的垸子叫塔耳垸，是塔耳垸中最大的自然村，位于同处长川河边的长堤垸的上游。这两垸的人，自古因水而成为宿敌（姑且称水利宿敌），彼此因水而争斗了几十代人。长堤垸的大姓之村赵家垴与塔耳垸的大姓之村高家垴，彼此成为最直接的水利宿敌，这是自然而然的事。用江汉平原人的说法，这是天生地养的，是天土菩萨安排的。换句话说，若把塔耳垸内高家垴的同盟刘家垳迁移到长堤垸，高家垴与刘家垳这对过去的同盟，也会很快因水利关系变成一对宿敌。总之，只要是两个垸子相邻，必生水利纠纷，必成水利宿敌，这是由不得你的事。这正是平原水乡村垸关系的特点。既然如此，赵家垴在与上游以高家垴为主的塔耳垸成为宿敌的同时，又与下游的王府垸和北面的禾丰垸，都同为自然所赋的水利宿敌，甚至与南面隔河相望的天井垸中的瞿姓、张姓、杨姓，偶尔也会因为往长川河里排水或抢水的多少而生嫌隙。

可以这么说，江汉之地，几乎每一个垸子，都处于四面楚歌的境地，垸子与垸子之间，无一不是因水而成的宿敌。

在这十里八乡，赵家垴最大的宿敌，就是塔耳垸的高家垴。高家垴相邻有吴家垴、刘家垳、范施湾、朱家垳、蔡家湖、李家湖等几个小自然村，因为自然地理把他们围在了一垸，他们与高家垴唇齿相依，利益与共，必须附庸于垸中的大姓高家垴。长堤垸的赵家垴也有自己的附庸——红丝垳、瞿家剐、罗家巷、邓家垳、班家门、石家垳、王家老爷垱、大西湾八个小一滴的自然村落，号称九村十三姓。长堤垸的赵家垱和塔耳垸的高家垱，分别是这两个垸子的龙头大哥。

在江汉平原这方水土之上，每个垸子都有自己的一个或数个水利宿敌。之所以说是水利宿敌，是因为这种敌对关系，绝对仅限于水利。除水利之外，彼此则不仅不是敌对的双方，甚至也可以是朋友、是亲戚，遇上大是大非，即出现水利宿敌共同的第三敌方——更大范围的敌方，如邻乡甚至邻县之间偶尔爆发的土地或水利的争夺，以及平原周边山区聚众前来抢夺粮食与钱财的灾民，这时，邻垸的水利宿敌又可因为新的利益关系，结成临时的同盟。最著名的例子是，在民国末期，湘鄂两省因湖南滨江的某乡豪绅私自在长江滩涂上挽堤围垸开荒垦田，致使江水失去漫延的缓冲之地，从而使长江的水位陡升，对沿江无山的湖北数县（湖南沿江有山脉挡水），造成大水逼境的危险。为此，湘鄂两省打起了长达数年的集体官司，国民政府中，两个省籍的不少高层军政要员也因为家乡父老的游说而卷挟进去，官司一直打到了蒋委员长的案前。这种时候，别说是长堤垸的赵家垱与塔耳垸的高家垱，就是所有的湖北人都会暂抛前嫌，结成统一战线，一致对付湖南这个共同的水利宿敌。

水利宿敌虽然垸垸相斗，但各垸百姓毕竟不可以足不出户。彼此斗归斗，打归打，但是平常过日子，都有经过对方的垸子去赶集、去串亲访友，以及进行各种必不可少的生产生活与娱乐活动，当然也包括必不可少的各种交易，甚至也包括田地的交易——长堤垸的大户垸董老爷家，在塔耳垸就有二十多亩水田。这种仅因水利而形成的宿敌，不像国外有些地方的部落冲突，彼此永不可跨入对方地盘，且绝不通婚。这样的敌对关系,在江汉平原是绝对不会有的,这也是江汉平原人所不齿的。这种把门关起来,把路竖起来的做法,不是江汉平原人的禀性。人们常说楚人豁达,这也是一个强有力的例证。

比如赵家垸的人,有女子嫁到周围的水利宿敌之村,也有娶对方村子女子的,相互之间绝对是亲戚。所以,江汉平原的水利宿敌在打斗之后,个人之间是不兴记仇的。比如前些天,赵家垸人将高家垸人打至重伤,但是过了些日子,赵家垸的某个打手可能会去高家垸走亲戚,而高家垸人是绝对不可报复的。这个打手打人之时,他是公家的身份,是他所在的村垸的一个指头一根毫毛,但他走亲戚时,则是私人身份,与他的村垸冇得关系。在这一点上,江汉平原人把公私分得十分清楚,绝不可以私报公仇或公仇私报。这种报复相当于过后报,如果进行过后报,即坏了古来约定俗成的规矩,你就会成为众矢之的。这样,你的同盟也好,对方的敌村也好,五方五土的人,都会指责你坏了乡俗与规矩。如果大家都进行公仇私报式的过后报,那还成人间世界?所以,江汉平原的村垸之间,虽然斗打不断,但却一直秉承着春秋战国时期的作战遗风,彼此皆先礼而后兵,公私分明,战时与平时绝不混淆,讲究战斗规则。

可以这么说吧,战场上彼此是敌人,但下了战场,则概不寻仇。如有一方实在气愤不过,一定要纠缠寻仇,你必须向另一方宣战,说好时间后方可发动战斗。春秋斗雄,战国问鼎,秦汉争锋,也通行先宣后战之规。楚邦的江汉平原人相争,也充分继承了这一华夏古风。江汉地区的水利宿敌,昨儿在战场上打得头破血流、你死我活,今儿在街上遇见,很可能会相互递烟,甚至逢上红白酒席,也会坐到一桌,举杯互敬,喝起酒来。

更有趣的是，还有两村两姓的两条男将，曾经因公而捉对厮杀，后来却结为儿女亲家，甚至是自己娶了对方家族的女子，成了对方的女婿或姑爷。这样的事例，在江汉地区时有发生，传为笑谈，也成为美谈。也有双方在酒桌茶几之上相逢，论起某次彼此厮打的细节，津津乐道，相互嬉骂，笑得齿露涎溅口臭熏天。也有仇人相见分外眼红的，忍不住积气发作，或者相骂，或者约至禾场当中，挽袖扎腰，拳脚相对，拳脚不敌的甚至不惜连牙齿也派上用场，彼此单拼一场……这样的奇趣故事，大概也只有江汉之地才时常发生。

赵家垸与高家垸为世代水利宿敌，而赵家垸的大户——长堤垸的垸董老爷，他与高家垸的垸董高生灿却是极好的朋友，以至于两家指腹为婚，使垸董老爷的儿子永富少爷与高家富户的千金高氏成了一辈子的夫妻——虽说也有些磕磕碰碰，倒也相守一世。两个负责各自垸子的水利事务的垸董结亲，倒是颇具戏剧性与"政治"性，似有和亲的意思。因此，江汉地区的水利宿敌，绝对仅因于水利，仅限于战场。

为了使村垸之间的争斗公平，江汉地区还产生了固定的战斗节日。双方在固定的节日交战，似乎是在进行一项例行公事的比赛。

每年五月的端午节，就是江汉地区约定俗成的战斗节。

既然是水利宿敌，彼此战斗的场地也多在水上。这就是一年一度的端午节赛龙船。江汉平原人很少说龙舟，不知是觉得"舟"字不随俗不随众，还是认为这个独体字显得太单瘦太小气，与这里纵横千里的大平原不够搭调，或者是"舟"字更不适合这里浩大的水域。而"船"字呢，右边有几口几十口几百口人，它才适合江汉这大平原大水乡。要是有哪个冷不丁地冒出"龙舟""划舟""荡舟"这样的字眼，一定让人觉得别扭。

端午赛龙船，是由来久远的华夏人的大事。其产生的时代，若要追根索源，远比纪念屈原的时代要古老得多。

史料记载，赛龙船源于先秦早期的祭祀水神（以龙王为主而不限于龙王），其举行的时间，也是在发夏水之前——气温升高使冰雪融化，以及雨季来临使江河暴涨——也就是在农历四月末五月初的这段时间。最初，因为天气、巫卜等方面的原因，祭祀的时间并不十分固定，所以称不上是节日，只能算是类似播种收割等季节性的活动。当屈原大夫在五月初五这个重五恶日投江之后，云梦水乡的楚人，即千船万舟游弋江河，寻找其遗体，颂扬其美德，呼唤其亡灵，场面蔚为壮观。其后，每在屈原大夫的忌日，人们皆荡舟江河，呼号子，唱楚歌，抛粽子，以悼念这位楚国的忠臣诗父。如此一来，这种时间上的契合，使原有的赛龙船祭水神活动，与新生的祭屈原活动，自然而然地结合到了一起。因为同是祭祀，主题相同，这两种活动便融合起来，并把时间固定在了五月初五这一天。从此，华夏大地上有了端午这个重要节日。

这样流传下来的端午节，实质上就是祭水神与悼屈原二者的合一，可谓一节二用。这个节日在注入纪念屈原大夫的内容之后，它的意义与形式便得到了新的升华。使原来单纯的崇神，上升为神人俱拜。以至于到了后来，端午节的祭祀活动始终分为两个部分，即岸上在庙宇祠堂祭祀神仙祖宗，在江河湖泊祭祀屈原大夫。而随着世事的演变，祭祀屈原渐成端午节的主要内容。这样一来，作为水上活动的赛龙船，其祭神的意义渐渐淡化，而悼念屈原大夫的意义，则因文学家与政治家的渲染，以及人们的爱国意识使然，从而成为端午节赛龙船的主旨。到了现代，最早的端午节祭祀水神的意义，已差不多因"破除迷信"而被人们彻底淡忘，仅剩悼念屈原大夫这一爱国主题。

比较特别的是，在水为命脉的江汉地区，端午节赛龙船的意义，与全国绝大多数地方又有着极为显著的区别。那就是在江汉地区，端午节赛龙船，明面上的悼念屈原大夫，未必就是人们真正的目的，而利用这个与水相关的节日，来解决村垸之间的水利恩怨，倒成了事实上的目的。所以，端午节的战斗节意义，也就得到特别的突出。这样，端午节中的家国情怀，在平素仅局限于家的那一狭义部分，而悼念屈原——国家情怀的那一部分——则几乎不见。但是这种不见，并不能说它就不存在了，它只是化作了一地人众的血性，隐藏于人们的血液之中。这种潜移默化的国家情怀，一旦遇到重大的对外事件，则会得到爆发与彰显。

在江汉大地，每到端午这个战斗节，去年的怨，或前段时间积下的仇，如果当时没有解决好，则可以在端午节里解决。江汉平原人认为，只有在这个时候，决斗才是相对公平的。江汉平原人清楚，任何决斗，一旦失去力量上的平衡，也就失去了人道。试想，若是一个小村和一个大村久为宿敌，斗个三十年五十年，小村岂不要亡族灭种？这样还有么人道！

楚人不仅豁达，同时也十分注重道义。两村两族对阵，即使打得再惨烈，也是兄弟之间的小相，不能做得太过。就像历史上楚人每遇大事，特别是外强入侵的事，必定抛却前嫌、一致应对，这就是楚人的道义。因此，有仇有怨的两族两村，在决斗之时讲究力量上的公平，自古都是彼此的共识。邻村邻垸的宿敌之间，并无深仇大恨，有的不过是一时的利益之争，以及因利益之争而形成的意气。这种意气，甚至带有可笑的孩子气，甚至，它还是近乎闲极无聊的生活中的作料。所以，这种约定俗成的战斗，以及千百年来形成的端午战斗节，甚至还带着不小的顽童式的游戏成分。

江汉平原人的端午节决斗，参战人数皆以船为单位。一船人对一船人，这就是公平与人道。两船水手决斗之时，两村的人众可在岸上呐喊跳脚骂阵吐口水拍巴掌，但绝不可以参战。这种决斗，实质上不就和双方派出代表打擂拔河一回事嘛。总之，它绝不同于所有人一哄而上的打群架。因此，在这样的极具仪式感的决斗中，小村若是用上技巧，或是机缘巧合，也有打赢大村的机会。否则，小村哪里胆敢跟大村相斗相拼，这种乡村决斗，又怎能形成一种习惯一种文化。

比如高家垴，历史上也大胜过几回，打得赵家垴躺倒十好几条男将的事，也偶有发生。当然，兵强马壮的赵家垴，有时也会让高家垴几手。这种时候，往往是高家垴有一条凤船，叫着银铃般的号子，响着舒缓的锣鼓，飘着如云的长发，在河边轻悠地游荡。凤船上的水手都是女人，不少都还裹过小脚，大都是从赵家垴嫁过去的。她们喊的号子，大都是和平友爱与血亲之情。

凤船一出现，赵家垴人便晓得，这次高家垴虽然应了战，但是缺乏底气，先自行低了头、服了输。赵家垴人在赛龙船之时，便手下留情，来了一场温和的友谊赛。这种时候，也正是赵家垴人显示他们的道义与风格的时候。他们虽然不能在武力上一展身手，但却在精神上找到了满足。

不过，凤船出现的时候并不多见。毕竟，两村的恩怨，每年发泄一次，也非常有必要，免得平常憋不住了，发生即时性的斗殴。那种即时性的冲动型决斗，因参与人数太多，往往力量悬殊，太过惨烈，一旦发生，常常血染江河，君子者不忍听之，百姓者不忍闻之，亲戚者不忍视之。所以，那种即时性的冲动型决斗，历史上极为罕见。当然，也正是这种罕见的倾族而出的惨烈大决斗，铸下了彼此的世代恩仇。

对于村仇族怨，江汉平原人心里都有一定的底线。那就是，能够留到端午节解决的，尽量留到端午节。这就是江汉平原人心底始终存在的大义。因此，端午战斗节的形成，也是江汉平原人的一种自我约束意识的体现。他们以一个节日的形式，来解决双方的恩怨，以降低战斗的规模与频率，以及力量上的悬殊。而决斗时间的固定，也解除了人们平日的顾虑，在端午节之外的日子，人们则尽可安心生产、从容生活。

二

一九四二年，农历壬午马年。

在十二生肖的吉祥凶煞命理中，龙与马虽然既不成三合局，也不成六合局，但在人们的意识上，这两种生肖还是十分相合的。龙与马的相合，从风水上看，是源于心理暗示，也就是风水术中的心理学。不说别的，单说"龙马精神""车水马龙""马足龙沙"这几个成语，就有着十分美好的吉祥寓意。因此，龙马二字在一起，就会让人无端地产生好感，甚至精神为之一振。而且，自古就传有龙马这一神奇的瑞兽，十分令人神往。那去西天取经的唐三藏所乘的坐骑——龙王第三子所变的白龙马，更是家喻户晓，连三岁的小伢子都晓得。

龙船属龙，中国人又是龙的传人，所以，今年马年，必须好好地划一番龙船，以借龙马之威，长人的志气，振人的精神。否则，这难得一遇的龙马相合的大好流年，岂不要被白白浪费？

春雨断断续续，下了将近两月，直到眼下的夏初，才真正停歇。这个时节，江河湖汊早已水满，西北的来水难有容身之地。这来水，主要源于云梦泽以外的豫、陕、川、黔等西北山地。那些地方的雨季来临与冰融雪消，使江汉平原再一次夏水泛滥。在长堤垸和塔耳垸一带，所有的水都排往入江的长川河。以赵家垴为主体的长堤垸人，便在垸西的河道上加固加高河挡，拦住上游的来水，好让长堤垸内的洪水顺河通畅地泄出。这样一来，上游以高家垴为主体的塔耳垸内，便积起了大水。塔耳垸内的水不仅排不出去，洪水还反灌进垸，秧苗被淹死和浮蔸已达三四成之多。

为了保住秧苗，高家垴人不畏夏初之夜河水的冰冷，趁着月亮尚未升起，从上游悄悄地渡过长川河，从对岸绕至长堤垸的河挡南端，迅速将河挡挖开，洪水立刻泄向长堤垸的河段，开始缓解塔耳垸的水情。

在蜿蜒两百多里的长川河上，像这样横在河道上的土挡足有大几十条。每一个垸子，差不多都在自己垸内的河段两头各筑一条结实的拦河土挡，以调节本垸河段的河水。这样，两垸的拦河挡就相距约大半里到一里远。这不足一里的河段，类似上下两垸的公河。这样的河挡，水情正常时都会敞开口子，让河水畅通，让船只畅行。但在旱涝之时，则根据本垸的需要，河挡或开或堵。如有一方想在另一方的河挡上动土，必须越过公共河段，越界行动，这就形成了赤裸裸的侵犯。

赵家垴人冇有想到，高家垴人竟然将长堤垸上游的河挡挖开，致使长堤垸本不会被水淹的秧苗，浮蔸达一成以上。赵家垴人大怒，立即宣了战，一群青壮男将，喊声震天地直扑高家垴。一场即时的冲动型战斗就这样开场了。

高家垴人偷挖赵家垴的河挡得手，实属机遇巧合。

那夜，赵家垴轮值看守河挡的是横癞子和木垓两个。横癞子大名永横，一向比较精明，小时候长过癞子，头皮长得有些疙疙瘩瘩，丑死个人，后来又青年秃顶，村人都说他是聪明透顶。木垓十七八岁，生得胖头大耳，却鼻小嘴小，他性情憨厚，是一个不操么心的半糙子，瞌睡特别大，困起瞌睡来雷都打冇醒。两人一个精明一个憨实，正是江汉平原人认为的"一块中心搭一块乎皮"的合理搭配。亥时尾上，横癞子说要回家添个衣服，跟木垓交代之后，便悄悄摸回家里，与刚娶不久的大奶子堂客朱寡妇亲热了一场。横癞子在床上快活得劲，木垓则歪在稻草垛里打起长鼾。高家垴人阴差阳错得了这个天赐的空子，偷挖河挡一举成功。如果不出么子意外，他们只要离开现场，就万事大吉。事后，即使赵家垴人晓得是高家垴人所为，他们也可用河挡垮塌等种种理由抵赖。

冇有想到的是，凑巧中还有凑巧，高家垴的偷挖者还冇有得意够，就被抓了现行。

那天深夜，弯月初升，夜色半明，村庄像水缸里的水一般沉静，人们都在睡梦之中。赵家垴二甲的甲长永骄光着屁股蹲在屋前的菜园里，手扶一棵栀子树在解大溲。

自从四年前被侉老东一枪打穿胆囊之后，永骄落下了一个不大不小的毛病，就是消化功能很差，肚子里再也存不住二两荤，荤油稍吃多一滴，必定要拉肚子，不拉个干净，绝不收兵。而肚子里越是有得油水，他就越是馋那大荤。只是他每次吃了大荤，都不过是穿肠而过，只图了一时的嘴舌快活，以及暂时的肚胀满足。永骄身体单瘦，就是肚子存不住油水的原因。为此，在他娶了第二个堂客珍姆之后，珍姆就严格限制他吃肥肉与猪油。但是这难不倒永骄，他是十里八乡著名的丧歌师，哪家老了人举行葬礼，都尽力请他去打丧鼓唱丧歌，自然都好酒好肉招待他。这样一来，他便不时上演吃进屙出的劳民伤财的把戏。

那晚，族中的理事们在厚基族长家开会，一起商量端午节划龙船的事儿。厚基族长叫堂客炖了一大砂锅猪杂骨海带汤，给他们这几个族中精英解馋打牙祭。这海带杂骨汤虽然不是出自厨艺高超的厚基族长之手，但他那小康之家出来的汉口堂客的厨艺也高出常人三分，汤的味道自然不错。永骄一口气喝了三大碗杂骨汤，还吃了不少海带。开完会已夜半更深，他腆着肚子汤水晃荡地回到家里，心满意足地困下，不久，腹泻如约而至，粗暴发作。他从堂客珍姆的颈下抽出胳膊，慌忙下床，趿拉上草鞋，抓起两张早准备好的黄草纸，不去屋后的茅厕，而是就近匆匆钻进屋前的菜园。珍姆熟知他的情况，小声埋怨他管不住嘴。他顾不上这些，急急地褪下大裤衩。他本就消化不了荤油，海带又是难以消化的东西，以至于拉得污汁如注、声如裂帛，腿肚子也拉得发软，整个人也有些虚脱，脑壳里都有些恍惚了。珍姆发现他这个溲解得实在太久，便在房里点燃了油灯，窗子里透出亮光。

永骄刚扶着栀子树站起身，就发现菜园外的村路上有情况：有一个人影轻手轻脚地走过。永骄是个精明人，又是甲长兼族中的理事，还是民兵副队长，他马上冲那人叫了一声。

哪个？

那人本来想溜走了事，但他犹豫了一哈，还是站住了。菜园外的人，正是值守河垱的横癞子。横癞子也是一个聪明角色，他想，与其逃跑了让这个族中理事兴师动众地追查，闹得纷纷扬扬，还不如自己坦白，将玩忽职守的动静降低一些，这一滴，他相信永骄这个族中理事是做得到的。横癞子晓得，永骄是一个十分灵活的人，大事上毫不含糊，小事上则不太认真。正因为这样，一向认为自己聪明的横癞子对永骄心服口服。他清楚，即使自己溜掉了，这个被人们称为智多星的家伙，还是很快会查出他的魂来。永骄这个打丧鼓唱丧歌的鼓师加歌师，上百首长长的丧歌词他可倒背如流，因此也熟知古人的不少用兵用谋之道，加上夫年中秋，他又从回家探亲的徐国颂将军那儿得了一本兵书——《增补曾胡治兵语录》，他如获至宝，反复研习，又学到了不少本事，所以，他的多谋善断在十里八乡十分出名。

横癞子嬉皮笑脸哼哼哈哈，想快一滴脱身，他声称是回家加了一件衣服，快去快回，不会耽误事情，而且他回家之前，也跟搭帮的木垓反复作了叮嘱。永骄当然晓得他是扯白撩谎。他断定，这个刚娶了人漂亮奶子大的朱寡妇的家伙，是让裆里的家伙加了一顿骚餐。朱寡妇大出横癞子两岁，前夫死了三四年，儿子又接着死了，人们都说是一个苦命的女人，也是一个命硬的女人，一般的男人都不敢接她这个茬。横癞子一直说不上堂客，见朱寡妇身子又诱人，人品又不差，于是便顾不上人们所说的那些禁忌，不听亲友的劝阻，硬是把她娶了过来。朱寡妇本就生得漂亮丰满，对男女之事又熟门熟路，只看她的细腰上下的大奶子与翘屁股，就晓得她身手不凡，搞得身体壮实的横癞子兴头十足，夜夜不想空闲。坮上几个嘴壳骚的家伙调笑说，朱寡妇身上有一只铁匠的火炉，夜里火炉呼呼直响，她空熬了好几年，一旦横癞子上马，就不会轻易让他下来，一折腾就是一餐饭的时间。横癞子听了暗笑，心里说，何止一餐饭的时间？

　　见横癞子躲躲闪闪的样子，永骄马上想到，与横癞子一起看守村西河垱的木垓不仅不爱操心，还是一个著名的瞌睡虫。有次夜里，木垓听他唱丧鼓，出去靠着杨树屙尿，屙尿的东西都冇有收回去，人就靠在树干上站着困着了，人们发现他时，他正困得呼噜震天，而裤裆则还大敞八开，那屙尿的雀雀则还露在外面吹着凉风。现在，横癞子摸回家给新娶的二荐子堂客的炭火炉浇水，外加啃肉包子，指望木垓这个瞌睡虫独守河垱，这岂不是开玩笑？本来，永骄安排他们两人搭档，也是因为横癞子为人精明，木垓不过是给他做个伴儿。横癞子在家中折腾的时间肯定不短，现在，说不准高家垴的人正好钻了空子！

　　永骄骂了两句，心里叹息一声，一向做事认真的他便拖着虚软的腿，与横癞子一起赶往村西的河垱处，堂客珍姆在门口发出的埋怨他自然顾不上了。

永骄有气无力地说，你去睡吧，我去去就回。

珍姆嗔道，就你把公事看得真！

这一程路，足有两里多长，走得又急，永骄的背上出了一层凉凉的虚汗。

还走在村垱前的路上，永骄就发现了情况。夜深人静，三四十丈开外的河心那边，传来有节奏的流水声。相隔这么远，水声自然不大，永骄心里却嘣的一惊，震得五脏六腑都牵动了。洪涝期间，河垱是堵着的，要是有水声，也只能是波浪拍岸的声音。水流动的声音是哗啦哗啦的，波浪拍岸的声音是啪啦啪啦的。在江汉水乡，七八岁的小伢子也能区别这两种水声的不同。河垱处有流水声，说明河垱开了，上游的水流过来了！

永骄说声不好，便向河垱跑去。他刚跑到河垱头上，就看见河垱偏对岸那儿的水，正闪耀着一缕缕向下游走的幽暗亮光！这亮光就像顺水而下的无穷无尽的鱼儿，正在成群结队地从垱口溜过。

永骄不再往河垱中间跑了，而是跑回村道。他吩咐横癞子沿着河岸往上游搜查，特别要注意对岸。他又令横癞子从稻草垛里拖出木垓，叫这个还没清醒的家伙先沉住气，等听到他的命令之后，就赶紧敲锣报信。守河垱的人，是永骄这个族中理事安排的，他真后悔不有答应让木垓的弟弟水垓来看守河垱。这守垱的事，历来是每家出一个人轮流值守，这回刚好轮到木垓和横癞子两人。水垓之所以自告奋勇要守河垱，是清楚哥哥木垓的瞌睡太大,担心误事。但是水垓虽然精明机灵,却只有十五岁,不仅还算不得正劳力,看上去还是一个伢子,如果开了让伢子抵正劳力公干的先例,以后村里必有人仿效,从而影响今后村中的公益事儿。再说,永骄平时也特别喜欢水垓,不忍心让他这么早就干大人的事儿。永骄心里叹道,早晓得这样,让水垓来守河垱,一定不会出这个差错。

按常理,这个时候最应该做的事,就是赶紧敲锣报信,让村里人来堵上河垱的缺口。但是在江汉平原人看来,和抓住偷挖河垱的家伙相比,堵河垱倒成了次要的事。这看起来是意气用事,于事不利,但是你要清楚,两个村垸的人相斗,本来不就是意气吗?所以这种宁愿让洪水入境,也要先抓坏人的做法,在江汉平原人看来,它绝对是正确的!这也才是有血有肉有情感的人类的思维。而有些人所认为的怎样处事才是科学、经济和理性的,在江汉平原人心里则纯粹是扯淡!江汉平原人会说,都科学经济理性了,那人还是人?那都不成了一群吃香饭拉臭屎的机器?!

这就是江汉平原人的哲学。

永骄紧了紧草鞋,沿着村道向塔耳垸里搜索而去。他认为,横癞子啃一顿肉包子加一顿骚餐的时间内发生的事,偷挖河垱的人肯定还有没走远,先抓坏人再堵河垱也还来得及。横癞子沿着河岸搜查,永骄沿着村道搜查,这相当于拉了两道搜索线。永骄肯定这是高家垴人挖开了河垱。傍晚时他查过河垱,虽然垱外的水高出垱内两尺多,但河垱结结实实,这几天又是晴天,也冇得么子风浪,河垱绝不会轻易溃口。而这条河挡，还是前不久他带人加筑过的，用的是结实而黏性强的黄土，不知砸了几千几万哈大榔头，也不知打了几千上万哈的硪，是他自己十分满意的工程，如果轻易溃口，别人不说，自己也会觉得办事不力，今后在村垸里还怎么说得起话？

横癞子也确实是个精明角色，亡羊补牢，将功补过，他查得十分认真。他走过公河，又沿着河岸上行了半里，很快便发现了情况。几条光着膀子的人影拖着锹，人的膀子和铁锹都在月光下反闪着光，他们刚刚从河里爬上塔耳垸这边的河岸。对方发现下游过来一条灵巧得野猫似的人影，晓得东窗事发，便兔子一般地往村子里猛冲。自古捉贼拿赃，捉奸拿双，这才是江汉平原人认可的铁板钉钉的道理，否则，你就是看清了他的脸面，叫出了他的名姓，只要他有不应声，都是可以死不认账的。这就是自古江汉之地一种死硬的性子，也是外省人把湖北人的九凤鸟名号贬称为九头鸟之称的原因之一。而湖北人的主体就是江汉平原人，在地域风俗人情上，鄂东近江西，鄂西近四川，鄂北近河南，唯有湖北中南部纵横千里的江汉平原人，才是正宗的湖北人。所以这九凤鸟和九头鸟，正确的指向正是江汉平原人。九凤鸟是楚人的图腾，象征精明顽强、志向高远，而在明朝万历年间，江汉平原走出去的首辅张居正为了惩治贪官，利用九名湖北籍的监察御史大力反贪，被又恨又怕的贪官们骂为九头鸟，于是，原来的九凤鸟就变成了九头鸟，称赞变成了贬损。但话说回来，江汉平原人也确有令人可揪的小辫子，他们这种死不认账、死不认输的劲头，你走到哪里都可以见到，这就是江汉平原人遭人贬损的原因之一。

河滩上是一片谷田,这几个光膀子的人便沿着一条细长的田埂慌乱地往村子里逃窜。他们刚跑出田界登上滩坡,坡上突然扑过来一条黑影。这黑影和身将一个瘦小的人影扑倒在地。这条突然跃起的黑影自己也倒在了地上。地上的两个瘦人,一个要逃,一个不放,拉扯成一团。高家垴的男将们见此,赶紧来救助同伴。如果人逃脱了,咬牙不承认就行了。

这个扑上来的男将高声大叫,木垓,敲锣!木垓,敲锣!敲——锣!喤喤喤喤喤喤喤喤……

锣声一响,高家垴的男将们心惊胆寒。他们一齐用力,却把缠在地上的两个人拉扯不开,倒是把赵家垴的汉子的一只草鞋扯掉了。借着月亮的暗光,高家垴人认出这个半路上杀出的程咬金,果然是赵家垴著名的永骄。

永骄的声音,十里八乡的人熟悉得就像家人的声音。他唱的丧歌,他叫的龙船号子,半个监利县都十分有名。

永骄早有谋划,他在扑倒高家垴的那人之后,趁对方在惊慌中还只想到逃跑之时,便第一时间,迅速将自己的腿与对方的腿紧紧捆在了一起,这样,他就不用再担心对方逃脱了。他借着月光一看,被自己捆住的不是别个,也是高家垴的一个名人——狗才理。

狗才理是一个父母双亡的小后生,连兄弟姐妹也有得,是一个孤人。

狗才理差不多是一个无事的乡间闲人,这样的人在田多地广活儿多的江汉水乡十分少见。狗才理的喜好有两个,一个是养狗抓兔子,一个是带狗抓鱼,实际上也就是一个玩狗的爱好。他调教的狗比人还聪明,不仅抓兔子无一失手，抓水里的鱼也屡有收获，因此，他在周围的几个垸子也小有名气。狗才理说来也并不穷，他父母给他留下了一栋还算不错的三间瓦房，七八亩好田。他本可以好好耕田种地，娶妻生子，可是他对种田却十分厌烦，干脆把田地全部出租，一心一意地养狗追兔抓鱼，日子倒是过得像个散神仙。不过在人们眼里，狗才理不是一个正经过日子的人，村里的人便不准自家的后生小子跟他玩耍，说是跟好人学好人，跟懒虫变无赖，他便成了一个少有人搭理的角色，村人顺便又送给他这个"狗才理"的诨名。

其实，狗才理人倒是挺正派的，虽然无人管束、生活懒散，却也懂得自律，从不像那些冇得人管的流痞闲汉那样吃喝嫖赌，他也肯热心帮人，做公益的事儿，他也总是跑在最前头。这不，他自己冇有种田，今儿却为了垸子里的公事，参与了前来偷挖长堤垸河垱的勾当，以解救别人田里的秧苗。

也是狗才理的运气太差，因为他身材瘦小，被永骄这个单瘦的人选中，给扑倒在了地上。

这时，不仅精明的横癞子从河滩下追了上来，梦中惊醒的赵家堖的男将们也闻声而起，杂乱的脚步声震得村垸里回声四起，搞得村子里外惊心动魄。

赵家堖的男将们由新任的保长兴虎带领，他们组织有序，年轻的腿快的去抓人，年长的腿慢的去堵河垱缺口，抓人堵垱两不相误。可见，在世代相传的水利战争中，这里的人早已训练有素。高家堖挖河垱的人慌了，吓得扔下尤私为村的狗才理，很快逃得毛都见不到一根。其实他们的逃与不逃，已有得么子区别，赵家垱人抓住狗才理这个人证，已经足够他们闹腾了。

遇上这个事情，永骄忘了拉肚子拉软了的腿，一哈就振奋得像一只早起的雄鸡。他晓得自己身单力薄，此时又极为虚弱，要抓住人证实在不易。他灵机一动，解下腰间长长的裤带，将大裤衩的腰卷起来，勉强裹住了瘦瘦的屁股。他还紧了紧草鞋的带子，做好了突然出击的准备。他用尽最后的力气扑倒了倒老霉的狗才理，迅速将他与自己捆在了一起。

狗才理狗一样地死命挣扎，却解不开那捆着腿的裤带。狗才理急出一身臭汗，汗水和光膀子上的河水混在一块，虽然滑溜得像一条泥鳅，却也无法脱身。

看着急得用牙齿咬那裤带的狗才理，永骄喘着粗气调笑道，别把几颗黑牙齿——咬崩了。他说，我今年犯太岁，这是我堂客给我——做的红裤带，怕太岁太厉害，是用粗布——染红了做的。你若是咬得开，我让她给你也做一条——我永骄——说话算数！

狗才理虽然瘦小，但常年跟着他的狗追赶兔子，劲倒是不小，他不甘心被长堤垸的人抓住，担心他们脱光他的裤子，把他绑在树上出丑。这样的事传出去，他还怎么有脸去娶堂客。而且，他更怕赵家垱人的骇人刑罚。去年，赵家垱的马倌罗圈腿在放马之时，在垸子西北角的飞机场抓到吴家垱一个偷芝麻的家伙，作为一个走乡串户吃百家饭的人，这马倌本不想过分为难这个吴家垱小偷，他教训了吴家垱的小偷几句，刚把他放开，却被一伙赵家垱的半糙子赶来，硬是把那个小偷绑在树上出了半天的丑。这个丑出得也特别恶作，赵家垴的几个半糙子在吴家垴那个倒霉蛋的雀雀上粘上了一小坨麻糖，使得蚂蚁顺他的腿爬上来，成千上万的蚂蚁把那个倒霉蛋的两腿铺黑了，把他的胯裆也铺黑了，蚂蚁将他的雀雀咬得雀无完肤，肿得明晶亮晃，像灌满了水汁，痛得他哭崖喊姆妈。马倌罗圈腿怎么也阻止不住，只得快马加鞭，驮来正在甘浪湖打鱼的永骄。永骄不仅放开了吴家垴的小偷，还给他的雀雀上涂了泽兰草汁。狗才理见现在抓住他的，正是永骄这个吃百家饭的好人，但哪个晓得会不会有其他人要捉弄他惩治他？狗才理使劲往前爬，想把永骄拖走，这样说不准可以把绑他的裤带拖断，他这样子，倒是把筋疲力尽的永骄拖出了三丈多远。但是永骄看准了一棵小树，一把抱住，狗才理再也拖不动他，这才垂头丧气地作罢。

狗才理带着哭腔叫骂，野鸡日的永骄，老子就是死，也不该死在你这瘦猴子手上啊！

永骄上气不接下气地笑道，哎，你就别嫌弃我了，你比我的肉多吗？你的肉多我就不会扑你了。再说，别个都不理你，我理啊。你用黑牙齿——咬我的——防太岁的红裤带，弄上——你的臭涎水，这条裤带——可能——抵挡不住——太岁了。说着，永骄呵呵笑起来。

狗才理威吓道，你快滴解开绳子，不然我可要唤狗来了，我是驯了狗去找侉老东报仇的，是让它们去咬侉老东的喉管，你应当晓得我的狗的厉害！

永骄笑道，咦——驯狗找侉老东报仇，这倒真是一个高招，你可要说到做到哦！

我不做到就是地上的爬爬虫，你未必不怕？

你如果想唤，要把小事闹成大事，我也不拦你。

侉老东来长堤垸修飞机场那年，也就是鼓痴师父和幺姑被侉老东杀害的同一年，几个侉老东轮奸了狗才理的姆妈，事后见狗才理的姆妈长得太丑，便恼羞成怒，唆狼狗撕死了她。永骄今儿才晓得狗才理沉迷于养狗，竟还有这样的打算。

狗才理明白，自己挖河挡本来是为公，如果把狗叫来咬了人，那可就是私事了。按人们的观念，公事可以不为难他，但唆狗咬人，那就成了个人之间的恩怨，成了私仇，那可就够他喝一壶的了。他清楚他驯的狗的厉害，也怕把事情搞大。他只好苦笑道，算了，算我倒霉。

永骄笑道，这还差不多，你我两人相捆，各为其垸——放心吧，赵家垴人——只是要高家垴人——长个记性，不会太为难你的。

人证被永骄捆到自己的腿上了，物证———一把铁锹，也被横癞子捡起来了。赵家垴的男将们把狗才理和永骄团团围了起来。

永骄见兴虎冲过来要动武，忙说，千万——不要打他！

春雷也拦住兴虎说，别打别打，有他这个人证就行了。

春雷便来解捆着两人的裤带。就在这时，永骄的屁股突然发出撕布一般的脆响。他的第二次腹泻发作了。他那裤腰褪到了瘦屁股上的大裤衩，被拉得臭汁淋漓，围着的人捂住鼻子，直往后退，笑作一团。狗才理也把鼻子捏得紧紧的。

狗才理不再挣扎，永骄也就缓过劲儿来了。他有气无力地说，有么子——好笑的，我是为了人证，才丢——这么大的丑。我这回拉得——

可是又勇敢,又英明,又——光宗耀祖!

众人笑弯了腰,有的人笑得肠子都要搐断了。

春雷费了老大的劲,终于解开了打着死结的红裤带。红红的火把下,两人的膝弯处都被勒出了深深的白印,像刚解下绳子的吊颈鬼的颈项一般,好久不得复原。

春雷说,骄哥做事,真是牢靠,把自己也像捆强盗一样往死里捆啊!

少废话,我可快要被——熏晕了。横癞子,还不把你的长裤——脱下来给我穿!我今儿丢这个丑,可都是——因为——你。

大家问横癞子是怎么回事,横癞子咧着大嘴,厚起脸皮,嘿嘿笑着不说。木垹倒是闷声闷气地说了。大家这才晓得,是横癞子摸回家让他的老二加餐,而木垹的瞌睡虫又犯了,这才让高家垴人钻了空子。

水垹听说他哥哥守垱时困着了,笑着说,我说我来守河垱,你们却看不上我,这下倒好了!

不几天,爱编谣歌的江汉平原人编出两首新谣歌。

横癞子,实在骚,
河垱不守把堂客抱。
大奶子,肥屁股,
把个横癞子喜坏哒,
河垱被高家垴人挖开哒。

赵永骄,出绝招,

驱太岁的裤带出了腰。

左一捆，右一捆，

捆牢两垸的两个人。

一条腿姓高，一条腿姓赵。

三

天亮了，赵家垴人录下狗才理不情不愿的口供，好歹让他签了字，按了手指印，然后将他送往塔耳垸所属的太马河乡的乡公所。送人当然是保长兴虎来送，这样的事正是他的职责。兴虎比永骄小两岁，是前保长业前的二儿子，他身高体壮力气大，功夫也不错，人虽有些鲁莽，但很正派，族里推举他子承父职当保长，对内对外镇邪气，自然是人尽其才。有人说，他这个保长是凭一身力气当上的。

赵家垴族里有一个与别村不同的习惯，那就是族中主事的头面人物稍上一滴年纪，都不恋栈，不恋权威，喜欢让年轻人担责承事。一直以来，族中的理事和保长甲长，只要有合适的后生，都尽量让他们来当，上年纪的人乐于在幕后出出主意、掌掌兜子，扶持年轻人成长。厚基先生当了族长之后，更是将重用年轻人的风气发扬光大。当然也有例外的，那就是现任的长堤垸垸董，他在二十一岁就当起了这个重要职务，但是他的儿子永富思想新潮，一直不肯接替这垸董之职，而垸董又都是由垸中田地最多的人家的男将来担任的。赵家垴这样的用人习惯，利于族中人才的培养与历练，使赵家垴总是朝气勃勃、人才济济。而别的村垸族姓，总是担心年轻人不更事，习惯由上了年纪的人来管事，因此总有些暮气沉沉。

兴虎虽然年轻，也有得么子谋算，但他身后有族长和理事等人掌兜子，他在村内处事倒冇得问题，只是到外面去办事，厚基族长还不大放心。

厚基族长把永骄叫到一边，说，让春雷陪着兴虎一起去吧。

永骄明白厚基族长的意思，由瞿姓的春雷陪兴虎去对方的乡公所，自然表明是村事而不是族事，这样更有说服力。但是他想了想，说，是不是可以让水垓去？水垓虽说还是一个十五岁的半糙子，但聪明机灵，也还识得不少字，让他多长长见识很有好处。

厚基族长也明白了永骄的想法，笑道，不错不错，你想得比我周到，这样对村里的少年郎有很好的激励作用。又说，我这一届的族长还有两年，两年过后，你来接替，也好让我真真正正地过乡居生活，享享轻闲。

永骄连连推托。

厚基族长认真地说，我上次当选的时候说过，事不过三，哪有一个族长当了两届还要当三届的道理！你先心里有个底，有能力就该为族中出力，这是祖上的规矩。现在我们先不说以后的事了，狗才理是你抓的，现在你去把他的绳子解掉，冤家宜解不宜结，你这一解，就把狗才理对你的怨也解了一半。再说，我们赵家垴不能像别的村那样，把人证真的绑着送往乡公所，我们得有一滴君子之风。

永骄觉得厚基族长说得很有道理，便叫过水垓，让他跟保长兴虎去做个伴，至于让他学见识的话，他倒认为冇得必要说出口。水垓有些

371

不敢相信，昨儿河垱都不要他守，今儿竟要他跟着保长去乡公所办公事，他欣喜地连连答应。兴虎就叫水垓去盯好狗才理。水垓说，绳子绑着他的手呢，他还跑了不成？他的话还有有说完，永骄却解起狗才理的绳子来。不少人都说不要解，这么远的路，狗才理跑得又比狗还要快。

永骄说，狗才理是因他们垸子的公事被我们抓的，错在他们的村子，两军交战，不虐待俘虏，何况我们村垸相邻，低头不见抬头见，我相信松掉绳子，他绝对不会开溜。

也是也是。村里的人纷纷说。

永骄又对狗才理说，我说得有得错吧？

狗才理苦笑道，有得错有得错，不过我的口干得很呢。

水垓听了，见永骄对狗才理的态度不错，脑壳一转，说，你等一哈儿，我给你端水来。他边说边往祠堂旁边的人家跑，不一会儿，他就端来一大瓢水，还讨来五块炒米糖给狗才理吃。大家都叫好，说水垓比大人都明白事理。永骄和厚基族长交换了一哈眼色，都会心地笑了。

永骄悄悄对厚基族长说，两年后，水垓都可以接你郎的班了，你郎何必指望我，我是个四处打丧鼓唱丧歌的，是个尖兜屁股，指望我只会误族中的事。

厚基族长冲永骄鼓了一眼，说，你别跟我打溜皮主意，永富我们指望不上，全族就你肚子里的书多，好歹你要干上一届两届，把后面的人带一带，让赵家垴多些文气。

兴虎和水垓押着狗才理，向长川河上游的太马河街走去。他们自然不好走经过高家垴的河北边，而要从赵家桥过河，从河南边走。狗才理在前，水垓在中，兴虎在后，水垓一路跟狗才理说话，看上去倒不像押着人证，而像是一起去上街赶场的伙伴。

水垓的姑崖也是高家垴的，跟狗才理家只隔六七户人家，他们早就认识，只不过以前水垓还小，两人不大说得上话，冇有想到一晃他也成了大人，现在竟当起了押兵。水垓也喜欢狗，于是两个人一路上说狗的事。狗才理答应，下个月送水垓一条小狗伢，两人乐得么子似的，倒把兴虎晾在了一边。兴虎摇了摇脑壳，也不再摆保长的架子，自自然然地加入了他们的谈论。只是水垓和狗才谈完狗，又谈起抓鱼来，兴虎终是对谈狗谈鱼冇得兴趣，便自个儿唱起田歌啰啰咚：

手拿黄秧七十七，啰啰咚。
提篮下种一百一。
农夫只要四十五天忙，啰啰咚。
一天要办九天粮。
会种田的先泡种，啰啰咚。
上年不吃下年粮。

兴虎唱歌唱得五音不全，水垓和狗才理在前面不住地偷笑。兴虎故作生气地说，再笑，再笑我就把你俩按进河里喝个饱，喝成猪八戒。他要把两个相反阵营的人，同时按进河里去喝成猪八戒，这样的思维，可能也只有兴虎这个粗糙单纯的人才会有。他这样的人竟能当一个大村的保长，除了风气开明的赵家垴，换了别的村，肯定有一万个理由说他

373

不合适。

狗才理竟也忘了自己的俘虏身份，不服气地说，我才不相信，你同时能按两个人？

兴虎来了劲，说，不相信就试一哈，怎么样？

狗才理说，往河里按，这可不能试，这样吧，我们俩各抓着你的一只胳膊，你把我们提起来，再双臂吊着我们数三十哈，我就服你。

兴虎说，别说三十哈，六十哈我都不在乎！

狗才理便要水垯跟他一起抓兴虎的胳膊。

水垯清楚兴虎的能耐，说，数数不行，我要你吊着我们转三十个圈。

兴虎说，三十个圈和数三十哈数一个样。他提了提粗壮结实的胳膊说，来，不过你们输了，得在街上给我买五根狗舌头（油炸的长条形面食，形似狗舌）、两碗豆浆，狗舌头要咸的、包葱花的。

狗才理说，赌可以，可是我身上冇得钱，你看我可是光着上身呢。

也是，狗才理偷挖河垱时，只穿了一条短裤，好在这个季节已经不冷，天气刚好也不错，否则他肯定会冻起鸡皮疙瘩来。

水垯说，我身上倒是有钱，是刚才我姆妈给我到街上过早的，只够买两个狗舌头。

兴虎说，钱我有，只要你们认账就行，吃了你们过几天还给我。

狗才理笑道，冇得问题，不过你要多借一滴钱给我，我也得吃啊，我虽然刚才吃过了五块炒米糖，可却只填到肚子的一只角。

兴虎豪爽地说，也行，我不怕你赖账，你赖账我就哪天带几个人去高家垴，把你的狗打一条下酒！

水垓说，如果你输了，你要给我们俩每人买两个狗舌头和一碗豆浆。

兴虎正在兴头上，自信地说，冇得问题！

兴虎走过赵家桥，在靠近南岸河堤的河垱上停住，他叉开柱子一般的腿，伸开横栏木一样的胳膊。狗才理和水垓也不客气，一人抓紧兴虎一条胳膊，缩起两腿，吊在兴虎的胳膊上。兴虎显得毫不费力，轻松地笑着。水垓说，转啊，不转可不算。兴虎说，你们抓紧，摔伤了，可由你们自己掏药钱！说着，他就转起身来。对于这个大力士来说，转与不转，同样轻松得很。可是，他转了才六七圈，就感觉不对劲了，他的脑壳晕起来了，整个人脚步不稳，摇晃起来。狗才理说，转啊，快转啊，不行了吧？兴虎不服气，咬紧牙继续转。水垓忙喊，别转了别转了。他本是怕兴虎转晕，可是兴虎以为是水垓抓不住他的胳臂了，所以决定坚持转下去，只要他们两人中有一人松开他的胳膊，那就是他赢了。然而两个人并冇得要松手的意思，手都抓得紧紧的。

兴虎又转了五六圈，人已经天旋地转、两眼模糊、四肢无力，他终于垂下胳膊来。狗才理和水垓倒也机灵，两人都及时地松开了手，并冇有摔倒。可是兴虎自己一个人竟还在空转着，他控制不住自己了，垂着脑壳，脚步跌跌撞撞，像一只被打晕的长尾巴阉鸡，终于一头栽倒下去。他的身子一滚，栽进了路边的水田，滚了一身泥水，把田里的秧也压坏了一片。两个人赶紧去拉兴虎，却拉不动这个大个子。

兴虎躺在泥水里直喘粗气，说，别拉，让我先躺一会儿。水垓便赶紧去兴虎荷包里搜狗才理的口供，一看，早湿了。狗才理幸灾乐祸地直笑。

兴虎在水田里躺够了,这才往起爬,狗才理和水垓连忙帮他。终于,兴虎坐在了路边的草地上,狗才理和水垓帮他脱了上衣和长裤,帮他到清水里去洗了,两人扯着他的衣服的两头,一起用劲,帮他将衣服拧干。

兴虎歇了好一会儿,脑壳才不那么晕了,于是快快地下到河里清洗自己。他一边洗,一边骂,野鸡日的水垓,老子中了你的奸计!难怪村里人都说你是第二个永骄。

水垓不好意思地说,对不起对不起,我只想到转圈容易累人,冇有想到你会晕成这样,你又不肯早一滴停下来。

狗才理说,是呀,水垓喊你停下来时,你停下来就冇得事了呀。

兴虎骂道,你们两个都不是好东西。说着他笑起来,笑得比哭还要难看。

兴虎说,算了,我这像个落汤的鸡,就不去乡公所了,水垓你一个人押着狗才理去吧。他又骂,野鸡日的狗才理太狡猾,你是不是设计害我去不了乡公所?!他又骂水垓,水垓你这个小奸臣,为了要他的狗伢,合着一起害我!

水垓和狗才理相互对望一眼,两人偷偷笑了。

兴虎从裤子荷包里掏出零钱,气鼓鼓地塞给水垓,说,拿去,你们俩一人吃两根狗舌头,喝一碗豆浆。又说,这是族里的公款,本来就有你们的份儿,老子是想赢了你们赚一滴酒钱的,冇想到倒让你们两个奸贼给算计了。

水垓说,我真冇有想过会是这种结果,你郎早滴回去换上干衣服吧,我保证把狗才理送到乡公所。又说,我还要乡公所给我写个证明,证明我把人证送到了。

狗才理也说,赵保长,我保证不跑,你人这么豪爽,我要跑就不是人里头的数了。

水垅和狗才理到了太马河街上,自然是先直奔油炸摊子,然后才嘴巴油亮地去乡公所。

果然如赵家垱人所料,乡公所的黄乡约一向八面玲珑,见赵家垱派一个小屁伢,送来一个偷挖河垱的人证,而且还有用绳子捆,觉得十分好笑,于是装模作样地将狗才理拘留下来,又按水垅的要求给他写了证明,就打发水垅回村。

水垅一走,黄乡约先把高家垱的保长骂了一通,然后就把狗才理放了。临走,他交代狗才理,回去跟高家垱的保长说,说他必须请他一顿酒。

黄乡约十分清楚,赵家垱人也冇有指望他这个小小的乡约给么子公道,更不会指望他来处罚高家垱。自古以来,这样因水利而发生的村垱纠纷多不胜数,而且累积数代,盘根错节,根本无法处理,既然历代官府都懒得理会这样的破事,他这个连皇粮都冇有吃的小小乡约,还自找么子麻烦!他清楚赵家垱人自会处理,他们押个人证来乡公所,不过是要让乡公所作过见证,好让他们赵家垱找高家垱报复,能够师出有名,万一闹出大事,他们有个托词,说是乡里不管他们才闹的。至于观音寺乡的赵家垱打卜他们太马河乡的高家垱,他也一滴都不气,这样的村垱间相斗的事,全县一年冇得一千也有八百,十分常见。更何况,他相信

377

赵家垴那个隐居乡下的厚基族长,他做过大事,见过大世面,办事从来都极有分寸,绝对不会把事情闹得不可收拾。所以,他这个乡约根本不把这事放在心上,好像冇有发生一般,该搞么子还是搞么子。他放了狗才理,马上关了门,去郎中吕姨妈家喝酒去了。吕姨妈是男将,只是说话走路太像女人。

水垓还冇有走出街头,狗才理就从后面赶了上来。他一拍水垓的肩膀,把水垓骇了一惊。

水垓笑道,你怎么这么快就被放了,我不是白押送了你一趟?

狗才理笑而不答。

水垓说,早晓得这样,我还不如不押送你来呢,害得我走出一身热汗。

狗才理笑道,怎么是白押了一趟,黄乡约不是给你写了证明了吗?红戳赤印,你们让乡公所晓得了我们偷挖河垱的事,就可以向我们村兴师问罪了嘛。

水垓便摇脑壳。

狗才理说,哎,刚才吃的狗舌头,我一泡屎一拉,肚子又空了,你手上不是还有钱吗?

水垓说,你这家伙,这可是贪心不足蛇吞象呢。

狗才理说,我不吞象,我吞两块发糕行吧?

水垓说,你虽然答应送我一条小狗伢,但小狗伢还在母狗的肚子里呢,你这样提前找我索要,说出去不怕人笑落牙齿?

狗才理笑道,你就别小家子气了,我晓得你是个仗义的人。你早上帮我端水喝，帮我讨炒米糖，我都记在心里呢。我心里认你做了朋友呢！又说，遇上你这个仗义的人，我要是身上有钱，我会请你上馆子！

四

水垓一回村，厚基族长就摇脑壳。他说，这乡公所，从来就不做一滴公事，这样的事，本来可以不用我们自己来解决的。他说，作为乡约，脑壳梢梢活汤一滴，他就该劝说岛家堖的族长保长，陪他们一起来赵家堖道个歉，再个济也就是赔上几担谷子，这件事也就可以了结了。

永骄说，黄乡约真是个糊涂钵子，他非得逼着这件事往大处闹啊，我们现在骑虎难下，不得不闹了。

厚基族长说，他们这些芝麻小官，也沾染上了那些不理民间水利官司的习惯，他们若是给我们一个台阶下，我们赵家堖，也并不是不好说话的主呀。

族中的理事们都认为，本来想让乡公所给个台阶下，但他们硬是不给，这可就怪不得我们赵家堖了。于是，骑在虎背上的赵家堖人一商议，决定马上对高家堖有所表示，不然，今儿他们可以挖河垱，明儿就可以挖垸堤，即使不挖，赵家堖的面子上也过不去呀。

厚基族长让水垓前去高家堖，通知他们准备迎战，算是向高家堖人下战书。

这样的通知，用不着通知到高家堖的族长，只需跟任何一个高家垴脑壳正常的男将说一声即可。水垓舍近求远，多跑了两里路，去了狗才理家，他要看狗才理说的那只怀了小狗伢的母狗，看它的架子长得好不好。俗话说，捉猪看娘种，捉狗也得看看狗娘。

狗才理见了水垓，高兴得很。他把赵家垴下午要来复仇的事跟邻居说了，就不再管这个事儿，邻居自然马上大肆渲染。

狗才理见有人上门理他，便忙着接待客人。他又是卤兔子，又是烤干鱼，把水垓的肚子撑得溜儿圆。

到了下午，早就按捺不住的保长兴虎带上一群青壮男将，约有六七十人，拿锄头的拿锄头，拿扁担的拿扁担，拿棍子的拿棍子，浩浩荡荡地向高家垴出发。他们的口号是"踏平高家垴"！

古话说，行山虎难斗坐山虎，可是这行山虎若是太猛，坐山虎也奈何不了。

赵家垴宣了战，高家垴人自知不敌，青壮男将全躲了起来。遇上这样的事，族中主事人一商量，便让几个甲长挨家通知，说是赵家垴人前来报仇，我们出去捕一天鱼，暂避锋芒，让他们一让。于是，高家垴的青壮男将们在各甲长的带领下，放下田地里的活计，带着捕鱼的工具，匆匆忙忙地成群结伙出了村垸，从他们的背后看上去，他们像一群群鸭子扭着屁股，越过荆江大堤，到洲上的河套里的水洭子（浅水洼）里去捕鱼。他们这样看起来并不像是避战，既保住了几分面子，也还能有所收获。这样一来，高家垴村里只见老人妇女和小伢子。敌手这样做，便是投降服输，自古降兵不杀，赵家垴人的气便消了一半。有人就怪族长保长，说是早该请个中人去给赵家垴道个歉，给人家一个台阶下，现在给这样一个台阶，实在给得不划算。

果然，赵家垴人既然打进了高家垴，哪能空手而归，锐气总得发泄一哈吧。即使小偷进屋，也不会空手打转，扯一把谷草也叫有所收获。赵家垴的男将们一副胜利者的得意，捅了高家垴几家的屋瓦，拆了几家的篱笆，他们最大的动作，是用海碗粗的杠子，撞穿了高家祠堂的面墙，算是辱没了高家的祖宗八代。

"踏平高家垴"，真的不过是一句口号。出征之前，厚基族长反复交代，自古这样的征战，重在气势，不在结果，遇到不讲理不识相的，也可让他受点皮肉之苦，但也不能见红，总之，绝不可以闹得太大。

作为族中的理事，永骄故作严肃地说，真要在高家垴取性命，也不是不可以。不过，要取，一定只能取他们的狗命——鸡命鸭命也行；还有——牛的命是千万不能取的。牛是种田人的命根子，我们是长川河上的大姓之族，不能把事情做得太绝。古话说，做事留一线，下回好相见。再说，侉老东又准备来我们垸重修飞机场，随时就会杀这个回马枪，高家垴毕竟是我们的邻垸，近亲不如近邻，这个时候，中国人自己打自己，不仅会让侉老东看不起，更会助长他们灭掉中国的野心。

大家都说，冇错冇错，我们都不是小伢子了，哪里会这一滴分寸都冇得。何况，我们跟他们还亲攀亲、邻攀邻。

厚基族长说，垸董老爷常说，赵家垴人做人做事，一定要留后路，要存仁义。

有了厚基族长和永骄的反复交代，赵家垴人出手自然会有分寸。

赵家垴的男将们得胜，撤回到高家垴的村口时还意犹未尽。有粗鲁的就说，下回杀来高家垴，手软的就是地上爬的、天上飞的。我们要找到高家垴的男将，把他们从床底下拉出来，从堂客胯里拖起来，从坟茔空里扯起来，将他们打得下跪磕头喊哆哆，还要把高家垴的堂客们都扛起走。

高家垴的女人们就骂，扛吧，多扛些，反正高家垴的女人好多都姓赵，你们扛回去，想怎么搞就怎么搞，冇得人拦你们这些畜生坏子！

赵家垴的男将便笑骂，当然只抢外姓女人，就抢你这个嘴壳子硬的堂客！

说这话的是永骄。他倒是冇有杀进高家垴去，只在高家垴的村口坐镇，然后让水垓跟着前去观阵。永骄还跟负责带队的兴虎和春雷反复交代了复仇的具体分寸，他特别交代春雷，如果大伙儿有过火的行为，一定要制止，并让水垓及时来通知他。他十分清楚，很多大事其实都是由小事酿成的。他本是想跟到高家垴去的，但是昨儿拉肚子和抓狗才理，他已是大伤元气，腿都还是软的。他好歹也是全县知名的歌师与号子手，君子动口不动手，这一直都是他的信条。不过，一个小小的甲长能闻名全县，说出来哪个相信？连那乡公所的乡约，也不过一乡知名呢。

让永骄出名的，当然不是他小小的甲长身份，而是他是江汉平原丧鼓名师鼓痴的传人，以及监利西乡第一龙船号子手的名声。

高家垴的女人们不仅都认得永骄这个名人，还晓得他是一个风趣可爱的家伙。她们也都清楚，永骄的堂客徐珍姆是赵家垴出名的美人加巧媳妇。因此，永骄有色嘴有色心，也是很出名的。这样的村垸活宝，一般都会成为女人们打嘴仗的对象，不仅本村的女人喜欢跟永骄打嘴仗，高家垴的女人也同样喜欢。

永骄今年不过三十二岁，单单瘦瘦的他，过去可是一个精壮后生，被侉老东打穿了胆后，消化功能出了问题，才变成了这样的瘦子。之后，他把鼓师之职交给了师弟春雷，自己只在划龙船时做号子手。当然，他几年前就做了村里的甲长和族中理事，成了垸子里的智谋之士，这说明他在赵家垴甚至长堤垸，也是年轻有为的人。但是他的甲长这个名头，被他的歌师和龙船号子手的名头盖得一滴都不见。十里八乡的人，都只说他是个歌师兼龙船号子手。既然是歌师和号子手，靠的当然就是一张嘴壳。永骄平时说话十分有趣，就是骂人，也骂得顺耳，骂得机巧好笑。尤其是女人们，都特别爱听他说话。女人们往往故意找碴儿跟他骂仗。永骄呢，明白村里村外这些女人的心思，也就乐呵呵地陪她们说一阵骂一阵，都图个嘴壳快活。

江汉平原好像有个规律，大凡嘴壳硬的女人，必有几分姿色。于是高家垴的硬嘴壳女人就回骂，永骄，你这个臭坏子来抢我啊，抢我回去做姆妈啊，老娘保证有奶汁给你嘞！

永骄岂是嘴仗上的输家，回敬道，哎哎呀，正好正好，我有一对双胞胎儿子，我堂客的奶汁不够嘞，你做我儿子的小妈正合适。夜里东边房跑到西边房，我不过也就麻烦一滴、劳累一滴，我保证冇得怨言。

旁边的横癞子也馋这样的打情骂俏，冲这女人说，来来来，永骄力气小，背不动你，我帮他背，正好省了花轿钱。

高家垴女人骂，儿子背娘，孝子心肠，还是先来娘怀里嘞饱了肚子，才有力气背。

旁边一个女人说，听说他这个癞壳子最喜欢啃猪奶子，哪能让啃了猪奶子的嘴壳来唰人奶子。

刚才的那女人说，只要他愿做儿子，也可以让他唰。来呀，有本事来呀，不来的就是妮儿养的！

横癞子爱啃他堂客朱寡妇奶子的事，连高家垴人也这么快就晓得了，真是好事不出门，坏事传千里。横癞子便涨红了脸，望着女人讪笑一阵，牢骂着离去。

永骄边撒边笑道，高家垴的俏娘子啊，等你穿好红衣红鞋，搽了胭脂香粉，我回去吃一升糯米饭了再来背你。

等你吃了糯米饭再来，她都要断奶了。

你怎么不说吃了端午的粽子再来？

高家垴的女人们对打上门来的赵家垴人以骂相送。但是，她们在私底下都羡慕赵家垴的女人。她们一致认为，赵家垴风气正、门风好，男将比别村里的都勤劳，他们数不出几个嫖赌逍遥不顾家的，还都心疼堂客，还都喜欢烧火做饭，还都孝敬丈佬丈母，总之，似乎天底下只有赵家垴的男将最最好，自己的男将一塌糟。

赵家垴的男将们挨了一场骂，这场出征也就草草收场了。抖出威风，见好就收，用不着赶尽杀绝，这也是江汉平原人惯常的做派。

高家垴的男将们打不赢就躲，虽然是打着去洲上捕鱼的旗号，但突然搞这么大的声势，自然无法掩人耳目，不过虽然说出去不中听，但避开锋芒，也算是明智之举。这样的熊样，不仅不会被人过分耻笑，甚至还会被赞为大丈夫能屈能伸。这也是江汉平原人的生存哲学，也难怪人们说江汉平原人是九头鸟，怎么着都可以找出一个道理。

你还别说，高家垴人这天还真的捕了不少的鱼，都说涨水的鱼、涉水的虾、干塘的乌龟满塘爬。适逢涨水，鱼自然多，高家垴人回来在禾场上论堆分鱼，分得热热闹闹，倒把赵家垴让他们受下的侮辱给冲淡了。这高家垴的当家人，也是厌有厌的智慧，村人对他们的不满，也被这实实在在的收获冲淡了。

复仇之战雷声大雨点小，赵家垴人图了个快活与豪气，一阵风也就过去了。几天之后，天晴了，水浅了，涝渍也就远走了。高家垴偷挖长堤垸的河垱，使塔耳垸减少了一滴有限的损失，也使长堤垸增加了一滴有限的损失。赵家垴人虎虎实实地打到塔耳垸去，虽然辱没了高家祖宗，扬了威，出了气，但差不多是打了个空拳，怪不得劲儿的。再加上别村人笑话，这么狠的长堤垸赵家垴，也有被人挖开河垱的日子。听说赵家垴人被高家垴的女人们吐得脸上涎水直滴。

赵家垴人一连好多天议论纷纷，不肯善罢甘休。

有人就说，不是还有端午节吗？

赵家垴人扬言：必在端午节里，狠狠教高家垴人怎样做人！

过了四月十五，赵家垴的男将们划龙船的兴头就早早上来了，爱热闹的伢子们也闹着要大人们划龙船。男将们从祠堂里拿出放了一年的桡子，每天吃过晚饭，就在长川河里练起龙船。这练船，一是活手，二是造势，三是挑战。从这个时候开始，一年一度的端午节也就早早启动了。

其实，这时的船还不能称为龙船，它们还有有装尖尖的龙船头，更有有装活灵活现的龙头。赵家垴的男将们提前练船，夜夜将船划到塔耳垸的河段，游来荡去，耀武扬威。赵家垴人高叫挑衅辱没的号子激将对方应战，好在端午这个约定俗成的战斗节一泄心中的仇怨。他们还把高家垴人偷挖河垱被捉的事编进龙船号子里去，把他们编排得丑态百出，让人笑落牙齿。被编排得最丑的狗才理听了，也不那么羞恼，他不会编号子，也不会编谣歌，便将永骄捆他时拉了一裤子稀屎，以及兴虎押送他时栽进秧田的事，添油加醋讲给村里人听。村里有些才学的人也编出一段谣歌，让伢子们四处传唱：

高家英雄共七人，
泗水挖垱长堤坑。
急得永骄屁股炸，
稀屎喷到裤子里啦。

赵家保长会转圈，
转得天旋地也转，
一身横肉二百五，
晕头耷脑栽进了秧脚田。

两村的小伢子，早早就继承了大人们的志气，平常不时打架骂仗，现在也把这辱没的号子和谣歌掀向高潮。这样的日子，两村的人都活得尤其有劲。听小伢子的骂仗，则欣慰后继有人。不过，小伢子们的战斗，远不可跟大人间的战斗相比，不过是双方隔着村界，相互砸砖头瓦片外加射弹弓，一方看看要打败了，撒腿就跑，另一方追过村界数丈，也就得胜而回。反正他们是小泥鳅，翻不起么子大浪。不过也有阴差阳错的时候，前年，高家垸的一个小伢子，用弹弓射中了赵家垸一个伢子的左眼，把一盏灯给吹灭了，高家族长带着那个闯了大祸的伢子的崖崖，上门赔礼道歉，又由族中拿出钱来进行赔偿——小伢子打仗也是因公，也就难怪村垸之间战争不断了。赵家的厚基族长也劝丢了一只眼睛的伢子的父母，小伢子打仗，只怪命里有劫，不可冤冤相报，事件也就大事化小。

这段时间的练船，永骄是不上船的，他把这段时间的号子手角色，让给其他人练嘴。用永骄的话说，号子手也好，钊手也好，一定要有接班的。

赵家垸人说，要是永骄上船，还不得把高家垸人骂得屁眼都翻过来！

赵家垸人还说，骂死了高家垸人，划船冇得对手，那日子岂不是清汤寡水！

赵家垸人说，端午节相见！

高家垸人说，哪个怕哪个，端午节见！

五

江汉平原的端午节，还有一个与别处格外不同。别处的端午节单单只有一天，江汉平原的端午节，呵呵，绝对不止一天。

不就是一个节嘛，再长又有多长，还能长过春节吗？

呵呵，说出来你肯定不相信，这江汉平原的端午节，还真是比春节要长！

江汉平原的端午节可以细分为三个，五月初五的大端午，十五的小端午，甚至还有尾端午——二十五。这每年三个端午节，横跨二十天，若加上四月半就开始的划船训练，还有后面的赢了的欢庆和输了的总结，足足长达一个多月！

一年也不过十二个月，江汉平原人的这个端午节过得也太长了！这江汉楚人，也真是太有时间了！

但是，江汉平原人说，时间本就是用来打发的，不沸沸扬扬打打闹闹，人生一世，岂不是过得缺油少盐、差酱短醋，岂不是清汤寡水？

整个农历五月都是端午节，这样的节日，也是世界一奇。

江汉平原毕竟是水乡，毕竟是古云梦大泽，以水为主题的端午节过得又全又长，似乎也有得么子说不过去。

江汉平原人把端午节拉得长长的，纪念曾在这里写下《离骚》初稿，后来又到汨罗江怀石投江的屈原大夫，真是这样吗？呵呵，江汉平原人笑笑，你说呢？他们自己跟自己说实话，纪念屈原大夫，其实倒在其次，主要原因，还是因为源自远古的好争爱斗，喜欢折腾，特别是水利上的恩怨，需要定期发作，需要及时了结。

江汉平原关于端午的俗语就有不少：

癞客马（癞蛤蟆）躲端午——躲不过的。

端午放过你了，十五还放过你？就是十五放过你了，还有二十五呢！

大端午有烧香，小端午你总要烧吧？

一九四二年的农历五月，长川河边的高家垴这个"癞客马"，怕是躲不过这个端午了。

高家垴一直胳膊拧不过大腿，但仗着决斗人数相等的规矩，也一直不肯轻易服输。其实，整个江汉平原，即使村子再小，从来也冇见一个老老实实服输的，这正是楚人的不服周精神！这一次，高家垴人同样选择了竖起家伙屙尿，要跟赵家垴人比个尿高尿低，他们也在长川河里叫叫喊喊地划起了龙船。高家垴人也跟赵家垴的男将一样，白天忙完田场里的活，夜晚就划起船、擂起鼓、敲起锣。他们放开喉咙，高喊"划花儿，龙在河"，气势也不输赵家垴一指头丫。这就是应战的口号，表示他们将与赵家垴在端午节一决雌雄！

在人口密集的江汉平原，村垸与村垸之间，很难有真正的秘密。彼此的亲戚牵根带蔓，就像一屋大的一团乱麻，你就是拆他一百辈子，怕也是难以拆开，哪里会有一滴风儿都不透的墙呢——用江汉平原人的话说，船舱里都还有漏针的时候呢！

很快，赵家垴摸清了高家垴的底牌。原来，高家垴派到外面学武功的五个后生今年一起学成出师了，而且，还有两个在外面当兵的今年也退伍回了村。今年，高家垴算是实力大增，他们认为可以一雪前耻了。于是，高家垴的锣鼓号子，也在长川河上嘹亮不息。赵家垴的号子是怎样辱没他们的,他们便一股脑儿地还将回去。

既然一哈多了七把厉害锤把子(打架斗狠的男将),高家垴岂会做缩头乌龟?他们只管嘴巴里有,就么子话儿都往外放,反正吹牛骂人既不犯法,也不要一文钱的本钱,不吹白不吹,不骂白不骂!赵家垴这边听到了高家垴应战的号子,心跳加速,血管涨粗,男将们胳膊上的瓣子肉鼓得一坨一坨的,像是有老鼠在皮肉下面拱,似乎要把黑红的皮肤撑得像棉花桃子那样裂开。

英雄有了用武的对手呵!呵呵呵呵……

长川河上,锣鼓喧天,号子动地。宽宽深深的河水,像面临新婚之夜的女人,波起浪涌,日夜不安。水下的鱼儿惊得不时跃出水面,像在比着哪个跃得更高,更像是要吞吃水面上飞着要点水的虹虹。

太阳还有有没落土,龙船的锣鼓号子便早早地响了起来。

长川河的水躁动难安,几乎冇得哪个地方不在耸挺着波浪。映在河里的红云,被摇荡成了一河的大火,它们熊熊地燃烧着,闪闪地滚动着。男将们的眼珠子,都被这一河无法熄灭的火光闪晃得通红。不,他们岂止眼珠子通红,浑身上下也通红了,他们也像是一束束的火牙,在河面上燃烧着、飘舞着、龇咧着。这血性十足的火牙般的男将们,一个个血脉偾张,气吞江河!

每当龙船的锣鼓号子响起之时,河边的女人们就特别的多,她们好像是有意把到河边洗衣淘米之类的事儿,专门积攒到这个时候来做。

女人是水做的,所以女人一到水边,就会特别的漂亮和柔美。人们常说好看的女人带水色,大约就是这个道理。不信你们到水边看一看,即使哪个女人，比被侉老东奸了嫌丑而唆狗撕死的狗才理的姆妈还丑，她只要被水光一映，被荷花睡莲一衬，被篙草菖蒲一托，她们就大变模样：难看的变好看，好看的变仙女。所以，自古水乡出美女，这是大有根由的，这个根由就在于秀美的清水。不是说清水出芙蓉嘛，这江汉之水，就是把女人滋润得更美的神水。

不是吗？赵家垴的女人们被这一河的霞光，映得红艳艳、水润润、清亮亮、柔媚媚，格外好看，男将见了，无不感到新鲜和刺激。

不绝的锣鼓号子声中，珍姐带着一群叽叽喳喳的女人在长川河里洗粽叶，为给划船的水手们包粽子做准备。粽叶就是江汉平原随处可见的芦苇叶，清水泡过，开水煮过，再泡上好几天，把涩味全泡出去，把香味全煮出来，包出的粽子才清香甘甜。

长川河边一片说笑，一派热闹。端午节也是女人们的节日。

不知是龙船惊起的，或者是太阳照起的，也或者是女人们撩起的，一条一尺多长的半糙子鳡鱼，突然嗵的一声蹿起，带起一束晶亮的水花，咚的一声，刚好跌进珍姐手上的箩筐里，这几乎不亚于它跳进荡了油的热锅里。珍姐惊得身子往后一缩，差一滴就掉下河埠头。

啊啊啊……女人们惊乍一片。

啊唷，珍姐姐撞了大运，财喜自己蹦到箩筐里来了！

鲩鱼？不——好像是鳡鱼！

啊吔——好大一条，你家永骄吃了，夜里还不得把床都整塌！

珍姐姐怕是要生一个儿子了，龙伢子和凤丫子要有弟弟了！

这鳡鱼怕是看上了珍姐姐呢，要跟永骄哥抢床困呢！

哈哈哈哈哈哈……

江汉平原的女人，她们平时在有男将在的正式场合，一个个倒是温温雅雅、稳稳重重，但一旦有得男人在场——特别是有得老人在场，么子话她们都说得出口。她们如果成了群，三人成虎，常会把落单的男将按倒在地，将他们脱得条胯叮当，再在他们的雀雀卵果上砸上几坨稀泥巴。出格一滴、粗鲁一滴的女人，甚至会铲上一锨臭烘烘的牛屎，砸在那倒霉蛋的胯里，让你粗的也出不了头，长的也露不了脸，让你那两颗蛋蛋埋在热牛屎堆里头焖红苕。

鳡鱼也叫黄钻，成龄的一般长达三尺，身体滚圆，细鳞微黄，头尖嘴硬，牙像锯齿，它凶猛有力，专吃鱼虾，是淡水鱼之王。鳡鱼冲击起来，尖长的嘴壳可以撞穿其他鱼的身体。有一年干旱，人们在长川河里捕到一条一丈多长的鳡鱼，堪称鱼王，说是它吃了十万百万条鱼，才长到这么大。鳡鱼的肉质虽然有些粗，腥味也格外大，不甚好吃，但却是补肾壮阳的好东西，常有阳事不振的男将出了高价寻它，所以女人们才说，永骄吃了它，要把床都整塌。

珍姆一边看箩筐里乱蹦乱跳的鳡鱼，一边笑道，哪是我运气好，是划龙船的男将把鱼儿们惊着了，跳到箩筐里来躲端午了。你们看，这河水都是浑的了，灯笼草鸭舌草也都划得浮起来了，男将们把劲头哇，全都使在这河上了，哪里还有力气整塌床呢！永骄半夜时间回来，都困得跟死猪一般。

是啊，这些男人天天都在日河呢！

从长阳山里嫁来的土家族桂妹子，秉着土家人说话不转弯的性情，口无遮拦地说，他们划船划得都不要命了，还整么子床嚯，我家春雷，你抓起他的根子使劲儿扯，扯成兔子耳朵，他也冇得半点动静吧！

女人们轰的一声爆笑，像河边爆响了一颗炸弹，有的笑得搔得都直捂肚子。

近岸的蒲草中，惊出几只水雀，它们箭一般地往对岸的天上斜冲，惊叫着争相逃离女人们的笑声的轰炸。

对岸河边的一群白鹭被水雀的惊乍感染，领头的长叫一声，展开双翅，上下扇动，十几只白鹭便纷纷展起翅膀摇曳，它们细长的双脚渐渐从水草上升起，打横，向夕阳的方向飞去。这些白色的精灵稍作调整，很快飞成一条斜上的直线，由大变小，由白变黄，由黄变得金红，不久就融进金红的夕阳中了。

横癞子和水垓在河边取各自藏在水里的鱼篓子。横癞子远远地见女人们笑得那么放肆，便晓得她们在说荤事儿，他不由自主地动了心，于是就戏弄水垓。

水垓，你小时候鼻涕掉得老长，两只袖筒被鼻涕抹得像镜子，照得出人影子来，现在，你一转眼就成男子汉了，看看，你胯里的雀雀毛肯定有一寸长了。

水垓脸红了，说，你这个老不正经！

横癞子说，不信我们来打个赌，要是冇一寸长，你输；冇得一寸长，我输！

水垓说，你还像个叔子的样子啵？

横癞子笑道，少年叔子当弟兄，雀雀的事儿上无老少。这样，我们赌一赌,哪个输了,就把自己篓子里的鱼,任由赢的人挑一条。

横癞子早爱上了水垓篓子里的一条蓟花鱼,心里直痒,他那细腰大奶翘屁股的二茬子堂客,最爱吃臭蓟花鱼,何况她现在肚子里刚怀了伢子,更想吃好的,他太想将它占为己有了,如果堂客吃上这么大的臭蓟花鱼,夜里就更乐意让他啃她的奶头了。可能是堂客的两个奶头太挺,横癞子夜里一嘬上它,就舍不得松开,嘴巴总是这个奶头跑到那个奶头,真恨不得再生出一张嘴巴来。

水垓虽然满脸涨红,却并不失方寸。他笑道,好,算你说对了,我那条最大的鲶鱼归你了。

横癞子说,我不要你的大鲶鱼,只想要那条筷子长的蓟花鱼,你朱家婶子怀身了嚰,想吃臭蓟花鱼。

水垓说,你直说嚰。说着,他弯下腰,避开鱼脊上长长的刺,抓出那条漂亮的蓟花鱼,塞进了横癞子的篓子。然后,他少年老成地叹道,唉,朱家婶子人漂亮,吃鱼也要吃漂亮鱼,哪里要吃腐臭了的。

横癞子有些不好意思地说,女人怀身时口味重,臭蓟花鱼特别开胃,等你将来娶堂客了,你就晓得男将得哄堂客了。来,难得你这么大方,我也不占你的便宜,我这条黑鱼换给你,起码比你的蓟花鱼重半斤。说着,他抓起黑鱼,塞进水垓的篓子里。水垓连说不用换,不就一条鱼嘛。横癞子说,先收下,将来你娶堂客了,我再拿大板鲫跟你换别的鱼,其实大板鲫比蓟花鱼发奶汁。水垓红着脸笑道,你其实是在告诉我,等朱家婶子落月了,我抓到大板鲫就让给你,对不对?

横癞子笑道,老说你是第二个永骄,今儿我算是真的服气了。水垓,你要是再像永骄那样多读一滴书，就更了不起了！水垓连连谦虚。横癞子话头一转，说，我们还是言归正传，你还是解开裤子看一哈吧，也许你那毛毛，一寸还差一丁点呢。

水垓说，看的事儿先放一边，我也跟你打一个赌，然后再看不迟。

横癞子说，你打么子赌？

水垓说，既然雀雀的事无老少，那我赌你的雀雀刚好跟这条黑鱼一般长、一般粗，不信你就解开裤子看一哈。

横癞子笑出一嘴的黄牙，笑得上气不接下气，笑得涎水都滴到了河里，他半晌才止住，说，野鸡日的水垓，不愧是长堤垸里的小智多星啊，野鸡日的，了不得啊！

水垓笑道，少年叔子当弟兄，我也回你一句——野鸡日的！

横癞子说，老子不跟你骂了，老子高你一辈，一骂老子就太亏了，走，雀雀长毛了的小男将儿，我们去听女人们笑么子好事。

水垓说，你自己去，我有得你那么厚的脸皮。

横癞子在水垓这儿输了一仗，便朝女人们走去，待听清女人们的话题后，调笑道，你们这些——那个地方热得滚烫的堂客，一条鳝鱼蹦水，都想到那事儿，你们那个地方实在太滚烫了。说到这儿，他忽然变得一本正经起来，像个长老似的说，这鳝鱼进箩筐，是说今年我们的龙船注定要赢。

女人们纷纷笑骂，你这癞壳子就别装正经人了，男将里头，就数你最滚烫。我看你的堂客自从嫁来之后，走路都张着腿在走了——根本合不拢了。

珍姆说，你们这些人啊，嘴脏得都吃不得饭了，你们也不看看，这埠头上还有几个红花女子在噻。

几个还有有出阁的红花女子，个个的绒毛脸，红得像天上的晚霞！

见珍姆按不住箩筐里的鳡鱼，横癞子说，我帮你用蒿子把鳡鱼穿起来，这家伙力大，不要让它跳回河里去了。

珍姆说，不劳烦你。说着，将箩筐一歪，那条鳡鱼咚的一声，出了一口长气似的跳回了河里。

呔呔，珍姆姐，你心真善。

珍姆说，就让它保佑赵家垴的龙船旗开得胜吧。

横癞子说，今年，高家垴添了好几个有武功的锤把子呢。

不担心不担心，有你裤裆里的锤把子就够了。你守河垱时，都要摸回家让锤把子加餐，还不把它喂得像牯牛，你的锤把子一定锤得死牯牛。

是的是的，我的锤把子锤得死牯牛，你要不要试一哈！

要试，你就到犁牛（母牛）屁股后去试吧！

横癞子笑出两排黄牙，说，你还是先试试的好，我的武功可厉害呢！

珍姆正色地冲女人们说，别跟他打嘴仗了。她转移话题说，说正经的，我家龙伢子呀，这阵子天天吵着要学武功呢。

桂妹子也说，我家虎伢子那么大一滴，屁股后面的黄都还有有散的小鸡崽儿，他也一样在吵，他们两个呀，崖崖是一对，儿子也是一对。对了，他们的嗲嗲也是一对儿，天生成的。珍姆姐，要不要让他们两个小家伙学？

横癞子说，学，赵家垴的男伢子都要学，族里出学费！等我的儿子出生了，我要让他学十年武功，将来像兴虎那样，划头把桡子！

有女人就笑，哈哈……你若是有狠，就叫你堂客一次生他一大窝！一船的男将，都是你的儿子！一船的光壳子脑壳，把高家垴人的眼睛全都照花，不用打他们，他们就滚到河里去了！

哈哈哈哈哈哈……

江汉平原，尤尚武风。家族中的后生习武，费用都从族费里开支。这是家族对人才的重视。但，同样是人才，如果你是找先生学文，家族里却往往视而不见。由此可见，江汉地区重武轻文由来已久，也自有根由。文学得好，出人头地做了官坐了府，才可以报效家族。只是，那是一个十分漫长的过程，起码也要等到十年寒窗之后。学武呢，只要稍有武力，就可随时为家族效力。江汉平原的各个族姓，不仅慷慨为学武者出资，还极力鼓动族中后生学武。江汉平原人常说的"拳头上出好汉"，其实就跟名句"枪杆子里面出政权"一个意思。

这次练船，高家垴那七个新增的锤把子一直冇在长川河上露面。他们只在村内的渊潭——高家小渊里练习，目的是为了出其不意地使出撒手锏。这个消息，赵家垴早刺探到了。赵家垴也准备好了底牌，他们从县城边上的赵家门和长川河下游的赵港各请了一个武功不错的族人，将作为援手参与进来。请同姓族人出马，不仅名正言顺，还更显族人多、人势广。赵家垴人为宋太祖赵匡胤的长子德昭的后裔，德昭被宋太宗赵匡义逼得自刎，其后代为了不被太宗及其嫡系相忌，便渐渐远离京城。六百多年前，其中一支从汴京避难至监利县城东的松林湾，后又分枝散叶,迁到赤特湖边的赵港和长川河上游的赵家垴等地,因人丁兴旺、人才济济,在全县堪称大姓大族,这也令人敬畏三分。目前,晓得会有族人援手这个秘密的,只有族里主事的几个人。这样的秘密,高家垴人应当无法探知。这是一把深藏的撒手锏。赵家垴本来就有两支耍狮子的队伍,狮子班里的永骄、春雷、兴虎等男将,个个都是习了武的。赵家垴罕见地请族人相助,是要以压倒性优势大获全胜。

今年的端午龙船赛,城里的商会已经公布,邀请各乡龙船到城外的西门渊里比赛。届时,商会将给前十名颁发奖银。同时,城里各大商家也将会向本族的龙船队送上银钱,送上酒席。小的商家则会送上粽子、包子、馒头等等,有的还会送上头巾、汗衫或草帽之类。这是全县最为隆重的龙船赛!

去年,县里冇有组织龙船赛,因为侉老东的大部队进了县境,他们四年前在长堤垸修飞机场冇有得逞,后来又在县南长江边的白螺矶修建了飞机场。人们估计,兵荒马乱的,今年县里也不会组织龙船赛,可是偏偏又组织了。

今年的龙船赛还是商会组织的,高家垴人着实兴奋。论城里的大商家,赵家垴是冇得的。赵家垴村强地广,旱涝少忧,是全县最为富裕的垸子之一,所以赵家垴人不屑于经商。赵家垴在城里虽说有一个垸董老爷,但也只是一个住在城里的乡下大户。而且,垸董老爷的儿子永富还偏偏是高家垴的女婿。垸董老爷家里虽然刚开了一个成衣铺,也是高家的女子在打理。可见,高家垴人在田地上弱,便把心思用在了生意买卖上。高家垴人在买卖方面的头脑,远比赵家垴人灵醒。在城里开香烛店的高殿雄，看起来不是么子大生意，但他将香烛店在城里开了三家，做零售与批发生意。他还开了一个香烛作坊，差不多做掉了县城一半的香烛生意。

赵家垴人也有自己的兴奋。赵家的垸董老爷，虽然是个好好先生，却在城里广得善名，是好几代的仁义之家。虽说这次的龙船赛是商会出面组织，但商会会长跟垸董老爷交情很深，副会长瞿道勤还是垸董老爷的小舅子。还有，垸董老爷的儿子永富，是城里的新派人物，是一个疏财仗义广结朋友的后生，人们都说，他在城里一呼百应，是监利城的及时雨宋江，他丈佬家的高家垴，自然不可相提并论。

这回，赵、高两村，都认为自己是稳操胜券，可将对方打得落花流水。看来，后面的好戏，一定非常精彩！

六

江汉地区划龙船，习惯于偷船。

有谣歌唱道：

生姜是老的辣啊，
女子是少年的水嫩，
花儿是野的香啊，
吃食是讨要的才甜，
牛是借来的有力啊，

龙船是偷来的快溜！

赵家垴的赵业鉴木匠是十里八乡的名匠，他盖的房子，遍及周围好几个垸子和街镇，他打造的船只，遍布长川河上游五六十里的河段与湖泊。垸子里有这样出名的木匠，赵家垴人划龙船时，还是从不免俗地习惯于偷船。

赵家垴人要找一流的好船，十里八乡与赵家垴有一滴关系的亲戚朋友，都会积极地提供情报。这些吃饱了冇得事的热心人，无不把自己看中的船说得跟天上的神船似的。他们晓得，赵家垴的龙船队兵强马壮，十有八九都会划赢，在太马河街与观音寺街划，必是前三名之列，在县城里划，必是前十名之列。若是哪个推荐的船划赢了，这推荐船的人在赵家垴的地位就会上升一大截。若是平时冇得话份的人，今后就有了话份。在一个地方上，话份高的人，不仅说话的声气比别个大，而且有人听、有人信、有人服气。

今年被赵家垴选中的船，是王家老爷垱上的，船主叫王尚秋和王尚新，是堂兄弟俩合伙打的一条船。

王家老爷垱也是一个很了不得的村子，它在北宋时出过一个武举人，官至从三品将军，比当过吴佩孚参事官的厚基族长当年做的官还要高半级，他们垱上的船，一般的村子是冇得胆子去偷的。按风俗，船主若不愿他的船被你偷去，偷船的人就会被当成强盗对待，弄不好是要被打断胳膊腿杆子的。

要偷王家老爷垱的船，也只有像赵家垴这样的大村大姓，才有这个胆气。

四月二十五的半夜，下弦月亮爬到柳树杈上的时候，赵家垴二十多条男将悄悄出现在王家老爷垱的村头。为首的是永骄与兴虎。这些年，二甲的甲长永骄与村里的保长兴虎一直是赵家垴的吴用与李逵。虽然甲长职位低于保长，但千百年来，乡下人只重宗族祠堂，官府的那一套，一直只是一个摆设。保长听甲长的，这在官府那边虽然说不通，但在只重视实际能力与话份的宗族里，却是天经地义的。

王家老爷垱虽然也属于长堤垸，与长堤垸却是一个西南一个东北，离得有二十多里路，它位于离湖边上，是一个偏僻的湖村。在江汉平原，偏僻的村子往往更为尚武。自古以来，每逢荒年，常有外方人——主要是江汉平原西北的山里人——最远的甚至有从四川、河南和陕西过来的，他们成群结伙地来到富庶的江汉平原，为了活命，干起吃大户的勾当，偏僻的孤村便是他们最好的目标，如此一来，这样的村垸不得不以武力自保。也正是这样尚武的风气，才使王家老爷垱上出了监利县历史上唯一一个武举人。可见，要打王家老爷垱的主意，也是要冒头破血流的风险的。

赵家垴人偷船路上要经过的人户家的狗，早被内线用药狗丹给麻晕了。药狗丹的中药名叫半夏，半夏生于夏天过半之时，故名半夏。半夏有毒，但具燥湿化痰、降逆止呕和消痞散结等功效，用药时不仅需控制药量，一般还要炮制，如果狗吃了过量的生半夏，就会叫不出声，或昏迷，甚至死亡。监利县正是著名的监半夏的产地，用起来极为方便。冇得狗叫，赵家垴的男将们很快找到了那条相中的好船。这条船并冇有泊在水里，而是反扣着，用两副大马架架在屋后的林子里。

荐这条船的内线向永骄吹嘘，这条船是前年打的，用的是从湖南塔市驿东山上买来的老杉木，新船油了三遍白桐油、一遍黑桐油，才用了两年。内线还说，前不久，又油了一遍白桐油，准备等五月的雨季过后，才会重新下水。这条船是这两家人的心头肉，保管得比刚出生的儿子都要好。

永骄笑道，你只管使劲吹，船要是划输了，你今后可是把赵家垴这条路竖起来了。

内线说，哪会哪会，赵家垴这条路，我恨不得天天走呢，我可不想把它竖起来。再说，你们赵家垴，别说是一条大船，就是用一只杀猪的浆盆拿来划龙船，也绝对不会划输！

永骄笑道，万一划输了，赵家垴的男将还算有一滴度量，女人们可都不是省油的灯，你要让她们的男将划输了船，她们不把你的裤子扒下来让母狗子叼起跑，至少也要用黄泥巴把你一脸的麻子……抹平！

一说到麻子，内线有些不高兴了，说，麻子麻子，再怎么麻，好歹也是赵家的姑爷，真不明白徐家垱的徐珍姆，一个我都不敢动歪念头的神仙女子，是怎么看上你这个风都吹得倒的枯豆干子的！

永骄激将道，你是赵家的女婿好不好！要当姑爷，要看这回你荐的船给不给你争气。

当然当然，这真是一条神船啊。我这姑爷呀，从此连我的丈母也不会再叫我的名字了——她一向叫的是我的小名。

好，到时候，我也叫你赵家姑爷！

内线又说，这条船，不是出自一般的木匠之手，你们尽管放一百个心，一定能夺魁！

永骄认真地盯着内线问，哪个木匠？

内线伸出三个手指，一脸得意之色。

永骄说，好，我晓得了，你可把嘴壳闭严实。打这只船的木匠是哪个，你先不要让第三个人晓得。

内线连连拍胸，说，实不相瞒，我的堂客——也就是你的族妹，她早就晓得了，你知我知她知，我只能保证不让第四个人晓得。

七

穿过荒野的蒙蒙水汽，远远望见了王家老爷垱上三四片昏黄的灯窗，这使这个村落显得更加偏僻。进了村子，赵家垴的男将们的脚步落得小心起来。他们轻手轻脚摸进人户后面的林子，一条散发着桐油香气的奵船，就像脱光了衣服的年轻女人，静静沉睡在树荫之下，仿佛在等待心仪的男将的到来。男将们亢奋起来，粗壮的手抓住了船舷。

兴虎低声喊，弯腰，上肩，一，二——起。桐油香味醉人的大船，就搁在男将们的肩膀上了。

永骄举起三炷燃着的香，冲大船作了三个揖，低声说，有请神龙启程！

一行人抬着船，悄悄向村外溜去。他们的脚底下，有的绑了从烂棉衣上剪下的棉片，有的绑了烂麻袋布。有一个家伙脚底下冇有绑么子，永骄逼他绑了两条枯枯的丝瓜瓢子。一群人急行起来，像蛇行一样，并无多大声音。按照风俗，偷船的人若是还有有出村便被拦住，不仅船偷不走，人还会跟通常的小偷一样挨打受揍，且不得还手。所以，即使是再强大的村垸族姓，偷船时也不可疏忽大意。

永骄目送着抬船的人群，等到他们将船抬出了村口，这才和挑着担子的春雷一起回到船主的屋前。他们将长长的绳子的一头系了一块半截青砖，扔过高高的树杈，然后将砖头解掉，系住装酒肉的篮子，将它扯起来，高高吊在大柳树上，再将绳头系在树干上，这样，狗就够不着装酒肉的篮子了。

一切妥当了，永骄放声大喊，赵家垴的龙船队，多谢王老板的龙船！

春雷也喊，赵家垴的龙船队，多谢王老板的龙船！

永骄点燃一大挂鞭炮后，与春雷两人撒腿就跑。鞭炮轰轰烈烈地炸起，闪起一片火光，腾起一股硝味。

龙船必须光明正大地偷，否则不仅被人看不起，偷去的船也划不赢。

由永骄和春雷两人断后，自有它的道理。永骄不仅能说会道，能把死人说活，又永远一张笑脸，他遇上再大的事，不仅自己从不生气，也能让对手消气，他历来是赵家垴的外事之臣。春雷话不多，但说话分寸有度，并且武功不错，算是多了一道保险。有人说由兴虎跟永骄一起断后要安全一些，王家老爷垴的人见到他那身架，就不敢近身。永骄说，还是春雷吧，兴虎这个大力士不抬船可浪费了。在他心里，春雷就是赵家垴的赵子龙，办事最为牢靠，若留兴虎断后，他要是说出么子莽撞话来，把王家老爷垴上的人得罪了，这船就偷不走了。王家老爷垴也是一个强村大姓，跟赵家垴旗鼓相当。

说实话，论人势，十里八乡也还有好几个强村大姓，而赵家垴一直被人们高看，是村子里的文武人才都不缺少。赵家垴的族长一直都由德高望重的人担任，上一任的族长是垸董老爷的崖崖庚基老爷，他老人家的武功深不可测，却从不炫耀，做人做事与寻常百姓无异；现任的厚基族长，不仅任过吴佩孚的四品参事官，还在省城教过书办过报，更是监利县当今的大名士，广受人们敬重。有这样的人物坐镇，赵家垴被人们高看也就毫不稀奇了。

偷船后放鞭炮，称为明偷。在江汉平原，这样的明偷不只限于偷船，还有偷水车、偷牛马等等。就是明偷女人，也有得么子大不了的，只要你不偷水就行了，偷水才是这江汉水乡人的大忌。不过这样的明偷，都只能是偷主家暂时闲置的非急用之物，偷后也都要备礼送还。偷人呢，也只能偷乐意让你偷的寡妇，彼此两相情愿，被发现了，人们往往会装着冇有看见，侧目而过，然后朝地上吐上三口涎水，驱赶晦气。不巧遇见男女偷情，就跟见了鬼一样，也跟碰见蛇交配一样，被江汉平原人视为不吉利的事儿，人们都会避而远之。

这明偷，其实也是一种别有趣味的强借。据说，孔明帮刘备借江汉平原上的荆州，其动机与道理，也是源于这江汉风俗中的明偷。出生襄阳或南阳的孔明先生，也是江汉平原边上的人氏，以他的见多识广，自然不会不清楚江汉之地的明偷风俗。

激烈的鞭炮声骤然响起，船主王尚秋立刻被惊醒。听到"多谢王老板的龙船"，他马上明白过来。王尚秋披衣起床，开门便追。隔壁屋子里的王尚新也爬起床来，跟着堂哥王尚秋追赶偷船的强盗。很快，村里也起来了不少人，有的并不晓得是有人偷船，还以为是有人偷鸡摸狗，公愤之心骤起，都奋起直追。等到大家都明白是有船被偷了，马上缓了脚步，变得心不在焉，慢慢地哄闹着往村子西南追赶。

这追船，也有规矩。帮着追赶的村邻，必是跟在船主的屁股后面，哪怕你是天生的飞毛腿，是水泊梁山的神行太保戴宗，也不得跑在主家前面。这也有个讲究，即遇上这样的明偷，一般来说，是不能当作普通的强盗来对待的。主家若追得并不真心，村邻也便只是意思一哈，凑个热闹。若是主家真心要追，必定是追出了村口还会不歇气地追赶。这时，村邻才确定船主是真追，这才可以放开腿脚猛赶。

在江汉平原，偷龙船的习俗由来久远。一般，被偷者不能太过分地追赶，毕竟自家的船被人看中，也跟亲生丫头被名门望族看中一般，怎么说也是一种荣耀。江汉平原人认为，如果被偷的船划赢了，这条船也会添上龙的灵气，将来必是如龙得水，会给主家带来好运。也有爱船如命的人家，常常舍命追船。这时，帮着追船的村邻——其中往往是偷船者的内线，便会劝其不要再追，否则，就会落个不懂人情世故的名声，被村里村外讥为不懂味、不懂春、不懂榜。这味啊春啊榜啊……要做何解，你自家心里去揣摩吧。

王尚秋和王尚新追到村口，便停步不追了。他们站在村口的高垱上喘气，似乎累得实在跑不动了。

王尚秋气喘吁吁地骂，野鸡日的赵家垱的强盗，他们是怎么晓得老子们的船的？

王尚新明白了堂哥的意思，也跟着骂，真是一帮活土匪！

王尚秋又骂，野鸡日的赵家垴……算了，毕竟跟我们王家，也是拐弯抹角的远亲。

王尚新骂，要不看在太妃妃的姨老表的分上，今儿就是追到他们的屁眼丫里，也要把船追回来！

村人说，就是就是，老子们就宰相肚里撑船，大度他一回！

这时，赵家垴在王家老爷垱上的内线出现了，他过来假意相劝。

三九麻嫩，你这个九头鸟！

王尚秋见三九麻嫩递上来的笑意，似真非真，似假非假，心里就明镜似的了。

三九麻嫩小时候出痘子，落了一脸的麻子，虽然做了赵家垴的女婿或姑爷，娶的却是在邓家垱成了寡妇的赵家女子——赵业化的二丫头二梅，这女人虽说也漂亮索利，但毕竟是生了一个伢子的二茬子，因此，三九麻嫩就被村里人有些瞧不起。其实，三九麻嫩除了一脸麻子，人长得倒是周周正正、抻抻展展，还有乡下男子少见的白净脸色，所以他也并不算丑。麻嫩子是江汉水乡的一种始终长不大的小鱼，一般也就两寸左右，身上布满浅褐色的小麻斑，它肉嫩味美，所以人们叫它麻嫩了。三九儿时白白嫩嫩的十分可爱，因为他是三代单传的独子，家里对他玩水管得十分严，他就偷偷地练憋气，以便家人找他时好躲避，这倒使他练出了独特的憋气绝活，他在水底下可半天不露头换气，十里八乡至今有得哪个能比。他生了麻子之后，人们便叫他三九麻嫩。三九麻嫩还读了七年的私塾，算得上一个读书人，用他自己既像是自嘲又像是自傲的

407

话来说，他是半个读书人。只是他有些好逸恶劳，又喜欢好面子说大话，所以一直被崇尚实在的乡下人们轻看。今儿追船一事，即可见其平时的为人。

本来，作为赵家垴的内线，他完全不必出现在船主王尚秋他们面前，换了另外一个人，肯定会深藏不露，省得惹村人嫌弃和咒骂。可是三九麻嫩从来都是个与众不同的角色，他脑壳里的弯弯转儿多，他有着自己的盘算。直白一滴说，他就是有意要让王尚秋他们骂他，甚至为难他。这样，他在赵家垴那边才会得到人们的感激。这三九麻嫩，果然比别人看得远，别人只看眼前一步，他看的是眼前三步。他三九麻嫩又是荐船，又是麻狗，为的不就是让赵家垴人高看吗？被本村人骂得越惨，他在赵家垴那边的功劳就越大，他在赵家垴那边有了地位，受到了赵家垴人高看，反过来，在自己村里的地位也会提高。这样的谋算，一般的人哪里会有。

江汉平原人看一个人怎么样，往往注重外人的评价。他们认为，外人的评价往往不带成见，因此相对公允，所以三九麻嫩在外村和街镇上，名声倒还不坏。三九麻嫩毕竟读过书，比一般的乡下人有见识，所以他这弯弯转转的心思，自非一般的乡下人可比，而这一滴，又使村人认为他太过聪明，以及高过他们，因而对他产生嫌恶和忌恨。同时，他也认为村里人大都粗鄙愚昧，也看不起村里的人。这样一来，村里人和三九麻嫩就互相看不上眼，彼此之间就有不少隔意，因此，村里很少有人愿意跟他来往。对此，三九麻嫩表面上无所谓，但心里还是十分介意，所以他立志要活出个人样，活给村人们看看。他觉得跟村里人比出力种田搓泥巴果儿，那样简直太可笑，所以他把家里的田都租给别个种了，自己在街上租了个巴掌大的铺面，专做田地房屋和船只等大宗财物买卖的中人。他到处探访田产房屋船只等买卖信息，做些介绍、调停、写契的事儿，这样倒是脸不晒太阳、脚不沾泥巴，成年鞋袜齐整，茶馆进、酒馆出，看上去也有几分生意人的派头。有人问他赚了多少钱，他总是扯些枝儿蔓儿，从不正面回答，这也让村人们很不待见。不过，人们倒是见他一家人吃的穿的，比村里的大户还要舍得，这使村人们既羡慕，又妒忌，背地里都说他光一张嘴壳，不是一个正经货色。总之，村人就是不服他的气，时常拿话来鄙薄他。因为他叫三九——他姆妈三十九岁时生他——他姆妈一直叫他九儿，他则自称九哥，所以人们给他又取了一个"九头鸟"的诨名。江汉平原人忌讳外省人说他们是九头鸟，自己却又给自己人取这样的诨名，真是不可理喻。三九麻嫩一直想把村里的屋子卖了，干脆一家人搬到街上去住，不再与村里的泥腿子为伍，反正乡下有田地出租，街上他也可挣到钱，不如干脆远离那些彼此看不上的村人。为了说服父母，他总是跟他们举赵家垸垸董老爷家的例子，说垸董老爷家搬到城里去住了好几代人，不是越来越发旺吗？还有高家垴的高殿雄，全家也搬到城里去了，不也是生意越做越大？可是不管他说得如何天花乱坠，他父母总是死活不同意，说是要搬你自己搬，他们死也要死在村子里，以至于后来他提一次，他们就骂他一次，搞得他左右为难，抻不开手脚。

　　三九麻嫩见王尚秋鄙薄地盯着他，晓得是瞧不起他。他也明白，王尚秋并不是船被偷而不高兴，他不高兴的，主要是向赵家垴荐这只船的，不该是他王三九。王尚秋是嫌他在村子里冇得话份，冇得地位，上不了台面，由他荐船，简直是辱没了他的船。

三九麻嫩心里骂，野鸡日的，向赵家垴荐船的，若是一个在村子里有一滴台面的人，你王尚秋会这样脸不是脸相不是相？真是狗眼看人低！你们就给我等着瞧，我王三九再怎么差，也会比你们强！

既然是自己多嘴多舌，三九麻嫩也只有忍气吞声。他心里盘算，等赵家垴划赢了龙船，有赵家垴一村的人说我好，你们兄弟现在对我的鄙薄，那又算得了么子！

三九麻嫩虽然不高兴，但仍面带笑容，以示他不跟大老粗一般见识。他说，算了算了，这回偷船的，好歹是大族大姓的赵家垴人，我们王家宋朝的武举老爷，虽说十分威风，也还是赵家天子的臣子。赵家的厚基族长，任过吴佩孚的高参，吴佩孚是一品官，厚基先生就是四品，我看好像也是从三品，也不比我们王家的武举老爷的官品低到哪儿去。

三九麻嫩话里的意思，自然暗指王尚秋他们在他面前充了威风。王尚秋倒也不是一般的种田人，他好歹也是村里的一个干了多年的老甲长，也是族中的理事，多少也见过一些世面，他听出话音后，气就更大了。

王尚秋骂道，三九麻嫩，你这个家贼，叫我怎么说你是好！

气坏了王尚秋，三九麻嫩心里的气也平了，于是见好便收。他冲王尚秋说，我上回去赵家垴丈佬家，他们族中几个理事陪我喝酒，我听他们说起船的事儿，只是顺口把你们家的船夸了几句，哪个晓得他们会来偷。要怪，真的只能怪你们家的船太好。女人长得好看，也招男将惦记嘛。

呸！王尚秋骂道，你这个九头鸟，你会不会说人话，我们家的船，难道是母的？

王尚新接着骂，你这个吃屎的，哪个给屎你吃，你就认他是主子！

三九麻嫩认为自己已经放低了姿态，这对堂兄弟却仍是不依不饶，心里便有了气。一想到荐船给人作龙船也是江汉一俗，于是便有了底气。何况，他也想让赵家垴人对他有更多的好感——我三九麻嫩为你们赵家垴得罪人，也是一条敢做敢当的好汉！

三九麻嫩说，你们两个做叔辈的不要这么损嘛，未必我夸你们家的船也有错？

是的，三九麻嫩也姓王，说来还是自家侄辈。王尚秋毕竟在村里还算个有些头脸的人，觉得自己不能做得太过，于是缓了口气骂道，你也太多嘴多舌了吧！

王尚秋在村里也是有话份的人，三九麻嫩也晓得见好就收，也不计较骂自己。他赔笑道，这也不是么子拐事嘛，按规矩，船被偷去参加龙船赛，不管输赢，对方都会敲锣打鼓送回来，而且还会送上一份大礼，所以，我多了个嘴，也不该你们堂兄弟俩钉耙铁嘴，骂得这么不中听。

王尚新说，我们这只船，保管得像儿子一样细心，还新崭崭的，今年重新油了桐油。

三九麻嫩说，好了好了，我错了好不好，我错了好不好？你们快去收捡门前放的礼物，不要让狗子拖去了。赵家垴人的礼一向大，礼物肯定不少。又说，可别忘了喝酒时喊我一声啊。

411

三九麻嫩心里说，我王三九还指望喝你们两兄弟的酒？我是挖苦你们小家子气呢。也是，他三九麻嫩的日子过得一向比村人好，他根本不屑于喝他们的酒。不过话说回来，他心底下还是希望村里有人喊他喝酒，这并不是喝酒的事，而是村人看不看重他的事。

果然，王尚新说，喊你个卵！你以为我不晓得，你是要在赵家垴人面前讨好卖乖！

好啦好啦，我一张嘴顶不过你们两张嘴，算你们厉害行了吧？

王尚新说，咦——这有人偷船，村子里的狗怎么不叫？

王尚秋说，肯定吃了毒心肠的人下的药狗丹了。

三九麻嫩的白嫩麻脸顿时就热了。

八

三九麻嫩不蠢，这天夜里与两个船主舌战的事，不用他自己说，那些多嘴多舌的人就会添油加醋地传出去，赵家垴人很快就会晓得。自己那好面子的堂客二梅，也会到娘家去传扬一番。三九麻嫩想，这事，特别要让永骄的堂客晓得，毕竟永骄在赵家垴的话份不小。再说，永骄的堂客曾经在节骨眼上帮过自己两次大忙，这忙对她徐珍姆来说，不过举手之劳，于他王三九夫妻俩却事关重大，夫妻俩一直念着她的好，也一直想找个机会回报一哈。现在自己这么尽心尽力帮赵家垴荐船，也是希望让这个观音神晓得，她并有有帮错人，他王三九夫妻，可是晓得好歹的人，是知恩图报的人。

想到永骄的堂客,三九麻嫩就认为自己荐船的事做得很对,让王尚秋兄弟俩和村里人鄙薄,也十分值得。

不晓得为么事,三九麻嫩对一般的女人都不敬,哪个女人他都可以开玩笑甚至调笑揩油,但是一说起永骄的堂客,他就肃然起敬。他觉得那个叫珍姆的女子,就是一个观音神仙一般的人,因此,他很在乎自己在她心中的形象。尽管他清楚,自己在这个女人心中,可能连一个熟人也算不上。事实上,他也确实连话都从来冇有跟她说过一句。可是就是这么奇怪,三九麻嫩不仅心中装着这么一个女子,她在他心中还有着神圣的地位,这事,连他自己也说不清缘由。这是三九麻嫩心中的一个秘密,是他心中最干净的一块地方,也是他觉得自己还算得上一个好人的底气。

三九麻嫩常常想,不管村里人怎样鄙薄自己,他认为自己心中有敬畏,就是一个好人。比如他像敬观音神仙一样地敬一个女子,敬她的忠贞善良,敬她对贫者弱者的不弃,敬她的勤劳朴实。再比如他敬仰赵家垴的厚基族长,敬他的淡泊名利,敬他的平和朴实,敬他的智慧与学识。他还敬城里的垸董老爷和他的儿子富先生,敬他们乐于助人、仁义公正。与此同时,他也怕珍姆、厚基族长和垸董老爷父子这样的人看不起自己,还怕神鬼惩罚自己,也就是说,他也是一个心中有畏惧的人。他认为,只有那些心中一滴敬畏都冇得的人,才真正是坏人。正因为这样,他王三九始终守护着心中的敬畏,不让敬畏这块牌子从自己心中倒下和消失。而徐珍姆这个女子,就是他近三年新添加的一份敬畏。如果将来还有值得敬畏的人出现,他也将毫不吝惜地添进自己的心中,供在那个属于敬畏的地方。

三九麻嫩第一次在赵家垴见到珍姆时，他像是被雷打痴了，他好半天像木头人一般地说不出话来。那是在春雷儿子的满月酒上，珍姆还是一个红花女子，他被她说不出来的端庄之美惊呆了。他冇有想到在这湖乡草地，竟然还有这种像观音神仙一样的女子！在了解到珍姆是拖到二十一二岁才嫁给永骄之后，一连好多天，他都困不安生。他怨自己命不好，他遗憾怎么就冇有早些认识她，只要早认识她，不管能不能美梦成真，他一定会托媒人上她的门。他认为自己除了有几点麻子，外表上比枯豆干子一般的永骄要强得多，他家里的条件、他养家的能力，都要比永骄强得多，而且，自己那时还冇有成家，永骄则拖着一个两三岁的伢子。他虽说有一滴拈花惹草，但也不过是找婊子困上一场，花点钱图个男人的松快。要是能娶到珍姆这样的好女人，自己必定会万分珍惜，学做好人。后来他娶了小寡妇二梅，但他心里一直有一块位子，住着这个叫徐珍姆的女子，这成了他心中一个美好的念想，也促使他不知不觉地改变一些不好的习惯。他有几个生意上的朋友抽上了鸦片，他就跟他们干脆地断了来往，害怕自己万一不慎染上。他有时想起来就嘲笑自己有病，不该在心里把一个毫不相干的女子当神来敬。但是他改变不了自己，只要是与赵家垴和永骄一家相关的事，他都喜欢听。每次去赵家垴，他都要在永骄门前放慢脚步，希望见到他的堂客，希望听到她的声音，但是一旦见到她，平时能说会道的他却突然变得笨拙，舌头仿佛被打上了结，说话不是言不达意，就是失去了条理，而且他的脸也会发起烧来，脸上的麻子会红得像洒下的鸡血点子，他只得匆匆地逃离。有时永骄见到他，请他到屋里喝茶，他便赶紧推脱离开。所以，他就经常骂自己冇得出息，冇得必要在一个女人面前束手束脚。而越是这样，他心中就越是敬这个女人。他这次给赵家坨荐船，也和自己的这种心理有很大的关系。

不一会儿，赵家坨人已找到了合适的水道，将船梭下了水。

王家老爷坮上的一大群男男女女，看得一滴脾气也冇得了。于是，一场追赶强盗的把戏，变成了半夜起床看热闹的插曲。大家倒是纷纷议论起划龙船的事来。有人还为赵家坨能不能划赢高家坨，口水横飞地打起赌来。

下弦月升高了，照得四野一片朦胧。

赵家坨人偷船得手，王家老爷坮的人也很给面子。断后的永骄和春雷，转身冲王家老爷坮的人高揖双手。他们清楚，他们的揖手王家老爷坮的人根本看不清，但他们却揖得十分真诚。

永骄亮起他的大嗓门，远远地冲王家老爷坮那边喊，多谢王家的大龙船，等我们旗开得胜，再来谢你们王家！

永骄到底是一个有名气的人，他留下来向船主道谢，也是给船主增添面子。

王尚秋和王尚新终于露出笑来。他们笑得虽然十分节省，勉强绷着，看起来有些抠门，但毕竟是笑了。

永骄又喊，王家老爷坮也可去赵家坨偷船，我们保证你们偷得开心，划得快溜。再说，我们业鉴木匠打的船好不好，你们是晓得的！

王家老爷坮这边，一位白须长者也高揖双手，喊道，祝你们赵家垴龙腾四海、旗开得胜!

一个女人也尖声大喊,在王家的船上叫号子的,必须是你赵永骄啊!

众人说,对,一定要是你赵永骄!

永骄已经走得很远了,像隔了一层粗白布的月光下,只剩他与春雷两条若有若无的虚影。

王家的白须长者冲王尚秋笑道,我也就送他们一个顺水人情,好歹,赵家垴与王家老爷垱还同是一个长堤垸。你们兄弟俩,也不要让赵家垴人小看了,反正,船已被人家坐到屁股下,送个顺水人情,还能换个大气的名声。

四嗲说得在理!

白须长者说,这赵家垴啊,我们不得不服气,二十年前,山里下来的土匪跑到大西湾抢粮抢东西,在我们这个长堤垸里,是离得最远的赵家垴出动了全村青壮,打跑了土匪,帮了大西湾,从此,山里的人再也不敢打长堤垸的主意。那一回,离大西湾最近的我们王家老爷垱,是晓得赵家垴的义举后才赶过去的,等赶到大西湾,土匪已被赶走了。这件事,说起来我们很不光彩呢。

王尚秋和王尚新相顾而笑,软软地半举起手,朝偷船者的方向揖了两揖。

三九麻嫩有些得意地笑了,然后高兴地回家去抱堂客。不晓得为么子,这一刻,他特别想抱自己的堂客。闪闪的火把下,他笑得一脸的麻子像豆子过筛子,你挤我撞的好不热闹。

这个黎明前的黑暗里,三九麻嫩把堂客二梅整成了一摊稀泥。这被无聊的后生子们听了去,到处传扬。有人还编了谣歌教小伢子们四处传唱。

三九麻嫩两头俏,
时刻讨好赵家垴。
妙计得逞喜腻哒,
半夜捏起堂客搞。
搞得堂客差一滴闭气了。

三九麻嫩走后,白须长者对王尚秋说,你们也不要怪三九多事,我是看着他从小长到大的,他的缺点就不说了,我要说的是,人不可十全十美,六成好、四成坏,就算是一个好人了。三九这个人,他虽然跟村里的人不大一样,可是他从来冇有做过昧良心的事儿,也从来冇有占过别个的便宜,他还是个孝子,也还十分顾家,从来不进牌场赌场,而且,他的心里,也是一个有敬畏的人,他的这些优点,我们王家老爷垱上,至少有半数人比不上呢。所以我说,他起码,也是一个六成好的好人。见王尚秋点头认可,白须长者又说,我看啊,乱世出英雄,说不准今后,三九也许还会是王家老爷垱的一个人物呢。

偷船者那边,等永骄和春雷上了船,二十来把桡子一齐下水,划着船飞快地离去。

野地里砰砰砰地响起三声边鼓,然后是当的一声锣响。赵家垴的

417

水手们放开喉咙,唱起高亢的龙船号子。这回叫号子的是横癞子。

（横癞子）开头啊顺西啊龙在河啊。
（众水手）划花儿,龙在河啊!
（横癞子）感谢啊王家的哟龙船啊吆嗬嗬呀。
（众水手）吆——嗬,吆嗬嗬呀!
（横癞子）此去哟马到啊成功啊龙在河啊。
（众水手）划花儿,龙在河啊!
（横癞子）也替呀王家哟把名扬啊吆嗬嗬呀。
（众水手）吆——嗬,吆嗬嗬呀!
…………

九

赵家垴偷得了王家老爷垴的好船,第二天就开始根据船的尺寸,打造尖尖的龙船头。龙船头装在普通的船只前头,主要起分水作用,也就是让船头变得狭窄尖利,降低水的阻力。这是将平时运输和打鱼用的船简单地改装成比赛用的龙船的惯常方式。划过龙船,拆掉这个尖尖的龙船头,这船就又变回了普通的船,回归它本来的打鱼和运货的角色。

龙船头仅用了半天工夫就做成了,马上被刷上桐油,隔三天就可下水。龙船头是木匠业鉴带着徒弟做的。业鉴木匠号称监利西乡第一把斧头。而这条偷来的船在他看了几眼之后，便确定出自他的徒弟王三宝之手。业鉴木匠一问，永骄就笑了。

业鉴木匠说，不仅是我徒弟做的东西，就是别的木匠做的，出自哪个的手，我多少也能看个八九不离十。

永骄说，所以说你是监利西乡第一把斧头嘛。我不让三九麻嫩透口风，就是想看看你的眼力，冇有想到你三两眼就看出来了！

业鉴木匠虽然一脸得色，嘴里却谦虚道，做的冇得说的好，说的冇得唱的好，唱的冇得叫的好，我哪有你号子手的名声大，你在全监利县都出了名呢。

永骄笑道，鉴叔别笑话我了，我这身子单薄，尽铁打不出一根船钉，也就一张嘴壳声气大一滴，喊几句空空调子，逗人们乐一乐而已。

兴虎过来，见两位赵家垴的名人在耍嘴皮子，笑道，都说我们赵家垴少了你们两位，就会少了魂魄，你们也别自谦了，做手艺的把手艺做得更好，叫号子的把号子叫得更响亮，为赵家垴争更大的光！

业鉴木匠说，你这个李逵，当了保长，果然与之前不一样了，越来越会说话了。我说啊，你也是名人呢，这十里八乡，哪个不晓得赵家垴的新任保长赵兴虎。

兴虎倒也自知斤两，红着脸说，我不算，说难听一滴，就是一个蛮夫！这船，真是你那个徒弟王三宝打的？

业鉴木匠笑而不答。

永骄笑道，不信你就去王家老爷垱上访访，顺便去看看你那个相好，看她在王家老爷垱过得好不好，也仔细看看她的儿子，长得像不像你这赵保长。

哈哈哈哈……

赵家塆有的是名匠业鉴打造的好船,却跑去偷一条他徒弟打造的船,着实也让人又笑了好一阵子。偷来的船划得快溜,即使是手艺差一等的徒弟所打造,同样也脱不了这个道理。

尊重古俗,这也是江汉平原人的信仰!

江汉平原的木船,都是平头叉尾,便于运输货物与捕鱼,要将船只用去赛龙船,则要在船头加装一个角尖的分水船头。这分水船头就叫龙船头,主体长约七尺,两侧延长的用于固定在船身的两片木板,则长一丈二尺。龙船头有如利刃,切分水浪,不仅可以大大减少水的阻力、加快船的速度,还可以增添龙船的气势。龙船头的前端会装上一只精美的木雕龙头,木雕龙头鼓眼吐舌张鼻,胡须飘飘,龙鳞闪闪,活灵活现。业鉴木匠还接着龙头上的花纹,在船头与整个船舷上用油彩画上了龙身龙爪,并在三丈长的大钊上画上龙尾。整条船经过改装与装饰,下到水里,坐满水手,压下船身,仅露船舷,远远看去就跟一条龙一样了。这样的龙船,才会有灵性,才会在浪里飞腾疾进。

木雕龙头上的胡子,说是非用马鬃不可。古话说,龙马精神、车水马龙,这木头龙缀了马鬃做成的胡须,更是精神百倍。龙头上的胡须已用过七八年,断缺了不少,必须要换了。为这龙头的胡须,着实坑了马倌兴权的那匹枣红大马。这匹马颈项上黑棕色的漂亮鬃毛,一个早晨的工夫,就变成了木雕龙头上飞扬的龙须,留下枣红马一颈不足两寸长的鬃毛,刷子似的,怎么看怎么不顺眼。枣红马不知美丑,还在河滩上嘚瑟，丢丑卖怪地向一头白不白灰不灰的母马求欢，它一时蹭母马的脸，一时嗅母马的屁股，母马却不愿理它。枣红马身下的家伙像一条黑丝瓜，上面的血管像藤条一样，劲头十足，它的前腿刚架到母马背上，那粗硬的黑东西便向前挺去，母马的大屁股却往旁边一撇，枣红马便跌了下来。望着这丢人的场面，爱马如命的马倌兴权眼雨都流出来了。

马倌兴权靠马谋生已有三代，他从几岁时就开始放马，十三四岁开始赶马，从小长年骑马，使他家三代男子都生着罗圈腿，如果他站立不动，十几岁时，两腿中间的空隙可以钻过一条狗，而到了成年，则可以钻过一头肥猪，所以人们都叫他们罗圈腿，有小罗圈腿、大罗圈腿和老罗圈腿，甚至还有老老罗圈腿。他们家冇得么子田地，只有两亩白田（也就是旱地，江汉水乡的田地大都低洼，人们所说的田地，一般指种谷子的水田，只能种杂粮的一两亩白田，往往被忽略不计），所以被看成冇得田地的人。事实也确实如此，在江汉平原，哪家冇得一两亩种菜种杂粮的旱地？它们能算是田地吗？所以，说马倌兴权家冇得田地也说得过去。

马倌兴权长年养着一对马，一公一母，其中必有一匹是跟别的养马人换的，以免马儿乱伦。这一对马和一辆马车，主要帮人运送东西，并租给人骑乘。到了冬天，十里八乡的媒人跟着花轿送新娘，都要骑马。这一滴与别地倒是不同，别地都是新郎官骑马接新娘，江汉平原是媒人骑马帮新郎官接新娘。这里的新郎官，是不兴自己亲自接新娘的，他们都是在家坐等新娘上门。这种新郎坐等新娘上门的风俗，据说有两个原因：这一个原因是，江汉平原的毛脚女婿，一般是很小时就定了娃娃亲，

421

年过十六,就开始走丈母,主要是五月十五、八月十五和春节,都要向丈母娘家拜年拜节送节礼,而且丈母家有么红白喜事,也得前去送礼。毛脚女婿在婚前送节礼,短的要送一两年,长的送四五年,婚后更是要送,人们夸张地说这是三十六礼四十八节。这样一来,毛脚女婿跑得多么累呀。到了娶亲那天,毛脚女婿总算是功得圆满,该轻松轻松了,也该摆摆姑爷架子了。而且到了这个时候,女婿所有的手续都做到位了,也不怕丈母娘不认账了,也有这个资格坐等新娘上门了。另一个原因是,有很多远方的女子,都想嫁到这富足的平原水乡,因为娶亲的路途遥远,为了省新郎的一趟脚力,好让他养精蓄锐,在新婚之夜好好做传宗接代的事(据说新婚当夜新娘就怀上伢子,是上上大吉),人们便让新郎坐等新娘上门,久而久之,就形成了风俗。这样新郎不出门,坐等媒人和舅倌送新娘的风俗,使媒人的地位大大抬高,这天必须骑马。

这十里八乡的人,租的大都是马倌兴权家的马。现在,这大红马的鬃毛剪下来做了龙头上的胡须,确实不大好看。但作为吃百家饭的人家,族中提出要剪马鬃,兴权也不好拒绝,只是心里却又老大的不舒坦,像是喉咙里卡了一根毛毛鱼刺,下不去,也出不来。

业鉴木匠安慰马倌兴权,说,你有么子好流眼雨的,我为徒弟王三宝打的船做下手打龙船头,这可是辱没我这个师父的事吧?我不也是笑哈哈地做!

马倌兴权抬起胳膊,用两个肩头左一哈右一哈地擦眼雨。他带着哭腔道,这龙头是好看了,但好看不了两天就得入仓,我的马可是天天要出门的。这鬃毛,就是长它一年十二个月,也不能长回到原样,你们也太狠得下心了！你们用黄麻染个黑，不照样可以做龙须，你们说……这该怎么搞？

永骄刚好从这儿经过，马倌兴权便拉住这个族中的理事不让走。

永骄冲马倌兴权笑道，我的老侄子哥，别让鼻涕眼雨砸穿了脚背，闹得走不了路，会要我那侄媳妇姐子天天背的。见马倌兴权还是扯着不放，永骄只好说，我去跟族长说说，让他批五升黑豆，给你的枣红马补一补。

马倌兴权苦着脸说，五升黑豆补个卵呀！

永骄笑道，补的就是卵呀。黑豆补肾，肾好头发好，这人马一理嘛。吃了黑豆，你的枣红马的鬃毛，保准长得比三月的韭菜还要快。

马倌兴权一听，长长的马脸一变，马上就要破涕为笑，却又急忙撑住、收紧，硬又变回难受的样子。他十二分不满地说，五升黑豆，还不够马两天吃呢，补个蚂蚁的卵子还差不多，要补枣红马的卵，差天远地远！再说，就是人吃补药，也得吃它十天半月才有一滴效果吧！

永骄不说话，只是笑得满脸是牙。

马倌兴权巴巴地望着永骄，说，这黑豆，最少也得一斗。他咽了一哈口水，央求道，永骄我的小叔子，你跟族长说划一斗黑豆。

一斗？你以为族里的公产是风刮来的？就是五升黑豆，我看也会有很多人说给多了。

这样，再加两升，不然，我就去把鬃毛从龙头上扯下来！

永骄笑道，你去扯呀，扯了再接到马脖子上去，肯定更漂亮的。你要真心疼马，还可以把我的老侄媳妇姐子的头发剪下来，接到马脖子

423

上,那样肯定比关公的赤兔马还要漂亮!

你别枝儿叶儿地打岔,再加两升黑豆!

哎呀,我的老侄子哥,再加两升,肯定是你自个吃。补了你的那个东西,会苦了我的老侄媳妇姐子的。就这五升黑豆,还不晓得族长点不点头呢。

马倌兴权不高兴地说,算了就算了,五升就五升。只是你这个小叔子,说话怎么那么不中听?我和我那堂客,都年近半百,虽说你是高辈,份尊,可是我们倒是年长啊。你这开口闭口补啊苦啊,亏你说得出口!

永骄笑得眼睛都不见了,说,好好好老哥,算我得罪你郎了。

十

四月尾、五月头,江汉平原一般都会下一两场不大不小的雨,这个雨被人们称为龙船雨。这龙船雨对于划龙船来说自然有利,不管河里有水无水,河里多一滴水总归是好事,万一河中的水不多呢,划龙船岂不是要受到影响。所以千百年来,人们把下龙船雨看成了吉兆,哪怕是河里的水很深,如果不下龙船雨,人们心里也会不大抻展。

今年的龙船雨还一直冇有下。人们都说,四月上旬与二三月的雨水太多,天上的雨水都下干了,今年怕是冇得龙船雨了。人们就盼老天爷下一场毛毛小雨,老天爷有一个温热意思,也就够了。

有的年头,端午前雨水少,河都露出了大半的河底,螺蛳蚌壳在平坦得像禾场的河底的泥面上,划出一二十米长的泥沟,就像是刀子划的一般，这样的河如何划得了船？这说明老天爷不让你划船，年成也不会好到哪里去。人们不甘心啊，便等五月十五的小端午。若是在小端午前，河里还是冇得划龙船的水，就再等五月二十五的尾端午。这也许就是古云梦泽之地，端午节拖得特别长的原因。总之，无论如何，江汉平原人每年至少要划一次龙船，否则，日子似乎就过得有些皱皱巴巴、结结拐拐。

也有老天爷死活不下龙船雨而河里又冇得么子水的年份，人们叫它绝年。但是这也冇得蛮大的事，江汉平原人照样会划龙船。怎么划，难道在干坡上划？

你还真说对了，就是在干坡上划。

你别笑，这并不是么子笑话，就是在岸上的旱地上划龙船！

这就是江汉平原的划旱龙船。

老天爷小气不下龙船雨的年份，大端午冇得水划船，小端午还冇得水划船，苦苦盼到尾端午，河里还是冇得划船的水，江汉平原人就来气了。你做老天爷的不怜惜地上的人，就个怪地上的人不把你当老天爷！你老天爷平常不风调雨顺，人还能逆来顺受，那是本着一个"忍"字。人如果把"忍"字丢到一边去，也是会发脾气的。再怎么着，这天和地，人和神，也是相互需要的，对吧？这天地人三方，少了哪一方，就成不了世界，对吧？天地神仙该当人敬，但天地神仙也多少要给人一滴情分。这人世间讲情分，难道天地神仙就可以不讲？你老天爷不讲也可以，我们地上的人也是可以不讲的！地上的人低贱是低贱,虽然如那虫子蚂蚁，但也是有脾气的！

425

老话说，楚人不服周，说的正是楚人是有脾性的。岂止周朝，哪朝哪代，楚人都有不服天地神仙的时候！楚人把皇帝拉下金銮宝殿的事儿，从古到今，好像也不是一回两回了吧。就说赵家的祖宗宋太祖吧，不也是不服后周的天子周恭帝柴宗训，来了一个陈桥兵变，黄袍加身。还有隔壁沔阳县的陈友谅，他一个打鱼佬的儿子，与元朝作对，建起了大汉国陈汉政权，同样也是不服周啊。

老天爷长久绷着脸不给下龙船雨，就是不想让人过抻展日子。不过，冇得你老天的眷顾，江汉平原人还是有自己的办法的。江汉平原人生老天爷的气时，就说，我们自己做自己的老天爷！

看看，这江汉平原人啊，还真是不一般！

人们就在村中的大禾场上，大肆张扬划起旱龙船来！

旱龙船划起来时，一两百甚至更多的人，排起两行的长龙阵，前面的人举起木雕的龙头，后面的挥起树林一般密的桡子，敲响锣，擂响鼓，叫起高亢的龙船号子。人们群情激奋地划！

划！

划！

划花儿！

划旱龙船不怕人多，只要你想划，只要你找得到一把桡子——冇得桡子用棍子也一样，拿着桡子棍子排到长龙阵的队伍里面去，你就可以划了。每次划旱龙船，连七八岁的小伢子也学着大人的样子，在脸上涂了黑毛烟子，或者是五颜六色的汁水，搞得像戏里的小丑似的，笑得眼细齿暴，脚步有力地排到队伍的尾巴上，挥动手上的家伙，童声连天地"划花儿，龙在河"。

有人就笑道，龙在河个屁，龙船能在河里，还犯得着在干坡上划旱龙船！

可见，人们对不下龙船雨的老天爷的怨气是多么的大。

划旱龙船的时候，不断有鞭炮炸起，炸得禾场上烟雾弥漫，硝气熏得狗都不停地咳喘打呛，仿佛是喉咙里闯进了蚊子苍蝇。小伢子们也被这浓重的硝烟熏到，鼻涕都熏得流到了嘴壳丫里。人们哪还顾得上这些，只管在禾场上载歌载舞，划得比在水上更为热烈。最后，旱龙船还要沿着高高的垸堤，长长地绕行一圈，展示给老天爷看，说是要气死那不怜惜人的老天爷。

当然，人们还是对老天心存畏惧。平常划龙船时，脸上只抹点鸡血的男将们，在划旱龙船的时候，都要在脸上涂抹横的竖的黑毛烟子，弄得面目全非，像花鼓戏里的花脸，一个个比庙里的小鬼还要难看十分。人们这样弄得面目全非，是要让老天认不出脸相，免得老天认出了降罪于身。女人们嫌黑毛烟子脏，就把脸涂上红的黄的紫的花花皁皁的汁儿，虽然也难看，但却别有一番风味。有些好疯喜癫的女人，还巴不得老天不下龙船雨呢，这样她们就有理由好好地疯癫一阵子。也是，她们一年到头规规矩矩做人，做得都有些烦腻了，巴不得把脸上涂抹得五颜六色，好好疯上一回。

划旱龙船，这是一种人要胜天的气概，也是江汉平原人的另一种信仰——信仰自己！

江汉平原人常说，靠天不如靠自己。

江汉平原人还说，搞得不耐烦了，就是老天，也要捅它一个大窟窿！

人们说，这才是江汉平原人的精气神儿！这是世世代代的楚人不服周呀！

划旱龙船，其实就是一种集体歌舞。据说，这样把老天爷气个半死，他来年就不会再耍脾气，不会再不下龙船雨，也不会再让风不调雨不顺了。

江汉平原人常说，船要水，水要船，你老天爷还得要人捧。有得人捧，你老天爷当得也有得狗屁的意思！所以，在有得龙船雨的年份，这旱龙船，江汉平原人是必须要划的！否则，他们就输给了老天爷。

这强顽的江汉平原人啊，连老天爷，他们都不愿输给他！

划旱龙船比较随意，划腰桨的、掌艄的、捏钊的，这些都可以省去，只要一个划头桨的和一个叫号子的就行了。这种时候，平时在水里划龙船的主角们，都只是站在旁边看热闹了，他们把自己的角色，都让给那些平时上不了龙船的人，好歹让他们也过上一把干瘾。这划旱龙船，也确实是名副其实的过干瘾。

划旱龙船的主力，是尚未成家的后生们，他们是村子里的后备军，将来的龙船都要靠他们来划的，算是让他们提前预演。几个号子喊得还像模像样的后生，虎虎地站在队伍中间，他们轮番上阵，挥舞锣槌，高叫号子，把老天爷恣意挖苦调笑一通，也把江汉平原的老老少少鼓励一通、激动一通。号子手的脸上，除了抹了黑毛烟子，额头上则涂上了一团火苗似的金红色的南瓜花汁，这使他们格外出众，就像一个个得胜的将军。

全垸子的人都来了，邻垸子的人也来了，长川河南岸的人也来了，连死对头高家垴的人也来了。这样人气才足够旺盛，才能让老天爷不敢轻视。为着共同的利益，大家一起发泄对老天爷的不满。这老天爷，平日就有不少对人刻薄的地方，因为你是老天爷，人们也就认了、忍了，不跟你糊涂老天爷一般见识了。可是，你连龙船雨都舍不得下一场，这就不怪人们怨你不讲天道了！

江汉大地上划起旱龙船来，数百上千的人一起喊龙船号子，划的在喊，看的也在喊，把天上的云彩都震得不成形儿了！

江汉平原人认为，一年不划一次端午的龙船，那可是天大的不顺心。云梦泽自古就是水乡泽国，这里最初也只有渔民，水与船、船与水，是人们生命中最不可缺少的东西。

端午节其实也就是水节，要是缺少水，这端午节还怎么过？于是，不知从哪朝哪代开始，江汉平原人把一年一度的端午节，硬是过出三个来，初五、十五、二十五，大端午、小端午、尾端午。人们认为，如果初五前不下雨，不信你老天爷就绝情到一个月不下雨！所以，这里的端午节分成了三个，差不多要过一个月。你就是一个月不下雨，江汉平原人也还是有自己的办法——涂起鬼脸，划起旱龙船，划给你老天爷看看！

今年的龙船雨虽然有冇下，但是江河里的水位都高于往年，这正是一个好过大端午的好年头！

十一

五月初五，天刚蒙蒙亮，嘈杂的叫喊声和脚步声就把人们吵醒了。等人们纷纷起床开门后，才发现左邻右舍的门早就开了。

赵家垴一两百条青壮男将，先是集中在赵家祠堂敬神，接下来就在祠堂外吃粽子。真正参加比赛的龙船只有一条，但去城里的龙船却有三条，同时跟着去做后备的、打下手的和看热闹的人，也要去四条普通的船，可谓人多势众。往县城出发时，除了出发壮行和绕城而过这两段各四五里的水路，中间弯弯曲曲的四十多里水路，划船的人都不是参赛的水手，这中间，那些真正的参加比赛的水手都坐在普通船上养精蓄锐，以便有满满的力气跟对手比拼。凡是要上船的人，不管他会不会参加比赛，也不管是老的还是少的、男的还是女的，都吃了公饭再去，反正族里的公款公粮也来自各家各户，虹虹吃尾巴，吃的也是自家的。只是这么多人的伙食，粽子自然要得多，它堆了整整六只大脚盆！

很多地方，粽子是用竹叶或蕉叶包的，里面还多此一举地包了肉、花生、蛋黄、红枣、咸菜等馅料，似乎是为了好吃，但是在江汉平原人看来，多了这些馅料，糯米的糯性大打折扣，包出来的粽子便松垮垮、软塌塌的。江汉平原人说，这种粽子饭不像饭、菜不像菜，腻腻歪歪，哪里下得了嘴。这样混入各种馅料的包法，可能要怪那包粽子的竹叶蕉叶之类，大概是这些叶子冇得么子好味，就只好加馅子来弥补。这使江汉平原人见了，或者是说起来，不禁为外方人摇头叹息，说他们生的地方不好。

好山好水出好物，江汉平原就是一块天赐的福地。江汉水乡的粽子是用新鲜的芦苇叶包的，而且糯米中不加任何馅料，清香、甘甜、雪白、糍糯，江汉平原人还要先将芦苇叶煮出香甜之味，再来包粽子。这样包出的粽子，才是粽子中的极品，才配得上献给一身清白、两袖清风、八面书香的屈原大夫。

江汉平原的粽子包得瓷实，煮得熟透，解开叶子，咬上一口留下两排牙齿印。赵家垴的男将们还在那里挑着吃。他们一边挑，一边说，挑珍姆姐包的，挑珍姆姐包的。这珍姆姐难道是神仙！

珍姆姐当然不是神仙，而是龙船号子手永骄的堂客。

要说珍姆姐是神仙也有得错，长堤垸的人都说，她是永骄的神仙。永骄这个人，本来就很神了，他的堂客既然是他的神仙，那自然是了不得。的确，真有不少的男女老少，在心里把这个从长川河上游的徐家垱嫁来的珍姆，当作观音神仙来看。

这两年，赵家垴划龙船的水手吃的粽子，都是由珍姆带着几个能干的女人包的。从长阳山里嫁来的桂妹子，她娘家包粽子用的是竹叶，现在也跟珍姆学会了用芦苇叶包，包得也紧绷绷的，所以她也在这儿包粽子了。江汉平原的女子们包的粽子，拉开捆着的三棱草的活结，展开粽叶，锥形的粽子就露出了迷人的身个子。粽子下面三个角，上面一个角，四角尖尖正正，有如银铸玉雕。那糯米被煮得熟透瓷实，被芦苇叶染上浅浅的一层淡绿，煞是好看。整个粽子白中透绿，有如玛瑙美玉，让人简直不忍下口。

江汉平原玛瑙美玉一般的粽子，个个小巧可爱、大小一般。这样的粽子，男将们都是一口一个，也不用蘸糖，自然香甜。划头桨的兴虎有一顿一气吃了八十个粽子，成为几代人的趣传！这样的粽子，人吃了就特别有精神，特别长力气，特别禁饿，划龙船才可以保证夺魁！

珍姆带着一帮媳妇女伢子包粽子时，一律先洗澡、再焚香，而且穿得干净整齐，头上再围一条花头巾。女人们一般还会在头上扎上艾叶和栀子花，比出门做客时还要讲究。那几个参与包粽子的红花女子，还要跟她们在正月十五请七姑时一样，特地用七色花水洗了澡，弄得浑身飘香。说来说去，因为这粽子除了水手们吃，龙王爷也要吃，屈原大夫也要吃，这么神圣的事，岂能马虎了事？

男将们看见垸子里漂亮能干的女人们团团地围在一起给他们包粽子，他们的精气神儿一哈就提起来了。他们信心十足，等会儿去划船，也就干劲冲天，气吞江河。

吃罢粽子，男将们便在脸上抹上两道鸡血，准备出发。划船的水手脸上抹鸡血，一看就是有么子讲究。那到底是么子讲究，那要看从哪个方面来说。这脸上抹鸡血，明面上说是为了避邪，实际上却是为了使比赛的对手彼此不好相认，以示在与对手打斗之时六亲不认。毕竟，邻村邻垸的对手中，都会有沾亲带故的，抹了鸡血，即使一眼认出，也可以假装冇有认出来，这才为得了公，抹得下情面，下得了重手。也可以直接这么说，抹鸡血的目的，就是表示六亲不认，而不是抹了鸡血就真的认不出人来了。

肚子饱了，鸡血抹了，男将们扛起四尺长的短桨、六尺长的腰桨、八尺长的艄桨，向泊在河边的龙船走去。这时，主船的锣手——号子手永骄，他用铜锣端来一杯掺了鸡血的酒，一大块猪屁股上的坐刀肉，还有一个解掉了粽叶的特大粽子。点火就燃的烈性鸡血酒、钵子大的坐刀肉、海碗大的粽子，这是人们对龙王的敬重，也是对龙王的期待。

永骄正正面容，将铜锣交给旁边的人，恭恭敬敬地朝木雕龙头作了三个长揖，然后又在龙头前双膝跪下。这时，有人递过鸡血酒，永骄接过来，倒进龙嘴里。又有人递过坐刀肉，永骄便用这块肉，在龙嘴里细细地抹上一遍。这样一抹，龙嘴立刻油光发亮，骤然精神倍增。最后，他又接过那个翡翠般的大粽子，塞进龙嘴里，卡在龙珠的后面。这时的龙，又平添一股满足感与力量感。永骄虔诚地对龙头说道，恭请龙王爷喝酒吃肉吃粽子，你郎吃好喝好了，好带我们夺头魁！

划头桨的兴虎，带了划二桨和划三桨的水手，也跪到龙头前，各举起三根燃着的香，在永骄的带领下，向龙王行三跪九拜大礼。永骄身后的这三条男将，他们是水手里最为勇武的精锐，其余的水手，也齐齐跪在这三条男将后面，烧香磕头，虔诚地行礼。

礼毕，业鉴木匠举起三眼手铳，用香火点燃三根长短不一的火绳，砰砰砰，三声起身炮响，龙船就该出发了。

据说，所有的船都会听木匠的，所以放起身炮的角色，一直由业鉴木匠担任。

起身炮响过，水手各就各位，成两两相对的十一对，再加上视为龙头龙爪的头桨二桨三桨，又加上锣手鼓手和钊手，共二十八人。他们将船身深深地压下去，只露出不足一尺高的船舷在水面上，这时，整条船便更像一条浮在水面上的巨龙。

433

江汉平原划龙船,水手的结构严谨而完备,以便各司其职、行动有力。

一条龙船,必有一个龙头水手。这个水手在船的最前端,称为头桨,也称头把桡子。这个划头桨的,必是膀阔腰圆的勇武男将。头桨的身后,依次是二桨和三桨,这两个人也是身强力壮。如果说划头桨的是龙头,二桨和三桨就是龙的前爪。这三条威武的男将,位于龙船前端加装的三角尖的龙船头上,是冲锋陷阵的角色,若是与对手打斗起来,出手的主要是他们三人。

龙当然也有后爪,这就是船尾掌艄的一对水手。他们一般不用划,只是各用一支长度两倍于普通桡子的长桨,斜支在船后,桨叶一般不出水面,用心地掌握着船的方向。

龙尾,是立在鼓舱和艄舱之间的一条汉子——高高壮壮的钊手。龙船赛到高潮之时,架在船梁上的三丈大钊,从水底往上滚搅着猛撬,每撬一哈,船突进如箭,就像猛兽猛地向前直蹿,而在龙船转弯或掉头之时,大钊一抬一旋一扳一划,转向极快。如此,钊手非身高力大劲巧者不能胜任,这样一来,钊手一般长得都很像红脸关公,而绝非黑脸张飞的模样。钊——这是一个少用的奇怪名字,无论发音还是字形,都极像一件古老的巨大兵器,有如关二爷的青龙偃月刀,透出一股十足的厉害劲儿!

船的中舱偏后的位子,是一对使着六尺腰桨的汉子,这里是船身最宽的地方,他们的任务,主要也不是划水,而是张开腰桨,稳住船身,否则就容易翻船,它就像一条结实的腰带扎在腰间,所以特别考验桨手的拗劲与耐力。划腰桨的水手，最是吃亏不讨好，所以就有"憨宝郎汉划腰桨"之说，一般的人都不大乐意充当这个角色，只是哪个一旦充当了这个角色，就必须任劳任怨，咬紧牙关干好，否则，翻了船，你怎么向一船水手交代，怎么回家面对一村一族的人？龙船划得越快，越容易翻船，所以翻的船都往往都是划在前面即将夺魁的龙船，因此，划腰桨的憨宝郎汉，也是极为重要的角色。

坐在两个腰桨手之间的，是鼓手。这儿架着一只牛皮大鼓，因此也叫鼓舱。鼓手必是鼓打得极好，而且劲大的男将。鼓的节奏掌握得好，整船水手划得才整齐有力，关键时刻才又快又猛。鼓声就是号令，鼓响一哈，桡子就划一哈。龙船号子中喊：

一鼓啊一桡啊吙嗬嗬呀，
吙——嗬，吙嗬嗬呀。
捏钊，
划桡，
划齐！
划齐！

鼓声响起之前，立于鼓前的锣手早敲响了铜锣。

锣手也就是号子手，这是一个极为重要的角色。号子手可以缺乏勇武，但必须要声音尖亮、口舌清溜，而且还要有几分文墨。当然，作为一个浪尖上的舞者，与坐着的水手以及虽然站着却双手扶钊的钊手相比，号子手要长时间立于狂颠猛簸的船上，必须要有出色的脚力与腰劲。号子手能在船上手舞足蹈而不倒，已是非常不易，而他还要叫出精彩的号子，还要做出夺人眼目的动作，这个角色，真不是常人所能胜任的！

湖乡草地的人，大都冇有读过么子书，垸子里要找一个出色的号子手，往往真是难上加难。因为这龙船号子，很多都是现编现喊的。特别是在与对手挑战和对骂之时，一个出色的号子手，往往比划头桨的重要十倍。

一个出色的号子手，实际上就是一条龙船的灵魂！

出色的号子手，必是高超的表演艺术家。他编出的号子不仅要贴切有力，还要滑稽幽默与字正词严兼备，更要有一个接一个的彩头。同时，号子手的肢体动作也十分重要，号子与肢体语言，除了振奋水手的精神，还要足以让人笑痛肚子、笑断肠子、笑掉裤子。

永骄就是这样一位声名远播的号子手。

你只要见过永骄在龙船上叫号子的模样，以及听过他所编的号子，再看别的号子手，你就会觉得完全冇得劲儿。你会说，怎么就冇得永骄的一个小指头呢？

只要永骄当号子手出场，冇得一次不给人留下深刻印象的——有的是拍案惊奇，有的是滑稽逗趣，有的是浩气盖天。有些他的崇拜者，若是不见他上船，干脆打道回府，就跟戏迷捧心仪的名角如出一辙。而且，永骄又是江汉平原著名的丧鼓歌师——鼓痴瞿成高的传人，是十里八乡最出色的歌师兼鼓师，由他来当号子手，那还有么子可说的！

珍姆，十里八乡最为漂亮能干的大美人，她就是被永骄唱丧歌和喊龙船号子的样子迷了心窍，情窦初开时就暗暗爱上了他。那些年，多少富足人家的俊朗男子心仪珍姆，别个给她说一个她就摇一次脑壳。她硬是年过二十一岁，拖成了老女，在永骄的第一个堂客被伢老东杀害之后，自请媒人上门，把自己这只天鹅，便宜地送上了永骄这个癞蛤蟆的门。那时永骄还住在堤山上，住着鼓痴为了让他崖崖看守鼓楼而盖的一间小瓦屋。那时的永骄，门户低矮、长相平平、单单瘦瘦、家境一般，还带着一个两三岁的儿子和一个老崖崖。这样的好事，连永骄自己都难以相信，直到天鹅进了他家简陋的洞房，他还感觉如在梦里一般。

永骄能轻易赢得美人珍姆的芳心，只是因为，他是十里八乡最出色的歌师与龙船号子手！

十二

赵家垴的三条龙船和四条普通船，以从王家老爷垱偷来的那条为首，一字排开，从村前的长川河出发，向县城逆流而行。这样的阵仗，十里八乡也只有长堤垸的赵家垴才会有！首船的中舱上，竖起一根两丈高的雕斗，雕斗上挂一面大大的杏黄旗帜，绣着一个箩筐大的"赵"字。这个"赵"字，是托了住在城里的垸董老爷，请城里清澜书院的夏先生写的。夏先生是监利县的第一大儒，桃李满天下，学生中名儒达官辈出，但他极少为人题字，更不会卖字，大家起初还担心为人清高的夏先生不会写，冇有想到的是，夏先生竟然爽快地写了。

夏先生虽然答应为赵家垴题字，但为人坦诚的垸董老爷不想隐瞒么子,诚恳地说,夏先生,我老家的族人逞勇斗狠的事,你郎应当听说过吧?

夏先生哈哈一笑,说,监西一条龙,我岂不知。不过,赵家垸人用人墙挡江堤的溃口,赵家垸人帮别村别垸打走土匪,赵家垸人荒年送粮给灾民,特别是四年前,赵家垸全村人配合游击队打侉老东,带头打响监利抗日的第一仗,打得侉老东已经动工的飞机场最后半途而废……这些故事,我也听说过呢。

垸董老爷这才放下心来,说,那都是做人的本分。

夏先生说,正是因为赵家垸人一直晓得本分、守着仁义,这个字我才肯写。不过,赵家垸人若是做出不本分的事来,这个字我可是要收回的。这,你赵老爷得答应我。

好,我应下!垸董老爷说,若是赵家垸人违背人道,这个字,我去收回!我若不在了,就由我儿子永富去收回!

夏先生被誉为监利县第一支笔,他的字颜中带柳,楷中有行,厚重刚劲又不失活泼。有方家说,夏先生的字,与清末大书法家何绍基不分伯仲。夏先生一生清高清贫,他的字不论贵贱人等,皆一字难求。县里几任县长,唯本届的郑县长求得一幅,内容为"监利县国民抗日自卫队"。人们说,若不是为抗日自卫队而题,怕是郑县长也求它不到。赵家垸的族旗能得夏先生的手笔,令人对住在城里的赵家垸董老爷产生了许多猜想。也因此,人们对赵家垸更高看一眼。值得一提的是,监利县的另一支抗日队伍的"离湖抗日游击大队"的军旗,其字为新四军李师长所题,人们说,这一文一武的两位名人题的军旗,可谓旗鼓相当,大壮军威!

赵家垴领头的龙船上的雕斗太高,过桥时必须放下来才可通过,业鉴木匠让铁匠打了一只碗口粗、两尺长的铁筒箍,将雕斗杆分为两节套在一起,要过桥时就卸下上面的一节,既使雕斗不失威武,又十分方便。"赵"字杏黄旗飘过吴家垴、高家垴、范施湾,在徐家垱那儿南拐,过太马河,经流水口、新添铺、刘家铺,一路蜿蜒向南,再在县城东头东折进入护城河河段,最后从县城北面的保和门和北门外飘过,一直飘到西门外凤雏堤的堤闸之下。

龙船行到凤雏堤下,停下来敬祭庞公。

凤雏堤也叫凤凰堤,因三国时期蜀国的副军师凤雏庞统先生而得名,可谓来历不凡。当年,庞统先生在堤外的西门渊操练水兵,建起蜀国水师,这里的长江大堤,便被人们称为凤雏堤,这里的长江渡口,则叫庞公渡。龙船过凤雏堤,当然要敬庞公以香火,这也有期望庞公这位水军将帅助力的意思。之后,船被抬过高高的荆江大堤,然后梭进广达八百亩的西门渊。

"赵"字旗在西门渊里迎风飘扬,吸引了人们的目光。

西门渊是县城西边江堤外的一个巨渊,南靠江堤,北靠长江,因此,这西门渊的北岸,也就是长江的南岸。这里一直是县里龙船大赛的举办地。

赵家垴的龙船划到西门渊东头庞公渡边的观礼台前,万子鞭炮顿时砰砰叭叭地炸响,经久不息。赵家垴船上的水手们高举桡子,大声欢呼。原来,迎接赵家垴龙船的鞭炮是在观礼台旁炸起的。这说明赵家垴的助威队,得到了组织者的特别安排。这各乡各村的助威队占据的位子,是抽签安排的,唯有观礼台两边的四个位子,是组织龙船赛的商会安排的。可见,赵家垸董老爷在城里的人缘与面子不小。

轮到高家垴的龙船在观礼台前亮相时,鞭炮竟然也在观礼台旁炸响。这倒是令人生疑了。高家垴虽非小姓弱村,但怎能与赵家垴平起平坐?全县还有好多族姓还强于赵家垴呢,这尊贵的助威位子,再怎么排,也轮不到他高家垴呀。再说,高家垴在县城开香烛店的高殿雄,是在城里前二十位都难排到的老板,他有么子本事,竟让高家垴的助威队破了天荒,竟然安排在了观礼台边?

大家思来想去,都觉得今儿的事,似乎很有些蹊跷。

主持这次龙船赛的,是县府的荣秘书,他的身后,是县长、商会正副会长、国共两支武装队伍的头领——自卫队的黄大队长与游击队的马大队长,还有城里十几位著名的绅士,赵家的垸董老爷与永富绅士赫然在列。令人生疑的是,高家香烛店的高老板也坐在赵家垸董老爷旁边。这样的安排,显然出人意料,看来今儿这龙船赛,还真的反常!

龙船赛的对手安排,历来以各船队双方认可后自报为主,冇有自己选定赛船对手的,则由抽签确定。主办者都晓得,船队双方认可自报对手的,必是冤家,也必定容易发生斗打。龙船赛的组织者们,也曾尝试过全部以抽签方式确定对手,以避免打斗发生,但一些主要的船队都不同意此举,纷纷以罢赛表示抗议。组织者也想过,罢赛就罢赛吧,总比发生流血事件要强,但是老百姓又有说法了,主要的船队不参加龙船赛，那龙船赛就冇得办的必要了。而且，那些罢赛的船队，他们放弃县里组织的龙船赛后，还是会在乡镇进行老对手比赛。这样自己组织在乡镇赛龙船，往往斗打得更凶，每年，各地差不多都有伤人事件，死人的事也偶有发生。而在县城统一组织比赛，虽然也会有斗打，但有枪兵压阵，还从未发生过死人的事。最后，大家还是认可了以自选对手为主、以抽签为辅的比赛方式。

按照历年惯例，抽签组成对手的船队先赛。一方面，把最易出事的船队放在后面，使前期的比赛顺利进行。另一方面，以时间降低自选对手的锐气与火气，尽量将打斗的可能与激烈程度降到最低限度。这次公布的是，赵家墰和高家墰两支船队，在第一轮的最后对赛。

比赛之前，先是商会会长讲话，接着是县长讲话。与往年不同的是，会长与县长，这次都进行了抗日动员。

县长用铁皮大喇叭说，现在是国共合作、共同抗日时期，四年前，侉老东在县西的长堤垸修飞机场不成，又占据县南沿江一线，并在白螺矶那儿修建了军用飞机场。尽管去年八月，在回家探亲的徐国颂将军的指挥下，国共两军联手炸掉了三十七架日军战机，轰动世界。但是，日军现在又修好了机场，不仅危害武汉、岳阳、长沙、荆州、襄阳，而且随时都可能飞到县城，以及监利各乡。所以，希望全县青壮年，积极参加抗日救国的队伍。郑县长说，抗日不分党派，各人可根据自愿，参加国民党的自卫队，或者共产党的游击队。县长说，两个报名点，都设在江堤里边，游击队在东头，自卫队在西头，翻过堤，就可以去报名。县长还说，本来，战乱时期，是不打算组织龙船赛的，但是划龙船，是为了纪念爱国忠臣——屈原大夫，所以，县里还是组织了。我们希望，通过对屈原大夫的纪念，激发监利人民的抗日救国热情，让全县人民团结起来，一起反击日本侵略者！

接着讲话的，是游击队的马队长和自卫队的黄队长。两人先讲要联手抗日，再讲自己队伍的好处与优点，算是各自招兵买马，公平竞争。游击队的优点是官兵平等，打仗灵活机动，吸引的主要是未婚青年；自卫队的优点是能发军饷、装备精良，吸引的主要是需要养家糊口的人。当然，也有不少人是根据个人喜好，选择参加自卫队或游击队的队伍。

人们看出来了，这次龙船赛的整个安排，主要目的就是动员抗日，是征兵。难怪商会把赵家埫和高家埫的助威队，都安排在了观礼台旁的重要位子。这是在告诉人们，有过恩怨的双方以及国民党和共产党的队伍，都同等重要，在国难之时，都要像亲兄弟一样拉起手来。

人们都纷纷感叹，郑县长和商会组织这场龙船赛，可谓用心良苦。

郑县长是江汉平原上最出名的县长。他的出名，是他创造了国共合作史上的奇迹，他团结、协调和领导了江汉平原重镇监利的各方武装，让国共双方进行了长达六七年的紧密合作，让当时的国共合作，并非完全是一句空话和一纸空文。郑县长是邻县沔阳人，曾留学日本，与牺牲在日本的厚基族长的儿子业国同为中华留日学生会的骨干，后来调到监利来任县长。他依靠自己对侉老东的了解，灵活机动地制订抗日方略，把监利县的国共两支队伍团结起来，造就了国共联合抗日的典范。

有人传言，这个郑县长，其实是国民党中的共产党。虽然他有两面派之嫌，但老百姓都说，他是民国时期监利最好的一任县长，也比前面好几个朝代的县太爷都要强。

最后讲话的是县府的越参议长，他是全县德高望重的绅士。他举出了侉老东在各地占领区的暴行，号召人们齐心抗战、保家卫国。讲到动情处，越参议长声泪俱下，赢得了人们的掌声。

所有的龙船，都泊在西门渊的南北两岸，按照出场的先后顺序排列。轮到某一对龙船比赛，就有人举起铁皮大喇叭筒叫喊，比赛的一对船便划到渊的西头，进入赛道起点。在发令枪响起之后，龙船即向东头的观礼台进发。观礼台前五十米处，浮有一只大木盆，木盆底下沉着石锁，盆底有一根铁链与石锁相连，木盆不会漂移位子。木盆里装着一只大红绣球，抢到绣球，视为获胜。一轮过后，获胜的龙船又参加第二轮竞赛，然后是第三轮，直到决出最后的名次。

今年的龙船赛明显有得往年激烈，更有得以往都有的对手间的打斗。有三对龙船虽有争吵叫骂和撞击，但最终也有有真正打起来。观众们看得出来，这些烈性的男将们，今儿都十分克制。

今儿的龙船赛，所有的号子手都在号子中增加了抗日救国的词句口号。观众们不由得心生义愤。国难当前，江汉平原人团结对外的精神显现出来了。这种精神，正是平素隐藏在鸡毛蒜皮的纷争底下的大义，这是早已融入江汉平原人血液中的魂魄。

国难当头的道理，观众们当然都明白。但是，大家来看一年一度最热闹最激动人心的事儿，总希望能看到精彩刺激的场面。只是，直到第一轮比赛接近尾声，依旧缺少往常那种激烈的气氛。直到赵家垴与高家垴的龙船出阵对赛，人们的期盼之心更切。人们老早就听说，赵家垴和高家垴双方都做了充分的准备,特别是这两村两族,前不久还发生过冲突,赵家垴要雪前不久河埫被偷挖的耻,高家垴也要报祠堂被毁坏的仇。人们认为,这对宿敌今儿或大或小都会有冲突,他们都把看好戏的希望,寄托在了这两个船队的身上。然而,这对冤家最后竟然连争吵也冇有发生,这可是好几代来十分少见的怪事。

一如往年,赵家垴的龙船一出阵,马上赢得了满堂彩。这不仅因为那面由夏先生写的"赵"字旗,也不仅因为赵家垴历来的重要地位。更重要的,是赵家垴的号子手永骄,他是全县人口口相传的著名号子手。

"赵"字旗一飘,永骄便用他的左手敲响铜锣,叫起号子:

(永骄)开头啊顺西啊龙在河哦!
(众水手)划花儿,龙在河啊!
(永骄)自从啊日本啊占我监南地啊吙嗬嗨哟!
(众水手)吙——嗬——吙嗬嗨哟!
…………

永骄将号子一声声唱喊,将人们对侉老东的仇恨全都点燃了。人们众口一词,跟着他喊起了抗日的龙船号子。这一次,人们冇有从永骄嘴里听到对老对手的奚落与嘲讽——这一直是人们所期盼的精彩节目。多年来,它常常惹得人们的哄笑,有如长江里掀起的千浪万涛,震天动地。不过,今儿这反常的场面,并冇有使观众失望,人们心中早生起了庄严与激奋的情感。

今儿,人们冇有看到幽默滑稽闹怪的永骄,却第一次看到了一个庄重、凛然和激愤的永骄。他孙猴子般的单瘦身材,今儿也仿佛不那么单瘦了。人们特别地注意到,过去,他舞得花俏得叫人眼花缭乱的锣槌,今儿则舞得郑重有力,始终不乱。永骄是个左挑子,敲锣用的是左手,人们也叫他左挑子号子手。他右手上的铜锣一缩一伸,由胸前举向头顶前方,左手上高高扬起的锣槌,在铜锣伸到极顶的时候,同时击在锣面上。与此同时,他冇有让锣与槌立即分开,而是紧贴片刻,使锣通常发出的喤喤喤喤的回颤音,突然变得直直的,显得短促而急切。如此短促急切的锣声,会使鼓声自然而然地变得紧密和急切。如此一来,水手划桨的节奏也会相应地急切。这样的锣鼓与水手的节奏,才会使龙船飞飙疾进,大展龙威。

一时间,西门渊里白浪翻腾,船进如龙似箭。不过,高家垴尽管今年也兵强马壮,还是被赵家垴的船甩在了后面。

赵家垴的龙船队夺得了绣球,再一次胜了高家垴队。不过这一回,赵家垴的水手们,竟冇有像过去那样得意扬扬,更冇有嘲笑他们的对手。人们还冇有从异样的感觉中回过神来,永骄却在得胜锣鼓响过之后,反常地又敲响了铜锣:

当且当——

这可是开船的锣声。一船的水手愣了,都不解地望着永骄。

445

当且当——

永骄又敲响了开船的锣。他的脑壳一动不动，他的神色庄严坚定，他的眼睛直直地望着前方。在他眼里，仿佛船上的水手和所有观众，都是一片虚影。

当且当——

永骄再次敲起开船锣。

永骄身后的鼓手双肩一抖，神情一凛，脸皮一紧，不由自主地敲响了牛皮大鼓。鼓声一响，水手们都一怔一振，于是全都重新坐好，刚刚松弛的屁股又鼓紧了，胳臂上的瓣子肌又变成了石雕一般，他们手中的桡子，都不由自主地向水里插下去。前面划头桨的兴虎黑李逐一般的粗壮身子一挺，双臂一振，那把头桨专用的大桡子一挥，桡面上所刻的八卦图中镶的那面小圆镜子闪耀起一道晃眼的光亮，简直就像一轮小太阳。紧接着，他身后的二桨和三桨的桡子也闪起了同样的光亮。这八卦图中的三面镜子，称为三阳开泰，它是江汉平原人美好的愿望。

永骄已经嘶哑的嗓子又喊起号子来：

（永骄）赛船啊要赛啊中国气节啊龙在河啊！

（众水手）划花儿，龙在河啊！

（永骄）屈原啊大夫啊是样板啊吆嗬嗬呀！

（众水手）吆——嗬，吆嗬嗬呀！
（永骄）是男子汉的啊都一起抗日啊龙在河啊！
（众水手）划花儿，龙在河啊！
（永骄）高家垴的弟兄们啊输给赵家垴啊不算输啊吆嗬嗬呀！
（众水手）吆——嗬，吆嗬嗬呀。
（永骄）你输给啊侉老东啊才是真正的输啊龙在河啊。
（众水手）划花儿，龙在河啊。
…………

  正准备靠岸的高家垴龙船，听到永骄又喊起来的号子，见了掉头划向起点的赵家垴的龙船，他们也马上停止了靠岸。水手们把目光投向划头桨的。划头桨的和号子手交流了一哈眼神，互相点了一哈头。很快，高家垴的龙船也重新敲响锣、擂响鼓，跟在赵家垴的龙船后面划了起来。赵家垴的龙船划得很慢，高家垴的船划得也不快。两条龙船从观礼台的终点处，又向起点划去。两条龙船龙头高昂，齐头并进，破浪前进！

  岸上的观众都跟着永骄唱和起来：

划花儿，龙在河啊。
侉老东不败啊我们就不停啊吆嗬嗬呀！
吆嗬——吆嗬嗬啊！
…………

人们发现，高家垴的号子手，已经干脆停止了他的职责，他不再为自己的龙船喊叫号子，而是和上了对手的节奏，有力地敲着锣，与赵家垴的水手们一起，跟着永骄的号子唱和。高家垴的所有水手也不知不觉地跟赵家垴的水手同腔同调地唱和起抗日号子，他们划桨的节奏，也与赵家垴的水手们完全统一起来，两只龙船龙头高昂，号子震天，一起前行。

西门渊边看船的人，多数是县城及周边方圆二三十里的百姓，边远的乡镇也都有不少的人来了，对江的湖南华容也来了不少看热闹的人，他们在这江边挤得人山人海，黑压压的一片。

时过正午，龙船赛的高潮已过，很多人都翻过江堤，跑到自卫队和游击队招兵的地方去，报名的报名，看热闹的看热闹，似乎这里才是今儿的主场。很快，大家看出一个道道来，县南的人大多参加了自卫队，县西县北的人大多参加了游击队。原来，自卫队活动的地区为县城周边与县南，游击队活动的地区为县西县北。到了下午，也就是龙船赛快要结束的时候，双方都各招了两三百人，游击队招的人略多一些。有不少人虽然还在犹豫，但都表示回家与家人商量，争取得到家人的支持，参加抗日队伍。

十三

抗日队伍这次招兵的效果，出乎意料的好。

江汉平原是天赐的富足之地，不遇上十分特别的旱灾，从来都不缺少吃的。千百年来，江汉平原人只听说哪里哪里饿死了多少人，却极少看到身边有饿死人的事儿发生。江汉平原人不愁饿肚子，加上这儿水灾频发，即使有能力扩张田产，但种植经营的风险也比较大，很难有万无一失的保证，一旦遇上水虫旱等灾害，庄稼淹死、冲光、干枯、毁坏，不仅绝收减产，还得赔上种子和人工。而田地少，风险就小，再说这江汉平原的水土，荒年有荒年的物产，灾年有灾年的物产，怎么着也饿不死人，何必为了身外之物而冒那么大的风险！如此一来，江汉平原人大都知足常乐、小富即安，看重享受生活。他们不像北方人那样越穷越节俭、越拼命积累财富，他们信奉生不带来死不带去，信奉儿孙自有儿孙福，不为儿孙做马牛。他们认为所谓赚钱，吃到肚子里才是自己赚到的，所以这里的美食丰富得天下罕见，而且是天下最出名的喝早酒成风的地方。江汉平原人的这种不积极进取的生活态度，致使即便是这富饶的地方，也很难见到田地过千亩的大户，更有得十分豪富的大商人。对于人们传说的别地的大户，田地动不动就是千亩几千亩，他们常常十分不解，也有些看不起这种大户。他们说，这些身外之物，要那么多除了累自己，还会惯坏子孙，富不过三代，就是这个道理。江汉平原有这么一句话——积积攒攒，买把雨伞，狂风一吹，成了光杆，意思就是劝人们不要太看重发家致富，那些高房大屋被洪水毁于一旦的事，几乎从来就有有断过，何苦来哉！江汉平原人认为，天下再有得比江汉平原更好的地方，所以也有得人愿意出远门，有吃有喝，我出那个远门做么子？所以自古以来，这里的人口只进不出，绝不外流。同时，民间还流传"好铁不打钉，好汉不当兵"的观念，因此，官府也好，军匪也罢，从来都很难在这里征到多少兵。征不到兵,只得强迫,所以在江汉平原,抓壮丁的事情时常发生,也比别地要严重得多,躲壮丁的故事也耸人听闻,可见人们实在不愿当兵。而这一次,很多人不经与家人商量,就直接报名参了军。

游击队是前些年湘鄂西红军与赤卫队的底子,招兵现场,有男女游击队员表演节目,吸引力比较大,招的人也要多一些。有钱有饷的自卫队不服输,便临时请了一个花鼓戏班子,唱岳飞抗金,唱薛仁贵征西。岳飞抗金和薛仁贵征西,毕竟是老生常谈的戏,很多人从穿开裆裤子时就看起听起,要说从吃奶时就听起也有有说错,因此早不觉得新鲜了。游击队这边演的节目都是自编的,说的就是本地军民抗日的故事,以及侉老东行凶作恶的新闻,演员也都有有化妆,就跟身边发生的事儿一样,真实可信,看的人特别多。

这次,赵家垴的龙船拿到了第三名。第一名和第二名,分别被离湖和洪湖岸边的两个龙船队获得,他们的水手都是渔民,划起船来,确实高人一筹。

今儿,城里的商会还发起了向抗日队伍捐粮捐款的活动。城里的大小商户们纷纷捐赠,很多人都捐了上千块大洋。厚基族长提前一天从富先生口中得到这个消息,这位隐居乡间的名士自己拿出两万斤谷子,委托富先生代表他以赵家垴村的名义,向自卫队和游击队各捐了一万斤,谷子将在明天送往两支队伍指定的地点。赵家大院的父子两位绅士,他们的捐赠与众不同,他们捐的是成片的良田。这种捐田地的事,人们还从来冇有听说过,所以令人们十分惊讶。自古以来的捐赠,都是捐钱捐粮捐物，而田地是一切财富的来源，是生蛋的鸡母、产粮的宝盆，捐了就等于把财源也给捐了，从来冇得哪个舍得捐田地。这赵家大院的父子两人真是破了天荒啊！其实，人们哪清楚赵家的情况，这赵家父子捐田地，一是家中几代人都为人大方重义，收的租很低，差一滴的田地，好多都是随佃户交多少算多少，加上好事善事常常做，家中进的少出的多，其实早已徒有大户之名，真冇得多少拿得出的现洋；二是他们经过这么多世事，认为田地太多并不是么子好事，也想减少田产、降低风险，少操田地的心。特别是少爷富先生，他接受了新式教育，见过了五四运动的风潮，以及共产党苏维埃打土豪分田地的事儿，早成了一个新潮的绅士，所以他更不喜欢田地。这个思想新潮的年轻绅士，可不怕人们背后说他们败家，于是捐起了田地。当富先生将两份地契分别递给游击队马队长和自卫队黄队长时，人们欢声雷动。赵家将县西老家的一百多亩良田，捐给了活动在县西、县北的离湖游击队，将县城附近的七十多亩良田，捐给了活动在县城一带的自卫队，那些田地或卖或出租，由他们自己决定。郑县长、马队长和黄队长都激动地向赵家父子致谢，表示抗日队伍决不辜负全县百姓的厚望。

赵家塆的龙船队把得到的奖银，全部捐给了离湖游击队，因为这些水手们，大都是长堤垸的民兵，他们常与活动在离湖一带的游击队来往。捐完奖银，赵家塆的二十几个后生便在保长兼民兵队长兴虎的带领下，准备到游击队那边去报名参军。

号子手永骄呢，他喊号子喊伤了身子，正被春雷背着去往临时设的急救棚。他无力地趴在春雷的背上，用低哑的声音对跟着的兴虎说，你别管我，你带着民兵……去游击队那儿……报名。

高家垴的好几个水手也挤了过来，围看将他们辱没嘲笑了多年的永骄。他们见永骄筋疲力尽的样子，不禁生起敬意。前不久被永骄捆到自己腿上的狗才理，刚跑过来时还是嘻嘻笑笑的，他想嘲笑一哈永骄，以报嘴壳子上的一箭之仇，但他一见到永骄这可怜的样子，脸上马上堆起了敬意。

永骄对兴虎说，替我……也报上名。

兴虎说，这么大的事，你不跟珍姆婶商量？

永骄努力做出笑脸来，说，大不了……挨她一顿骂。

骂，骂，我徐珍姆几时骂过你？我是爱骂人的人吗？

说曹操，曹操到，原来是珍姆拉着儿子龙伢子赶过来了。龙伢子虽不是珍姆亲生，却被她视为己出，去哪儿都带在手上。他们母子从万千人众里，好不容易钻到急救棚前，身上的衣裳早汗湿了。母子俩听说永骄出了事——有人说是昏过去了，有的人说是抽筋了，甚至还有人说是吐了血，母子俩惊惊慌慌，脸都吓白了。现在看见永骄冇得大碍，这才放了心。

躺在竹床上的永骄仰望着堂客，见汗水把她的褂子贴到了身上，那些圆的鼓的地方，显得更加打眼睛，她的身体也更加迷人。永骄不禁自豪地笑了。他心里说，这上万的人中，还是我永骄的堂客出众呢！

珍姆头上扎着一小束鲜绿的艾叶，这是端午节期间，江汉平原女子们必戴的头饰。说是端午节身上带艾，百病不侵。不少男将，也会在口袋里装几片艾叶，图个驱邪除秽。

永骄喊号子喊伤了身子，见了堂客不免有些羞愧，平时能说会道的他，竟不知对堂客说么子才好。好一会儿，他才莫名其妙地说，哎，哎，我的艾叶呢？

人们头一次见到被他们视为名人与智多星的永骄，这时竟然变得像一个毫无主张的小伢子，甚至还有些傻乎乎的犯苕的样子，不禁感到有些稀奇。人们觉得，此时的永骄，见了他的堂客珍姆，真有一滴像做了错事的伢子见到姆妈，露出一副敬畏而又依恋的样子。这哪里像一个闻名全县的号子手的模样，又哪里像一个著名的丧歌师的模样。他冒死与佴老东比鼓的英雄气到哪儿去了？他指挥赵家垴的男将们的谋士风度又到哪儿去了？

珍姆嗔道，你只晓得不要命地喊号子，你还记得你的艾叶？！

永骄便像伢子一样，慢慢把左手伸向上衣下方的荷包，但他却摸了一个空。今儿，他穿的是族里统一做的汗衫，根本冇得荷包。珍姆明白了他的意思，脸上浮起又气又笑的表情。她利索地把手伸进他的大裤衩的荷包，乙么摸，摸出截两寸长的缀着嫩叶的艾蒿巅了。这是清早出门时，她塞进他的裤子荷包里的。这艾蒿巅子被揉皱了，还带着湿淋淋的龙船水，早不成样子了。不过这艾叶因为揉破了，香气反倒更加浓烈，闻得叫人十分舒服、十分提神。

珍姆嗔笑道，这还像艾叶，你把自己都忘了，还顾得上艾叶？！

永骄心虚地一笑，细着声说，我歇上一晚，明儿早上起来，又是一条好汉！

好汉你个头！都成这个熊样子了，你还不忘油嘴滑舌。珍姆说，你老实躺着,别说话,没人把你当哑巴卖掉!

除了艾草的香气,永骄还闻到了芬芳的栀子花香。这种端午节期间盛放的白花,花期有一个来月,很受江汉平原女子的喜爱。他娶了珍姆之后,特地跑了一趟塔耳垸的刘家坮,找刘弹匠讨了一株栀子树苗,乐呵呵地栽在屋前的菜园里。他对珍姆说,她就像一朵好看的栀子花,又香又美又干净,又不俗艳,想着就让他精神百倍。

珍姆俯下身子时,永骄看见她乌亮的头发上,那鲜绿的艾叶衬着一朵洁白的栀子花,艾草的苦香与栀子花的浓香混在一起,闻起来叫他又有了精神。

珍姆心疼地拉起丈夫的手,脸上的汗珠和泪珠一起直滚,滚到了丈夫躺着的小竹床上,也滚到了丈夫的身上。

春雷试探地冲珍姆说,珍姆姐,骄哥这个样子,不替他报名参军吧?

在春雷心里,他觉得村子里有他们去参军就好了,永骄身子单薄,他不忍心让他去当兵。再说,青壮男将大都参了军,村子里更少不得永骄这样会谋事的人。所以,春雷是故意当着珍姆的面说这话的,他是想借这个机会,让珍姆阻止永骄去当兵。

这时桂妹子也牵着虎伢子找过来了,也说永骄身体弱,不适合当兵。

站在一旁的横癞子见春雷和桂妹子都想劝阻永骄当兵,心里十分安慰,如果永骄不去当兵,他就不怕人们说他不愿当兵了,他实在舍不得他的细腰大奶翘屁股的堂客,他一夜不在她的两个野草莓一样的奶头上嘬来嘬去,心里就痒得像蚂蚁夹,无法睡得安生。有时,他还会含着那野草莓趴在堂客身上困着,而现在,他堂客又怀了身子。他以为珍姆肯定不希望永骄去当兵,有了这个好伴,他不去当兵就有得么子不好意思的了,于是,他把热切的眼光投向珍姆。

珍姆故意做出气鼓鼓的样子对春雷说,报,你们替他报,不报他不会死心的!说罢,她又换上深沉的口气说,龙伢子的姆妈、他师父——你的崖崖,他们都是为他挡枪子而死的,他们替他挡了枪子,他岂能不去为他们报仇?这侉老东打上门来了,他去当兵是理所应当的!

春雷和桂妹子都深知永骄和珍姆夫妻十分恩爱,都冇有想到珍姆会这样说,一时竟不晓得说么子是好。横癞子听了,脸上发起烧来,悄悄地扎下脑壳,缩到人群后面去了。

兴虎说,珍姆婶就是珍姆婶!

珍姆却又扭过脸来,冲永骄嗔道,这两年,我算是把你这个砍脑壳的看透了!你嘴壳上总是笑嘻嘻的,可是你心里想要做的事,你想方设法、死磨活赖,都是要去做成的,十头牯牛也拉不住你的!

众人都哄笑起来。

有人说,我们这儿的男将都是这样噻!

缩在人后的横癞子听了,脸烫得像刚出灶的一颗大红苕。

珍姆自顾地说,你们别看他表面上像个君子,在家里可是专跟我耍花招,这一滴,别个不晓得,春雷你还不晓得?

永骄笑了,苍黄的脸上有了血色。

高家垴的几个后生见了这一幕,说,我们也去游击队报名,珍姆姐你不要生骄哥的气了,我们都跟他去游击队里做伴儿。有一个滑稽的说,我争取当他的长官,他今后惹你生气,你就向我告状,我就脱下他

455

裤子,重重地打他四十军棍!

众人都哈哈大笑。

狗才理说,骄哥,轮不到他当你的长官,到时候你当长官,你喊号子,带我们一起向侉老东冲锋。见永骄只笑不答,狗才理又认真地说,我说的是真的,我的姆妈就是侉老东唆狼狗咬死的,要不是我舍不得我的狗,我早就参军了。今儿,我下了决心,回去把狗送人去,不信,你又可以用裤带把我和你捆在一起,拖都把我拖去游击队里!

永骄说,我看,你是可以把狗也带到队伍上去的,那侉老东不也是用狗做帮手吗。

狗才理说,你说的也是哦,要是狗真的能带到队伍上去,我家参军的就半个班了。

众人听了,都哄笑起来。有的说,那你就是半个班长呢!

永骄虚弱地笑道,我也给你向马队长说说情。不过,你到队伍上后,少抽一滴烟,不要让侉老东……笑我们中国人是黑牙齿、臭嘴巴。

永骄说完,疲惫地闭上了眼睛。

…………

不晓得是么时候,永骄陷下去的眼窝里,竟汪起了两窝清澈的泪水。替他擦着胸口的珍姆见了,心里一阵哆嗦,双手也弹起了棉花。她的嘴壳急切地颤抖起来,上下嘴壳直打架,涎水也流了出来。她嘴里发出压抑的哭声,就像烧开了的茶壶,把壶盖掀得噗噗噗直响。

珍姆的心酸酸的。她不晓得是么样的心事,让这个一向强顽又风趣的村垸活宝,罕见地像女人一样,流下了这么多的眼雨。她抖抖地给丈夫拭着眼窝里的泪水，自己的眼雨却又滚了下来。她的眼雨大大的，像一串串透明的豆子，扑簌簌地跌落在丈夫的脸上、身上。

龙伢子以为崖崖要死了，哭着喊，崖崖，崖崖，崖——崖！

永骄慢慢地把眼睛睁开一条细缝，无力地笑道，儿子，让崖崖歇会气噻。

这时，在旁边牵着虎伢子背着凤丫子的桂妹子开了口，龙伢子，别哭，你崖崖好好的呢，他还要去打侉老东的呢。她嘴里叫龙伢子不哭，自己却抹了两把眼雨，她背上的凤丫子也哭了起来。

山里长大的桂妹子快人快语，她又笑道，骄哥好好的你们哭么子，把这哭鼻子的劲儿攒起来，将来有力气划龙船噻，将来有劲儿打侉老东噻！

王家老爷坮也挤来了几个人，打头的是三九麻嫩，他本是来向永骄邀荐船的功劳的，但一见永骄躺在竹床上的样子，便临时改口说道，骄兄，好样的，抗日这把火烧起来，你的功劳可不小！你在船上叫号子时，我见郑县长一直盯着你看，我看你应当去自卫队当兵，跟着郑县长，你肯定能受到重用。你跟了郑县长，我就跟你混，也沾上一滴光，混个一官半职的，叫有些爱狗眼看人低的人，看看我王三九到底是不是比他们差！

王尚新听出三九麻嫩是对他们村里的人不满，便冲三九麻嫩骂道，都说你是九头鸟，我看你还不止九个脑壳，我看你啊，只要有官当，当汉奸也说不定呢！

三九麻嫩的麻子涨得通红，他说，我有你说的那么不值钱吗？告诉你,我三九麻嫩就是真当了汉奸,也冇得你想的那么拐!

喊,脸可真是比城墙还要厚,当了汉奸还不算拐!

我若真的去当汉奸,也是假装去当,是为了找机会炸他一大窝侉老东!

人们发出了一阵嘲笑。

三九麻嫩急得麻子通红,说,不信就走着瞧!

王尚新不再理三九麻嫩,他对永骄说,兄弟,我这船,给你们偷得值得,太值得了!

永骄躺在竹床上,将两手合成揖,微微上举,轻轻地摇了摇,笑了。

…………

高家垴的后生,果然有好几个去游击队报了名,与赵家垴的男将们成了一个队伍里的兵。

其实,赵家垴和高家垴的男将们,他们平时不划船不决斗,彼此相处得也不赖。他们有的本来就是朋友,很多还是亲戚。赵家人叫高家人舅舅姨妈,高家人叫赵家人姑爷亲家,个个都是长幼有序、礼数周全。他们常常在一张桌子上举杯喝酒,两户人家相互借挪,哪有么子深仇大恨?不说别的,永骄的堂客珍姆,虽然是自请媒人上门,但这个媒人不是别个,正是珍姆那嫁在高家垴的姨妈。

不一会儿,郑县长和游击队的马队长跟着兴虎来看望永骄。不顾众人劝阻,永骄欠身起来说,县长,你郎……

县长伸出他白细的手,忙叫永骄躺下。永骄不躺,嘴壳张合着,发出的声音低哑得让人听不清。县长不晓得他是喊号子喊哑了嗓子,以为他是太激动，忙说，你躺下慢慢说。

兴虎红着脸，冒冒失失地说，他喉咙喊号子喊哑了，我代他说吧。他问你郎，你郎是不是共产党？

马队长连忙制止道，你这个二愣子，哪像个保长，不要瞎问。

永骄也不满地瞪了兴虎一眼。他晓得这个胆肥冒失的直肠子是憋不住了，所以趁这个机会，问出这样的荒唐话来。上午划完第一轮龙船，大家在歇息时，水手们争论郑县长到底是国民党还是共产党，或者是两面党，兴虎肯定地说，明是国民党，实是共产党。大伙要他拿出证据，他拿不出，便红着脸，发誓总有一天他会拿出证据来。所以，他自以为聪明地逮着了这个机会，开起了这样的伢子一般的黄腔。

郑县长儒雅地笑道，我是抗日党啊。

马队长连声应和，对对对，我们都是抗日党。

郑县长对兴虎说，你这划头桨的，还有这喊号子的，我们都一样，都是抗日的党。

兴虎不好意思地低下了脑壳。永骄被马队长按着躺下了，激动地笑出了眼雨。

珍姐一边给丈夫擦眼雨，一边说，今儿不晓得是怎么回事，他竟流了好几回眼雨。

永骄不好意思地岔开话题，问马队长，我这样的弱兵，你郎看得上吗？

这回，他的话总算让人听明白了。

马队长黑黑的脸一笑，络腮胡子里露出一口银子一样的牙。这位学银匠时坐不住的尖兜屁股,他紧紧地拉住永骄的手,高兴地说,监利县的第一号子手就是一面旗,有了你这面旗,我就多了一条有力的臂膀,我们游击队就会旗开得胜!

永骄笑道,我力气是不大,但声气倒不小,我就专为大家摇旗呐喊。

县长说,冲锋陷阵的兵将,我们多的是,正缺少你这样摇旗呐喊的干将。

一场蓄谋已久的龙船争斗,像被一阵风吹走了一样。水手和观众虽然不无遗憾,但也从心里认可这是一个最好的结果。与此同时,在郑县长、黄队长和马队长的谋划下,一场新的大风暴已经开始酝酿。

一九四二年的这场端午龙船赛,虽然有得村仇族怨的大爆发,有得两族之间血溅浪尖的械斗,但它却深深烙在了江汉平原人的记忆里,刊进了县志里。同时,它也活在了江汉平原延绵不绝的传说中。它被人们编成故事、唱本、丧歌、小调、谣歌……由那些游走于江汉平原的丧歌师、说书人、打说鼓子的、敲三棒鼓的、唱莲花落的、拍渔鼓道情的,以及那些穿开裆裤的小伢子,四处传扬,一直传播到千里江汉平原以外的遥远的地方。

人们讲得最为精彩的,当数赵家垴龙船队的号子手永骄。人们说,永骄在那次龙船赛上,立在浪头上的大龙船上,声如炸雷,喊得头上的青筋暴起老高。他那两只大眼睛,就像船头上那木雕龙头的眼睛,精光如电!他的一只左手,将手中的铜锣敲击得声震天地,震得渊水和江水激起数尺高的浪花。还有人夸张地说,甚至震得天上的太阳也抖了起来!

那天,永骄把那面黄铜老锣,敲裂了,敲破了。但他不管这些,还是执着地敲击着。他一边击锣,一边叫着龙船号子:

（永骄）启鼓啊划桡啊龙在河哦。

（众水手）划花儿，龙在河啊。

（永骄）日本哪佟老东啊你等着瞧啊吆嗬嗨哟。

（众水手）吆——嗬，吆嗬嗨哟。

（永骄）高家垴的兄弟啊我们要抛却那前嫌呀一致对外呀龙在河哦。

（众水手），吆嗬，吆嗬嗨哟。

赵家垴的水手在唱和。高家垴的水手在唱和。岸上的万千人众也在唱和。这江汉的龙船号子，声震九天，气吞云梦！

图书在版编目（CIP）数据

江汉谣歌．上册／赵照川著．－－北京：北京联合出版公司，2024.12．－－ISBN 978-7-5596-7873-7

Ⅰ.I247.5

中国国家版本馆CIP数据核字第2024T2F481号

Copyright © 2024 by Beijing United Publishing Co., Ltd.
All rights reserved.

本作品版权由北京联合出版有限责任公司所有

江汉谣歌（上册）

作　者：赵照川
出品人：赵红仕
责任编辑：孙世燕
封面设计：柒拾叁号

北京联合出版公司出版
（北京市西城区德外大街83号楼9层　100088）
北京联合天畅文化传播有限公司发行
北京山华苑印刷有限责任公司印刷　新华书店经销
字数：339千字　880毫米×1230毫米　1/32　14.75印张
2024年12月第1版　2024年12月第1次印刷
ISBN 978-7-5596-7873-7
定价：108.00元（全2册）

版权所有，侵权必究
未经许可，不得以任何方式复制或抄袭本书部分或全部内容
本书若有质量问题，请与本公司图书销售中心联系调换。电话：（010）64258472-800